Karin Lindberg

Verrückt nach Mr. Wrong

Verrückt nach Mr. Wrong

Liebesroman

Karin Lindberg

Verlag Elaria
Sonnenstr. 23
80331 München

ISBN 978-3-96465-111-2

Lektorat: Dorothea Kenneweg

Korrektorat: SKS Heinen

Covergestaltung: Casandra Krammer

Internet:
http://www.karinlindberg.info/

Facebook

Weitere Informationen unter: www.karinlindberg.info
Auf meiner Website könnt ihr den kostenlosen Newsletter abonnieren. Neben allen aktuellen Terminen erhaltet ihr regelmäßig kostenloses Bonusmaterial und exklusive Gewinnspielmöglichkeiten.

Prolog

Nate West sehnte den Tag herbei, an dem er mit der Vergangenheit abschließen konnte. Er wusste, das würde erst der Fall sein, wenn er den neu ernannten Generalstaatsanwalt von Georgia ruiniert hatte, so wie dieser sein Leben vor langer Zeit ruiniert hatte. »Machen wir es kurz«, sagte Nate zu seinem Freund. »Du kennst mich lange genug, ich will nicht mehr warten. Jetzt ist der richtige Zeitpunkt. Ein Mann wie er darf nicht dieses Amt bekleiden, da sind wir uns doch wohl einig?«

Nate verschwieg Brandon, dass seit dieser Neuigkeit auch die Albträume zurückgekehrt waren. Er lehnte sich im Stuhl zurück und schlug die Beine übereinander. Sonnenstrahlen fielen durch die bodentiefen Fenster seines Eckbüros, ein zarter Geruch von Leder und Sandelholz erfüllte den Raum.

Brandon trank einen Schluck Kaffee und hielt Nates Blick stand. Sein Freund trug wie immer einen gut sitzenden Anzug, der Kragen des weißen Hemdes war gestärkt, an den Ärmeln blitzten Manschetten hervor. Sicher waren die seit Generationen in Familienbesitz. Brandon hatte alles, was ein erfolgreicher Mann aus gutem Hause haben sollte. Seltsam eigentlich, dass die drei sich so gut verstanden, da weder Nate noch sein Geschäftspartner Elijah eine lange Liste an Ahnen vorweisen konnte. Trotzdem hatten sie sich vom ersten Augenblick an gemocht und wenn man Brandon näher kennenlernte, dann stellte man schnell fest, dass er der loyalste Freund war, den man sich wünschen konnte. Er würde für ihn durchs Feuer gehen, so wie Nate für ihn.

»Na schön«, erwiderte der Anwalt schließlich und räusperte sich. Er war zu gut erzogen, ein bisschen zu zurückhaltend, um genau das auszusprechen, was er von der Sache hielt. Aber Nate kannte ihn gut genug, um zu wissen, dass Brandon nicht begeistert davon war, dass er sich an seinem Erzeuger rächen wollte.

»Was genau hast du vor?«, sagte Brandon und hob eine Augenbraue.

»Ich will ihn zerstören, so wie er mein Leben zerstört hat. Henry M. Bowers soll alles verlieren, was ihm etwas bedeutet.«

»Und wie hast du dir das vorgestellt? Willst du vielleicht einen Auftragskiller engagieren?« Die Ironie in Brandons Stimme war deutlich zu hören.

Nate lachte bitter. »Zu gerne, aber nein, auch wenn er meine Mutter auf dem Gewissen hat, möchte ich meine Finger nicht mit dem Blut meines leiblichen Vaters besudeln. Ich möchte, dass sein auf Lügen aufgebautes Ansehen zerstört wird, so wie er mein Leben zerstört hat.«

»Das verstehe ich. Aber was genau willst du von mir? Ich bin Anwalt, kein Zauberer.«

Nate zuckte die Schultern. »Finde was, das wir gegen ihn verwenden können. Ich weiß aus eigener Erfahrung, wozu der Mann fähig ist. Ich bin mir sicher, es gibt mehr als das, was ich selbst miterlebt habe. Und sei es nur ein Sex-Tape mit einer Nutte, das wir an die Öffentlichkeit bringen können, irgendwas. Es wäre ein Anfang, und sein Amt als Generalstaatsanwalt könnte er sich damit abschminken.«

»Das dürfte nicht genügen, um ihn fertigzumachen. Zumindest nicht so, wie es dir vorschwebt.«

»Stimmt. Ein netter Korruptionsskandal on top wäre auch schön. Vielleicht kann ich da ja nachhelfen.«

»Persönlich? Dir ist klar, dass ich dir als dein Anwalt davon abraten muss.«

Nate hob eine Augenbraue. »Ich habe Mittelsmänner. Und wenn es mich Millionen kostet, ihn am Boden zu sehen, dann zahle ich die gern.«

»Sei vorsichtig, Nate.« Brandon runzelte die Stirn. »Oder willst du alles verlieren, was du dir aufgebaut hast?«

»Hast du vergessen, wo ich herkomme? Glaub mir, ich kenne mehr zwielichtige Gestalten, als du dir vorstellen kannst. Und wir leben nicht in einem Märchen, in dem immer das Gute siegt. Im wahren Leben ist es nicht so, das wissen wir beide.«

»Ist es das wirklich wert?« Brandon fixierte ihn mit seinem Blick.

Nate ballte seine Hände zu Fäusten. »Finde Leute, die von ihm betrogen wurden. Treibe Frauen auf, die mit ihm im Bett waren, und wenn du nichts ausgraben kannst, dann organisier etwas.«

»Du meinst, wir sollen ihm eine Falle stellen?«

»Nenn es, wie du willst. Dabei, ich bin mir sicher, wird es gar nicht nötig sein. So wie ich das Schwein kenne, gibt es sicher seine ganz persönliche Monica Lewinsky irgendwo, die für ein Taschengeld bereit sein wird, darüber in der Öffentlichkeit zu reden.«

Brandon seufzte schwer. »Weißt du eigentlich, in welche Position du mich damit bringst? Etwas Illegales kann ich nicht lostreten.«

Nate schaute seinen Freund grimmig an. »Ich vertraue dir, aber wenn du dich der Sache nicht gewachsen siehst, will ich dich nicht überfordern.«

»Stopp.« Brandon hob eine Hand. »Ist schon in Ordnung. Ich fürchte nur, dass ich für gewisse Dinge jemanden …

buchen muss. Ich kann ja schlecht selbst dem Generalstaatsanwalt in Atlanta hinterherschnüffeln.«

»Natürlich, fürs Erste wird ein Privatdetektiv genügen, der Dreck ausgräbt, dann sehen wir weiter. Aber ich will Ergebnisse, und zwar bald.«

»Verstanden.«

Nate lächelte düster. »Gut.«

»In Ordnung, ich muss los.« Brandon stand auf. »Ich habe gleich noch einen Termin. Die Kundin wäre sicher nicht erfreut, wenn sie die 650 Dollar Stundenlohn zahlen soll, obwohl ich gar nicht anwesend bin.«

»Anwalt müsste man sein«, scherzte Nate.

»Manchmal gehen mir die Rosenkriege dieser Stadt dermaßen auf die Nerven, dass ich meine Putzfrau um ihren Job beneide.«

Nate schlug seinem Kumpel auf die Schulter. »Dann sei doch froh, dass ich dir zu etwas Abwechslung verhelfe.«

Brandon stieß zischend die Luft aus. »Es wird sich noch zeigen, ob das wirklich so eine gute Idee ist.«

»Gut oder nicht. Es muss getan werden.« Nate drehte sich zur Fensterfront und schaute gedankenverloren über den Charles River und die Dächer Bostons.

Kapitel 1

Es war ein sonniger Dienstag Anfang Mai. Die Vögel zwitscherten, vor dem Fenster flatterte ein Zitronenfalter. Leider konnte Liv es nicht genießen, denn das, was ihre Chefin von ihr wollte, trieb ihr den Schweiß auf die Stirn. Sie war gut in ihrem Job, sie liebte die Arbeit mit den Mädchen und Frauen im Shelter. Dass sie für Penelope einen Geschäftstermin mit einem der angesehensten Unternehmer der Stadt wahrnehmen sollte, überforderte sie, das war nicht ihre Welt, und sie hatte Angst zu versagen. Sie wusste nur zu gut, was auf dem Spiel stand. Es kam selten bis nie vor, dass das Women's Shelter eine solch großzügige Spende in Aussicht gestellt bekam, die sie so dringend brauchten. Der Druck hinter ihren Schläfen nahm zu. »Nein, das geht nicht«, stieß Liv hervor. Obwohl sie das Gefühl hatte, die Zeit stünde still, sah sie, wie sich der Sekundenzeiger auf der Uhr an der gegenüberliegenden Wand langsam weiterbewegte.

Verdammter Mist, das konnte Penelope ihr nicht wirklich abverlangen.

»Liv? Bist du noch dran?«, fragte ihre Chefin jetzt. »Hallo?«

»J-ja, ich bin noch da. Entschuldige.«

»Es tut mir ja auch leid, glaub mir. Ich habe es mir nicht ausgesucht, im Stau festzusitzen. Mir wäre es lieber, ich könnte den Termin selbst wahrnehmen. Pass auf, mein Akku ist gleich leer, und ich habe blöderweise kein Ladekabel mit. Du gehst zu dem Termin und wirst das Kind schon schaukeln. Du schaffst das, ich habe keine Bedenken, also solltest du auch keine haben.«

Liv atmete hörbar aus und presste ihre Lippen aufeinander. Sie verstand Penelopes Bitte, für sie einzuspringen, was aber noch lange nicht hieß, dass es die richtige Entscheidung war, sie an ihrer statt zu so einem wichtigen Meeting zu schicken. »Bist du dir sicher, dass du das Treffen nicht verschieben möchtest? Ich meine, das ist doch höhere Gewalt, das muss doch jeder verstehen.«

»Liv.« Der strenge Tonfall ihrer Chefin sagte alles. »Weißt du, wie lange ich versucht habe, einen Termin mit Nathaniel West persönlich zu bekommen? Es ist überhaupt ein Wunder, dass er es in Erwägung zieht, unser Projekt zu unterstützen. Da werde ich doch nicht so blöd sein und diese eine Gelegenheit ungenutzt verstreichen lassen. Wenn wir heute nicht dort aufkreuzen und unser Anliegen vorstellen, ist der Zug abgefahren. Das ist dir doch klar, oder? Wir haben nur diese eine Chance.«

»Ja, das habe ich verstanden. Nur, meine Schicht ist noch nicht zu Ende, ich bin nicht angemessen gekleidet«, wandte sie vorsichtig ein.

»Vielleicht kann Brooke ja etwas früher anfangen, dann kannst du dich noch umziehen. Aber mach dir keine Sorgen, niemand erwartet, dass du im Businesskostüm dort auftauchst. Wir sind eine wohltätige Einrichtung, keine Manager. Und ich gehe mal davon aus, dass du nicht in zerrissenen Jeans unterwegs bist.«

Liv sah an sich herunter. Nein, keine zerrissenen Jeans. Sie trug ein blaues Kleid mit hellem Blütenprint und ausgetretene Ballerinas. Das war wirklich nicht der richtige

Look für ein seriöses Meeting. »Hm, ich ruf Brooke gleich an. Wenn sie nicht früher kann, muss ich so gehen, aber …«

»Was auch immer«, unterbrach Penelope sie. »Konzentrier dich lieber auf die Inhalte, das zählt. Und die kennst du gut genug, immerhin sind ziemlich viele Ideen für den Modernisierungsplan von dir.«

»Wo liegen die Unterlagen? Ich muss es mir zumindest noch einmal ansehen.« Sie merkte selbst, dass ihre Stimme schrill klang.

»Auf meinem Schreibtisch findest du die Präsentationsmappe. Und, Liv«, Penelope atmete hörbar ein.

»Ja?«

»Es ist doch alles in deinem Köpfchen. Du kannst das.« Penelopes vertraute Stimme beruhigte sie ein wenig.

Liv schloss für einen Augenblick die Lider und atmete tief durch. Sie hatte keine Wahl, das Projekt war zu wichtig, als dass sie kneifen konnte. Sie würde sich anstrengen, die Erwartungen an sie nicht zu enttäuschen. »Ja, klar. Ich werde das hinkriegen, die Mädchen brauchen die Unterstützung. Für sie und die Kinder werde ich mich ins Zeug legen.« Das Gespräch wurde unterbrochen. Penelopes Akku hatte endgültig den Geist aufgegeben. Super! Liv verdrehte die Augen und rieb sich die Stirn. Jetzt war sie also auf sich gestellt.

Zwei Stunden später war Liv sich nicht mehr so sicher, ob sie es tatsächlich schaffen würde, ihre Chefin würdig zu vertreten. Brooke hatte natürlich nicht früher anfangen können. *Zu spontan*, hatte sie gesagt, sie hätte vorher noch einen Zahnarzttermin, den sie nicht verschieben konnte. Pech gehabt.

Liv stand nun also im Blümchenkleid anstatt in Rock und Bluse vor dem Gebäude der WestMoore Holding und sah sich um. Die Sonne glänzte im Wasser des Charles

River, einige Segel- und Ruderboote waren unterwegs. Das Wetter war traumhaft, leider konnte sie es nicht genießen, denn ihr war flau im Magen. Ihre Hände waren eiskalt und ihr Herz schlug viel zu schnell. Sie umklammerte die Präsentationsmappe noch fester.

Hoffentlich versaue ich es nicht, dachte sie und schluckte. Sie blickte auf ihre Armbanduhr. Zehn vor fünf, sie war zu früh. Aber besser so, als völlig abgehetzt und verschwitzt aufzutauchen.

Verspiegelte Glasfronten und Stahl dominierten das Gebäude, der Wolkenkratzer vor ihr wirkte furchteinflößend auf sie. Aber es nützte nichts, sie musste da rein. Langsam ging sie auf die Drehtür zu und betrat die Lobby. Im klimatisierten Haus war es einige Grad kühler als draußen. Sie fröstelte, als sie über den blank polierten Marmor zum Empfang ging, wo ein Mann hinter dem Tresen etwas in einen PC eingab. Daneben befanden sich zwei Drehkreuze mit elektronischer Zugangskontrolle, schick gekleidete Männer und Frauen kamen und gingen. Sie benutzten ein modernes Personalsystem, mit einem Chip loggte man sich ein, jede Minute, die ein Mitarbeiter im Gebäude war, wurde elektronisch registriert. Vermutlich brauchte man technische Spielereien wie diese bei einem Bürokomplex der Größe auch. Von solchen Dingen waren sie bei ihrer Arbeit im Women's Shelter weit entfernt. Bei ihnen ging es um Menschlichkeit und Fürsorge, nicht um exakte Datenerhebung.

»Guten Tag«, sagte sie. »Ich, äh, werde erwartet.«

Der Mann hinter dem Tresen hob seinen Kopf und schaute sie erwartungsvoll an. Er trug einen dunklen Anzug und eine Krawatte. Das Namensschild sagte ihr, dass er Mike Fisher hieß. »Ja?«

»Nathaniel West. Ich habe einen Termin bei ihm.«

Er runzelte die Stirn. »Sagen Sie mir bitte Ihren Namen, dann kann ich im System nachsehen.«

Liv spürte, dass sie rot wurde. »Ja, natürlich. Man erwartet Penelope Jones.«

Der Mitarbeiter tippte etwas in seinen Computer ein. Dann nickte er kaum merklich. »In Ordnung. Ich lasse Sie gleich durch. Augenblick bitte.«

Er stand auf und ging zum Drehkreuz, legte eine Karte mit einem Barcode auf den Scanner und winkte ihr zu. »Bitte schön, kommen Sie. Fahren Sie in den fünfunddreißigsten Stock und melden sich dann dort noch einmal am Empfang.«

»Danke«, brachte sie gerade noch so hervor, ehe sie mit zitternden Knien durchging und zu den Aufzügen wackelte.

Außer ihr stiegen noch zwei weitere Personen ein, eine junge Frau in High Heels und grauem Bleistiftrock und ein Mann in dunklem Anzug. Liv fühlte sich unwohl und absolut fehl am Platz, obwohl niemand übermäßig Notiz von ihr nahm oder sie schräg anschaute. Zum Glück. Trotzdem war sie sich ihres unpassenden Aufzugs deutlich bewusst. Mit einer Verkleidung – weißes Blüschen, schwarzem Rock und Pumps – wäre sie wenigstens äußerlich den Menschen hier ähnlicher gewesen. Tja, hätte, hätte … nun musste sie so klarkommen.

Liv beobachtete, wie die Zahlen auf der digitalen Anzeige umsprangen, während sich der Lift in rasantem Tempo nach oben bewegte. Die beiden Geschäftsleute stiegen im siebenundzwanzigsten Stockwerk aus.

Noch einmal atmete Liv tief durch, dann war sie auch schon angekommen. Unsicher trat sie auf den Flur. Der Boden in der Chefetage bestand, wie schon in der Lobby, aus blank poliertem Marmor, allerdings war dieser hier dunkler, was alles noch edler und gleichzeitig beeindruckender wirken ließ. Die Wände waren cremeweiß, hier und da hingen abstrakte Gemälde in kräftigen Farben. LED-Spots spendeten warmes Licht, was an einem Tag wie heute eigentlich gar nicht nötig war. Da die Büros durch Glaswände abgetrennt waren, verbreitete das Tageslicht eine ansprechende Atmosphäre. Es roch schwach nach Orangen, sie schaute sich um, aber konnte nirgendwo welche entdecken. Vielleicht kam der Geruch ja aus der Klimaanlage. Sie hatte keine Ahnung, konnte sich aber vorstellen, dass in Gebäuden wie diesen mit Aromen gearbeitet wurde, um das Raumklima angenehm zu gestalten.

Vor ihr saßen zwei Damen mit Headsets an einem Empfangstresen aus naturbelassenem Eichenholz, eine von ihnen telefonierte, die andere schaute sie freundlich an. Sie hatte einen kinnlangen, blonden Bob, die Lippen waren in einem dezenten Roséton geschminkt. Sie trug eine hellblaue Bluse und wirkte völlig entspannt. Und überhaupt nicht zickig.

Liv unterdrückte ein Schmunzeln. Sie schaute definitiv zu viele romantische Komödien, in den Filmen waren die sexy Empfangsdamen immer böse Blondinen.

»Guten Tag«, brachte Liv hervor und räusperte sich. »Ich werde erwartet. Penelope Jones hat einen Termin mit Nathaniel West.«

Liv hörte selbst, wie komisch dieser Satz klang, aber sie hatte keine Lust zu erklären, dass sie nicht Penelope war, und warum ihre Chefin nicht hier sein konnte.

Die Dame nickte und stand auf. »Selbstverständlich, kommen Sie bitte mit, ich bringe Sie zu seinem Büro.«

»Danke.«

Jetzt wurde es ernst. Liv versuchte, ruhig zu atmen, während sie der adrett gekleideten Mitarbeiterin folgte und sich unauffällig umsah. Die Atmosphäre war geschäftig, aber gleichzeitig auch irgendwie entspannt. In den einzelnen Büros standen hier und da ein paar Grünpflanzen, die Menschen telefonierten, tippten oder diskutierten miteinander. Niemand wirkte schweißgebadet oder gestresst, wie sie es erwartet hatte. In ihrer Vorstellung saßen die Angestellten immer in gruseligen Großraumbüros und hatten Arschlöcher als Chefs. Entweder waren diese Klischees total überzogen, oder das hier war eine angenehme Ausnahme.

Am Ende des Gangs erreichten sie ein offenes Vorzimmer, von dort aus gingen zwei weitere Türen ab, die geschlossen waren.

»Hallo Whitney, hier ist der Siebzehn-Uhr-Termin für Mr. West«, sagte die Empfangsmitarbeiterin.

Nathaniel Wests Sekretärin saß an einem überdimensionierten Schreibtisch, der aussah, als wäre eine Bombe darauf explodiert. Papiere über Papiere, Briefumschläge, Stifte, Akten. Das Telefon, ein Bildschirm und eine kleine weiße Tastatur mit einer Maus wirkten verloren in diesem Chaos.

Whitney hob ihren Blick und legte ihren Kugelschreiber beiseite. Ihre wachsamen grünen Augen scannten Liv, ohne dass der Blick abwertend wirkte. Sie war überrascht, dass die Chefsekretärin keine sexy Blondine in eng anliegenden Klamotten war.

Schon wieder ein Klischee, das hier nicht erfüllt wurde. Statt des besucherfressenden Vamps hatte Liv eine rundliche Brünette mit rot geschminkten Lippen vor sich. Sie wirkte total normal und herrlich unperfekt in dieser Welt aus Stahl und glänzendem Marmor. Wenn Liv Whitney bei Wholefoods in der Gemüseabteilung begegnet wäre, würde sie nicht vermuten, dass die Sekretärin für einen der bedeutendsten Männer Bostons arbeitete. Aber was wusste Liv schon. Gar nichts, deswegen sollte sie einfach ihre Klappe halten und nur über das Projekt sprechen und sonst nichts.

Ein wenig von der Nervosität fiel von ihr ab, als sie begriff, dass ihre Angst womöglich unbegründet war. Wenn Whitney so nett und normal war, konnte der Chef sicher auch nicht so schrecklich sein, wie sie sich den ganzen Weg über in den schillerndsten Farben ausgemalt hatte. Sie hoffte inständig, dass sie ihn für das Projekt gewinnen konnte. Für das Shelter stand so viel auf dem Spiel. Sie brauchten das Geld, um wichtige Reparaturen und bauliche Veränderungen vorzunehmen, für die sie keine staatlichen Mittel bekamen. Deswegen riss sie sich zusammen, sie musste jetzt stark sein, es ging nicht um sie, sondern um ihre Schützlinge.

»Ah, schön. Sie sind da. Guten Tag, Mrs. Jones«, sagte Whitney in diesem Moment und stand auf. Sie bedankte sich bei der Kollegin, die Liv zu ihr geführt hatte, daraufhin verschwand die Empfangsdame mit einem höflichen Nicken.

»Äh«, stieß Liv hervor. Nun war es vermutlich an der Zeit, dass sie die Sekretärin aufklärte, wer sie war, und warum nicht ihre Chefin wie vereinbart zum Termin erschienen war.

»Kommen Sie, ich sehe mal, ob Mr. West schon so weit ist«, fuhr Whitney unbeirrt fort.

Sie ging zur linken Tür und lugte vorsichtig hinein, dann drehte sie sich zu Liv, die immer noch wie angewurzelt dastand und um die richtigen Worte rang. »Er telefoniert, aber er hat mir signalisiert, dass Sie schon reingehen können. Möchten Sie vielleicht etwas trinken? Einen Kaffee? Tee? Den würde ich Ihnen dann gleich noch bringen.«

Jetzt, wo sie es sagte, spürte Liv, dass sich ihre Kehle wie ausgedörrt anfühlte. »Ein Wasser vielleicht?«

Whitney legte ihr eine Hand auf den Oberarm und zwinkerte aufmunternd. »Keine Sorge, der Boss beißt nur manchmal. Das wird schon.«

Ihre Nervosität kehrte mit einem Schlag zurück, aber sie nickte und rang sich ein Lächeln ab.

»Hey, das war ein Scherz«, beeilte sich Whitney zu sagen, als sie ihre bestürzte Reaktion bemerkte.

Liv blinzelte. »Ja, natürlich.«

»Ich habe ein bisschen über das Projekt gelesen«, plapperte Whitney. »Es ist wundervoll, was Sie im Women's Shelter leisten. Mr. West war sehr beeindruckt, Sie können also ganz entspannt von Ihren Ideen erzählen. So, nun gehen Sie hinein, ich bringe Ihnen gleich ein Wasser, ehe ich Sie noch länger vollquatsche.«

Und eine Valium, bat Liv still. »Danke«, sagte sie nur.

»Keine Ursache.«

Whitney schob sie buchstäblich in Nathaniel Wests Büro und schloss dann die Tür hinter ihr. Es roch ganz dezent nach einem männlich herben Aftershave, und es war kühler als in seinem Vorzimmer. Definitiv kein Schöner-Wohnen-Orangen-Aroma. Alles in diesem Raum wirkte maskulin und klar strukturiert.

Verdammt, Liv, reiß dich endlich zusammen. Sie straffte sich und ging drei Schritte nach vorne. Glänzender Marmor, wie überall auf der Etage, gepaart mit hellen Farben und ein paar Gemälden schufen eine Atmosphäre von Macht und Vermögen. An der linken Wand stand eine Designer-Sitzgruppe aus dunklem Leder. Vor der langen Glasfront befand sich ein überdimensionierter Schreibtisch aus Mahagoni, auf dem nichts weiter als zwei Bildschirme, eine Tastatur mit Maus und ein teuer aussehendes Notizbuch mit schwarzem Füller lagen.

Und dann sah sie ihn. Nathaniel West stand mit dem Handy am Ohr am Fenster. Er sprach leise, aber sie konnte seine dunkle, etwas raue Stimme gut hören. *Ein angenehmer Tonfall*, dachte sie. Sie könnte ihm stundenlang lauschen. Eine Gänsehaut breitete sich auf ihrem Körper aus, und sie erschauderte. Liv konnte sich nicht rühren, sie starrte ihn einfach nur an.

Nate West trug eine dunkle Hose, mit passender Weste und einem weißen Hemd, dessen Ärmel nach oben gekrempelt waren. Er war ein Mann mit breiten Schultern und schmalen Hüften. Die Anzugjacke hing über dem Chefsessel. Jetzt fuhr er sich mit der freien Hand durch die dunklen, etwas zu langen Haare. Er hatte sehnige Unterarme, seine Haut war leicht gebräunt, anders als man es von einem Mann erwartete, der viel Zeit in geschlossenen Räumen verbrachte.

Dann drehte er sich um, und der Sauerstoff um sie herum schien sich zu verflüchtigen. Liv öffnete ihre Lippen, um besser atmen zu können.

Nathaniel Wests markante Gesichtszüge wirkten wie aus Stein gemeißelt. Er hatte eine ausgeprägte Wangenpartie und ein energisches Kinn. Er war unrasiert, die dunklen Bartstoppeln verliehen seinem Aussehen dazu noch etwas Verwegenes. Und seine Lippen, oh Gott, seine Lippen! Hastig riss sie ihren Blick von diesem perfekt geschwungenen Mund los. Erst jetzt bemerkte sie, dass er die Zeit selbst ausgiebig nutzte, um sie zu beobachten. Seine graublauen Augen verrieten nicht, was er dachte. Er wirkte völlig unerreichbar. Beherrscht. Mächtig. Kompromisslos.

Sie hatte alles vergessen, was sie sich auf dem Weg zu dem Termin zurechtgelegt hatte. Ihr Kopf war wie leer gefegt, gleichzeitig schlug ihr Herz bis zum Hals, ihre Beine fühlten sich schwach an. Keine gute Kombination. Sie musste sich setzen, ehe sie hier vor ihm in sich zusammensank.

Obwohl er noch immer das Telefon am Ohr hatte, war sich Liv deutlich bewusst, dass er ihr doch längst seine volle Aufmerksamkeit schenkte. Er musterte sie noch einmal eingehend in aller Seelenruhe von oben bis unten, ohne dass sie eine Ahnung hatte, was in ihm vorging. Dann blitzte etwas in seinem Blick auf, das sie überraschte. Noch nie hatte sie Augen gesehen, die so voller Schmerz und Leid erfüllt waren. Er blinzelte kurz, und im nächsten Moment wirkte er wieder souverän. Vielleicht hatte sie sich getäuscht. Ja, wahrscheinlich, das machte sie noch unruhiger. Liv fühlte sich unsicher und ausgeliefert, fasste sich aber so weit, dass sie einigermaßen sicher stand.

Liv zog ihre Präsentationsmappe noch ein wenig enger an ihren Körper und atmete tief ein. Dabei war der Impuls, sich umzudrehen und aus dem Büro zu flüchten, riesengroß.

In dieser Sekunde beendete er das Telefonat, steckte das Handy in die Hosentasche und kam auf sie zu. »Entschuldigen Sie bitte«, sagte er. »Das war sehr unhöflich von mir.«

Ohne genauer auszuführen, was von beidem er meinte – das Telefonieren oder das Starren.

Liv schluckte. »Kein Problem«, gab sie höflich zurück und war froh, dass ihre Stimme fest klang, ganz anders, als sie sich fühlte. Noch immer raste ihr Puls, und ihr war ein bisschen schwindelig in seiner Nähe.

»Freut mich, Sie endlich persönlich kennenzulernen, Mrs. Jones.«

»Ja, äh«, stammelte sie nun doch. Verflucht, sie hätte gleich als Erstes sagen sollen, dass Penelope verhindert war.

»Nate West«, stellte er sich vor. Er streckte ihr die Hand hin und Liv ergriff sie. Sein Händedruck war angenehm, sie spürte die Kraft, die von ihm ausging. Wärme breitete sich in ihr aus, während seine graublauen Augen sie weiter fixierten.

»Olivia Fields. Meine Freunde nennen mich Liv.«

Verdammt, sehr professionell, du Idiotin, schoss es ihr durch den Kopf. Gleichzeitig spürte sie, wie sich Hitze auf ihren Wangen ausbreitete.

»Liv«, wiederholte er, dabei spielte ein leises Lächeln um seine Mundwinkel. Es machte den Eindruck, als versuche er, ein Grinsen zu unterdrücken. »Irgendwie hatte ich mit Penelope Jones gerechnet.« Seine dunkle Stimme jagte kleine Schauer an ihrer Wirbelsäule entlang.

Heiß. Kalt. Sie wusste nicht, was mit ihr los war.

»T...tut mir leid«, stotterte sie. »Ich, äh, Penelope war verhindert.«

»Verhindert?« Eine Augenbraue schnellte in die Höhe.

»Sie, äh, steckt im Stau fest. Ich bin ihre Vertretung.« Sie straffte sich.

»Vertretung«, wiederholte er auch dieses Wort, als ob er das noch weniger glauben könnte. Seine Augen drückten Erstaunen aus. »Dann kommen Sie, setzen Sie sich, Miss Fields.«

Er war attraktiv, sehr attraktiv sogar. Gleichzeitig schüchterte sie sein selbstbewusstes Auftreten ein. Mit dem Mann konnte man keine Pferde stehlen, denn er war einer von denen, die die Zügel in der Hand hielten, immer und zu jeder Zeit.

Ohne auf ihre Antwort zu warten, ging er hinüber zur Sitzgruppe und bot Liv einen Ledersessel gegenüber an.

Mit wachsweichen Knien folgte sie ihm, die Aussicht, sich gleich setzen zu können, entspannte sie ein wenig.

»Bitte schön«, sagte er und setzte sich erst, nachdem sie Platz genommen hatte. Das Leder fühlte sich durch den Stoff ihres dünnen Kleides kühl an. Sie gab dem Impuls, die Augen zu schließen und sich kurz zu sammeln, nicht nach. Gleichzeitig bemerkte sie schon wieder seinen eindringlichen Blick. Es war, als würde er sie mit jeder Sekunde mehr durchschauen.

Es war albern, aber sie fühlte sich hilflos und gleichzeitig wie elektrisiert. Absurde, widersprüchliche Gefühle wallten in ihr auf. Gefühle, die allesamt nichts mit dem eigentlichen Grund des Meetings zu tun hatten. Das Schweigen machte sie noch kribbeliger. Er schien darauf zu warten, dass sie etwas sagte, woraufhin sie wieder halbwegs zur Besinnung kam. Natürlich! Sie musste endlich erklären, warum sie hier war.

Liv räusperte sich, dann legte sie die Präsentationsmappe auf den Tisch zwischen ihnen. Sie war dankbar für das Designerstück, er stellte einen kleinen Schutzwall dar.

Nate West machte sie nervös, er verströmte Macht und Dominanz mit jeder Pore. Wie zur Hölle sollte sie einen Mann wie ihn für das Projekt Hope begeistern? Sie hatte keine Ahnung, aber sie wusste, dass sie es versuchen musste. Der Gedanke an ihre Aufgabe half ihr, einigermaßen klar denken zu können.

»Entschuldigen Sie bitte. Penelope Jones steckt seit Stunden im Stau fest. Es war absolut nicht geplant, aber unvorhergesehene familiäre Verpflichtungen haben sie dazu gezwungen.«

»Und sie hatte keine Gelegenheit, mir persönlich zu sagen, dass Sie nicht selbst auftreten würde?«

»Ihr Akku ist leer.«

Super, auch nicht besonders professionell, dachte Liv. *Hätte mir nicht was Besseres einfallen können?*

»Natürlich«, sagte er mit spöttischem Unterton in der Stimme und lehnte sich zurück. Dann legte er eine Hand an sein Kinn und strich sich nachdenklich darüber, während er ganz offenkundig auf eine vernünftigere Erklärung wartete als die, dass Penelopes Telefon keinen Saft mehr gehabt hatte.

Livs Puls beschleunigte sich erneut, obwohl er sich gerade erst einigermaßen beruhigt hatte. Wieso brachte Nathaniel West sie so dermaßen aus der Ruhe? Wieso konnte sie nicht einfach über den Dingen stehen und professionell ihr Anliegen vorbringen? Es lag nicht nur an seiner Attraktivität, da war sie sich sicher. Es war viel mehr als nur das. Nate West hatte etwas an sich, dem sie sich nicht entziehen konnte.

»So, Miss Fields. Vielleicht erklären Sie mir einfach, wer *Sie* sind, da Mrs. Jones ja nun verhindert ist?«

»Entschuldigung«, sagte sie und straffte sich. »Ich arbeite für das Women's Shelter, Penelope und ich haben das neue Konzept für das Projekt *Hope* gemeinsam ausgearbeitet. Es liegt uns sehr am Herzen und ist äußerst wichtig für uns, ich bin hier, um sie zu vertreten und Ihnen alles genau zu erklären, wenn ich darf.«

»Dann arbeiten Sie also selbst in der Einrichtung?«

Sie nickte und rückte ein Stück weiter an die Stuhlkante vor. »Ja, seit drei Jahren. Ich liebe die Arbeit mit den Mädchen, es ist wirklich wichtig, dass sich jemand um diese verletzten Seelen kümmert. Kennen Sie unser Haus?«

Er neigte den Kopf leicht zur Seite und bedachte sie mit einem seltsamen Blick. In seinen Augen schimmerte etwas Dunkles. »Ich habe viel darüber gehört, ich bewundere Sie für Ihren Einsatz.«

Liv wurde rot. Schon wieder. »Danke.«

Er richtete sich auf. »Bekommen Sie nicht oft Komplimente, Miss Fields?«

Seine Frage traf sie völlig unvorbereitet. »Was?«

»Für Ihre Arbeit, meine ich.«

»Oh.« Sie atmete zischend aus. Wie dumm von ihr. Natürlich meinte er nicht sie persönlich!

Plötzlich grinste er, dabei kamen weiße, ebenmäßige Zähne zum Vorschein. Es verschlug ihr den Atem.

»Warum sind Sie so nervös, Miss Fields?«

Dafür würde ihr spontan eine ganze Reihe von Gründen einfallen. »Es tut mir leid, auf Sie muss das alles ganz schrecklich unprofessionell wirken.« Sie schaute auf ihre Hände, dann blickte sie wieder zu ihm auf. »Aber ich kann Ihnen versichern, dass es wirklich nur eine Verkettung einiger unglücklicher Umstände ist, dass ich hier sitze und nicht meine Chefin.«

Ein süffisantes Lächeln spielte um seine Mundwinkel. »Ach, unglücklich würde ich nicht sagen. Wäre es Ihnen lieber, wir würden woanders miteinander sprechen? Fühlen Sie sich nicht wohl in meinem Büro?«

Sie machte große Augen. War das wirklich so offenkundig? Ja, natürlich, sie war eine miese Schauspielerin. Verdammt, sie musste ihre Nerven endlich in den Griff bekommen. »Nein, das ist wirklich nicht nötig.«

»Sicher?«, fragte er und schaute sie noch einmal auf diese eindringliche Weise an, die ihr die Hitze in die Wangen trieb. Glücklicherweise ging zur gleichen Zeit die Tür auf, und Whitney kam mit einer Karaffe Wasser und einem Tablett mit Gläsern zu ihnen.

»Darf ich sonst noch was bringen?«, fragte sie ihren Chef.

»Nein, danke. Aber sag bitte meinen Sechs-Uhr-Termin ab.«

Die Tatsache, dass Whitney für eine Sekunde regungslos verharrte, sagte Liv, dass seine Mitarbeiterin überrascht war. Sie begriff, dass Nate West kein Mann war, der leichtfertig Pläne änderte. Warum dann jetzt?

»Gut, soll ich einen neuen vereinbaren?«, erkundigte sich Whitney freundlich.

»Ja, sicher. Am besten gleich für morgen.«

»Da werde ich ein wenig hin und her schieben müssen.«

»Ich bin mir sicher, du schaffst das.«

Whitney lächelte verschlagen. »Natürlich. Das bekomme ich doch immer hin.« Danach verließ sie das Büro ohne ein weiteres Wort.

So langsam bekam Liv eine Vorstellung davon, warum es auf ihrem Schreibtisch so unordentlich aussah. Ihr Verhältnis zu ihrem Chef schien sehr vertraut, ohne dabei zu intim zu sein. Nate West schätzte die Arbeit seiner Assistentin, sie war nicht nur eine Tippse für ihn, sondern sie organisierte vermutlich mehr als nur ein paar Termine für ihn. Liv war schon immer eine gute Beobachterin gewesen, sie glaubte auch jetzt, die Situation richtig interpretiert zu haben.

Warum interessierte es sie überhaupt, ob Mr. West mit seiner Sekretärin intim vertraut sein könnte?

»Kommen Sie, Miss Fields«, hörte Liv ihn sagen. Er riss sie damit aus ihren Spekulationen. Dann stand er auf.

Liv wusste nicht, was sie erwidern oder tun sollte, also erhob sie sich ebenfalls.

»Ich würde Ihnen wirklich gerne erklären, was wir Ihnen vorschlagen wollen«, sagte sie und biss sich sofort auf die Lippe.

Für einen kurzen Augenblick hielt Nate West inne und schaute Liv mit einem Funkeln in den Augen an, das seltsame Dinge mit ihrem Körper anstellte.

Im nächsten Augenblick war der Ausdruck verschwunden. Er wirkte wieder ganz geschäftig und professionell. Ja, beinahe ein wenig unterkühlt. »Wir suchen uns einen Ort, an dem wir uns in Ruhe unterhalten können. Ich habe den Eindruck, dass Sie sich hier gehemmt fühlen. Außerdem habe ich Lust auf etwas frische Luft.«

Livs Hoffnungen sanken. *Ich habe es verbockt.* Sie hatte es geschafft, Nate West innerhalb kürzester Zeit zu langweilen. Immerhin, er hatte sie nicht des Büros verwiesen, aber warum wollte er dann woandershin gehen? Mit ihr? Sie war völlig verwirrt. »Tut mir leid«, murmelte sie.

»Warum entschuldigen Sie sich?« Er legte seine Stirn in Falten.

»Ich habe keine Ahnung.« Sie hob die Schultern.

Er wandte ihr den Rücken zu, ging zu seinem Schreibtisch, zog sich die Anzugjacke über und kam wieder zu ihr. Nate griff nach der Präsentationsmappe und legte ihr eine Hand auf den unteren Rücken. »Lassen Sie uns gehen.«

Liv ließ sich von ihm führen wie eine Marionette an unsichtbaren Fäden. Aber sie musste zugeben, dass es sich gut anfühlte. Er strahlte eine Sicherheit aus, die ihr absurderweise Halt gab.

»Gut, dann entschuldigen Sie sich nie wieder für etwas, das Ihnen nicht leidtun muss.«

Ihr fehlten die Worte. Nervös schob sie sich eine Haarsträhne hinters Ohr. »Wo sollen wir uns unterhalten?«, fragte er jetzt.

Sie schwieg, weil ihr nach wie vor nicht klar war, was er vorhatte.

Nate drückte den Aufzugsknopf, und sie warteten einen Augenblick. Ihm entgingen die Blicke aus den umliegenden Büros nicht, aber es interessierte ihn nicht, was sich seine Mitarbeiter zusammenreimten. Er erlaubte sich die Frage, was zur Hölle er sich dabei dachte, mit dieser jungen Frau aus einem Business-Meeting einen Ausflug zu machen, nicht mal selbst. Denn die Antwort darauf würde ihm nicht gefallen.

Er ließ Miss Fields den Vortritt, dabei erhaschte er einen Blick auf ihre Kehrseite. Sie hatte schlanke Fesseln und straffe Waden. Ihre Oberschenkel konnte man unter dem geblümten Kleid nur erahnen, dafür zeichneten sich ihre runden Hüften verführerisch darunter ab.

Irritiert über sein unangemessenes Verhalten folgte er ihr in den Lift, wählte das Erdgeschoss an und sagte kein Wort. Miss Fields' blumiger Geruch stieg ihm in die Nase, als ob es nicht genug wäre, dass sie ein geblümtes Kleid trug.

»Würden Sie mit mir essen gehen?«, hörte er sich zu seiner eigenen Überraschung fragen.

Es dauerte einige Sekunden, bis sie antwortete. »Ich weiß nicht.«

Damit hatte er nicht gerechnet, er hatte erwartet, dass sie aus Höflichkeit mit einem einfachen Ja antworten würde.

Immerhin wollte sie etwas von ihm, oder von seiner Firma, wie auch immer. Er war ein Arschloch, wenn er seine Position ausnutzte, und dennoch tat er es. Mit Vergnügen sogar.

Mit ihm stimmte etwas nicht.

»Wieso nicht?«

Er hörte, wie sie leise zischend die Luft ausstieß. »Ist das eine Bedingung für unser Projekt?«

Nate wandte ihr sein Gesicht zu und merkte, wie sich sein Mund zu einem süffisanten Grinsen verzog. »Nein. Also, was sagen Sie?«

Ihre sinnlichen Lippen öffneten und schlossen sich dann wieder. Sie blinzelte ein paar Mal verwirrt. »Ein Essen wäre in Ordnung, denke ich.«

Er nickte, gleichzeitig ließ er sich nicht anmerken, wie erleichtert er war, dass sie Ja gesagt hatte. Allerdings würde er dieses Abendessen nicht gleich heute bei ihr einlösen, zuerst würde er sich noch um ihr Projekt kümmern.

Absurd.

Komplett irre.

So unprofessionell hatte er sich in seinem ganzen Berufsleben noch nicht verhalten. Üblicherweise trennte er Sex und Geschäft. Nate vergrub die Hände in seinen Hosentaschen und schwieg.

Vor dem Gebäude winkte er ein Taxi an den Straßenrand. »Bitte«, sagte er und ließ ihr den Vortritt, dann setzte er sich neben sie auf die Rückbank. »Die Adresse?«

Liv schaute ihn mit einem Stirnrunzeln an. »Was meinen Sie?«

»Die Adresse des Women's Shelter.«

Sie machte große Augen. »Wollen Sie dort hinfahren? Ich dachte, wir gehen essen?«

»Keine Sorge, ich habe Ihr ›Ja‹ nicht vergessen. Das Essen kommt noch, schließlich haben Sie zugestimmt.«

Das Aber stand ihr förmlich ins Gesicht geschrieben, dennoch wandte sie sich dem Fahrer zu und gab ihm die Adresse durch. Wenige Sekunden später fädelte er den Wagen in den Feierabendverkehr ein.

Für einige Minuten saßen sie schweigend nebeneinander. Nate konnte ihr Unbehagen förmlich spüren, sie fragte sich bestimmt, was hier los war. Er selbst fragte sich das auch.

»Erzählen Sie mir ein bisschen was«, bat er sie irgendwann.

Liv rutschte unruhig auf der durchgesessenen Bank hin und her. »Wo soll ich anfangen?«

»Vielleicht damit, wie Sie dazu gekommen sind, als Sozialarbeiterin tätig zu werden«, schlug er vor.

Eine zarte Röte überzog ihre ebenmäßigen Wangen. »Ich wusste schon früh, dass ich nie in einem stickigen Büro sitzen wollte«, gab sie zurück.

Er ahnte, dass das nicht alles war, denn er erkannte, wenn Menschen versuchten, etwas Persönliches zu verbergen, denn er selbst war ein Meister darin. Was ihn mehr irritierte, war, dass ihn ihre Geschichte interessierte. »Wirklich?«, fragte er daher. »Warum?«

Sie drehte ihm ihr Gesicht zu und schaute ihn aus großen Augen heraus an. Sie hatte lange dunkle Wimpern, die kleine Schatten auf ihre seidige Haut warfen. Sie sah bezaubernd aus. Und ein bisschen traurig, Nate fragte sich, ob sie aus persönlichen Gründen in dem Job gelandet war.

»Ich bin kein Typ für Akten und Computer. Ich wollte schon immer mit Menschen arbeiten und mich am Ende des Tages gut fühlen, weil ich jemandem helfen konnte, und nicht, weil ich eine Tabelle ausgefüllt habe.«

»Verstehe«, gab er zurück und wandte seinen Blick nach vorne. »Das gefällt mir. Sagen Sie mir, wieso sollte gerade ich in das Projekt Hope investieren?«

Er hörte sie leise nach Luft schnappen, wie er es schon einige Male zuvor wahrgenommen hatte. Ihm war klar, dass er sie aus der Fassung brachte. Dass sie es nicht gewohnt war, mit Männern wie ihm, die unbequem und fordernd waren, umgehen zu müssen. Aus einem unerklärlichen Grund freute es ihn, dass sie so authentisch reagierte. Er fand es anziehend. Er fand sie anziehend.

»Soll ich Ihnen die Präsentation hier im Taxi zeigen, ehe wir beim Women's Shelter ankommen? Das dürfte unsere Beweggründe ausreichend darlegen.«

Sie nestelte an der Mappe herum und wollte sie öffnen. Nate legte seine Hand sanft über ihre. Liv hielt mitten in der Bewegung inne, dann drehte sie ihren Kopf ganz langsam in seine Richtung und fand seinen Blick. Sie schauten sich schweigend an, und er bemerkte zum ersten Mal, dass ihre Augen nicht nur einfach braun waren. Sie hatten einen warmen Karamellton mit goldenen Sprenkeln. Er war fasziniert.

Ihre Haut fühlte sich weich und seidig unter seinen Fingern an. Nate fragte sich unwillkürlich, wie es wäre, sie zu küssen.

Verdammt.

»Nicht«, sagte er, obwohl er keine Ahnung hatte, was genau er eigentlich damit meinte. Jedenfalls ging es längst nicht mehr nur um die Präsentation, so viel war klar.

Er musste verrückt geworden sein.

»Was denn nun?«, fragte sie leicht irritiert.

Nate ließ sie los, fuhr sich mit der Hand durch die Haare und atmete tief ein. Er hatte keine Ahnung, was mit ihm los war, und es gefiel ihm nicht, was diese hübsche Person mit ihm anstellte. Ganz und gar nicht.

»Miss Fields, entschuldigen Sie bitte.« Wie hatte er sich nur dazu hinreißen lassen können, ihr so nahe zu kommen? Das war gegen jede Regel des Anstands, er war doch kein notgeiler alter Sack, der es nötig hatte, attraktive Praktikantinnen anzugrabbeln. Er nahm ihr die Mappe aus den Händen, sorgsam darauf bedacht, sie nicht noch einmal zu berühren. »Ich werfe lieber selbst einen kurzen Blick auf die Unterlagen, aber ich glaube, Ihre Chefin hat mich schon bestens informiert.«

Das Meeting war eigentlich nur noch eine Formsache gewesen, er hatte sich längst entschieden, dass er das Projekt Hope finanziell unterstützen wollte, auch wenn er fand, dass der Zeitplan reichlich unrealistisch war, deswegen wollte er das Haus selbst sehen. Gleichzeitig hatten die Damen der Einrichtung nicht bedacht, was während der Zeit des Umbaus mit den Bewohnern passieren sollte. Er hütete sich jedoch davor, das der süßen Miss Fields auf die Nase zu binden. Dann hätte er keinen Grund mehr, sie zu überreden, mehr Zeit mit ihm zu verbringen. Gerade gefiel ihm der Gedanke sehr, sich etwas intensiver in die Planung einzumischen.

Es war völlig übertrieben, seine kostbare Zeit in ein Wohltätigkeitsprojekt zu stecken. Er war durchgeknallt.

»Sind Sie sicher?«, fragte sie leise.

Oh ja. Er war absolut überzeugt davon, dass etwas mit ihm ganz und gar nicht stimmte. Gleichzeitig konnte er nicht verhindern, dass er jede Sekunde in diesem verdammten Taxi genoss.

Ohne zu antworten, blätterte er die Unterlagen durch. Er registrierte, dass sie angespannt neben ihm saß und sich offenbar nicht traute, etwas zu sagen.

Die Informationen waren anschaulich dargestellt, es fehlten allerdings einige Details, die nicht unwichtig waren. »Wie viele Sponsoren brauchen Sie?«

»Das kommt darauf an«, erwiderte sie.

Nate registrierte, dass das Taxi anhielt. Er klappte die Mappe wieder zu, bezahlte, stieg aus und hielt Miss Fields die Tür auf. »Danke«, sagte sie und schaute ihn mit einem zaghaften Lächeln an.

Verdammte Scheiße.

Er lechzte nach ihren süßen Lippen wie ein Junkie auf Entzug. »Das ist es also«, sagte er, schlug die Tür des Wagens zu und drehte sich dem Haus zu. Das Grundstück war von einem weißen Lattenzaun umrandet. Das Haus war grün gestrichen, sieben Stufen führten zur roten Haustür. Neben dem Geländer hingen zwei Blumentöpfe mit pinkfarbenen Primeln. Unter der Dachrinne baumelte eine Lichterkette. Weihnachten lag einige Monate zurück, entweder hatte hier jemand einen sehr seltsamen Sinn für jahreszeitliche Dekoration, oder die Lichter sollten ein Gefühl von Wärme und Heimeligkeit vermitteln. Vermutlich Letzteres.

Er hatte einfach keine Ahnung von solchen Dingen, das war nicht seine Welt.

»Ja, das ist es«, gab sie mit Stolz in der Stimme zurück.

Wenn er nicht schon längst seine Entscheidung getroffen hätte, hätte sie ihn spätestens jetzt überzeugt. Er mochte es, wenn Leute ihrem Job mit Leidenschaft nachgingen. »Wie viele Frauen und Mädchen leben momentan hier?«

»Aktuell sind es sechs, drei davon haben Kinder, zwei sind schwanger. Wir versuchen alles, um sie zu unterstützen, helfen bei der Betreuung, bei der Arbeitssuche oder bei der Schule. Einige haben noch keinen Abschluss.«

»Haben Sie Privatlehrer, die Sie dabei unterstützen?«

Sie schüttelte den Kopf. »Nein, das ist leider nicht im Budget.«

Er kniff die Augen zusammen. »Ausbildung ist wichtig.«

»Ich weiß, aber unsere Mittel sind begrenzt.«

Nate nickte. »Verstehe.« Im Geiste machte er sich eine kleine Notiz.

»Möchten Sie, dass ich Ihnen die Gemeinschaftsräume

zeige? Die einzelnen Zimmer kann ich Ihnen natürlich nicht …«

»Nein, schon in Ordnung. Ich wollte mir nur einen kurzen Eindruck verschaffen.«

»Oh.« Sie trat von einem Fuß auf den anderen.

Schweigen breitete sich zwischen ihnen aus, bis Nate sich räusperte. »Darf ich mir die ausleihen?«

»Die Mappe?«

»Ja, wenn es Ihnen nichts ausmacht?«

Er konnte in ihrem Gesicht lesen wie in einem offenen Buch. Sie fragte sich, was er damit vorhatte, wo sie doch vor ihm stand und ihm jede seiner Fragen beantworten konnte.

»Bitte«, sagte sie höflich, dann reichte sie sie ihm.

»Ich schaue es mir in Ruhe an und melde mich. Ich muss jetzt leider los.«

Eigentlich hatte er etwas mehr Zeit mit ihr verbringen wollen, aber sein persönliches Interesse an ihr schien mit jeder Sekunde zu wachsen. Er war überrascht, irritiert, und er wusste, dass es falsch war, dem nachzugeben. Vielleicht kam er ja zur Vernunft, wenn er erst einmal Abstand zwischen sich und Miss Fields brachte. Es war klar, dass ein Techtelmechtel jegliche Zusammenarbeit erschweren würde.

»Was, aber wir sind doch eben erst …?«, sie stockte. »Wenn ich etwas falsch gemacht oder was Falsches gesagt habe, dann tut es mir schrecklich leid, Mr. West.«

»Nate«, unterbrach er sie. »Nennen Sie mich Nate.«

Liv blinzelte. »Okay, sagen Sie nur, was … Ich … Das Projekt ist mir, uns, es ist einfach so wahnsinnig wichtig.«

Er legte ihr eine Hand auf die Schulter. »Das weiß ich. Keine Sorge, Liv. Darf ich Liv sagen?«

Sie nickte.

»Gut, Liv. Ich sehe es mir in Ruhe an, dann melde ich mich. Apropos. Haben Sie eine Telefonnummer?«

Sein Gewissen regte sich, schließlich könnte er genauso

gut auch Mrs. Jones anrufen, das wusste er. Ihr Akku war garantiert nicht für immer entladen. Aber er wollte nun mal Livs Nummer haben.

Dieser innere Drang, mehr über sie zu erfahren, war stärker als die Vernunft. Nate zog sein Handy aus der Hosentasche, entsperrte es und reichte es ihr. »Wären Sie so nett?«

»Klar.« Sie zuckte mit den Schultern. »Es ist allerdings meine Privatnummer.«

»Keine Angst, ich werde Sie nicht stalken«, scherzte er.

Liv lachte. »Ich hatte nicht befürchtet, dass ein Mann wie Sie mir nachstellen würde.«

Sie hatte wohl keine Ahnung, wie verführerisch sie auf ihn wirkte. Er fand sie hinreißend.

»Hier, bitte«, sie gab ihm sein Smartphone zurück. »Sie können mich wirklich jederzeit anrufen, wenn Sie Fragen haben: Penelope sollte aber morgen auch wieder erreichbar sein. Tagelang kann dieser dämliche Stau ja nicht andauern.«

Leider.

»Natürlich. Darf ich Sie trotzdem belästigen?« Er hob eine Augenbraue und lächelte schief. »Mit Fragen meine ich.«

Gott, ihm wurde beinahe selbst schlecht von dem Gesülze, das er von sich gab.

Sie lächelte freundlich. »Natürlich.«

»Gut, dann bedanke ich mich für Ihre Zeit.«

»Oh! Sie wollen tatsächlich schon gehen?«

Er verzog seine Lippen zu einem spöttischen Grinsen. Er wollte nicht, aber er musste, sonst würde er sie womöglich an Ort und Stelle küssen. Er war sicher, dass Liv damit nicht einverstanden wäre, deswegen sagte er: »Ja, aber vergessen Sie nicht: Sie haben zugesagt, mit mir essen zu gehen, daran werde ich Sie bei Gelegenheit erinnern.«

Livs Lippen öffneten und schlossen sich dann wieder, als ob sie protestieren wollte, sich dann aber dagegen entschied.

»Auf Wiedersehen, Liv.«

Und dann drehte er sich um und schlenderte mit der Präsentationsmappe im Arm davon.

Ungläubig schüttelte er den Kopf. Olivia Fields war ganz anders als alle anderen Frauen, für die kühlen Schönheiten, für die er sich bisher interessiert hatte. Liv besaß eine natürliche Anmut, die man für kein Geld der Welt kaufen konnte. Sie war unschuldig, wo er verdorben war. Sie war schüchtern, wo er keine Skrupel hatte. Sie war ehrlich, wo er versuchte, seine Gedanken zu verstecken.

Und doch konnte er es kaum abwarten, sie wiederzusehen.

Kapitel 2

Liv saß mit ihrer Chefin in deren winzigem Büro. Weil es nur ein kleines Fenster hatte, war es eigentlich zu jeder Tageszeit so düster, dass sie immer eine Schreibtischlampe mit grünem Schirm und goldenem Standfuß angeknipst hatte. Es war stickig und roch nach altem Papier, weil dies der einzige Raum war, in dem sie alle Akten der Einrichtung aufbewahren konnten. Einen Keller hatte das Haus nicht, und die anderen Räume brauchten sie für die Bewohner.

»Wie seid ihr denn verblieben?«, löcherte Penelope sie nun schon zum wiederholten Mal. Aber Liv konnte immer nur das Gleiche antworten. »Er wollte sich melden«, gab sie ausweichend zurück.

Nate hatte sie beim Abschied an das Essen erinnert, nachdem er sich ihre Telefonnummer hatte geben lassen. Wenn Liv es nicht besser wüsste, würde sie glauben, dass er Interesse an ihr hätte. Aber das wäre doch absurd, oder?

Er, der attraktive Geschäftsmann, und sie, eine durchschnittlich aussehende Sozialarbeiterin. Nein, er hatte es vermutlich wirklich auf das Projekt bezogen, zumal sie seitdem auch nicht noch einmal von ihm gehört hatte.

Sie hatte keine Ahnung, was sie von all dem halten sollte. Das war definitiv das seltsamste Treffen ihres Lebens gewesen. Allerdings hatte sie vorher auch nicht wirklich viele Business-Meetings gehabt. Keins, um genau zu sein. Vielleicht war so was ja normal.

Nein, das sagte alleine schon ihr Bauchgefühl, auf das sie sich bislang immer hatte verlassen können. Nichts an Nathaniel West war normal. *Nate*, erinnerte sie sich.

»Ich hoffe, du hast ihn nicht verärgert?«, fragte Penelope und guckte streng. Sie saß hinter ihrem Schreibtisch und verschränkte die Finger ineinander.

»Nein, ich denke nicht.«

»Gut.« Sie seufzte. »Ich möchte auch nicht anrufen und fragen, was er denkt. Das Ganze ist mir unfassbar unangenehm. Es ist mir so peinlich, dass ich erst im Verkehr stecken bleibe und dann noch nicht mal telefonisch erreichbar bin. Dir könnte ich keinen Vorwurf machen …«

»Penelope«, versuchte Liv, sie zu beruhigen. »Es ist anders gekommen, als geplant, aber es konnte ja auch niemand ahnen, dass deine Mutter stürzen würde.«

»Nein, zum Glück weiß man so was vorher nicht.«

»Wie geht es ihr denn überhaupt?«

»Ganz in Ordnung, dafür, dass sie die Hüfte gebrochen hat. Sie bleibt noch ein paar Tage in Portland im Krankenhaus.«

»Und dann?«

»Dann werde ich mir hier noch einmal freinehmen müssen, sie hat ja sonst niemanden.«

»Wir bekommen das hier schon hin, mach dir keine Sorgen.«

Hoffentlich, dachte Liv, *hat sich Nate bis dahin positiv geäußert.*

»Ja, da bin ich mir sicher. Mir wäre es aber lieber, wenn wir Mr. West an der Angel hätten.«

»Mir auch«, murmelte Liv. »Mir auch.«

»Dann mach mal Feierabend, morgen rufe ich ihn an.«

»Danke, kann ich sonst noch was tun?«

»Keine Ahnung, kannst du?« Penelope schaute Liv eindringlich an.

»Ich wüsste nicht was.« Doch gleichzeitig dachte sie an seinen intensiven Blick, seine warmen Hände, seine samtige Stimme.

Hör auf, mahnte sie sich.

Dabei war sie sonst nicht eine von diesen Frauen, deren Knie sofort weich wurden, sobald ein gut aussehender Typ um die Ecke kam. Liv wusste genau, dass die Schönsten die Schlimmsten waren. Nicht aus eigener Erfahrung, aber doch aus erster Hand. Die Mädchen und Frauen hier im Shelter erlebten zu viele Geschichten, und sie hatte genug gesehen. Nein, von Männern hielt sie sich lieber fern. Sie hatte zwar ein paar Beziehungen gehabt, aber ernst waren die bislang nie gewesen. Vermutlich lag es an ihr, denn nach den Erfahrungen ihrer Mutter war Liv überzeugt davon, dass Verhältnisse zwischen Männern und Frauen selten bis nie glücklich endeten. Sie wusste, dass man sich mit der Liebe in Abhängigkeiten begab, die immer zulasten des Schwächeren gingen – das waren nach ihren Erfahrungen, die sie auch jeden Tag aufs Neue im Shelter sammelte, fast immer die Frauen. Nein, so wollte sie nicht leben, da blieb sie lieber allein.

Ha, sie lachte humorlos. Als ob Nate West ein Mann wäre, der eine Beziehung einging. Wohl kaum.

Und schon gar nicht mit ihr.

Liv schüttelte die verwirrenden Gedanken ab, das hatte sie am heutigen Tag schon mehrfach tun müssen. Ob sie nun wollte oder nicht, immer wieder hatte sie sich dabei ertappt, wie sie an ihn und den gestrigen Tag zurückdachte. Sie besprach mit Penelope noch ein paar Vorgänge, Anfragen vom Jugendamt und neue Vorgaben für einzelne Mädchen, dann verabschiedete sie sich von allen, die im Aufenthaltsraum waren.

Liv kam, während sie sich umsah, nicht umhin, sich einzugestehen, dass sie diese Spende dringend brauchten. Der Linoleumboden war abgetreten und an einigen Stellen eingerissen. Die Möbel waren bunt zusammengewürfelt und hatten ihre besten Tage schon lange hinter sich, aber sie waren besser als gar keine. Auf einem der Sofas lag Leslie und war mit ihrem Smartphone beschäftigt. *Hoffentlich schreibt sie nicht mit ihrem Freund*, dachte Liv, dem Kerl, wegen dem sie hier gelandet war. Sie hasste es, zu sehen, wie viele Mädchen in ihr Unglück rannten. Die gleichen Geschichten gab es viel zu häufig, häusliche Gewalt war verbreiteter, als man sich vorstellte.

»Hey Leslie, ich gehe dann«, sagte sie.

»M-mh«, machte sie, ohne dabei aufzuschauen.

»Hallo? Kannst du mal für eine Sekunde dein Handy beiseitelegen?«

»Wieso denn?«, brummte Leslie. »Ich denke, du hast Feierabend. Dann geh doch.«

Liv presste ihre Lippen aufeinander und warf ihrer Kollegin Brooke, die gerade ins Zimmer kam, einen vielsagenden Blick zu. »Okay, dann halt nicht. Tschüss, Leslie.«

Sie holte ihre Tasche und verließ gedankenverloren das Haus. Sie machte sich Sorgen um Leslie. Das Mädchen wurde immer dünner, die Augenringe dunkler und man konnte mit ihr kaum mehr ein normales Gespräch führen. Sie glaubte nicht, dass Drogen im Spiel waren, aber irgendetwas stimmte nicht.

Beinahe wäre sie mit jemandem zusammengestoßen.

Sie hob ihren Blick und schaute geradewegs in Nate Wests graublaue Augen, die einen starken Kontrast zu seinen dunklen Haaren bildeten. Anstatt eines Anzuges trug er heute eine schwarze Lederjacke und eine einfache Jeans. Leider standen ihm auch diese Klamotten ausgezeichnet. So viel Attraktivität sollte verboten werden.

»Oh!«, stieß sie überrascht hervor.

»Hallo Liv.« Seine rauchige Stimme jagte wohlige Schauer an ihrer Wirbelsäule entlang.

»Was machen Sie denn hier?«

Er grinste. »Überraschung! Wir wollten doch zusammen essen gehen.«

Ihr schnell klopfendes Herz irritierte sie.

»Essen?«, wiederholte sie leicht dümmlich.

Herrgott noch mal, sie war doch sonst nicht so ein Mäuschen!

»Sagen Sie bloß, das haben Sie vergessen?«

»Mir war nicht klar, dass wir heute verabredet waren.«

»Sind wir auch nicht.«

»Was machen Sie dann hier?«

»Ich hatte gehofft, dass Sie vielleicht Zeit für mich haben.«

»Haben Sie mir etwa aufgelauert?«, versuchte sie zu scherzen.

Sein verschlagenes Grinsen sprach Bände. »Ich hatte gehofft, dass Sie heute die gleiche Schicht hätten wie gestern.«

Liv kniff die Augen zusammen. »Was wird das hier?«

»Ein Abendessen?«

Ihr Mund klappte auf. Eine Bewegung im Augenwinkel erregte ihre Aufmerksamkeit. Die Vorhänge wurden jedoch rasch wieder zugezogen, als sie sich umdrehte.

»Können wir diese Unterhaltung vielleicht woanders führen?«, sagte sie etwas leiser zu Nate.

»Sehr gerne. Kommen Sie.« Er ging ein paar Schritte und blieb vor einem Motorrad stehen. Aber das war nicht irgendein Motorrad, das Ding sah aus wie eine Höllenmaschine. Die sichtbaren Motorteile waren verchromt, der Rest in Schwarz gehalten. Die glänzenden Felgen sahen aus wie Turbinen.

»Nicht Ihr Ernst!«, stieß sie hervor. »Wem haben Sie das geklaut? Batman?«

Er nahm einen Helm und reichte in ihr. »Angst? Und nein, nicht Batman. Das ist nur eine Ducati.«

Sie lachte spitz und schüttelte den Kopf. »Wenn Sie das sagen, ich kenne mich nicht aus. Sollte ich mich fürchten?«

In seinen Augen blitzte etwas Gefährliches auf, dann lächelte er. »Ich passe auf Sie auf. Außerdem wollte ich gerne noch einmal mit Ihnen über das Projekt reden. Ich habe mir die Unterlagen angesehen.«

»Dann kann ich nicht Nein sagen?«

Er zuckte die Schultern. »Denken Sie, das wäre ratsam?«

»Warum habe ich das Gefühl, dass das Erpressung ist?« Sie lächelte schwach.

»Ist es nicht. Es ist eine Bitte. Würden Sie mit mir essen gehen, um über das Projekt zu reden? Bitte!«

Ihr Magen machte eine nervöse Umdrehung. Wie sollte man Nein zu jemandem sagen, der einen so ansah wie er? »Penelope ist wieder da«, erklärte sie beiläufig, während sie den Helm entgegennahm. »Soll ich Sie zu ihr bringen?«

»Um ehrlich zu sein, ich würde lieber mehr von Ihnen hören, Sie sind sicher dichter dran, und wenn ich richtig gelesen habe, dann war es doch sowieso Ihre Idee?«

Liv seufzte. »Ja, das stimmt.«

»Ich rufe Penelope morgen an. Zufrieden?«

Sie nickte. »Werden wir sehen. Kommt auf Ihre Antwort an.«

Er lachte rau. »Ich sehe schon, Sie sind eine harte Verhandlungspartnerin.«

»Wenn mir die Sache etwas bedeutet. Ich kann nur immer wieder betonen, wie wichtig diese Angelegenheit für unsere Einrichtung ist, und hoffe sehr, dass Sie das genauso sehen.«

Einen Augenblick schauten sie sich wortlos an. Niemand rührte sich, niemand unterbrach die Verbindung. Liv wurde heiß und kalt zugleich, sie schluckte trocken.

»Kommen Sie, springen Sie auf«, sagte er schließlich.

Liv war froh, dass er die Ducati nicht direkt vor der Tür geparkt hatte. Sie hatte keine Lust, morgen allen zu erklären, dass sie zu einem potenziellen Spendengeber aufs Motorrad gestiegen war. Sie konnte es ja selbst nicht glauben. Gleichzeitig breitete sich ein sonderbares Gefühl in ihrer Magengegend aus, während sie sich ihre Tasche umhängte und dann den Helm aufsetzte und den Verschluss zuschnappen ließ.

Nate stieg auf und ließ den Motor aufheulen. »Bereit?«

Sie nickte und kletterte umständlich hinter ihm auf den Sozius, gleichzeitig ärgerte sie sich, dass sie schon wieder ein Kleid trug. Ohne Blumen dieses Mal, aber trotzdem nur knielang.

Als hätte er ihre Gedanken gelesen, sagte er: »Ich fahre vorsichtig, es ist auch nicht weit.« Dann berührte er leicht ihr Knie. »Halt dich fest.«

Im nächsten Moment fuhr er los, und Liv legte ihre Arme um seine Hüften. Dass er plötzlich ins vertraute Du gewechselt war, kommentierte sie nicht, wie auch, er würde es ohnehin nicht hören. Und es störte sie auch nicht, obwohl es das vielleicht sollte.

Sein Rücken war breit und muskulös, das konnte sie auch durch die Lederjacke spüren. In den Kurven lehnte sie sich noch enger an ihn, schloss die Augen und genoss das Gefühl der Freiheit – auch wenn sie sich mitten in Boston und nicht irgendwo an der Küste befanden. Mit ihm würde sie überallhin fahren.

Mist.

Nein, natürlich nicht. Würde sie nicht.

Aber es war zu spät, einmal gedacht, wurde sie die Idee

nicht mehr los. War er deshalb gekommen? Wegen ihr? Oder doch nur wegen des Projekts?

»Alles okay?«, rief er ihr an einer roten Ampel zu, er musste gespürt haben, dass sie sich versteift hatte.

»Ja, ja, alles in Ordnung.«

Kurz darauf hielt er die Ducati am Straßenrand, stellte beide Beine auf den Boden und nahm den Helm ab. »Magst du indisch?«

»Ja, sehr gerne sogar.«

»Wunderbar, dann haben wir unser Ziel erreicht.«

Liv stieg vom Motorrad und nahm den Helm ab. Dann strich sie sich durch die Haare. Nate beobachtete sie, er machte sie nervös.

»Gib mir ruhig den Helm«, sagte er und stieg ebenfalls ab. Er nahm ihn ihr ab und hängte ihn neben seinen an den Lenker.

Nate betrat das Restaurant *TAJ* als Erster. Exotische Düfte und warme Luft strömten ihnen entgegen. Am Empfangstresen bat er um einen ruhigen Tisch für zwei. Die junge Dame warf einen Blick in ihr Reservierungsbuch, dann nickte sie. »Folgen Sie mir bitte.« Sie nahm zwei Speisekarten und ging voraus. Die Wände und Decken waren mit Eichenholz vertäfelt, über den Tischen baumelten kleine Kronleuchter. Der Boden bestand aus geöltem Parkett im Fischgrätenmuster. Auf jedem der Tische befanden sich ein rotes Deckchen und eine Vase mit einer gelben Rose, die Stühle waren reich verziert mit goldenen Ornamenten und rotem Samt.

Ohne darüber nachzudenken, nahm er Livs Hand und führte sie hinter der Mitarbeiterin her zu ihrem Tisch. Sie sagte nichts, aber er fühlte, dass die Vertraulichkeit sie überraschte.

Er hatte sich selbst überrascht.

Dass er Geschäftliches mit Privatem vermischte. Dass es ihm gefiel. Dass er mehr davon wollte. Er könnte diese Liste endlos weiterführen, doch jeder einzelne Punkt davon hing mit Liv zusammen. Irgendwas war mit ihm passiert und er hatte keine Ahnung, was.

»Bist du öfter hier?«, fragte sie, nachdem sie Platz genommen und Getränke bestellt hatten.

»Hin und wieder. Ich mag das Lokal, es ist ein echter Geheimtipp.«

Liv schaute ihn aus ihren großen Augen an.

»Was?«, fragte er.

»Ach, nichts.«

»Es ist nie nichts«, gab er zurück.

»Ich habe mich nur gefragt, warum das alles.«

Nate wünschte, er könnte ihr die Antwort geben, aber er hatte selbst keine.

»Das Projekt«, sagte er nur.

»Das kommt mir komisch vor. Wenn du mich ins Bett kriegen möchtest, muss ich dich nämlich enttäuschen.« Livs Wangen wurden feuerrot.

Sie hatte nie hinreißender ausgesehen. Eine weitere junge Dame kam zu ihnen und reichte jedem ein heißes, feuchtes Tuch, mit dem sie sich die Hände reinigen sollten. Es roch nach Jasmin und Zitrone.

»Sehe ich so aus, als ob ich es nötig hätte, Frauen zu ihrem Glück mit mir zu zwingen?«, fragte er, als sie wieder alleine waren.

»Eben, deswegen wundere ich mich ja so. Was ist es dann? Willst du nicht mit mir ins Bett?«

Oh Gott. Ihre Direktheit war umwerfend. Tatsächlich hatte er sich die Frage letzte Nacht mehr als nur einmal gestellt. Die Antwort war klar: Er wollte, aber er sollte nicht.

Und doch war er hier, denn er war kein edler Ritter, der

auf die Gefühle anderer Rücksicht nahm. Gleichzeitig wusste er, dass er die Finger von Liv lassen musste, sie war keine von den Frauen, mit denen er seine Spielchen spielen konnte. Sie hatte mehr verdient.

»Wie wäre es, wenn wir diese Diskussion verschieben und uns erst einmal etwas zum Essen aussuchen würden?«, schlug er mit einem Lächeln vor.

Demonstrativ klappte er die Karte auf.

»Ich wollte es lieber gleich sagen, auch auf die Gefahr hin, dass ich, also, ich hoffe, dass das die Entscheidung, für das Projekt zu spenden, nicht beeinflussen wird.«

Nate beobachtete sie, sagte jedoch nichts.

»Ja, also, wie auch immer«, fuhr sie fort. »Ich werde nicht mit dir ins Bett gehen, damit du spendest.«

Er lachte. »Gut.«

»Gut?«

»Das hätte ich auch nicht von dir verlangt. Ich bin nicht so ein Arschloch.«

Nun ja, vielleicht doch, überlegte er, denn natürlich war er hier, weil er mit ihr schlafen wollte. Aber Erpressung kam nicht infrage, er hoffte immer noch, dass sie es aus freien Stücken tun würde, und irgendwie auch nicht – es war absurd. In ihm kämpfte die Vernunft mit dem Verlangen.

»Wenn du mit mir ins Bett gehst, dann weil du es möchtest«, meinte er schließlich. Er würde definitiv nicht Nein sagen ...

Liv schnappte nach Luft. »Das wird nicht passieren.«

Er kam nicht umhin, sich zu fragen, wieso nicht? Hatte sie einen Freund? Sie hatte gar nichts erwähnt.

West, du Idiot, natürlich hat sie nichts gesagt: Es war ein Business-Meeting.

Er wollte sich die flache Hand gegen die Stirn schlagen, aber er war ein guter Pokerspieler und ließ sich nichts anmerken. »Wieso nicht?«, wollte er wissen.

»Muss ich diese Frage beantworten? Reicht ein Nein nicht?«

Nate verzog seinen Mund. »Doch, ein Nein reicht immer.«

Gespannt beobachtete er ihre Reaktion. Sie war überrascht, hatte ihre Nase kraus gezogen und den Kopf ein wenig zur Seite geneigt.

Er lachte. »Was? Hast du gedacht, ich sage, komm schon, du willst es doch auch, oder wie?«

Sie zuckte die Schultern. »Ehrlich gesagt, ich weiß es nicht. Das alles ist für mich sehr ... undurchsichtig. Ich verstehe nicht, was du von mir willst.«

Ich verstehe es auch nicht. Noch nicht.

»Dann lass uns essen. Und reden«, schlug er vor. Er widmete sich dem Menü, spürte zwar ihren Blick auf sich, gab dem Impuls aber nicht nach, sich erneut in ihren hübschen Augen zu verlieren.

Nachdem die Kellnerin ihre Bestellung aufgenommen und Cola für Nate und Soda für Liv serviert hatte, erklärte Liv ihm die Abläufe im Women's Shelter. Er hörte aufmerksam zu, ertappte sich aber mehrfach, wie seine Gedanken abdrifteten und er auf ihre Lippen starrte.

Sie war ihm ein Rätsel, er kapierte nicht, aus welchem Grund er dermaßen heftig auf sie reagierte. Sein Liebesleben war rege, und er konnte sich nicht darüber beschweren, dass er untervögelt war. Und doch ... er wollte sie und keine andere.

»Nate?«, riss ihn ihre melodische Stimme aus den Gedanken.

»Entschuldige, kannst du es noch mal wiederholen?«

Liv lächelte höflich. »Natürlich. Ich hatte gesagt, dass Penelope und ich, und natürlich die Mädchen, sehr dankbar sind, dass du überhaupt in Erwägung ziehst, unser Projekt Hope zu unterstützen.«

Er trank einen Schluck von seiner Cola. »Nach der Durchsicht eurer Unterlagen habe ich mich aber gefragt, ob ihr wirklich alles bedacht habt.«

»Was meinst du?« Sie kniff ihre Augen zusammen.

»Die Zeitplanung kam mir ein wenig zu optimistisch vor, gleichzeitig frage ich mich, wo die Mädchen leben sollen, während umgebaut wird. Es dürfte laut und eng werden, selbst wenn man jedes Zimmer einzeln renoviert.«

Liv nickte und faltete ihre Hände im Schoß. »Das ist wohl wahr, aber es gibt keine Alternative. Wir tun alles, was in unserer Macht steht.«

»Verstehe, aber, wie wäre es, wenn ich euch dabei helfen würde, dass es vielleicht etwas weniger stressig für alle werden würde.«

Ihre Augen wurden tellergroß. »Wie«, sie stockte, »wie sollte das gehen? Und dazu wärst du bereit?«

»Ja«, sagte er, ohne groß darüber nachzudenken.

»Aber das würde eine ganze Menge Arbeit bedeuten für dich. Ich gebe es ja zu, wir haben nach eigenem Ermessen geplant, einen Architekten können wir uns nicht leisten. Die Behörden geben uns keine finanzielle Unterstützung. Uns fehlt ein wenig die Expertise.«

»Das habe ich gemerkt, aber dafür könnte ich sorgen.«

»Wow«, stieß sie mit bebender Stimme hervor. Sie war überwältigt. »Ich weiß gar nicht, was ich sagen soll. Warum das alles? Wieso?«

»Ich habe meine Gründe!«, gab er etwas schroffer zurück als nötig. Ruhiger fuhr er fort.

»Ich werde meinen Vorschlag mit Mrs. Jones besprechen. Das würde natürlich bedeuten, dass ihr mich häufiger zu Gesicht bekommen würdet.«

Er konnte selbst kaum glauben, was er da eben gesagt hatte. Als ob er nicht genug mit seinem eigenen Unternehmen zu tun hätte.

Glücklicherweise wurde das Essen in diesem Augenblick serviert. Die Bedienung stellte eine längliche Platte in die Mitte des Tisches, darauf waren verschieden Speisen auf einem Bambusblatt drapiert. Eine zweite Dame brachte acht Schälchen mit Soßen, Reis, gewürztem indischem Rahmkäse und Gemüse, das einen verführerischen Duft verströmte.

»Wow, wer soll das alles essen?«, rief Liv lachend. »Und wo ist das Besteck?«

Nates Mundwinkel bogen sich nach oben. »Wir haben gesunde Hände.«

»Das ist definitiv mal was anderes.«

»In vielen islamisch oder hinduistisch geprägten Ländern isst man nach einem festen Ritual. Wie hier werden die Speisen in die Mitte gestellt, von denen man sich gemeinsam bedient. Ich mag das sehr, es ist irgendwie ... sinnlicher. Ich wünsche dir einen guten Appetit.«

»Gibt es eine spezielle Technik?«, fragte sie und leckte sich über die Lippen. Himmel! Die Frau wusste vermutlich nicht mal, wie heiß sie war.

Nate nahm ein Stück Fladenbrot mit der rechten Hand und nahm es zu Hilfe, um etwas von dem Curry aufzunehmen. Ohne sie aus den Augen zu lassen, schob er es sich in den Mund. »Nicht die Linke, sie gilt als unrein«, erklärte er mit vollem Mund. »Probier mal, es ist köstlich.«

Er genoss es, Liv bei ihren vorsichtigen, aber geschmeidigen Bewegungen zu beobachten.

»Suppe«, sagte er mit belegter Stimme. »Nur Suppe darf man mit Löffeln essen.«

»Interessant«, fand sie und bediente sich noch einmal. »Du hast recht, es ist wirklich lecker.«

»Es freut mich, wenn ich deinen Geschmack getroffen habe.«

»Oh ja, das hast du definitiv. Ich hätte eher gedacht, dass so reiche Leute in teure Nobelrestaurants gehen.«

Er zuckte die Schultern. »Wenn du möchtest, machen wir das morgen.«

Liv erstarrte. »Nein, nein. So war das nicht gemeint.«

»Schon gut, das weiß ich doch. Ich schätze es, mir kaufen zu können, was ich möchte, ohne darüber nachdenken zu müssen, was es kostet. Aber das heißt nicht, dass ich nur im Luxus lebe.«

»Verstehe.« Sie schaute ihn lange an, ehe sie ihren Blick wieder auf die Speisen richtete und im Essen pickte.

»Es tut mir leid, wenn ich dich mit meiner forschen Art überfahre.«

»Ich weiß einfach nicht, wie ich es einordnen soll.«

Da wären wir schon zwei.

»Wir lernen uns ein bisschen besser kennen, während du mir über das Projekt erzählst. Können wir es fürs Erste nicht dabei belassen?«

Sie nickte. »Natürlich. Ich bin sehr froh, dass du dir die Zeit genommen hast.«

Nach dem Essen verlangte Nate die Rechnung. Es amüsierte ihn, aber überraschte ihn nicht, dass Liv vorschlug, die Hälfte zu übernehmen. »Das kommt nicht infrage«, sagte er bestimmt.

Sie protestierte.

»Wenn es dich beruhigt, ich lasse mir eine Quittung geben und setze es ab. Zufrieden?«

»Sieht so aus, als ob man mit dir nicht verhandeln könnte.«

»Ganz richtig erkannt.« Er lächelte verschlagen.

»Dann danke für das Essen.«

Nate unterschrieb den Kreditkartenbeleg, legte einen Zwanziger als Trinkgeld daneben und stand auf. Er reichte Liv die Hand und führte sie hinaus. »Ich bedanke mich bei dir. Es ist lange her, dass ich einen so wunderbaren Abend hatte.«

Sie bedachte ihn mit einem zweifelnden Gesichtsausdruck, sagte aber nichts.

»Kann ich dich nach Hause bringen?«, fragte er und reichte ihr den zweiten Helm.

»Danke, das ist sehr nett, aber ... nein, ich rufe mir lieber ein Uber.«

»Sicher?«

Warum zur Hölle wollte er sie unbedingt persönlich zu ihrer Wohnung bringen? Sie war ein großes Mädchen, sie würde schon klarkommen. »Es ist schon spät«, fügte er in strengem Tonfall hinzu.

Liv tippte etwas auf ihrem Smartphone. »Es ist sehr zuvorkommend, mir das anzubieten, aber nein, danke.«

»In Ordnung.« Er hängte den Helm wieder zurück und trat auf sie zu. Vorsichtig strich er ihr eine Locke aus dem Gesicht, dabei verharrte seine Hand eine Sekunde zu lange auf ihrer zarten Haut. Wortlos starrte er sie an, sie erwiderte seinen Blick. Er las Unsicherheit darin, gleichzeitig spürte er, wie sie schneller atmete.

»Es ist dir unangenehm«, murmelte er, ohne sie aus den Augen zu lassen. »Du magst es nicht, wenn dir jemand zu nahe kommt.«

Liv schluckte. »Was willst du von mir, Nate?«

Ohne ihre Frage zu beantworten, drückte er ihr einen zarten Kuss auf die Wange und atmete dabei ihren süßen Duft ein. »Bis bald, Liv.«

Dann schwang er sich auf sein Motorrad, startete es, zog sich den Helm über und rauschte davon.

Kapitel 3

Bumm. Bumm. Bumm.

Verschlafen öffnete Liv die Augen.

Bumm. Bumm. Bumm.

Es dauerte einen Augenblick, bis sie begriff, dass der Krach aus der Nachbarwohnung kam. Anscheinend hatte der Eigentümer einen neuen Mieter gefunden.

Stöhnend ließ sie sich zurück ins Kissen sinken, fischte nach dem Handy und schaute auf die Uhr. »Oh Gott«, stöhnte sie. »Gerade mal kurz nach sieben.«

Wer konnte so dreist sein und schon um diese Zeit Nägel in die Wände hauen? Dabei hätte sie noch eine halbe Stunde bis zum Weckerklingeln gehabt, was nach der beinahe schlaflosen Nacht wirklich nötig gewesen wäre.

Bumm. Bumm. Bumm.

Meine Güte! Genervt schlug sie die Decke zurück und schwang ihre Beine aus dem Bett. Mit tapsenden Schritten ging sie zur gegenüberliegenden Wand und hämmerte mit der Faust dagegen. »Hallo! Geht's vielleicht ein bisschen leiser?«, schrie sie.

Kopfschüttelnd schlurfte sie in Richtung Badezimmer, sie wollte gerade das Wasser in der Dusche aufdrehen, als es an der Tür klingelte.

Liv verdrehte die Augen und seufzte. »Ich schätze, das wird heute nicht mein Tag.«

Für einen Moment überlegte sie, ob sie einfach so tun sollte, als hätte sie es nicht gehört, aber das würde die Sache nur hinauszögern. Sie konnte sich denken, dass ihr neuer Nachbar sich »vorstellen« wollte. War ja klar, dass sie Pech haben würde, dabei war der Vormieter so ruhig und zuvorkommend gewesen. Leider war der Student mit seiner Freundin zusammengezogen, und aussuchen konnte sie sich bedauerlicherweise nicht, wer in die Wohnung neben ihr einzog.

»Komme schon«, rief sie, als es noch einmal – ungeduldiger – an ihrer Tür schellte. Das konnte ja heiter werden.

Mit einem Ruck zog sie die Tür auf und schaute geradewegs in ein sehr zartes Frauengesicht. Ihre neue Nachbarin war ein ganzes Stück kleiner als sie. Ihre goldblonden Haare hatte sie zu einem Dutt hochgebunden, aus dem sich mehrere Strähnen gelöst hatten. Ihr zarter Körper steckte in einer grünen Latzhose, darunter trug sie ein graues Shirt. »Äh, hallo?«, sagte Liv.

»Hi, ich bin Cat«, erwiderte die andere. »Sorry, war ich zu laut?«

Liv prustete los. »Entschuldige. Kommst du vielleicht vom Melmac? Natürlich warst du zu laut, es ist kurz nach sieben.«

Sie lächelte und entblößte damit eine ganze Reihe gerader Zähne. »Nein, ich bin keine Außerirdische, aber ich liebe Lasagne.«

»Das war doch Garfield und nicht Alf.«

»Wie auch immer. Ach, stimmt, aber beide mögen Katzen, oder wie war das?« Sie kratzte sich am Kopf. »Also, ich bin gerade eingezogen und wollte vor der Arbeit noch ein paar Sachen erledigen. Es tut mir leid, wenn ich dich gestört habe.« Sie streckte Liv ihre perfekt manikürten Finger hin.

»Ich bin Olivia, aber meine Freunde sagen Liv zu mir.«

»Hi Liv, freut mich, dich kennenzulernen. Kann ich dir

als Entschädigung für die morgendliche Störung ein Abendessen spendieren? Dann können wir uns auch gleich besser kennenlernen.«

Liv zögerte. Sie war nicht der Typ Mensch, der sich sofort mit jedem anfreundete. Um ehrlich zu sein, sie mochte es, alleine zu sein, und war daher zurückhaltend. »Ach, so schlimm war es ja nicht.«

»Ich mache auch Lasagne!« Cat klatschte in die Hände. »Passt es dir um acht?«

»Äh …« Mehr fiel Liv nicht dazu ein. Welche Drogen nahm diese Frau, dass sie früh morgens schon so gut drauf war?

»Gut, dann lass ich dich mal wieder in Ruhe. Freu mich auf heute Abend!« Ohne eine Antwort abzuwarten, schwebte ihre Nachbarin elfengleich wieder in ihre Wohnung, knallte dann die Tür hinter sich zu und ließ Liv sprachlos zurück.

»Wow«, murmelte sie, während sie zur Dusche tapste.

Eine Stunde später saß sie in Penelopes Büro. »Rate mal, wer mich eben angerufen hat«, verkündete ihre Chefin mit glänzenden Augen.

Liv ahnte es. »Sag du es mir.«

»Nathaniel West.«

»Ach, tatsächlich?«

»Ja, und du glaubst nicht, was er mir vorgeschlagen hat.«

»Dass er das Projekt unterstützen will und uns bei der Organisation unter die Arme greifen möchte?«

Penelopes Mund klappte auf. »Äh. Ja, genau! Woher weißt du das?«

Liv spürte, dass sie rot wurde. »Sorry.«

»Wie, sorry? Geht das ein bisschen genauer?«

»Ich war gestern mit ihm essen.«

Penelope holte zischend Luft. »Essen?«

»Er hat mich nach der Arbeit abgeholt.«

»Himmel, Liv! Wieso sagst du mir das alles nicht? Ihr kennt euch näher?«

Sofern es überhaupt möglich war, brannten ihre Wangen noch heißer. »So würde ich es nicht bezeichnen.«

»Mein Gott, Kind. Lass mich dir doch nicht alles aus der Nase ziehen.«

»Du hast mich zu dem Termin geschickt, ich hatte keine Ahnung, wer er ist. Und während des Gesprächs ist er dann plötzlich vom Stuhl aufgesprungen und wollte das *Women's Shelter* sehen. Dann sind wir in ein Taxi gestiegen und hergefahren.«

Penelope schlug sich die Hände vor den Mund. »Und?«

»Offenbar hat es ihm gefallen. Er hat die Präsentationsmappe mitgenommen und am nächsten Abend stand er hier vor der Tür und wollte mit mir über das Projekt sprechen.«

Liv spürte Penelopes Adleraugen auf sich gerichtet. »Du hast nicht etwa mit ihm geschlafen, oder?«

»Penelope! Natürlich nicht.«

»Warum kommt er dann zu dir und nicht zu mir?«

»Das weiß ich nicht, vielleicht, weil ich ja auch den ersten Termin mit ihm hatte.« Sie zuckte die Schultern, die Frage hatte sie sich ja selbst schon mehrfach gestellt. Beim Abendessen hatte es einige Momente gegeben, da war sie sich sicher gewesen, dass sein Interesse sexueller Natur war – aber dann war er plötzlich wieder reserviert gewesen und sie hatte sich gefragt, ob sie vielleicht einfach überreagierte.

»Wie auch immer, er war auf jeden Fall ganz angetan von unserer Einrichtung und dem Renovierungsplan, allerdings sieht er kleine Schwächen darin, bei denen er uns unterstützen möchte.«

»Wirklich? Das ist ja fantastisch! Wie seid ihr denn verblieben?«

»Er wollte sich melden. Zugesagt hat er auf jeden Fall, dass wir bald von ihm hören, damit wir mit Phase eins beginnen können.«

Bald. Was auch immer er mit bald gemeint hatte.

Enttäuschung machte sich in Liv breit.

Albern. Es war dämlich, natürlich war er ein viel beschäftigter Mann. Und sie war froh, dass sie seiner einnehmenden Persönlichkeit für ein paar Tage nicht begegnen musste.

»Phase eins?«, fragte sie nur.

»Ja, das ist unser ursprünglicher Plan. Damit wir die Sache angehen können.«

»Und was ist Phase zwei?«

»Details müssen natürlich noch geklärt werden, aber unser Zeitplan war wohl ein wenig knapp kalkuliert. Ich bin glücklich, dass dein Meeting offenbar so gut gelaufen ist, dass du ihn für unser Projekt begeistern konntest. Mehr dann in Kürze.«

»Wahnsinn«, murmelte Liv. »Warum macht er das?«

Penelope faltete die Hände vor sich auf dem Tisch. »Ich bin mir nicht sicher.«

»Wie bist du überhaupt auf Nate, äh, Mr. West gekommen?«

»Er hat in den letzten Jahren schon ein paarmal kleinere Summen, dafür aber regelmäßig gespendet. Auf einer Veranstaltung habe ich mit jemandem über ihn gesprochen, und er tut das wohl auch bei anderen wohltätigen Einrichtungen, Waisenhäusern zum Beispiel.«

»Oh.« Liv war erstaunt.

»Ja. Na, und da habe ich mich gefragt, woher seine wohltätige Ader kommt. Er spendet meist an Einrichtungen, die unseren ähnlich sind.«

»Tatsächlich?«

»Na ja. Einen Einblick in seine Bücher habe ich natürlich nicht. Und in meinem Umfeld wusste niemand Genaueres zu einem Wieso und Weshalb. Aber ich habe Google über ihn befragt.«

»Und?« Liv hatte selbst schon seinen Namen bei der Suchmaschine eingegeben, es dann aber doch wieder gelassen, weil es zu nichts führen würde, mehr über ihn zu erfahren. Es würde sie nur auf dumme Gedanken bringen. Und was sagten schon Wikipedia oder Facebook über einen Menschen aus?

Dennoch war sie gespannt, was Penelope herausgefunden hatte.

»Nichts«, sagte diese auf einmal mit einem Achselzucken.

»Nichts?«, wiederholte Liv ungläubig.

»Ja. Es ist, als würde sein Leben erst mit der Universität beginnen. Er hat in Harvard studiert, mit einem super Abschluss, aber davor, nada.«

»Harvard. Wow.«

»Ja, das kann sich nicht jeder leisten.«

»Und auf welcher Highschool ist er gewesen?«

»Das konnte ich nicht herausfinden, auch nichts über Eltern oder Geschwister. Es ist, als würde Nathaniel West erst seit dem ersten Uni-Jahr existieren.«

»Das ist seltsam.« Gleichzeitig erklärte es auch ein wenig seine unnahbare Aura, er hatte immer ein wenig düster und vor allem verschlossen auf sie gewirkt. All das höfliche und fast charmante Auftreten hatte nicht darüber hinwegtäuschen können, dass sie in seinem Blick mehr als einmal diese traurige Leere gesehen hatte. Nur für kurze Augenblicke, wenn sie ihn unvermittelt angeschaut hatte. Dann hatte sich sein Ausdruck sofort verändert, als ob er nicht wollte, dass jemand den echten Nate sah.

Nein, der Gedanke war absurd. Es gab sicher eine Erklärung dafür. »Vielleicht ist seine Familie ja auch einfach nur netzscheu.«

»Ja, vielleicht.«

»Oder was?«

»Egal was, es geht uns nichts an. Die Hauptsache ist, dass er uns unterstützt, und das wird er tun. Sein Ruf als Geschäftsmann ist tadellos, darauf können wir vertrauen. Er macht keine mündlichen Zusagen und hält sich dann nicht daran. Er ist aber nicht alleine, das Unternehmen West-Moore hat noch einen zweiten Eigentümer. Elijah Moore.«

»Ach, tatsächlich?« Den hatte sie bislang nicht kennengelernt. Vermutlich war sie auch einfach nicht wichtig genug, dass man sich gegenseitig vorstellte. Es war sowieso schon unglaublich genug, dass Nate sich überhaupt die Zeit für ein persönliches Gespräch genommen hatte und sogar noch mehr tun wollte, als nur eine kleine Spende abzugeben.

»Ja. Ich hoffe aber, dass das keinen Einfluss auf Mr. Wests Zusage haben wird.«

»Spendet er im Namen der Firma oder privat?«

»Das weiß ich nicht, aber das werden wir bald herausfinden. So, und jetzt haben wir genug spekuliert, wir haben hier ja auch noch andere Sachen zu tun. Apropos, lass uns noch ein paar Details für das Sommerfest durchgehen, damit wir nicht irgendwas vergessen und dann blöd aus der Wäsche schauen. Die Sache mit meiner Mutter hat mich ganz schön durcheinandergebracht, ich bin nicht sicher, ob wir an alles gedacht haben.«

Sie nutzten die ruhigen Minuten, um über Grillkohle, Würstchen, Getränke und Gartenmöbel zu sprechen, ehe Liv sich wieder an die Arbeit machte.

Nate saß in seinem Büro und drehte einen alten Baseball in den Händen. Er warf ihn hoch und fing ihn wieder auf. Dabei starrte er düster vor sich hin.

»Was ist eigentlich mit dir los?«, hörte er Elijahs Stimme.

Nate blickte auf und warf seinem Geschäftspartner und Freund den Baseball entgegen. Er fing ihn gekonnt auf.

»Ich denke nach«, sagte er.

»Du denkst ziemlich angestrengt.« Elijahs Stirn war gerunzelt.

»Ach ja?«

»Ich stehe hier schon eine Weile. Was ist los?« Elijah warf den Ball zurück.

Nate hob lässig seine Hand, wo er sicher landete. »Lasch«, kommentierte er den Wurf.

»Idiot.« Elijah trat näher und ließ sich auf einen der ledernen Sessel ihm gegenüber fallen.

»Ich dachte, du wärst in San Francisco.«

»War ich auch.«

»Und, wie ist es gelaufen?«

Sein Kumpel machte ein zufriedenes Gesicht. »Gut, würde ich sagen.«

»Das freut mich, das Geschäft dürfte uns eine ganze Stange Geld einbringen.«

»... die du unter Umständen, wie ich höre, an anderer Stelle verbrennen willst.«

Nate horchte auf. »Hast du mit Brandon wegen des Privatermittlers gesprochen?«

Elijah nickte. »Yep. Habe ich. Es geht ja nicht nur um den Schnüffler, sondern vielmehr, dass nicht nur geschnüffelt werden soll.«

»Was ist, willst du mir jetzt sagen, was ich tun oder lassen soll?«

»Hey, Mann. Da bin ich der Letzte, und das weißt du.«

»Entschuldige, das weiß ich, ja.«

»Ich möchte nur sichergehen, dass das kein Bumerang wird und dir schadet. Also, was ist dein Plan?«

»Ich weiß es noch nicht. Ich will Bowers endlich zur Strecke bringen. Aber bislang konnte Brandon mir nicht weiterhelfen.«

»Wir haben doch Mittel und Möglichkeiten.«

»Ja, aber ich wollte es zumindest erst auf dem halbwegs legalen Weg probieren. Ich bin mir sicher, wenn man ein bisschen in Bowers' Umfeld baggert, findet man genug, was ihn in Verruf bringen wird.«

»Und du willst das nicht selbst erledigen?«

Nate umklammerte den Baseball so fest, dass seine Knöchel weiß hervortraten. »Ich fürchte, wenn ich ihm zu nahe komme, könnte ein Unglück geschehen.«

»Willst du, dass ich es mache?«

»Ich glaube, Brandon hat nicht die Nerven.«

»Das werte ich als ein Ja.« Elijah lächelte.

»Du könntest ihm ein bisschen unter die Arme greifen.«

»Wie wäre es, wenn wir gemeinsam nach Atlanta fliegen, um Informationen zu sammeln? Wir schauen uns ein bisschen um. Ich passe auch auf dich auf.«

»Damit ich dem Schwein nicht direkt den Hals umdrehe.«

»Genau.«

Nate nickte langsam. »Gut. Das klingt nach einem Plan. Je genauer wir den Privatschnüffler danach instruieren können, wo er zu suchen hat, desto besser.«

»Von mir aus kann es direkt losgehen. Ich habe keine Termine, die ich nicht auch vom Telefon aus wahrnehmen kann.«

»Ein Hoch auf die Technik.«

Die beiden klatschten sich ab.

»Ich muss ehrlich sagen, dass ich mich fast freue, mitmachen zu können.«

Elijah war eine der wenigen Personen, die von Nates Vergangenheit wussten. Seit sie sich im Teenageralter kennengelernt hatten, waren sie unzertrennlich. Beide hatten es nicht leicht gehabt, sie wussten, wie es war, ganz am Boden zu sein und von niemandem unterstützt zu werden. So hatten sie sich gegenseitig geholfen und waren gemeinsam erwachsen und erfolgreich geworden.

»Ich werde seinen Untergang genießen«, knurrte Nate.

»Ich wünschte, ich könnte mich auch rächen.«

Nate klopfte seinem Freund auf die Schulter. »Das würde deine Mutter auch nicht zurückbringen.«

»Natürlich nicht, das gilt aber auch für dich.«

»Das stimmt. Komm, ich brauche ein bisschen frische Luft.«

Auf dem Weg aus seinem Büro kam er bei Whitney vorbei. Sie saß mit einem Headset an ihrem Schreibtisch und war gerade dabei aufzuräumen. Überall, auch am Boden, lagen Papiere und Ordner verstreut.

»Hey, Whitney. Elijah und ich fliegen heute Abend nach Atlanta.«

Ihr Kopf schnellte hoch. »Atlanta? Wieso weiß ich davon nichts?«

Nate konnte sich ein Grinsen nicht verkneifen. »Ich sage es dir doch jetzt.«

Sie stöhnte. »Heißt das, dass ich alle Termine für die nächsten Tage umplanen muss?«

Er verzog seinen Mund. »Ja, vielleicht kann ich ja auch einiges per Telefonkonferenz erledigen.«

»Gott, warum mache ich das hier eigentlich immer noch mit?«

Elijah trat neben Nate. »Komm schon, Whitney.«

Sie stand auf und stemmte die Hände in ihre Hüften. »So viel könnt ihr mir eigentlich gar nicht zahlen. Das sagt ihr jedes Mal.«

»Du bist Gold wert, das weißt du doch.«

»Gold, gutes Stichwort. Ihr könntet mein Gewicht in Gold aufwiegen, dann könnte ich wenigstens einmal dankbar sein, dass meine Diätversuche immer scheitern.«

Nate schüttelte lachend den Kopf. »Netter Versuch.«

Sie zwinkerte. »Ich musste es tun. Also, wann seid ihr wieder zurück?«

»Kann ich noch nicht sagen, spätestens am Montag«, versprach Nate.

»Oh nein«, stieß sie hervor. »Gerade eben habe ich mit der Frau vom *Women's Shelter* einen Termin vereinbart. Hätte euch das nicht fünf Minuten früher einfallen können? Ach, ist auch schon egal.« Sie wedelte mit der Hand vor ihrem Gesicht. »Wenn mein Job – neben euren Terminplanungen – nicht so vielfältig wäre, hätte ich schon längst das Handtuch geworfen.«

»Apropos, wie findest du die Idee mit dem Projekt?«

»Gut«, gab sie mit wachsamem Blick zurück. »Heißt das, dass ich das auch noch managen werde?«

»Mit mir – und Miss Fields zusammen.«

»Miss Fields?«, Elijah hob eine Augenbraue.

Nate spürte auch Whitneys strengen Blick auf sich. Er hob abwehrend die Hände. »Hey, das ist rein professionell.«

Whitney schnitt eine Grimasse. »Wäre schön, wenn es dabei bleiben würde. Geht mich zum Glück nichts an.«

Normalerweise würde Nate Kommentare dieser Art von keinem Mitarbeiter hinnehmen, aber Whitney war über die Jahre mehr als nur eine Angestellte geworden. Sie war wie ein Familienmitglied, außerdem loyaler als ein Schäferhund und gewissenhafter als der Papst. Sie war unersetzlich und absolut vertrauenswürdig – und sie kannte seine Eskapaden, schließlich musste sie ihn oft genug am Telefon verleugnen. Also wunderte es ihn nicht, dass sie sich wünschte, dass er die Finger von Miss Fields ließ, damit die Zusammenarbeit nicht unangenehm werden würde, wenn die Affäre vorbei war.

»Ist sie hübsch?«, wandte sich Elijah an Whitney.

Sie nickte und machte ein eindeutiges Handzeichen. »Eine glatte Zehn würde ich sagen, wenn sie nicht Blümchenkleider tragen würde. Eigentlich gar nicht Nates Geschmack.«

»Merkt ihr noch was?«, brummte Nate. »Ich stehe hier. Und ihr könnt aufhören, Bullshit zu erzählen. Es geht mir hier nur um das Projekt. Wie ihr wisst, liegen mir Frauen am Herzen, die es schwer haben.«

Elijah schwieg und musterte seinen Kumpel. Whitney ebenfalls.

»Fein, ihr könnt aufhören, mich so anzustarren. Elijah, komm, wir haben Wichtigeres zu tun, als uns über Damen in Blümchenkleidern zu unterhalten, die nicht meinem Geschmack entsprechen.«

Nate war die Lüge einfach über die Lippen gekommen, gleichzeitig merkte er, dass es gut war, ein wenig Abstand zwischen sich und Liv zu schaffen. Seit dem gestrigen Abendessen hatte er mehr als nur einmal das Telefon in der Hand gehabt, um sie anzurufen.

Kapitel 4

Das Baby von Tiffany, einem übergewichtigen Mädchen mit blondierten Haaren und braunen Augen, ließ sich mal wieder nicht beruhigen. Die Vierundzwanzigjährige war überfordert mit der Situation – wie mit ihrem Leben. Natürlich, jede von den hier Lebenden hatte Gründe, warum sie Unterstützung brauchte. Tiffany war eine von den Frauen, die immer an die falschen Männer geriet. So verhielt es sich auch mit dem Vater ihres Sohnes, mit dem sie sich immer noch traf.

»Gib ihn mir mal«, sagte Liv und nahm Tiffany ihren schreienden Sohn aus dem Arm. Sanft wiegte sie den kleinen Kerl hin und her und ging langsam durch das Wohnzimmer des Hauses.

Leslie lag kaugummikauend auf dem Sofa und stöhnte. »Mach, dass das Geschrei aufhört, das kann man ja nicht aushalten.«

»Leslie«, mahnte Liv streng. »Das ist nicht nett, Tiffany hat sich nicht ausgesucht, dass Chris schreit. Er hat sicher Bauchweh.«

»Hallo die Damen«, grüßte Matt, als er zur Tür hereinkam.

»Oh hi, du bist ja früh dran«, antwortete Liv ihrem Kollegen. Das Baby beruhigte sich in ihren Armen, während sie es sanft hin und her wiegte.

»Ach, wirklich? Ist mir gar nicht aufgefallen. Wie läuft's so, Liv?«

Ihr war klar, dass Matt vermutlich früher zur Arbeit gekommen war, weil er noch ein paar Minuten mit ihr herausschlagen wollte. Sie mochte ihn, aber damit hatte sich die Sache leider auch schon.

»Dann komm doch eben mit in die Küche, ich wollte noch den Geschirrspüler einräumen«, schlug sie vor, weil es ihr vor den Mädchen unangenehm war, dass er sie so offenkundig anschmachtete. Sie gab den Kleinen zurück zu seiner Mutter, dann ging sie voraus.

Matt lächelte. »Ja, klar. Ich helfe dir gerne.«

Liv begann die Teller abzuspülen, ehe sie sie in die Maschine stellte.

»Ach, lass mich das übernehmen.« Matt wollte ihr die Teller aus der Hand nehmen, sie war bereits leicht genervt von seiner Übermotivation.

»Matt, es ist okay, ich bin noch im Dienst.«

»Ja, ja, natürlich. Wie geht es dir sonst? Meinen Geburtstag hast du auf dem Schirm oder? Das wird eine richtig große Feier.«

»Klar, ist notiert. Keine Sorge, ich werde da sein, ist aber ja noch ein bisschen hin.«

»Stimmt, ich wollte nur sichergehen, dass du auch kommst. Äh, hast du schon Pläne für das Wochenende? Das Wetter soll ja traumhaft werden.«

Liv atmete tief durch. »Ich werde wegfahren.«

Obwohl er nichts erwiderte, so war doch klar, dass er darauf brannte, mit wem und wohin.

»Ähm, Matt«, sagte sie, als das Schweigen unangenehm wurde. »Wir müssen noch paar Sachen für das Sommerfest klären. Ich habe mit Penelope gesprochen, und da sind noch einige Dinge auf der To-do-Liste, die verteilt werden müssen.«

»Ja, sicher.« Sein Tonfall klang enttäuscht.

Liv tat es ja auch leid, aber was sollte sie tun? Sie war einfach nicht an ihm auf die gleiche Weise interessiert wie er an ihr.

Nachdem sie die Küchenarbeit erledigt und die Liste durchgegangen waren, verabschiedete sich Liv.

»Ciao Matt, wünsche dir eine ruhige Nacht.«

»Klar, danke.«

In dem Moment schepperte es aus der ersten Etage. Ein Fluch wurde auf Spanisch ausgestoßen. »Leslie«, murmelte Liv und schaute zur Treppe. »Sie war heute schon den ganzen Tag mies drauf.«

»Ist was vorgefallen?«

»Nicht direkt, aber ich vermute, dass sie sich wieder heimlich mit ihrem Freund trifft.«

»Dieser Miguel?«

»Ich fürchte schon.«

»Dass sie nichts gelernt hat! Warum tut sie sich das immer wieder an?«

»Es ist eine Geschichte, die sich wiederholt. Wir würden gehen, wenn man uns verprügelt, aber sie ... sie kennt es nicht anders. Es ist so traurig. Ich werde noch mal mit Penelope sprechen. Aber vielleicht täusche ich mich ja auch und ihre derzeitige Laune hat andere Gründe.«

Matt nickte. »Geh du nur, du hast jetzt Dienstschluss. Ich regele das schon.«

»Sicher?«

»Ja, ganz sicher.« Er lächelte sie an.

»Okay, dann ... ruf an, wenn was ist.«

»Werde ich nicht. Geh schon, Liv.«

Leslies Abhängigkeit von ihrem gewalttätigen Freund bereitete Liv Kopfschmerzen. Nein, sie musste aufhören, an ihre Arbeit und die Probleme der anderen zu denken. Sie war nun im Feierabend und sollte etwas aus ihrem eigenen Leben machen. Leider war sie nicht besonders gut darin. Sie straffte sich und ging den Weg vom Haus bis zur Bushaltestelle. Im gleichen Atemzug tauchte die Frage in ihrem Kopf auf, was Nate wohl gerade machte. Sie schaute sich um.

Nein, natürlich stand er nicht mit seiner Ducati hier, um sie erneut zu einem spontanen Treffen abzuholen. Sie schlug sich mit der Hand an die Stirn, er würde jetzt wohl kaum jeden Tag auf sie warten. Was für ein absurder Gedanke. Es war ihm ums Projekt gegangen, sonst nichts. Außerdem hatte sie eigentlich schon was vor.

Ach Mist, das Abendessen bei ihrer neuen Nachbarin hatte sie komplett vergessen!

Während sie an ihrer Haltestelle aus dem Bus ausstieg, überlegte Liv, ob Cat es mit der Einladung zum Abendessen wirklich ernst gemeint hatte, und vor allem, ob sie dem irgendwie entgehen konnte. Sie war müde und wollte eigentlich nur noch ins Bett. Der Tag war anstrengend gewesen, und sie wollte nicht mit einem fast Fremden Small Talk betreiben müssen.

Mit Nate wärst du auch essen gegangen.

Liv stöhnte leise. Um sich selbst zu beweisen, dass es nicht so war, ging sie in ihre Wohnung, schnappte sich eine Flasche Weißwein, fand sich vor Cats Tür wieder und klingelte.

Schon nach wenigen Sekunden wurde geöffnet, vor ihr stand Cat in einem blauen Tanktop und einer ausgewaschenen Skinny-Jeans. Die Fußnägel hatte sie in der Farbe ihres Shirts lackiert, die blonden Haare waren zu einem Messy-Bun gedreht. Ihre Wangen waren von einem zarten Rosa überzogen, die blauen Augen leuchteten. »Ah, da bist du ja.« Liv bekam einen Schmatzer auf die Wange aufgedrückt. »Komm doch rein.«

»Danke, und hier bitte, ich hoffe, du magst Weißwein?«

Cat lachte und nahm ihr die Flasche ab. »Bitte, Schätzchen, wer mag keinen Weißwein, also, Alkoholiker mal ausgenommen, wobei, die mögen den wahrscheinlich auch, aber dürfen nicht. Ach Gottchen«, sie wedelte mit der freien Hand vor ihrem Gesicht. »Ich rede schon wieder zu viel.« Sie legte Liv eine Hand auf den Rücken und schob sie förmlich in ihr Apartment.

Liv sah sich um, während sie Cat folgte. Hier lag der gleiche Teppich wie in ihrer Wohnung, im Flur standen unzählige Kisten, darauf lagen Klamotten verstreut. An der Wand lehnte ein hoher Spiegel. Ein verführerischer Duft stieg ihr in die Nase, die Lasagne musste schon im Ofen sein.

»Deine Wohnung ist genau spiegelverkehrt zu meiner, glaube ich«, sagte sie, während sie Cat in die Küche folgte. Die Einrichtung hier war ein wenig anders als bei ihr, Cat hatte helle Küchenfronten, die an einigen Stellen abgenutzt waren, und eine graue Resopalarbeitsfläche. Livs Küche bestand aus Buchenholz, ihr gefiel das Weiß besser.

»Bin mir nicht sicher, ob ich das cool finden soll«, sagte sie und holte zwei Weingläser aus dem Schrank. »Ich habe die Wohnung nur genommen, weil ich dann näher bei meinem Freund wohne.«

»Ach so«, gab sie zurück, weil sie nicht wusste, was sie sonst darauf antworten sollte.

»Ich meine jetzt nicht, dass ich die Wohnung nicht schön finde, das sollte jetzt nicht versnobt klingen.« Sie lachte. »Aber mein Traum ist sie auch nicht. Na ja, soll ja nicht für lange sein. Eigentlich wäre es eher an der Zeit gewesen, zusammenzuziehen, aber Josh ist so viel unterwegs und arbeitet oft lange, er meinte, bis sein Leben nicht geregelter ist, möchte er mir das nicht zumuten.«

Liv nickte, obwohl sie das nicht nachvollziehen konnte.

»Klingt vernünftig«, erwiderte sie höflich, während Cat den Wein eingoss.

»Du denkst mit, das mag ich. Gekühlten Chardonnay mitzubringen, war eine super Idee. Hier. Auf gute Nachbarschaft«, sagte sie und reichte Liv ein Glas, ehe sie mit ihr anstieß.

»Auf gute Nachbarschaft.«

»Die Lasagne braucht noch ein paar Minuten, wollen wir uns auf den Balkon setzen, es ist so schön warm heute.«

»Ja, gerne.«

»Sonst stehen auch noch keine Möbel so richtig, oder, ja, das Sofa ist im Wohnzimmer, aber ich fürchte, da stehen Kisten drauf.«

»Du hast eine Menge Sachen, hm?«

Cat zog eine Schnute. »Ich weiß, aber ich trenne mich nicht gerne von Dingen. Irgendwie hat jedes Teil seine Geschichte.«

Liv war so ganz anders, ihre Wohnung war eher praktisch eingerichtet, sie besaß nicht viele Dinge und brauchte sie auch nicht. »Dann darf man nur nicht so häufig umziehen«, scherzte sie.

Cat verdrehte die Augen. »Hab ich eigentlich nicht vor.«

»Meintest du nicht, dass du bald mit deinem Freund zusammenziehen willst?«

Ein Schatten huschte über ihr Gesicht. »Ja, wenn es nach mir ginge, wir sind ja schon seit drei Jahren zusammen.«

Liv verschluckte sich beinahe. Drei Jahre, und sie lebten immer noch getrennt? Okay, sie war jetzt keine Beziehungsexpertin, aber das klang eher danach, dass einer von beiden sich nicht festlegen wollte. »Es hat doch auch gute Seiten, so musst du nur deine Sachen aufräumen.«

Cat nickte. »Ja, wobei Josh natürlich eine Haushälterin hat. Er ist Unternehmensberater und hat für so was gar keine Zeit.«

Oh je, hätte sie beinahe gesagt. Cat wirkte sehr verliebt, aber das, was sie über den Mann bisher gehört hatte, klang nicht sonderlich sympathisch. Unternehmensberater waren ihrer Ansicht nach schmierige Typen in teuren Anzügen, und damit nicht das, was Liv attraktiv fand. »Wer mag schon putzen«, sagte sie nur, weil sie nicht unhöflich sein wollte.

»Ja, eben. Ich auch nicht. Aber mein Gehalt ist leider nicht so üppig, dass ich mir den Luxus leisten könnte.«

»Wo arbeitest du denn?«

»Bei einer Event- und Werbeagentur, ist so ein Mix-Dingens, weil es doch oft Hand in Hand miteinander einhergeht.«

»Oh, das klingt spannend.«

Cat winkte ab. »Glamouröser, als es wirklich ist. Die meiste Zeit sitze ich am Schreibtisch und überlege mir kluge Dinge oder überarbeite Zeitpläne, weil sich ständig neue Sachen ergeben.«

»Improvisieren ist also gefragt?«

»Ja, das auch. Und gute Nerven. Aber hey, ich liebe meinen Job, ehrlich. Es war nur anstrengend die letzten Tage mit Job und Umziehen gleichzeitig.«

»Hat dein Freund dir geholfen?«

»Der Arme musste selbst arbeiten. Was ist eigentlich mit dir? Hast du einen Lover?«

Liv trank einen Schluck. »Nein, momentan nicht.«

»Auch keinen in Aussicht?«

Natürlich dachte sie sofort an Nate. »Nein, bin auch nicht auf der Suche.«

Cat neigte ihren Kopf. »Nicht? Hast du schlechte Erfahrungen gemacht?«

Das konnte sie nicht behaupten, aber sie hatte genug gesehen, um nicht die gleichen Fehler zu begehen. »Nicht wirklich, aber irgendwie war der Richtige noch nicht dabei.« Und der würde vermutlich auch nie kommen, denn sie wusste, dass die meisten Kerle verschwanden, wenn es unbequem wurde. Das hatte sie aus erster Hand. Ihre Mutter hatte hart kämpfen müssen, um sie beide durchzubringen. Es war nicht immer einfach gewesen, aber sie hatte es geschafft. Liv hatte nicht vor, selbst eine ähnliche Story zu erleben. Da blieb sie lieber gleich alleine. Auch die Schicksale der Frauen im Shelter ließen sie nicht kalt, nein, Liv brauchte keinen Mann.

Ein Rappeln aus der Küche ließ Cat zusammenzucken. »Ach Gott, ich erschrecke mich immer bei dieser blöden Eieruhr, aber ohne brennt mir das Essen jedes Mal an.« Sie sprang auf. »Bin gleich wieder da. Rühr dich nicht vom Fleck!«

»Ich gehe nirgendwohin«, sagte Liv und nahm noch einen Schluck Weißwein. Schade, dass auch Cat offenbar an den falschen Mann geraten war. Es war so eindeutig, dass sie vor lauter rosa Wolken die Realität nicht sah. Vielleicht sollte sie ihr von Nate erzählen, überhaupt überraschte es sie, dass sie sich in so kurzer Zeit mit ihr angefreundet hatte.

Es war seltsam, nach all den Jahren wieder in Atlanta zu sein. Obwohl es erst Mai war, war es schwül und heiß, als Nate und Elijah aus der Maschine stiegen. *Vielleicht hätte ich nicht herkommen sollen*, überlegte er. Doch jetzt war es zu spät, und er würde keinen Rückzieher machen.

»Ist was?«, hörte er Elijahs Stimme hinter sich auf der Treppe.

»Nein, nichts.«

»Heimatgefühle, hm?«

Nate nickte. Vermutlich ahnte sein Kumpel, was in ihm vorging. Das war das Unbezahlbare an ihrer Freundschaft, sie verstanden sich auch ohne Worte, weil sie beide ähnlich viel Scheiß hatten mitmachen müssen. Jeder hatte seine ganz persönlichen Dämonen zu bekämpfen und wegen einem speziellen waren sie hier. Der Gedanke holte Nate auf den Boden zurück, er straffte sich und stieg schnellen Schrittes hinunter, wo eine Limousine auf sie wartete. Obwohl ihm Luxus nicht so wichtig war, genoss er es, sich mit dem Geld Zeit erkaufen zu können. Wenn er sich vorstellte, jetzt noch zum Gepäckband und dann um ein Taxi kämpfen zu müssen, freute er sich, dass er sich den Privatjet erlaubt hatte.

Der Fahrer hatte seine Instruktionen schon erhalten, als sie noch in der Luft gewesen waren. Er erwartete sie bereits. Eine sanfte Brise wehte ihnen um die Nase, doch sie minderte die Hitze kaum. »Willkommen zu Hause«, murmelte er und biss die Zähne zusammen.

»Guten Tag, Sir«, begrüßte der Chauffeur sie und öffnete den Kofferraum. »Mein Name ist Charlie. Hatten Sie eine angenehme Reise?«

»Danke«, gab Elijah zurück, während sie ihr Handgepäck hineinwarfen.

Kurz darauf saßen sie im Fond des Wagens, wo es angenehm kühl war. Die hochgefahrene Trennscheibe erlaubte es ihnen, offen miteinander zu sprechen. Elijah rieb sich die Hände. »Jetzt geht's los.«

Nate sagte nichts und schaute aus dem Fenster. »Es ist albern, dass wir uns hier durch die Gegend kutschieren lassen. Geht es noch ein bisschen auffälliger?«

Sein Kumpel öffnete die Minibar und nahm eine Flasche Scotch und zwei Gläser heraus. »Eis?«

Nate schüttelte den Kopf. »Nicht nötig.«

Elijah goss ein und reichte ihm das Glas. »Pass auf, wir machen es, wie du es möchtest. Von mir aus holen wir uns auch eine alte Karre vom Schrottplatz, wenn dir das lieber ist.«

»Vielleicht nicht das eine oder andere Extrem.«

»Hör zu, wir haben doch im Flieger schon drüber geredet.

Wir fahren ein bisschen durch die Gegend, schauen uns an, wo er wohnt, wo er arbeitet. Später bewegen wir uns etwas diskreter, wenn dir das lieber ist.«

»In Ordnung, entschuldige, ich bin einfach ein wenig nervös.« Nate nahm einen Schluck.

»Hey, ich verstehe das. Wird sicher nicht leicht, den Typen wiederzusehen.«

Er atmete hörbar aus. »Ich habe mir oft ausgemalt, wie ich das Schwein umbringe. Aber der Tod wäre zu gut für ihn.«

»Deswegen sind wir hier.«

»Ich weiß.«

Elijah klopfte an die Scheibe und teilte Charlie mit, welche Adresse er als Erstes ansteuern sollte. Nates Magen drehte sich um, er war seit Jahren nicht mehr bei seinem alten Zuhause gewesen. Vielleicht stand das Haus auch gar nicht mehr. In all der Zeit hatte er nicht gewagt, sich diese Frage zu beantworten.

»Noch einen?«, fragte sein Kumpel und deutete auf das leere Glas in Nates Händen.

»Nein. Lieber nicht.«

Sie fuhren einige Minuten schweigend, die innere Anspannung wuchs, als sie in das Wohngebiet am Stadtrand Atlantas einbogen.

Ihm stockte der Atem, als sie zur Hausnummer sechsundfünfzig kamen. Auf den ersten Blick hatte sich kaum etwas verändert. Jemand musste sich gut um das Haus gekümmert haben, die Fassade erstrahlte in einem frischen Gelb, auf der Veranda baumelte eine Hollywoodschaukel im Wind. Der Rasen war kürzlich gemäht worden, ein Roller und ein Football lagen darauf.

Er schloss die Augen für einen Moment. Verschiedene Erinnerungen strömten auf ihn ein. Gute und schlechte. Das Lachen seiner Mom, wie sie abends für ihn gesungen hatte, ehe sie das Licht ausgeknipst und ihm eine gute Nacht gewünscht hatte. Es war eine schöne Zeit gewesen.

Und dann war dieser eine Tag gekommen, der alles zerstört hatte.

»Hey«, Elijah legte ihm eine Hand auf den Oberarm.

Er riss die Augen auf. »Schon gut. Ich war nur überrascht, wie gut es hier aussieht.«

»Möchtest du aussteigen?«

»Nein. Auf keinen Fall. Dieses Kapitel ist abgeschlossen. Ich hätte nicht herkommen sollen.« Nate ballte seine Hände zu Fäusten.

»Lass uns weiterfahren.«

»Ich kann den Tag, an dem er dafür bezahlt, kaum erwarten.«

»Es ist nur noch eine Frage der Zeit.«

»Gut, lass uns anfangen.«

Elijah tippte an die Scheibe und teilte Charlie die nächste Anlaufstation mit.

Ein paar Minuten später erreichten sie das Haus des Mannes, der für Nates Elend verantwortlich war.

»Und was machen wir jetzt?«, fragte Elijah.

»Wir warten«, gab Nate zurück und wandte sich an den Fahrer. »Parken Sie, und dann können Sie sich für eine Stunde die Füße vertreten, holen Sie sich irgendwo einen Kaffee oder so was.«

Charlie nickte. »Natürlich, Sir.«

Nachdem er den Wagen in eine Lücke manövriert hatte, stellte er den Motor ab und wandte sich noch einmal zu Nate. »Sie haben ja meine Telefonnummer, rufen Sie mich einfach an, wenn Sie weiterfahren wollen. Ich bin in der Nähe.«

»Danke, Charlie.«

»Sehr gern.« Er ließ den Schlüssel im Zündschloss stecken, dann stieg er aus und schlenderte davon.

»Gut, wenn man diskretes Personal hat«, stellte Elijah fest.

»Absolut.« Nate starrte grimmig auf die gegenüberliegende Seite. Das Haus wirkte von außen wie eine Festung, die weiße Fassade strahlte, als wäre sie erst kürzlich gestrichen worden. Im Garten waren sicher ständig die Gärtner am Werk, es blühten die verschiedensten Blumen und Büsche, auch, wenn er nicht viel davon verstand, so war klar, dass es einigen Aufwand kostete, einen Garten in der Gegend so lebendig und perfekt zu pflegen. In ihm hinterließ es einen bitteren Nachgeschmack, denn bei Henry M. Bowers ging es bei allem nur um die Außenwirkung. Er hasste den Kerl abgrundtief.

»Vielleicht hätten wir nicht herkommen sollen«, murmelte er und rieb sich über das Gesicht.

»Warte doch mal ab und steck nicht gleich den Kopf in den Sand.«

Nate schnaubte daraufhin nur. Für eine Weile schwiegen sie, Elijah tippte auf seinem Smartphone.

»Da, sieh mal«, Nate stieß seinem Freund den Ellenbogen in die Seite, als das Zufahrtstor sich öffnete und ein schwarzer SUV in die Auffahrt einbog.

In ihm zog sich alles zusammen, er hielt sich am Türgriff fest, warum, wusste er selbst nicht.

»Willst du aussteigen?«, fragte Elijah.

»Bist du verrückt? Nein, sicher nicht. Ich will ihn nur einmal sehen, dann hauen wir ab.«

»In Ordnung.«

Nate beobachtete, wie eine Frau vom Beifahrersitz ausstieg. Sie war schlank, er schätzte sie auf Mitte fünfzig, die Haare waren blondiert und perfekt frisiert. Ihre Gesichtszüge wirkten wie versteinert, leblos, obwohl man auf die Ferne erkennen konnte, dass sie geschminkt war, sah sie aus wie eine Puppe.

»Schrecklich«, murmelte er. Dann sah er, wie sein Vater ausstieg, er hielt das Telefon ans Ohr und wartete nicht auf seine Frau, die auf ihren hohen Absätzen sichtliche Mühe hatte, über den Kies zu laufen. Es überraschte ihn nicht, andererseits, es war ihr Haus, wenn sie hier nicht gehen konnte, sollte sie vielleicht überlegen, die Auffahrt zu pflastern.

»Als ob das wichtig wäre.«

»Was?«, fragte Elijah.

»Schon gut. Lass uns Charlie anrufen, ich habe genug gesehen. Seine Frau wirkt wie eine Marionette, vermutlich sind sie deswegen schon so lange zusammen. Die schaut wahrscheinlich wie ein Hündchen zu dem mächtigen Generalstaatsanwalt auf und freut sich, das Geld, das er verdient, in Botox zu investieren.«

»Warum bist du so gehässig ihr gegenüber, was hat sie verbrochen?«

»Du hast recht.« Nate seufzte. »Er ist das Schwein, nicht sie. Ich frage mich nur, wie man an der Seite eines solchen Menschen über Jahrzehnte leben kann.«

»Du kennst ihre Geschichte nicht. Wir beide sollten wissen, dass jeder eine hat. Sie wird ihre Gründe haben.«

Nate lachte bitter. »Ja, ich kann mir nur einfach nicht vorstellen, was das außer Geld und Ansehen sein könnte.«

Elijah sagte nichts dazu. »Soll ich Charlie anrufen?«

Nate nickte. »Bitte mach das.«

Kapitel 5

Käsekuchen war definitiv der bessere Partner. Er war immer, wie man ihn haben wollte: cremig, süß und gehaltvoll. Liv saß mit ihrer Leibspeise auf der Veranda des *Women's Shelter* und verbrachte die letzten Minuten, ehe ihre Schicht anfing, damit, sich den Bauch vollzuschlagen. Das Abendessen mit Nate West schien ihr Lichtjahre entfernt, dabei waren erst ein paar Tage vergangen, seit sie ihn zuletzt gesehen hatte. Gleichzeitig versuchte Liv, sich nicht zu viele Gedanken über ihn zu machen.

Nate hatte versprochen, dass er helfen würde, aber nicht gesagt, wann. Natürlich hatte ein Mann wie er zu tun und konnte nicht seine ganze Energie und Aufmerksamkeit in das Projekt Hope stecken. Und doch war sie enttäuscht, dass sie seit Tagen nichts von ihm gehört hatte.

Weil du naiv bist.

Die Erkenntnis traf sie hart, eigentlich hatte sie von sich gedacht, dass sie nicht so leichtgläubig wäre. Sie war ohne Vater aufgewachsen und durch ihren Job wurde sie Tag für Tag davor gewarnt, die Versprechungen der Männer ernst zu nehmen. Aber Nate hatte ihr bislang keinen Grund gegeben, warum er sein Wort nicht halten würde. Sie grübelte sicher nur zu viel.

»Buh!«, rief jemand hinter ihr und tippte sie an den Schultern an.

Liv schrie auf und ließ ihren Käsekuchen fallen.

»Verdammt, Matt!«, schimpfte sie, stand auf und drehte sich zu ihm um.

»Oh, tut mir leid.« Das Lächeln auf dem Gesicht ihres Kollegen erstarb, und er vergrub die Hände in den Hosentaschen. »Ich besorge dir neuen Käsekuchen.«

Sie schaute auf das Malheur zu ihren Füßen. Die Hälfte des Stücks lag auf dem sandigen Boden. »Schon gut«, seufzte sie. »Ist vielleicht besser, dass er im Dreck und nicht auf meinen Hüften gelandet ist.«

»Hey, deine Hüften sind super«, sagte er und wurde knallrot.

Liv verzog ihren Mund. »Hm«, machte sie nur.

»Nein, echt. Ich gehe gleich los und …«

»Matt«, unterbrach sie ihn. »Nicht nötig, ehrlich. Ich war sowieso satt und sollte vor der Nachtschicht auch gar nicht so viel Süßes essen.«

Liv ging in die Hocke und beseitigte das Malheur. »Mach ruhig Feierabend. War irgendwas, von dem ich wissen müsste?«

Aus dem Haus hörten sie das Weinen eines Babys. Das war nicht ungewöhnlich, kleine Kinder weinten nun mal, wenn sie müde waren, wenn sie Hunger oder Bauchweh hatten. Manchmal konnte man auch keinen genauen Grund festmachen. Man musste da durch, und dass die junge Mutter Tiffany das nicht immer einfach fand, war auch in Ordnung. Dafür war sie ja hier, damit sie Unterstützung bekam. Liv würde gleich einmal nach ihr sehen.

»Nicht wirklich. Leslie ist schon seit paar Tagen so komisch drauf. Aber solche Phasen hatte sie ja schon öfter.«

»Ja«, stimmte Liv ihm bei. »Trotzdem mache ich mir ein bisschen Sorgen. Das hängt doch sicher wieder mit diesem Miguel zusammen. Weißt du da was?«

Matt rieb sich das Kinn. »Mir sagt sie ja nicht viel. Aber ich denke, auch da ist was im Busch. Sie ist häufiger unterwegs als sonst, kommt zwar immer pünktlich zurück, aber ich nehme ihr nicht ab, dass sie bloß draußen ist, um sich um einen Job zu kümmern.«

Liv seufzte. »Gut, wir müssen das im Auge behalten. Ich versuche noch mal, mit ihr zu reden. Sie kann doch nicht vergessen haben, dass er ihr beim letzten großen Streit den Arm gebrochen hat?«

»Hat sie sicher nicht.«

»Ich weiß.« Liv nickte bekümmert. »Das ist ja das Problem bei häuslicher Gewalt. Die Opfer kommen nicht davon weg, sie sind in einem Abhängigkeitsverhältnis. Aber ich dachte, dass Leslie gerade deswegen zu uns gekommen ist. Um aus diesem Teufelskreis auszubrechen.«

Das Mädchen lebte seit fünf Monaten bei ihnen, in der Zeit hatte es häufige Hochs und Tiefs gegeben. Immer wieder hatte man versucht, sie zu motivieren, dass sie ihren Schulabschluss nachholte. Bislang hatte sie sich mit Gelegenheitsjobs über Wasser gehalten, die sie aber nicht ein Leben lang ernähren würden. Vor allem nicht, wenn sie auf eigenen Beinen stehen und sich nicht wieder in die Abhängigkeit eines gewalttätigen Mannes begeben wollte. Für ihre siebzehn Jahre hatte sie schon viel erlebt. Zu viel. Und doch war es nur eine Geschichte von unzähligen, keine Eltern oder solche, die sich nicht kümmerten. Keine Schulbildung und damit auch keine Perspektive.

»Verfickte Scheiße!«, schrie in dieser Sekunde jemand im Haus, der sich sehr stark nach Leslie anhörte. »Ich halte das nicht mehr aus!«

Matt und Liv warfen sich einen Blick zu. »Ich geh schon«, sagte Liv. »Du hast Feierabend.«

»Du kommst sicher klar?«

»Natürlich. Und nun geh schon, Matt.«

»Okay, aber ich entsorge den Kuchen und – gebe dir bald einen neuen aus.«

Liv verkniff sich den nochmaligen Hinweis, dass es wirklich nicht nötig wäre. Sie hatte nicht nur einmal mitbekommen, dass Matt sie auf diese verträumte Art anstarrte, aber er war nicht ihr Typ, außerdem würde sie nie Arbeit mit Privatem vermischen.

Tiffanys Baby weinte unterdessen noch immer lautstark, vermutlich war das der Grund für Leslies Ausbruch gewesen. Sie schien immer weniger damit klarzukommen, dass das Haus nicht nur für sie ein Heim darstellte, sondern dass sie sich auch mit anderen arrangieren musste. Liv verstand nicht, warum das auf einmal zum Problem wurde.

»Hallo zusammen. Was ist hier los? Warum schreist du so, Leslie? Du weißt doch, dass wir uns hier nicht anbrüllen«, sagte Liv in einem ruhigen Tonfall.

Aus der Küche hörte sie das Klappern von Geschirr. Da es Abend war, sollten alle Bewohnerinnen des Hauses hier sein, sicher waren schon einige auf ihren Zimmern, aber oft traf man sich noch in den Gemeinschaftsräumen, um zu essen oder gemeinsam fernzusehen. Eigentlich war nun die Tageszeit, zu der jeder etwas runterkommen und ruhiger werden sollte. Bei der hübschen Latina war offenbar genau das Gegenteil der Fall.

Leslie saß im Schneidersitz auf dem Sofa, das Handy hielt sie in der Hand. »Es ist unerträglich. Das Balg soll aufhören zu brüllen, oder ich drehe durch.«

Tiffany wippte mit dem kleinen Chris im Arm auf und ab. »Ich weiß einfach nicht, was er hat. Er ist gewickelt, gefüttert habe ich ihn auch, Bäuerchen hat er gemacht. Aber er hört einfach nicht auf zu schreien.« Ihr Gesicht war gerötet, und man konnte ihr das Unbehagen deutlich ansehen, dabei hatte nicht sie etwas falsch gemacht, sondern Leslie.

Leslie brummte, anstatt Verständnis zu zeigen, nur weitere Beleidigungen.

»Leslie«, ermahnte Liv den Teenager scharf. »Schluss jetzt. Wenn es dir hier unten zu laut ist, geh auf dein Zimmer. Unhöflich und unverschämt werden gehört sich nicht, und das wird nicht geduldet.«

Leslie sprang auf. »Fickt euch doch alle, verfluchte Scheiße.« Dann rannte sie nach oben.

Liv unterdrückte ein Seufzen. Es hatte keinen Sinn, hinterherzugehen, sie musste mit Penelope über Leslie sprechen. Vielleicht hatte sie eine Idee, wie man besser an das Mädchen herankommen konnte. »Tiffany, gib ihn mir doch mal.« Liv trat auf die junge Mutter zu und streckte ihre Hände aus.

Das pummelige Mädchen wirkte erleichtert. »Ehrlich?«

»Ja, na klar. Komm.« Vorsichtig nahm sie ihr das Baby ab. »Setz dich doch ein bisschen nach draußen. Ich übernehme mal ein paar Minuten, und du kannst frische Luft schnappen.«

Erleichtert blickte das Mädchen zu ihr auf, dann verschwand sie eilig auf die Veranda. Tiffany war von Herzen gut, leider hatte sie keinen einfachen Start ins Leben gehabt. Ihre Mutter war drogenabhängig gewesen und hatte vermutlich auch in der Schwangerschaft mit Tiffany konsumiert. Die Folgen für Tiffany waren Konzentrationsstörungen und eine verminderte Reaktionsfähigkeit, ihr Gehirn hatte sich nicht normal entwickeln können. Sie hatte nie die gleichen Chancen wie andere Kinder gehabt. Das war unfassbar traurig und unfair, deswegen – und weil der Vater des Babys keine Verantwortung übernehmen wollte und ihr gedroht hatte, war die junge Mutter nun hier. Sie hatte sonst keinen Platz zum Leben und würde es auch nicht schaffen, für ihren Lebensunterhalt allein aufzukommen.

Liv tigerte mit dem kleinen Schreihals durch das Erdgeschoss und versuchte, ihn zu beruhigen. Als sie an einem Fenster vorbeikam, glaubte sie, Nate auf seinem Motorrad zu sehen, der in gemäßigtem Tempo am Haus vorbeifuhr. Ihr Herz schlug sofort schneller, aber als sie beim nächsten Fenster noch einmal hinausschaute, war er nicht mehr da.

»Hirngespinste«, murmelte sie leise vor sich hin und schüttelte den Kopf. Sie hatte sich das bestimmt nur eingebildet.

»Nein, hör auf«, rief seine Mommy leise.

Der kleine Junge kauerte sich unter die Treppe, wie immer, wenn er nicht schlafen konnte, weil es laut im Haus wurde. Er hatte sich aus seinem Zimmer geschlichen und versteckte sich dort im Dunkeln.

»Was hast du denn gedacht, du miese kleine Hure. Dass ich für dich mein Leben aufgebe?«

Nate zuckte zusammen und hielt sich die Hände auf die Ohren, als er die Ohrfeige klatschen hörte.

»Bitte, ich kann das nicht mehr. Lass uns doch einfach in Ruhe«, flehte sie.

»Du willst doch nur mein Geld. Und jetzt sollst du schon wieder schwanger sein? Verhütest du nicht?«

»Es ist von dir. Es ist einfach passiert.«

»Lüg mich nicht an! Und das Balg willst du mir auch unterschieben. Aber nicht mit mir.«

Einige Sekunden lang hörte er gar nichts, außer dem leisen Keuchen seiner Mom. Dann polterte es über ihm. Etwas Schweres krachte die Stufen hinunter.

Fürchterliche Stille breitete sich in Nate aus, wie die Dunkelheit bei einem Gewitter.

Schwere Schritte folgten die Stufen hinunter, donnerten über den Dielenboden, bis die Haustür ins Schloss fiel.

»Mom?«, rief Nate leise.

Als er keine Antwort bekam, versuchte er es noch einmal. »Mom? Ist alles in Ordnung?«

Nate schreckte aus dem Schlaf hoch. Benommen richtete er sich auf.

Es war nur ein Traum. Nur ein Traum.

Schweiß rann ihm über die Haut, das Shirt an seinem Körper war klamm. Er vergrub das Gesicht zwischen seinen Händen. Er hätte es wissen müssen, nach Atlanta zu reisen, war keine gute Idee gewesen. Die Erinnerungen an sein altes Leben hatten viel zu viel in ihm aufgewühlt. Momente, die er für immer aus seinem Gedächtnis verbannen wollte, waren plötzlich wieder da. Wieso hatte er nicht einfach einen Detektiv die Arbeit erledigen lassen? Sie waren ja noch nicht einmal besonders erfolgreich gewesen. Ja, sein Zuhause stand noch. Ja, der Generalstaatsanwalt führte weiter sein Bilderbuchleben, ansonsten hatten sie rein gar nichts herausgefunden. Es war ernüchternd gewesen, gleichzeitig machte es Nate nur sicherer, dass er tiefer graben musste – und wenn das nicht genügte, würde er nachhelfen. Er hatte lange genug auf den richtigen Moment gewartet.

Erschöpft schwang er seine Beine aus dem Bett. Sein Blick fiel auf seine Lederjacke, die auf einem Stuhl gegenüber hing.

Er fühlte sich wie ein Stalker, weil ihm gestern nach seiner Rückkehr in Boston nichts Besseres eingefallen war, als zufällig beim *Women's Shelter* vorbeizufahren. Er hatte Liv sogar im Haus entdeckt und hatte beobachtet, wie sie ein Baby auf dem Arm gewiegt hatte. Schnell hatte er Gas gegeben und war weitergerast, nicht, dass sie ihn noch erkannte. Und jetzt dachte er schon wieder an sie.

Es war albern.

Dumm.

Irgendwie aufregend.

Nate war klar, dass seine Emotionen verrückt spielten, das zeigte auch der Albtraum, der ihn geweckt hatte. Nach einer Dusche hatte er sich hoffentlich wieder besser im Griff.

Trotzdem fand er sich eine halbe Stunde später mit einer Tüte Croissants vor dem *Women's Shelter* wieder, anstatt auf dem Weg zum Büro. Wenn er richtig gerechnet hatte, müsste Livs Nachtschicht bald vorbei sein. Vielleicht würde es wirklich helfen, einmal mit ihr zu schlafen, um sich dann wieder aufs Wesentliche – seine Rache – konzentrieren zu können. Viel zu oft waren seine Gedanken in den letzten Tagen zu ihr abgeschweift. So kannte er sich nicht, und es gefiel ihm nicht.

Er wollte der Sache auf den Grund gehen. Deswegen lehnte er an seinem Motorrad und wartete auf sie. Tatsächlich hatte er mit seiner Einschätzung richtig gelegen, es dauerte nicht lange, bis sie aus dem Haus kam.

»Guten Morgen«, grüßte er mit einem schwachen Lächeln auf den Lippen.

»Oh! Guten Morgen«, gab sie zurück.

Zu seiner großen Freude bemerkte er, dass sie rot wurde. Er ging nicht darauf ein. »Frühstück?«

Ihre Augen wurden riesig. »Ist das ein Business-Meeting?«

Er grinste. »Wenn du es so nennen willst? Komm, steig auf.«

»Sind das Croissants?«

»Ach ja, richtig. Bring sie doch rein, und wir gehen ordentlich frühstücken.«

Sie blinzelte ein paar Mal. »Du bringst mich in Verlegenheit.«

»Soll ich das nächste Mal vorher anrufen?«

»Ich, äh, vielleicht.«

»Soll *ich* die Croissants reinbringen?« Er wedelte mit der Tüte.

»Nein, nein. Bloß nicht. Wobei, wahrscheinlich haben dich sowieso schon alle entdeckt.«

»Ist es ein Geheimnis, dass wir uns treffen?«

Sie schnappte nach Luft, was er ganz entzückend fand. »Wir treffen uns nicht. Jedenfalls nicht im Sinne von ... du weißt schon.«

»Schade.«

Liv schüttelte den Kopf. »Na, gib schon her. Dann kann ich den Naseweisen wenigstens gleich sagen, dass sie sich nichts einbilden sollen.«

»Was denn zum Beispiel?«

Sie schnaubte und nahm ihm die Tüte aus der Hand, ohne einen weiteren Kommentar ging sie wieder ins Haus. Es dauerte nicht lange, dann war sie wieder bei ihm. Wortlos reichte er ihr einen Helm.

»Irgendwie begreife ich das alles nicht.«

»Komm schon, du bist sicher müde. Ein Frühstück, dann lasse ich dich in Ruhe.«

»Wieso habe ich das Gefühl, dass das nicht stimmt?«

»Weil du klug bist?«

Sie lachte. Endlich. »Du bist ein Schwerenöter.«

»Ich kann vieles für dich sein.«

»Können wir diese Unterhaltung nicht ein andermal fortführen?«

»Nein.«

Liv schaute überrascht, dann setzte sie den Helm auf. »Na schön. Ein Frühstück, für die Sache.«

»Wunderbar, ich freue mich.«

Dann setzte sie den Helm auf und stieg hinter ihm auf die Maschine. Es fühlte sich herrlich an, wie sie ihn mit ihren Armen umfasste. Livs weicher Körper schmiegte sich an seinen und folgte jeder Bewegung. Instinktiv schien sie zu wissen, was sie tun sollte – oder sie war schon häufiger bei fremden Männern auf einem Motorrad mitgefahren. Der letzte Gedanke missfiel ihm so sehr, dass er ein wenig mehr Gas gab. Das musste aufhören. Er würde sie einmal flachlegen, dann wäre diese angehende Besessenheit hoffentlich erledigt.

Wenige Minuten später hielten sie vor dem Green Grasshopper Café in der Bunker Hill Street. Der Name prangte auf einem grünen Schild, davor hing eine giftgrüne Markise, die Außendekoration machte seinem Namen schon mal alle Ehre. Vor dem Fenster standen ein paar Holztische mit gemütlich wirkenden Stühlen. Liv kletterte vom Motorrad und reichte Nate den Helm. Sie würde es nie zugeben, aber sie hatte die kurze Fahrt mit ihm genossen.

»Kennst du es?«, fragte sie.

»Ja, bin sozusagen Stammkunde.«

»Ach, wirklich? Wieso?«

»Ich wohne in der Nähe.«

Sie hob eine Augenbraue. »Wow, das ist aber eine teure Gegend.«

Nate zog den Schlüssel ab und legte ihr eine Hand auf den unteren Rücken. »Es ist schön hier, ich liebe die alten Häuser mit den roten Backsteinen und den engen Straßen.«

»Ich vergesse immer wieder, dass das für dich keine große Sache ist. Für Normalsterbliche ist das einfach nicht bezahlbar.«

Er lächelte. »Das werte ich mal als Kompliment.«

»Wie auch immer.«

Nate ließ ihr den Vortritt und folgte ihr dann hinein. Man bestellte in diesem Café direkt an der Theke, das Angebot war auf Tafeln, die an der Wand hingen, mit Kreide aufgelistet. In Vitrinen waren Kuchen, Muffins, Sandwiches und andere Kleinigkeiten hübsch angerichtet. Es duftete nach frischem Kaffee, Bacon und Spiegelei. Liv lief sogleich das Wasser im Mund zusammen. »Was möchtest du?«, fragte Nate, als sie an der Reihe waren.

Sie verzog ihren Mund. »Was nimmst du?«

Er lachte. »Nach dir.«

»Na schön. Ich hätte gerne eine heiße Schokolade mit Marshmallows und ein Stück Käsekuchen.«

»Du bist also eher ein Süßschnabel?«

Liv schmunzelte. »Und du bist ein sehr aufmerksamer Beobachter. Ja, es stimmt.«

»Trinkst du nie Kaffee?«

Sie zuckte die Schultern. »Doch, aber nicht, kurz bevor ich ins Bett gehen möchte.«

»Ach, stimmt ja.«

»Sir?«, sprach ihn die Servicekraft hinter der Theke an. »Darf ich Ihre Bestellung aufnehmen?«

Nate nickte knapp. »Gern. Wir nehmen einmal den Käsekuchen mit Sahne, eine heiße Schokolade mit Marshmallows, einen schwarzen Kaffee und das Rührei mit Speck bitte.«

»Sonst noch etwas?«

»Orangensaft vielleicht?«, wandte er sich an Liv.

»Nein, für mich nicht, danke.«

»Gut, dann war es das. Liv, suchst du uns draußen einen Platz?«

Sie wollte protestieren und sagen, dass sie ihr Frühstück selbst zahlen würde, aber als sie seinen unnachgiebigen Gesichtsausdruck sah, hielt sie sich zurück. Sie würde nicht wegen ein paar Dollar diskutieren. Beim nächsten Mal würde sie einfach alles zahlen, ohne ihn zu fragen.

Moment mal. Beim nächsten Mal?

War es schon so weit gekommen, dass sie voraussetzte, dass das nicht das letzte gemeinsame Essen war?

Der Schlafmangel setzte ihr wohl ganz schön zu.

Sie wählte den Tisch ganz links aus und suchte einen Platz in die Sonne aus. Aus ihrer Handtasche kramte sie eine Sonnenbrille hervor. Vögel zwitscherten, hin und wieder fuhr ein Auto oder ein Radfahrer vorbei. Kurz darauf kam Nate mit ihrem Frühstück.

»Bitte schön«, sagte er und stellte Kuchen und Kakao vor ihr ab, ehe er sich mit seinem Rührei und Kaffee ihr gegenübersetzte. »Guten Appetit.«

»Danke.« Liv nahm einen Teelöffel und tauchte die Marshmallows vorsichtig unter. Dabei passte sie auf, dass so wenig wie möglich über den Tassenrand schwappte.

»Interessante Technik«, kommentierte Nate amüsiert und schob sich eine Gabel voll mit Rührei in den Mund.

Sie lächelte. »So oder gar nicht.«

»Ich mag Frauen, die wissen, was sie wollen.«

Liv wurde heiß. Verlegen hob sie die Tasse und trank vorsichtig einen Schluck.

Sie spürte Nates Blick auf sich, er hatte aufgehört zu essen und widmete ihr seine volle Aufmerksamkeit.

»Darf ich?«, sagte er mit belegter Stimme. Mit dem Daumen wischte er ein wenig Kakao von ihrer Oberlippe. Wohlige Schauer rannen über ihren Rücken.

Sie schluckte und wollte sich Luft zuzufächeln. Stattdessen griff sie nach ihrer Gabel und piekte in den Käsekuchen. »Gab es einen Grund für deinen Besuch?«, versuchte sie, das Thema zu wechseln. Sie hob ihren Blick und schnappte nach Luft, als sie den hungrigen Ausdruck in seinen Augen registrierte.

»Ich wollte dich sehen.«

Mehr sagte er nicht. Livs Herz klopfte bis zum Hals. »Wieso?«

Er verzog seine Mundwinkel zu einem geheimnisvollen Lächeln. »Ich schätze dich so klug ein, dass du schon längst kapiert hast, weshalb.«

Dieser Mann war so intensiv, dass sie kaum die passenden Worte in ihrem Kopf dafür fand. Wie sollte sie da noch einen vernünftigen Satz zustande bringen? Sie nahm sich einen Augenblick und schlug die Augen nieder. Ihr Blick fiel auf den Kuchen vor ihr, was sie zu ihrer Theorie brachte: Käsekuchen waren die besseren Partner. Keine Gefahr, außer dass man ein paar Kilos zu viel auf die Hüften brachte. Aber ansonsten harmlos, alles andere als Nate.

»Warum lächelst du?«, fragte er und trank einen Schluck Kaffee.

»Eigentlich ist Käsekuchen die Lösung eines jeden Problems.«

Er hob eine Augenbraue. »Das musst du mir erklären.«

Sie nickte. »Es ist einfach so. Macht keine Probleme, sondern einfach nur glücklich.«

Nate schien nicht ganz davon überzeugt. »Ist das wirklich so?«

»Ich schätze dich klug genug ein, dass du kapierst, wieso«, wiederholte sie in beinahe den gleichen Worten wie er zuvor.

Er nahm sich einen Streifen Speck und biss ab. Mit vollem Mund gab er zurück: »Ich sehe schon, wir verstehen uns. Gut. Du bist also ein Käsekuchen-Fan.«

»Mein beinahe einziges Laster.«

»Was noch?«

»Glaubst du, eine Dame gibt sofort alle ihre Geheimnisse preis?«

»Nein. Und das ist auch gut so. Das heißt nämlich, dass wir uns noch sehr häufig treffen müssen, bis ich alle ergründet habe.«

Damit hatte Liv nicht gerechnet. Gleichzeitig fragte sie sich, wann er das Interesse an einer spröden Sozialarbeiterin wie ihr verlieren würde. Ob es so schnell ging, wie es gekommen war? Der Gedanke trübte ihre Stimmung. »Ich begreife das alles nicht. Hat ein Mann wie du nicht an jedem Finger ein hübsches Mädchen?«

Er runzelte die Stirn. »Und wenn es so wäre?«

»Dann wäre ich nicht überrascht.«

»Aber?«

»Nichts, aber.«

»Komm schon, Liv. Da muss es mehr geben.«

Sie nahm eine Gabel und hielt sie hoch. »Gut, du kennst jetzt also meine Schwäche: Käsekuchen in allen Formen und Geschmacksrichtungen.«

»Hast du eine Lieblingssorte?«

»Das musst du schon selbst rausfinden. Aber was ist mit dir? Was ist deine größte Schwäche?«

Nate rieb sich das Kinn und starrte Liv auf diese eindringliche Weise an, die mit ihrem Bauch merkwürdige Dinge anstellte. »Du«, sagte er schließlich ganz ruhig.

O mein Gott! Sie war durcheinander und rang nach Luft.

Dann fragte sie sich, ob sie vielleicht etwas falsch verstanden hatte. Liv legte ihre Stirn in Falten und beugte sich ein Stück nach vorne. »Wie bitte?«

Er rührte sich nicht, sah sie noch auf dieselbe, atemberaubende Weise an. »Du bist meine größte Schwäche.« Seine Stimme klang rau.

Liv schluckte und blinzelte ein paar Mal, während sie versuchte, seine Worte einzuordnen und zu begreifen. Er musste mit ihr spielen. Vielleicht machte er auch einfach nur blöde Witze, um sich auf ihre Kosten zu amüsieren. »Das ist doch albern, Nate. Wir kennen uns kaum.«

»Aber ich würde dich gerne besser kennenlernen.«

Nein. Er scherzte nicht, denn seine Augen loderten dunkel und sehnsuchtsvoll.

Er meinte es ernst, und ihr wurde schwindelig. »Das geht nicht.«

Ein schwaches Lächeln spielte um seine Mundwinkel. »Wieso nicht? Du bist doch mit mir hier. Oder hast du einen Freund?«

»Nein, habe ich nicht …«

»Dann sehe ich keinen Grund, warum wir uns nicht besser kennenlernen sollten.« Die Aussage kam so knapp und geschäftsmäßig, dass sie einen Augenblick stutzte. Gut, für ihn war die Sache also so einfach.

Was für ein Macho. Ein gut aussehender, aber dennoch …

Liv lachte trocken. »Mit deinem Ego scheinst du ja keine Probleme zu haben.«

Er grinste und entblößte dabei eine ganze Reihe weißer, gerader Zähne. »Zum Glück nicht. Nein. Also, gehst du noch mal mit mir aus?«

Liv nahm eine Serviette und tupfte sich den Mund ab. Dann gähnte sie unterdrückt. »Es tut mir leid, aber ich muss jetzt wirklich ins Bett.« Dass sie seine Frage damit nicht beantwortet hatte, war ihr klar. Ihn schien es nicht zu stören, er wirkte sogar vielmehr so, als ob er diese kleine Plänkelei sehr genießen würde.

»Darf ich mitkommen?«

»Sicher nicht.«

Er zuckte die Schultern. »Ein Versuch war es wert«, gab er lässig, aber mit einem Funkeln in den Augen zurück. »Ich bringe dich auf jeden Fall nach Hause. Keine Widerrede.«

Sie war müde, außerdem genoss sie seine Gesellschaft. Deswegen sparte sie sich Proteste. »Na schön. Ich habe nicht die Kraft, gegen dich zu kämpfen.«

»Das ist gut.« Nate nahm ihre Hand und strich sanft mit dem Daumen über ihren Handrücken.

Hastig zog Liv sie zurück, als hätte sie sich an ihm verbrannt. Vielleicht hatte sie das sogar. Ihre Haut prickelte, ja, ihr ganzer Körper vibrierte. Sie atmete tief durch und stand auf. »Danke für das Frühstück.«

»Gerne. Komm«, sagte er und ging mit ihr zum Motorrad. »Wo wohnst du?«

»Ich hoffe, du bist kein Serienkiller«, scherzte sie. »Ich lege mein Leben ja quasi in deine Hände.«

»Keine Angst. Ich habe nicht vor, dich umzubringen.«

Sie fragte sich, was er sonst mit ihr vorhatte, sagte aber nichts, sondern zog sich den Helm über und stieg hinter ihm auf die Ducati.

Kapitel 6

Es wäre so einfach. Im Grunde müsste er nur weiterfahren, bis sie Boston irgendwann hinter sich gelassen hätten. Die Versuchung, Liv für ein paar Tage in eine andere Welt zu entführen, war groß.

Natürlich gab er nicht nach, und vermutlich wäre sie auch nicht bereit, mit ihm zu verreisen. Sie war keine von denen, die sich mit Luxusartikeln oder teuren Hotels beeindrucken ließen. Dabei könnte er ihr die Welt zu Füßen legen, wenn sie es zuließe.

Der Gedanke erschreckte ihn nicht halb so sehr, wie er sollte. Zudem waren sie meilenweit davon entfernt, überhaupt irgendwo hinzufahren, außer zu ihrer Wohnung. Leider war es gar nicht mehr so weit. Wo waren die Staus, wenn man sie einmal brauchte?

Er wollte nicht, dass sie die Arme von seinem Körper nahm, dass sie von seinem Motorrad abstieg und davonging. Aber festhalten konnte er sie auch nicht. Wie albern verhielt er sich überhaupt? Der Kaffee musste ihm zu Kopf gestiegen sein. Irritiert über seine seltsamen Anwandlungen, hielt er an der von ihr angegebenen Adresse an. Liv kletterte vom Sozius, er stieg ebenfalls ab. Seinen Helm hängte er an den Lenker.

»Ja«, sagte sie zögerlich und wirkte dabei ein wenig verlegen. »Dann also danke für die Fahrt.«

Damit reichte sie ihm ihren Helm, den er kurzerhand auf dem Motorrad ablegte. Dann griff er nach ihrem Handgelenk und zog sie zu sich. »Liv«, sagte er und verlor sich in ihren braunen Augen, die verschiedensten Emotionen spiegelten sich darin wider. Vielleicht waren es auch seine eigene Sehnsucht, Verwirrung, Verlangen.

Nate wusste, dass es falsch war, sie auszunutzen. Liv war ein braves Mädchen.

Seit wann stand er eigentlich auf anständig statt frivol?

Er wusste es nicht, aber es war so. Mit ihr war alles anders. Er wollte sie küssen, er wollte zärtlich zu ihr sein. Er wollte viel mehr als nur das. Die Stärke seiner Empfindungen warf ihn aus der Bahn, er konnte sich nicht rühren. Sein Kopf war wie leer gefegt, alles, was er wusste, war, dass er sie nicht einfach so gehen lassen konnte.

»Gute Nacht«, hauchte sie, wich aber keinen Schritt zurück.

War es möglich, dass es ihr genauso ging? Er hoffte es. Und gleichzeitig wünschte er sich, dass sie die Vernünftigere war, und eine Grenze setzte.

Aber Liv tat nichts dergleichen, und seine Zurückhaltung fiel mit jedem Atemzug mehr in sich zusammen.

Sei es drum.

Nate legte eine Hand an Livs Wange und ließ sie ganz langsam in ihren Nacken gleiten. Ihre Haut war zart und warm. Feine Härchen spürte er unter seinen Fingerkuppen. Sie erschauderte unter seiner Berührung.

Gott, wie sinnlich sie auf ihn reagierte. Verlangen schoss durch seine Adern.

Seine andere Hand legte er auf ihre Taille, beinahe so, als ob er damit sichergehen wollte, dass sie nicht doch noch zurücktrat und ihm die Gelegenheit raubte, sie zu küssen. Livs kastanienbraune Haare lagen wie ein Fächer über ihren Schultern ausgebreitet, es glänzte in der schwachen

Morgensonne. Erst jetzt nahm er den leichten Blütenduft wahr, der von ihr ausging. Ihr Duft war wie ein Rauschmittel, er bekam einfach nicht genug davon.

Zu seiner großen Überraschung legte sie ihre Hände auf seine Brust. Ihm war klar, dass sie seinen rasenden Herzschlag spüren musste. Was sie wohl dachte? Wünschte sie sich ebenso, seine Lippen auf ihre zu drücken, wie er?

Immerhin, sie hatte ihm bisher keine geknallt und war nicht davongelaufen.

Noch nicht. Aber es war ja auch noch nichts passiert.

Lügner.

Natürlich war es das. Obwohl sie sich kaum berührten, war dies der prickelndste Moment seines Lebens. Sehnsüchte, Wünsche, Hoffnungen. All das vibrierte zwischen ihnen. Dinge, an die er bislang noch nie auch nur eine Sekunde seine Gedanken verschwendet hätte. Und jetzt kam es ihm so vor, als sei das die Essenz seiner Existenz.

Er musste total durchgeknallt sein. Ja, daran musste es liegen.

Noch nie hatte er sich so bescheuert aufgeführt. Der Nate West, wie er ihn kannte, nahm sich, was er wollte. Er war kompromisslos und kalt. Er kümmerte sich nicht darum, was andere dachten.

Bis jetzt.

Er fragte sich, ob sie sich in seiner Gegenwart wohlfühlte. Ob sie ihn mochte. Ob sie ihn genauso gerne wiedersehen wollte wie er sie.

Scheiße. Was war nur mit ihm los? Nates rasender Herzschlag dröhnte in seinen Ohren.

Es musste aufhören. Er sollte *irgendwas* tun.

Also ob er sich selbst beweisen müsste, dass er alles unter Kontrolle hatte, senkte er seinen Mund auf ihren. Es fühlte sich vertraut an, obwohl sie sich kaum kannten. Erotisch, obwohl er sie nur federleicht berührte. Süchtig machend, weil er wusste, dass es mit ihr immer nur besser werden würde.

Sanft, beinahe vorsichtig erforschte er ihre sinnlichen, weichen Lippen und merkte, wie sie zu Wachs unter seinen Liebkosungen wurde.

Liv schmeckte himmlisch, nach Kakao und Kuchen. Zuckersüß und verlockend.

Er brauchte mehr davon. Viel mehr.

Schnell wurde sein zärtlicher Kuss fordernder. Ihr Keuchen raubte ihm den Verstand. Mit einem Seufzen ließ er seine Zunge zwischen ihre Lippen gleiten. Er vergrub seine Hände in ihren Haaren. Liv schmiegte ihren kurvigen Körper gegen seine Muskeln und stürzte ihn vollends in den Abgrund. Er vergaß alles um sie herum und war sich gleichzeitig Livs Nähe sehr bewusst. Er wollte sie hier, an Ort und Stelle.

Irgendwo schlug jemand eine Autotür zu, das Geräusch brachte ihn zurück in die Realität. Nate hatte keine Ahnung, aus welchem verfluchten Winkel seines Geistes er das letzte bisschen Anstand herauskehrte, als er sich von ihr löste. Langsam und widerstrebend zwar, aber es musste sein. Er konnte sie nicht hier auf der Straße betatschen wie ein billiges Flittchen. Liv war eine Frau, die mehr verdient hatte als das. Sie war sinnlich und leidenschaftlich, so viel hatte er längst mitbekommen. Wenn er mit ihr schlief, dann wollte er es langsam und mit Bedacht tun. Er wusste, er würde jede Sekunde davon genießen. All das war hier und jetzt nicht möglich.

Später, sagte er sich.

Bald.

Ihm war spätestens eben klar geworden, dass er nicht die Finger von ihr lassen konnte. Schwer atmend gab er Liv noch einen zarten Kuss auf die geschwollenen Lippen.

»Schlaf gut«, murmelte er mit belegter Stimme. Und die Versuchung, sie sofort wieder in seine Arme zu reißen, war beinahe übermächtig.

»Wir hätten das nicht tun sollen«, gab sie ebenso atemlos wie er zurück.

Sie hatte so recht.

Nein. Hatte sie nicht.

Und doch, vermutlich hatte sie eine ganze Reihe von Gründen, warum sie nicht mit ihm ins Bett gehen sollte. Keinem dieser Argumente konnte er widersprechen. Er war kein Mann fürs Leben. Er war keine treue Seele. Er suchte nicht nach der großen Liebe.

»Ich bereue nichts«, sagte er mit fester Stimme. Er meinte jedes Wort davon. Sie musste seine Bestimmtheit spüren, denn sie hob ihren Blick. Liv öffnete ihren Mund, sagte aber nichts. Dann drehte sie sich um und hastete davon.

Nate starrte ihr hinterher. Langsam lehnte er sich gegen sein Motorrad und versuchte zu begreifen, was hier gerade passiert war.

Nur ein Kuss.

Und doch war es so viel mehr als nur das.

Er wollte ihr nachlaufen und das fortführen, was sie begonnen hatten. Im nächsten Atemzug riet ihm das Stimmchen in seinem Kopf, dass er auf sein Motorrad steigen und so schnell wie möglich in die andere Richtung fahren sollte. Dass er sie nicht wiedersehen durfte. Das hier war gefährlich für ihn und das, was niemals sein konnte. Aber er hatte nicht gelogen: Er bereute nichts.

Und er wollte es wieder tun. Sehr gerne sogar.

Schätze, sie wird da noch ein Wörtchen mitzureden haben, dachte er und schnitt eine Grimasse.

Er hatte beinahe damit gerechnet, dass sie ihn anschreien würde, dass sie ihm eine Ohrfeige verpassen würde, stattdessen hatte sie ihn mit ihren unschuldigen Augen angesehen, als ob auch sie sich nichts sehnlicher wünschte, als mit ihm zusammen zu sein. Mit ihm zu schlafen.

Shit, alleine der Gedanke sandte Impulse in seine Lenden. Er führte sich auf wie ein liebestoller Teenager.

Nate seufzte und fuhr sich durch die Haare. Er hatte so eine Ahnung, dass das ein langer Tag werden würde. Nur, wie sollte er sich auf seine Geschäfte konzentrieren, wenn sein einziger Gedanke einem weiblichen Wesen galt, das sich jetzt gerade auszog und ins Bett legte?

Irgendwie hatte er es doch geschafft, wieder einen halbwegs klaren Kopf zu bekommen. So saß er eine gute Stunde später – er hatte Lederjacke und Jeans gegen einen Anzug getauscht – in seinem Büro und starrte aus dem Fenster.

»Bist du heute aus dem Bett gefallen?«

Nate drehte sich im Ledersessel zur Tür. »Elijah, guten Morgen. So ähnlich.« Mehr sagte er nicht. Sein Kumpel begriff auch so, dass die Atlanta-Reise ihn mehr aufgewühlt hatte, als er zugeben wollte. Überhaupt war so einiges in seinem Leben aus den Fugen geraten. Liv war passiert.

Was sie wohl gerade machte?

Schlafen vermutlich. Gott, er musste aufhören, ständig an sie zu denken.

»Alles klar, Mann?« Elijah kam ins Zimmer und blieb vor seinem Schreibtisch stehen.

»Sicher«, gab er lakonisch zurück.

»Brandon und der Detektiv sind auf dem Weg.«

Das brachte Nate ins Hier und Jetzt zurück. »Hat der Kerl auch einen Namen?«

»Wahrscheinlich.« Elijah grinste arrogant.

»Gott, du bist so blöd. Wie heißt er?«

»Das weiß ich nicht.«

Nate seufzte. »Na schön. Lange kann es ja nicht mehr dauern, bis sie hier sind.«

Als wäre das Stichwort gefallen, kam Whitney mit zwei Besuchern ins Zimmer. »Guten Tag, Mr. Hammond und Mr. Miller sind hier.«

Nate stand auf. »Ah, guten Tag. Danke, Whitney.«

»Soll ich Kaffee bringen?«

»Ja, gerne.«

Nate umrundete seinen Schreibtisch und ging auf die Neuankömmlinge zu.

»Brandon«, sagte er und schüttelte dessen Hand. »Mr. Miller.«

Der Händedruck des Detektivs war schwammig und feucht. Nate schätzte ihn auf Ende vierzig, er hatte schütteres Haar und trug einen abgewetzten Anzug.

Wo hatte Brandon ihn aufgetrieben? Er passte in ein schäbiges Büro am Hafen, wie sollte er sich unauffällig in Kreisen bewegen, in denen Chanel- und Armani-Hemden zum Schuheputzen benutzt wurden?

Er warf seinem Kumpel einen zweifelnden Blick zu, dieser ging nicht darauf ein. »So, dann setzen wir uns doch.« Nate zeigte auf die Sitzgruppe an der gegenüberliegenden Wand. Er würde dem Kerl eine Chance geben, vielleicht täuschte sein Aussehen ja. Niemand wusste besser als er, dass Kleider nicht alles waren. Steckte er doch in einem teuren Anzug und kannte zu gut, wie es war, ganz am Boden zu sein.

»So«, fing er an und schaute Brandon erwartungsvoll an. »Wie ist der Stand der Dinge?«

Brandon räusperte sich. »Ich habe Mr. Miller grob informiert, Details und Namen natürlich noch nicht. Das wollten wir mit euch tun.«

Elijah lehnte sich lässig zurück und überschlug die Beine. »Mr. Miller, haben Sie Referenzen? In welchem Bereich arbeiten Sie?«

»Ich habe häufiger für Mr. Hammond kleinere Aufträge ausgeführt.«

Nate atmete tief ein. Mein Gott, der Kerl suchte nach Ehebrechern. Seine Zweifel wuchsen, dass er der Richtige für seine Belange war. »Und wie gehen Sie dabei für gewöhnlich vor?«

Mr. Miller fing an zu schwitzen, er legte sich einen Finger an den Hemdkragen und lockerte ihn ein wenig. »Na ja, wie man das halt so macht. Beschatten, ich habe meine Kamera dabei.«

Nate unterdrückte ein Augenrollen, kam aber nicht umhin, Brandon einen bösen Blick zuzuwerfen. Manchmal fragte er sich, wie ein Mann so ehrlich und doch so zielstrebig sein konnte. Brandon lebte in einer anderen Welt – und doch hatten sie sich in Harvard gesucht und gefunden. So unterschiedlich sie waren, so sehr mochten sie sich. Aber in dem Falle musste er eine andere Lösung finden.

Mr. Miller schien zu merken, dass man ihm mit Skepsis begegnete. »Ich, äh, mein Stundenlohn beträgt fünfundsiebzig Dollar, ich verspreche Ihnen Bilder und eine schnelle Erledigung.«

»Er hat keine Ahnung, oder?«, sagte Elijah zu Brandon.

Der Anwalt seufzte. »Sorry, Leute. Ich habe euch gleich gesagt, dass ich ...«

»Schon gut«, unterbrach Nate ihn mit einer Handbewegung. Dann wandte er sich an Mr. Miller. »Vielen Dank, wir melden uns bei Ihnen.«

»Wie jetzt?« Der Detektiv guckte zwischen ihnen hin und her.

»Ich rufe Sie an, Mr. Miller«, sagte Brandon und nickte dem Mann zu.

Endlich kapierte er. »Ah, na gut. Ja, äh, dann. Auf Wiedersehen.«

Er sprang auf und schüttelte jedem von ihnen die Hände. »Wie gesagt, ich bin sehr diskret und zuverlässig.«

»Danke«, wiederholte Nate.

Nachdem Mr. Miller die Tür hinter sich geschlossen hatte, wandte sich Nate an Brandon. »Sag, mal, wo hast du Eddie Valiant aufgetrieben?«

»Wie bitte?«

Nate und Elijah warfen sich einen Blick zu. »Er hat nie Roger Rabbit gesehen. Ein Jammer. Wo bist du nur aufgewachsen, Brandon Hammond?«

Der Anwalt schüttelte den Kopf. »Ihr seid komplett gestört.«

In diesem Moment ging die Tür auf, und Whitney kam mit einer Kanne Kaffee und vier Tassen ins Büro. »Oh, ich dachte ... Wo ist Mr. Miller?«

»Der hat uns bereits verlassen«, gab Elijah mit einem Augenrollen zurück.

Sie machte große Augen. »Verstehe. Soll ich den Kaffee dann wieder mitnehmen?«

»Nicht doch«, sagte Brandon. »Ich brauche dringend Koffein.«

Sie lächelte. »Gut, dann bitte schön.«

Sie ließ die drei alleine. »So, was jetzt?«, fragte Nate.

»Tja, ich fürchte, ich bin echt nicht der richtige Mann, euch da zur Seite zu stehen.«

»Es tut mir leid, Brandon. Ich hätte dich erst gar nicht in diese Position bringen dürfen«, sagte Nate zerknirscht und goss Kaffee in drei Tassen ein. »Mir ist klar, dass du mit meiner schmutzigen Vergangenheit nichts zu tun haben solltest. Ich kann dir keinen Vorwurf machen, aber mit diesem Verschnitt von einem Privatermittler kann ich wirklich nichts anfangen. Kann ja sein, dass er Hänschen beim Fremdgehen erwischt, aber für mich wirkt er nicht kompetent genug, nicht in so einer wichtigen Sache.«

»Ich kann dir wirklich sagen, er ist fähiger, als er aussieht. Ehrlich. Bislang hat er gute Ergebnisse geliefert.«

Nate schüttelte den Kopf. »Das kann sein, aber hier geht

es nicht um den Rosenkrieg von Prince Charming und Cinderella. Hier geht es um viel mehr. Mir ist klar geworden, dass ich dich da nicht weiter mit reinziehen darf. Du hast zu viel zu verlieren.«

Brandon wirkte betroffen. »Du kannst mir vertrauen, das weißt du. Außerdem war Prince Charming mit Snow White zusammen, nicht Cinderella.«

Er legte seinem Freund eine Hand auf den Arm und verzog seinen Mund. »Okay, wir wissen jetzt, dass deine Mom dir Märchen vorgelesen hat, anstatt dich Roger Rabbit schauen zu lassen. Es ist okay, dass du Probleme damit hast, ähm, meine Wege zu gehen. Ich habe begriffen, dass ich dich schützen muss. Dein Ruf ist tadellos, und das soll er auch bleiben. Ich fürchte, dass es sehr schmutzig werden könnte.«

»Du weißt, dass es mir nicht darum geht, mein Ansehen zu bewahren.«

»Ja, und genau deswegen bist du mein Freund. Aber ich habe dir gegenüber eine Verantwortung, Brandon. Es geht nicht. Ich muss eine andere Lösung finden.«

Elijah schnappte sich eine Tasse. »Ich habe schon eine Idee.«

Brandon seufzte. »Vielleicht kommt hier kein Detektiv von mir ins Spiel, aber ich werde den Teufel tun und mich zurückziehen und dich alleine lassen, Nate. Ich hoffe, das ist dir klar.«

»Danke, Mann.« Nate nickte ihm zu und trank dann einen Schluck. »Ich weiß das zu schätzen. Du kannst ja nichts dafür, dass du in Seidenhöschen statt Pampers großgezogen wurdest.«

Elijah lachte hinter vorgehaltener Hand.

»Gott, ihr seid manchmal solche Arschlöcher. Als ob ich was dafür kann, in welche Familie ich geboren wurde.«

»Dir war von Anfang an klar, dass wir Arschlöcher sind.

Deshalb magst du uns, und wir machen dir wegen *deiner* Familie sicher keine Vorwürfe, da wären wir die letzten. Allerdings finde ich es immer wieder lustig, wie Jungs aus reichem Hause von der Realität ferngehalten werden.« Nate wackelte mit den Augenbrauen.

»Ja, was soll ich sagen.« Der Anwalt seufzte. »Schuldig im Sinne der Anklage.«

Sie lachten, dann verabschiedeten sich Elijah und Brandon und ließen Nate alleine in seinem Büro zurück.

Unruhig lief er auf und ab und versuchte, sich zu sammeln. Die Sache mit Henry M. Bowers nahm ihn mehr mit, als er zugeben wollte. Jahrelang hatte er alles, was mit ihm zu tun hatte, in einer dunklen Schublade vergraben, nun schien alles wieder ans Tageslicht zu kommen, und damit auch die unschönen Erinnerungen an seine eigene Kindheit.

Um sich abzulenken, ging er noch einmal die Unterlagen durch, die Liv ihm übergeben hatte. Eine Idee durchzuckte ihn, die so plötzlich kam, dass er selbst leise aufatmete. »Klar, warum bin ich da nicht vorher schon drauf gekommen«, murmelte er vor sich hin und griff nach seinem Telefon. Ihm war klar, dass das, was er nun vorhatte, eine Art war, sein Gewissen reinzuwaschen. An einer Stelle plante er ein Komplott, an anderer versuchte er, etwas Gutes zu tun. Kein Wunder, dass das vor ein paar Jahrhunderten mit dem Ablasshandel so gut funktioniert hatte; was er tat, war vermutlich nichts anderes.

Obwohl seine Beweggründe vielleicht nicht die nobelsten waren, fühlte sich Nate besser, nachdem er mit einem Makler gesprochen hatte. Manchmal lag die Lösung zu einem Problem so nahe, dass man sie selbst nicht sah. Er war zufrieden und rief Penelope Jones an.

Zwei Tage später saß Nate in Penelopes Büro. Auf dem Schreibtisch brannte eine Lampe, die Luft war stickig und abgestanden. Das kleine Zimmer war vollgestopft mit Akten, Papieren und Büchern. Am Whiteboard hinter ihrem Schreibtisch konnte er den Dienstplan erspähen. Sehr gut, dann konnte er endlich wirklich herausfinden, wann Liv arbeitete und wann sie frei hatte.

»Was halten Sie von meinem Vorschlag?«, fragte er und überschlug seine Beine.

Penelope hatte die Finger vor sich auf der Tischplatte verschränkt. »Wir sind glücklich, dass Sie bereit sind, uns zu helfen. Und der Privatlehrer kann wirklich jeden Tag hier sein?«

»Absolut. Bildung ist wichtig, um eine Perspektive zu bekommen.«

»Da haben Sie ja so recht.«

»Und bezüglich meines anderen Vorschlags sehen wir uns um sechs noch einmal. Bringen Sie Liv mit, bitte.«

Sollte Penelope erstaunt gewesen sein, so ließ sie sich nichts anmerken. Er mochte sie, sie war eine kompetente Frau mit dem Herz am rechten Fleck. Sie erinnerte ihn ein bisschen an Suzanne.

Sofort verwarf er den Gedanken. Nein, das hier hatte nichts mit ihm und seiner eigenen Kindheit zu tun.

Es klopfte an der Tür. »Entschuldigen Sie«, sagte Penelope. »Ja?«

Ein junger Mann steckte den Kopf ins Zimmer. »Verzeihung, Penelope. Aber ich müsste kurz los, Juliette von der Therapie abholen.«

»Ach, natürlich.« Penelope stand auf. »Entschuldigen Sie mich bitte einen kurzen Moment.«

»Kein Problem«, erwiderte Nate.

Penelope erhob sich und verließ das Büro. Nate zückte sein Smartphone, stand auf und knipste den Dienstplan ab. *Perfekt*, dachte er und setzte sich wieder, um auf Livs Chefin zu warten. Dabei war eigentlich alles gesagt, in der kommenden Woche würde ein Termin mit einem von ihm ausgewählten Architekten stattfinden. Er hatte sich dafür stark gemacht, dass Liv das Projekt begleiten sollte – natürlich hatte er Hintergedanken dabei. Er hatte nicht vor, aufzugeben, ehe sie in seinem Bett gelandet war. Und das vielleicht nicht nur einmal.

Es könnte kompliziert werden, sagte immer wieder ein Stimmchen in seinem Hinterkopf, das er sofort zum Schweigen brachte. Er war kein Grübler. Er war kein Mann, der Rücksicht auf andere nahm. Nate wollte sie, und er würde sie bekommen.

Kapitel 7

Immer wieder dachte Liv an den Moment vor drei Tagen, an dem sie alle ihre Grundsätze über Bord geworfen und Nates Kuss erwidert hatte.

Sie musste verrückt geworden sein.

Gleichzeitig spürte sie sofort überall wieder dieses aufregende Prickeln, wenn sie an ihn und seine Zärtlichkeiten dachte.

Hör auf!

Seitdem hatte sie weder von Nate gehört noch selbst Kontakt mit ihm aufgenommen. Möglicherweise bereute er den Kuss bereits. Sie hatte sowieso keine Ahnung, wieso er gerade ihr nachstellte. Er hatte ja selbst zugegeben, dass er keine Probleme hatte, Frauen kennenzulernen.

Sie lachte humorlos. Natürlich nicht, der Mann war unfassbar attraktiv, wohlhabend und im besten Alter.

Verdammt, wie bescheuert das klang. Beinahe so, als ob *sie* auf der Suche wäre. War sie nicht, und es würde auch nicht noch einmal vorkommen, dass sie sich von ihm küssen ließ. Sie hatte nicht vor, als heulendes Weibchen zu enden, wenn ihm klar wurde, dass sie doch nicht sein Typ war. Außerdem wollte sie überhaupt keinen Mann an ihrer Seite, sie war bisher wunderbar alleine zurechtgekommen, und das sollte auch so bleiben. Die Gründe hatte sie mehrfach durchgekaut und alles, was sie bisher gesehen und erlebt hatte, sollte ausreichen, um sich nicht auf Nate einzulassen.

Dennoch interessierte es sie, warum er auf einmal so hinter ihr her war. Vielleicht spielte er einfach ein perverses Spielchen mit ihr. Um es sich schönzureden, dass er ein soziales Projekt unterstützen sollte, wollte er wenigstens noch die zuständige Sozialarbeiterin flachlegen, oder so etwas in der Art. Was wusste sie schon. Gar nichts. Und das ging ihr gehörig gegen den Strich.

Sie wollte aber nicht mehr länger darüber nachdenken, außerdem musste sie zur Arbeit. Penelope hatte ihr auf die Mailbox gesprochen, dass sie sich vor Dienstbeginn noch eine Straße weiter treffen sollten. Was sie da zu tun hatte, hatte sie nicht gesagt.

Da heute kein Motorrad-Taxi vor ihrer Tür wartete – sie dumme Nuss hatte sich natürlich nach ihm umgesehen –, nahm sie wie sonst die öffentlichen Verkehrsmittel.

Es war ein ungewöhnlich heißer Tag für diese Jahreszeit. Die Klimaanlage im Bus funktionierte nicht, und die Luft war schwül und drückend, dabei war es schon bald achtzehn Uhr. Liv fächelte sich Luft zu und schaute aus dem Fenster, bis sie ihre Haltestelle erreichten. Dort sprang sie leichtfüßig aus der Hintertür und lief dann zur von Penelope angegebenen Adresse.

Oh Gott. Alle Luft entwich aus ihren Lungen.

Nate stand ein paar Meter weiter mit dem Rücken zu ihr und telefonierte. Er trug, wie bei ihrem ersten Aufeinandertreffen, einen dunklen Anzug mit Weste und weißem Hemd. Das Jackett hatte er sich gespart, klug von ihm bei den Temperaturen. Ihr Magen zog sich nervös zusammen, sofort kamen die Erinnerungen an seine Lippen auf ihrem Mund zurück.

Sie war absolut nicht auf ein Wiedersehen vorbereitet.

Was sollte sie sagen? Sollte sie auf den Kuss zu sprechen kommen?

Nein, lieber nicht. Alles, was ihr dazu einfiel, war, dass es großartig gewesen war. Dass sie es wieder tun würde.

Mist. Mist. Mist.

Als hätte er ihre Nähe gespürt, drehte er sich zu ihr um und beendete das Telefonat. Ihre Blicke trafen sich, und sie erkannte ein angedeutetes Lächeln. Sie schaffte es nicht, wegzusehen.

Wo, zur Hölle, war Penelope? Steckte sie etwa mit ihm unter einer Decke?

Nein, wie absurd. Sie würde im Leben nicht die Kupplerin spielen, Liv sollte sich selbst nicht zu wichtig nehmen. Entweder war es einfach ein blöder Zufall, oder es ging um etwas ganz anderes.

»Hallo Liv«, sagte Nate in dieser Sekunde mit seiner dunklen, ein wenig rauen Stimme. Die feinen Härchen auf ihrem Körper stellten sich auf und ihr Herz überschlug sich beinahe.

»Hallo«, hauchte Liv und ärgerte sich, dass sie nicht abgeklärter klang.

Nate trat auf sie zu und begrüßte sie mit einem Küsschen auf die Wange. Zu vertraulich für eine Geschäftsbeziehung, aber angesichts der Tatsache, dass sie schon auf Tuchfühlung mit seiner Zunge gegangen war, konnte sie dagegen nun wirklich nichts sagen.

Leider roch er gut. Viel zu gut. Sein Aftershave verströmte einen dezenten Geruch von Sandelholz. Verbieten. Man müsste es verbieten.

Liv atmete tief ein und trat dann wieder zurück. »Eigentlich hatte ich mit Penelope gerechnet.«

Er nickte und musterte sie mit Argusaugen. »Und? Enttäuscht?«

Leider nicht.

»So würde ich es nicht ausdrücken. Was machen wir hier?«

Er schnalzte mit der Zunge. »Tse, tse, so ungeduldig, Miss Fields?«

Sie spürte, dass sie rot wurde. Erst jetzt bemerkte sie ein weißes Schild im Vorgarten. »Zu verkaufen«, stand darauf.

»Was hat das alles zu bedeuten?«, stieß sie hervor.

»Entschuldigung, ich bin ein bisschen spät dran«, hörte sie Penelopes Stimme hinter sich. »Hallo Mr. West, hallo Liv.«

Nate lächelte und schüttelte die Hand ihrer Chefin. »Hallo Mrs. Jones. Super, dass das so kurzfristig geklappt hat«, hörte sie ihn sagen und Liv verstand immer noch nur Bahnhof.

»Wir sind unendlich dankbar, ich kann es noch gar nicht fassen!« Ihre Chefin schüttelte ungläubig den Kopf.

Liv wagte nicht zu sprechen, sie hatte eine Ahnung, was hier vor sich ging. Es war verwirrend.

»Kommen Sie«, sagte er jetzt, ging durch das Gartentörchen und hielt es für die Damen auf.

Hatte er etwa einen Schlüssel? Das wurde ja immer skurriler.

Als gehöre ihm Haus und Hof marschierte er voran und öffnete die Vordertür. Sie war nicht mal abgeschlossen.

»Es ist nicht optimal, aber deswegen sind wir ja hier«, plauderte er lässig und stellte sich in die Mitte des Wohnzimmers. Das Gebäude war ähnlich wie das *Women's Shelter* gebaut, alle Häuser in der Gegend ähnelten sich in der Bauweise, ohne dabei genau gleich auszusehen.

Liv erkannte durch das hintere Fenster, dass man von diesem leer stehenden Haus einen herrlichen Blick auf den Garten des *Women's Shelter* hatte. Wieso war ihr gar nicht aufgefallen, dass das Haus hier nicht bewohnt war? Oder war das erst kürzlich passiert? Nein, sie erinnerte sich tatsächlich nicht, in der letzten Zeit dort Menschen gesehen zu haben.

In der Zwischenzeit zog Nate einen Schlüssel aus der Hosentasche und hielt ihn baumelnd in die Luft. »Wem darf ich den überreichen?«

Penelope schlug sich die Hände vor den Mund. »Das geht doch nicht so einfach! Wir müssen die Presse anrufen, Ihre Wohltätigkeit muss doch öffentlich gemacht werden.«

Liv wurde schwindelig. Konnte es sein, dass Nate ihnen das Haus zur Verfügung stellen wollte? Anders konnte sie sich das alles nicht erklären.

Er schüttelte den Kopf. »Ich möchte lieber so anonym wie möglich bleiben.«

Penelope öffnete ihren Mund, schloss ihn aber sogleich wieder. Dann nahm sie den Schlüssel an sich. »Ich weiß gar nicht, was ich sagen soll.« Sie wandte sich an Liv. »Er hat das Haus gekauft und überlässt es uns.«

»Nicht ganz korrekt«, unterbrach er Penelope mit einem schwachen Lächeln, das selbst Fräulein Rottenmeiers Herz zum Schmelzen gebracht hätte. »Ich habe es gekauft, ja. Ich werde es Ihrer Einrichtung zur Verfügung stellen, auch korrekt. Aber ich werde es zunächst so renovieren lassen, wie das *Women's Shelter* auch gestaltet werden soll. Hierzu müssten wir uns noch einigen. Die Architektin ist informiert, sie kann im Prinzip sofort loslegen. Geplant ist ...«, jetzt schaute er Liv direkt an. Ihr Herz machte einen Satz und schlug dann im doppelten Tempo weiter. »Geplant ist, dass die Häuser durch einen Gang verbunden werden, sodass man, egal zu welcher Jahreszeit, bequem von einer zur anderen Seite gelangen kann.«

»Ist das nicht einfach Wahnsinn?«, flötete Penelope und lief wie ein aufgescheuchtes Huhn umher.

Liv wandte sich an Nate. »Du hast es wirklich für uns gekauft?«

Er zuckte die Schultern, als ob es eine kleine Sache wäre. »Ja. Es war günstig.«

Unglaublich. »Wieso?«

Er schaute ihr tief in die Augen. »Schlicht und einfach, weil ich es kann.«

Liv schluckte. Es lag so viel mehr in diesem Satz:

Ich will dich.

Du gehörst mir.

Es ist nur eine Frage der Zeit.

Ja, vielleicht hatte er sie durchschaut, vielleicht hatte er recht. Sie wusste es nicht. »Und wie soll das gehen?«, sagte sie stattdessen. »Mehr Platz bedeutet ja nicht, dass wir das personell auch meistern können. Mehr Mädchen bedeutet natürlich auch viel mehr Verantwortung. Aber das mit dem Privatlehrer habe ich schon mitbekommen. Das ist echt toll. Ich bin noch ganz durcheinander.«

»Ich sorge dafür, dass es klappt. Jetzt muss erst mal umgebaut werden, und bis das erste Haus fertig ist und ihr hierher umziehen könnt, und bis das zweite dann so weit ist, haben wir auch den Rest geregelt.«

»Ich kann das kaum glauben.«

»Glaub es ruhig. Außerdem habe ich gute Kontakte zum Bürgermeister, vielleicht kann er noch was von seinem Etat lockermachen, damit wir zumindest die Kosten für die weiteren Sozialkräfte abgedeckt haben.«

»Wenn du das sagst, klingt es so einfach.«

Nate kam zu ihr und legte ihr freundschaftlich einen Arm um die Schultern. »Glaub mir, oder habe ich dir bisher Anlass gegeben, an mir zu zweifeln?«

Nein, das hatte er nicht. Glücklicherweise kam Penelope gerade aus der Küche. »Das Haus ist perfekt, es ist einfach spitzenmäßig. Ich kann mir schon genau vorstellen, wie alles sein wird. Noch einmal: vielen, vielen Dank. Sie sind ein Engel.«

Nate hob eine Augenbraue. »Sie übertreiben, meine Liebe.«

Livs Chefin wedelte mit der Hand vor ihrem Gesicht. »Nein, nein. Diese Lorbeeren müssen Sie sich wirklich anstecken lassen. Sie sind ein guter Mensch.«

Nate sagte nichts, aber Liv konnte an seinem Gesichtsausdruck erkennen, dass er da anderer Meinung war. Welche Geheimnisse trug er in sich?

»Und zu unserem Sommerfest nächsten Samstag müssen Sie auch kommen«, plapperte Penelope weiter. Liv biss sich auf die Lippe.

Ja, natürlich war es richtig gewesen. Sie konnten nicht feiern, ohne ihm eine Einladung auszusprechen, da er so viel für die Zukunft der Einrichtung tat. *Wahrscheinlich ist er sowieso verhindert*, sagte sie sich. Er hatte wohl Wichtigeres zu tun, als Würstchen und Burger mit ihnen zu grillen.

»Ich komme gern«, hörte Liv ihn antworten und unterdrückte ein Stöhnen.

Na super. Das würde ja gut klappen, ihm aus dem Weg zu gehen. Sie spürte seinen Blick auf sich, aber sie ging nicht darauf ein. »Ich fürchte, ich muss jetzt zur Arbeit«, stellte sie stattdessen fest.

»Ja, ja, geh nur. Aber willst du nicht kurz einen Blick in die anderen Räume werfen?«, fragte Penelope.

»Ja, dafür reicht es noch. Vielen Dank, Nate. Es ist wirklich ganz großartig.« Sie nickte ihm zu und huschte dann schnell durch das Haus.

Alles in allem war es in einem guten Zustand, die Fußböden mussten erneuert werden, ebenso die zwei Badezimmer. Oben gab es vier Schlafzimmer, ein Bad, eine Toilette und im Dachgeschoss noch einmal zwei Räume und ein kleines Duschbad. Viel Platz also, um im Erdgeschoss den gemeinsamen Bereich gestalten zu können. Vielleicht konnte man ja jetzt sogar noch ein Spielzimmer mit Therapiemöglichkeiten einrichten. Leider hatten die meisten der Kinder da sehr großen Bedarf, den man bislang nie in den eigenen Räumen hatte abdecken können. Wenn man gewisse physische Übungen auch im Shelter anbieten konnte, würden unter Umständen vielleicht auch hier noch ein paar Fördermittel herausspringen. Die Idee nahm in ihrem Kopf immer mehr Form an, es war großartig. In einem hatte Penelope recht: Nate war ein guter Mensch. Die Frage war nur, warum er das vor anderen verbergen wollte.

Nate saß in seinem Büro und wartete auf seinen letzten Termin für heute. Whitney hatte er längst nach Hause geschickt. Die Abendsonne leuchtete über den Dächern Bostons und spiegelte sich im Charles River.

Es klopfte leise an seiner Tür, und er hob seinen Kopf.

»Mr. West?«, hörte er eine zarte Stimme, die zu einer ebenso zarten Person gehörte. Ihre blonden Haare hatte sie zu einem strengen Zopf zurückgebunden, ihr schmaler Körper steckte in einem dunklen Hosenanzug.

Ach du Schande, wie alt war das Mädchen? Sie wirkte so schmal und zerbrechlich, dass er sich beim besten Willen nicht vorstellen konnte, dass sie Elijahs Geheimtipp sein sollte. Da sollte er vielleicht doch besser Mr. Miller den Auftrag geben.

»Guten Tag, und Sie sind?«, fragte er, stand auf und ging auf sie zu.

»Erin Lark, wir waren verabredet.«

Er musste ein ganzes Stück auf sie herabsehen, und das, obwohl sie Schuhe mit Absatz trug. Sie konnte unmöglich größer als eins sechzig sein und wog vermutlich nicht mehr als ein Schmetterling. Sie tauschten einen Händedruck, der für ihre Konstitution erstaunlich kräftig ausfiel. Erst jetzt bemerkte er, dass unter ihrem linken Arm eine Mappe klemmte.

»Wollen Sie sich vielleicht setzen?« Er zeigte auf die Sitzgruppe.

»Wie Sie mögen.« Sie schaute ihn direkt aus wachen blauen Augen an.

Immerhin, sie ließ sich nicht von ihm einschüchtern, ein Pluspunkt für sie. »Kommen Sie, sonst ist es so ungemütlich.«

Ohne einen Kommentar folgte sie ihm und nahm auf einem der dunklen Ledersessel Platz.

»Kann ich Ihnen etwas zu trinken anbieten?«

»Nein, danke«, antwortete sie. »Ich bin ja nicht gekommen, um Ihre Minibar zu leeren.« Sie schaute sich ungeniert in seinem Büro um.

Beinahe hätte er laut gelacht. Für so ein zartes Persönchen riskierte sie eine kesse Lippe.

»Na schön. Dann sagen Sie mir doch mal, warum ich Sie für den Job einstellen sollte. Ich nehme an, Mr. Moore hat Sie über die Eckdaten informiert.«

Ihr Gesicht blieb ausdruckslos. »Es geht darum, Schmutz auszugraben.«

»So in der Art. Ja. Allerdings ist der Mann recht bekannt und einflussreich.«

»Das sind die Schlimmsten.«

»Sie haben damit kein Problem?«

Miss Lark schaute ihn an, als ob er sie gefragt hätte, ob sie lesen und schreiben könnte. »Nein. Natürlich nicht. Das ist mein Job.«

»Und nun noch einmal meine Eingangsfrage. Warum soll ich gerade Sie engagieren?«

Erin antwortete nichts, sondern öffnete seelenruhig ihre Mappe und breitete ein paar Bilder auf dem Tisch zwischen ihnen aus.

Alle Farbe wich aus seinem Gesicht. Er begriff schnell, warum sie erst heute Zeit für ihn gehabt hatte, obwohl

Elijah sie schon vor ein paar Tagen kontaktiert hatte. Sie hatte ihn observiert und einiges dokumentiert, das wirklich nur ihn etwas anging.

»Reicht das als Antwort?«, sagte sie in einem beiläufigen Tonfall.

Nate atmete scharf ein und nahm ein Foto zur Hand. Es war vor Livs Haus aufgenommen und zeigte, wie er sich von ihr verabschiedete. Es wirkte vertraulich. Vermutlich hatte sie sogar den Kuss mitbekommen, war aber so taktvoll gewesen, dieses Foto nicht mitzubringen. Beim nächsten Foto stand er in Motorradkleidung vor Livs Wohnhaus und starrte hinauf. Er wusste genau, wann sie das aufgenommen haben musste – gestern. Er war zu ihr gefahren und hatte dann doch einen Rückzieher gemacht. Und dann war da noch ein Bild, wie er zu Hause auf der Terrasse saß und mit jemandem telefonierte.

Dass er nicht mitbekommen hatte, dass sie ihn beschattet hatte, fand er wirklich beeindruckend – und auch ein wenig furchteinflößend.

»Ich habe Sie unterschätzt«, gab er mit einem anerkennenden Nicken zu.

Sie lächelte nicht. »Das geht den meisten so.«

»Guten Abend.« Elijah kam in sein Büro. Gerade zur rechten Zeit, er wusste nicht wieso, aber er war froh, dass sein Freund eben noch nicht hier gewesen war. Das mit Liv wollte er für sich behalten.

Nate schob die Bilder zurück in ihre Mappe. Er sah, dass Erin ihn beobachtete und ihre Schlussfolgerungen zog. Es war ihm egal, sie würde die Klappe halten, denn ihn zu beschatten, war nicht ihr Job. Es war lediglich ihr Argument gewesen, warum sie die Richtige dafür war. Erin Lark musste klar sein, dass sie, wenn sie den Auftrag bekommen wollte, die Bilder niemandem – inklusive Elijah – zeigen durfte. Dennoch bekam er ein schlechtes Gewissen. Es war absurd. Er verstand nicht, warum es ihm so wichtig war, dass Elijah die Bilder nicht sah. Sie hatten keine Geheimnisse voreinander.

Eigentlich.

Weil er dir ins Gewissen reden würde, dass du die Finger von der Kleinen lassen solltest. Sie waren vielleicht Arschlöcher, aber sie hatten Grundsätze.

Nate schüttelte die verwirrenden Gedanken ab, dafür hatte er jetzt keine Zeit.

»Ich nehme an, ihr kennt euch?«, sagte Nate, um die Stille im Raum zu durchbrechen und sich selbst in den Griff zu bekommen.

Elijah schüttelte Erin die Hand. »Flüchtig«, gab er mit einem arroganten Lächeln zurück.

Nate wollte keine Einzelheiten wissen, mit wem sein Freund ins Bett ging, interessierte ihn nicht.

Erin wirkte jedoch nicht im Mindesten peinlich berührt, was Nate an seiner Theorie, dass die beiden was miteinander gehabt hatten, zweifeln ließ. Letzten Endes war es ihm ohnehin egal.

»Hören Sie, Mr. West. Zeit ist Geld«, sagte sie mit ruhiger Stimme. »Können wir vielleicht zum Punkt kommen?«

Er mochte sie. Nicht viele Menschen trauten sich, so direkt mit ihm umzugehen. »Ich bin angetan von Ihrer, äh, Arbeit. Wie sieht es mit den Honorarvorstellungen aus?«

»Ich arbeite mit einem kleinen Fixum auf Erfolgsbasis. Dafür ist mein Kurs etwas höher.«

Elijah ließ sich auf einen Sessel fallen, sagte aber nichts.

»Ich höre«, ermunterte Nate sie, ihre Summe auf den Tisch zu packen.

»Hunderttausend für die harten Fakten. Wenn ich nichts finde und etwas … arrangieren soll, wird es teurer.«

Er machte große Augen. Alles klar, Elijah hatte sie gut vorbereitet. »Sie werden was finden.«

»Wenn Sie das sagen.« Ihr Tonfall blieb neutral, der Gesichtsausdruck vollkommen undurchdringlich.

»Was genau meinen Sie mit arrangieren?«, hakte Nate nach. Er wollte wissen, wozu sie bereit war.

»Elijah erwähnte etwas von einem Sex-Tape.«

»Und das würden Sie drehen?« Er konnte sich kaum vorstellen, dass sie das selbst durchziehen wollte. Sie war eine Schnüfflerin, keine Nutte. Das konnte er nach der kurzen Zeit, die er sie kannte, beurteilen – egal, welches Pokerface sie zur Schau trug.

Erin stieß einen Laut aus, der einem Lachen ähnelte, aber keins war. »Ich bin keine Hure, Mr. West. Aber ich kann natürlich welche finden, die gerne auch zu zweit oder dritt mit dem Herrn aktiv werden.«

»Ihnen ist klar, dass wir über den Generalstaatsanwalt von Georgia sprechen?«

Sie blieb unbewegt. »Und wenn es der Prinz von Zamunda wäre, würde mich nicht interessieren, dann wäre lediglich mein Preis höher.«

Elijah warf Nate einen zufriedenen Blick zu, der sagte: Siehst du, ich hab dir gesagt, dass meine Kontakte was taugen.

»In Ordnung.« Nate nickte. »Wann kann ich mit brauchbaren Ergebnissen rechnen?«

»Ihnen ist klar, dass ein paar Bilder nicht genügen werden.«

»Wann?«, fragte er, nun ungeduldiger.

»Drei bis vier Wochen.«

»Kommen Sie, Erin.«

»Vielleicht geht es schneller, aber das kann ich nicht garantieren.«

»Na schön.« Er seufzte leise. Hauptsache, das Schwein bezahlte endlich für seine Sünden. Nach all den Jahren kam es auf ein paar Wochen mehr oder weniger auch nicht mehr an, aber dass er kürzlich zum Generalstaatsanwalt ernannt worden war, hatte er nicht hinnehmen können. Dieser Mann hatte nichts in so einer wichtigen Position zu suchen. Er hatte handeln müssen.

»Die Hälfte der Summe ist bei Auftragsabschluss fällig.«

»Schreiben Sie mir eine Rechnung?« Nate hob eine Augenbraue.

Es war das erste Mal, dass Erin wirklich lachte. »Träumen Sie weiter, West. Nur Bares ist Wahres.«

Er lächelte. »Sie sind mir sympathisch. Ich kann Ihnen die Anzahlung morgen geben. Haben Sie eine Adresse für mich? Und da Sie sagten, dass Sie auf Erfolgsbasis arbeiten …«

»Erstens: Ich werde erfolgreich sein, und zweitens: Ich komme lieber hierher.«

Nate wollte nicht wissen, in welche krummen Dinger sie sonst verwickelt war oder in welcher Umgebung sie lebte. Das war Teil des Deals – keine von beiden Seiten stellte unnötige Fragen. Und dass sie eine Anzahlung haben wollte, störte ihn auch nicht. Er wäre bereit, weitaus mehr als hunderttausend auf den Tisch zu legen, wenn das Arschloch endlich blutete.

»Ach so«, sagte sie und stand auf. »Spesen gehen natürlich extra.«

»Ich nehme an, Sie werden keine Reisekostenabrechnung erstellen?«

Erin hob eine Augenbraue. »Da werden Sie mir schon vertrauen müssen. Keine Sorge, ich werde nicht im Ritz absteigen. Aber ich brauche einen Mietwagen, Flugtickets, und meine Ausrüstung ist auch nicht ganz billig.«

»Ausrüstung?«

»Manchmal ist es nötig, dass ich mich näher im Umfeld der Zielperson umsehe. Vermutlich wird ein Mann wie er sein Haus gut gesichert haben.«

»Dietrich und Glasschneider sind meines Erachtens recht günstig.«

»Sollte es mit Ihrem Unternehmen mal nicht mehr so gut laufen, versuchen Sie es nicht als Comedian.«

Elijah hustete in seine vorgehaltene Hand, er musste ein Lachen unterdrücken. Idiot.

»Anscheinend liegt das komische Talent eher auf Ihrer Seite«, merkte Nate an.

»Lassen wir das Geplänkel. Ich werde in sein Haus einsteigen müssen, dafür benötige ich Software, heutzutage ist jedes Alarmsystem mit dem Internet und dem Wachservice verbunden. Da weder Sie noch ich auffliegen wollen – Orange steht mir nämlich nicht –, muss ich mir sicher sein, dass es funktioniert. Das ist nicht billig.«

»Verstehe. Tun Sie, was Sie tun müssen.«

Sie nickte und streckte ihre Hand aus. »Dann bis morgen. Gleiche Zeit?«

»Nichts lieber als das.« Er lächelte spöttisch.

Nachdem Erin Lark sein Büro verlassen hatte, ließ sich Nate noch einmal in den Stuhl zurücksinken. »Ich will nicht wissen, wo du sie aufgegabelt hast.«

Elijah grinste breit. »Tut auch nichts zur Sache. Sie wird liefern.«

»Hoffentlich.«

Kapitel 8

Liv saß nach der letzten Nachtschicht dieser Woche im Bus und schaute aus dem Fenster. Boston erwachte langsam zum Leben, der Himmel war bedeckt. Vermutlich würde es bald anfangen zu regnen. Hoffentlich war sie bis dahin zu Hause. Sie wollte ausschlafen, damit sie fit für den nächsten Tag war. Auch, wenn sie morgen nicht arbeiten musste, so hatte sie doch einen Termin, und zwar mit Nates Architektin. Sie war unglaublich gespannt auf alles, was mit dem Projekt zusammenhing.

Penelope hatte kurzfristig noch einmal zu ihrer Mutter nach Portland fahren müssen, sie würde erst nach dem Wochenende wieder zurück sein, daher lastete die ganze Verantwortung auf Livs Schultern.

Sie konnte es noch immer nicht wirklich fassen, dass Nate ein Haus gekauft hatte und alleine für den Umbau beider Immobilien aufkommen würde. Unglaublich. Es fühlte sich alles wie ein Traum an.

An ihrer Station sprang sie aus dem Bus und lief ins Haus. Im Flur begegnete ihr Cat. »Hey, guten Morgen. Wie läuft's?«, fragte sie ihre neue Nachbarin.

Diese trug einen Jogginganzug und wirkte erschöpft. »Ah, guten Morgen. Lange Nacht gehabt?«

»Nachtschicht, um ehrlich zu sein. Und du? Ist alles okay?«

»Ich geh nur Brötchen holen. Josh hat bei mir übernachtet, und ich möchte ihm ein schönes Frühstück zaubern.« Sofort hellte sich ihr Gesichtsausdruck auf. Sie war ganz schön verschossen in ihren Freund.

»Kocht er inzwischen den Kaffee?« Liv zwinkerte ihr zu.

Cat schaute Liv indes an, als wäre sie verrückt geworden. »Nein! Er schläft natürlich noch. Er hatte gestern so einen anstrengenden Tag, da muss er heute Morgen jede Minute auskosten und ausschlafen.«

»Oh. Und du etwa nicht? Du gehst doch auch arbeiten.«

Cat blinzelte irritiert. »Das kann man doch nicht vergleichen.«

Liv gähnte unterdrückt. »Entschuldige, es geht mich auch gar nichts an. Ich habe wirklich keine Ahnung von Beziehungen und noch dazu eine Nachtschicht hinter mir. Hör mir einfach nicht zu.« Sie lächelte entschuldigend.

Das schien Cat zu besänftigen. »Na gut, du Liebe. Dann geh mal husch, husch ins Bettchen. Aber lass uns bald mal wieder zusammen essen, ja?«

Liv lächelte. »Sehr gern. Aber mit weniger Wein.«

Cat grinste. »Das war doch lustig.«

»Ich hatte echt Kopfschmerzen am nächsten Tag.«

»Liebes, manchmal muss man einfach mal über die Stränge schlagen.« Sie drückte Liv ein Küsschen auf die Wange. »Bis die Tage.«

Liv schaute ihr kurz hinterher, dann ging sie in ihre Wohnung, legte Tasche und Schlüssel auf die Kommode im Flur und machte sich bettfertig. Zur Sicherheit stopfte sie sich Ohropax in die Ohren, sie brauchte ein paar Stunden absolute Ruhe.

Als sie am frühen Nachmittag die Augen wieder aufschlug, schien die Sonne durch einen Spalt im Vorhang. Müde rieb sie sich über das Gesicht und tastete nach dem Handy.

Eine Nachricht von ihrer Mutter, die fragte, wie es ihr ging, und wann sie endlich mal wieder zu Besuch nach Springfield kommen würde.

Liv schrieb zurück, dass sie diese Woche Nachtschicht hatte und dass im Moment viel zu tun sei. Es war nicht so, dass sie ihre alte Heimat mied, aber es zog sie auch nichts dort hin, obwohl sie ihre Mutter vermisste und ein schlechtes Gewissen hatte, dass sie so selten dort war. Aber sie lebte jetzt nun mal in Boston, und Springfield lag auch nicht gerade um die Ecke. Außer an den Feiertagen oder zu Weihnachten fuhr sie selten nach Hause. Ihre Mutter hatte doch noch ihr spätes Glück gefunden und war heute mit einem Cop verheiratet, der zwei Kinder mit in die Ehe gebracht hatte. Die waren mittlerweile auch ausgezogen, sodass die beiden alleine in einem hübschen Reihenhaus in einer spießigen Siedlung wohnten und glücklich waren. Sie freute sich für die beiden und war froh, dass ihre Mutter, die in ihrem Leben viel durchmachen musste, nicht einsam war.

Sie streckte sich und schwang dann die Beine aus dem Bett. *Erst mal einen Kaffee*, dachte sie und tapste in die Küche. Liv hatte die Maschine gerade eingeschaltet, als es an ihrer Tür klingelte.

Für einen Moment überlegte sie, ob sie so tun sollte, als wäre sie nicht da, entschied sich dann aber dagegen. Sie trug eine kurze Pyjamahose und ein T-Shirt, schaute vorsichtshalber durch den Spion. Ihre Nachbarin stand mit einem Strauß Rosen und einem Umschlag vor ihrer Tür. Liv wurde sofort skeptisch, die konnten ja wohl nicht für sie sein.

»Hey, Cat. Was gibt's?«, sagte sie, nachdem sie die Haustür geöffnet hatte. »Hast du Rosen bekommen von Josh?« Liv grinste.

»Nee, nee, meine Liebe. Die sind für dich.«

»Für mich?« Ihr Herz machte einen Satz. Natürlich dachte sie sofort an Nate.

»Du hast einen Verehrer.« Cat wackelte anzüglich mit den Augenbrauen. »Sie duften himmlisch. Ach, wie romantisch. Ich wünschte, Josh würde mir mal Blumen schenken. Von dem bekomme ich nie welche. Hier bitte, ehe ich sie mir doch noch selbst unter den Nagel reiße. Glaub mir, ich hab dran gedacht. Aber dann hatte ich keine Lust auf schlechtes Karma, du weißt schon.«

Liv wunderte sich, wie viel Cat sagen konnte, ohne Luft holen zu müssen.

»Willst du hereinkommen? Ich habe gerade die Kaffeemaschine angestellt, ich wollte frühstücken. Wieso bist du überhaupt zu Hause? Hast du denn schon Feierabend?«

Cat lief tiefrot an. »Nee.«

»Wie, nee?«

Sie beugte sich nach vorne und flüsterte: »Ich habe blaugemacht.«

»Wegen Josh?« O nein, das war nicht gut.

»Ja, er war so süß heute Morgen und meinte, er hätte doch länger Zeit, und …«

Liv seufzte. »Komm rein.«

»Und dann lesen wir, von wem die Blumen sind.« Sie grinste wie ein Honigkuchenpferd.

Mit fahrigen Bewegungen goss Liv Kaffee für sie beide ein, während Cat eine Vase suchte und die Rosen ins Wasser stellte.

Dann setzten sie sich gemeinsam an den kleinen Esstisch, der in der Küche vor dem Fenster stand. Cat schob ihr den Umschlag zu. »Nun mach schon auf.«

»Wann sind sie abgegeben worden?«

»Vor einer Dreiviertelstunde ungefähr, ich habe mir schon gedacht, dass du noch schläfst, vermutlich hat der Bote deshalb bei mir geklingelt, der wollte seine Lieferung nicht wieder mitschleppen.«

»Wer hat die Blumen abgegeben?«

»Irgendein Kurier. Komm schon, lies die Karte, dann weißt du am ehesten, wer auf dich abfährt. Wobei, vermutlich ist dir das klar, oder?«

Liv spürte Cats Röntgenblick auf sich. »Ähm«, stammelte sie und öffnete den Umschlag.

Sie zog eine Eintrittskarte für die Oper heraus. »Der Barbier von Sevilla«, las sie.

»Keine Karte dabei?«

»Moment.« Liv sah noch einmal nach und fand eine kleine handschriftliche Notiz.

Liebe Liv, es würde mir eine große Freude bereiten, wenn du mich morgen Abend in die Oper begleiten würdest.

Nate

Cat riss ihr die Nachricht aus der Hand. »O, là, là. Wer ist dieser Nate?«

»Ein Bekannter.«

»Sieht ganz so aus, als ob er mit dem Status nicht mehr länger zufrieden wäre.«

Liv schnaubte leise, stopfte Karte und Nachricht zurück in den Umschlag. »Sein Pech.«

»Ist er hässlich?«

»Nein, ganz und gar nicht.«

»Dumm?«

Liv lachte. »Nein, auch das nicht.«

»Wo liegt dann das Problem?« Sie runzelte die Stirn. »Ach, okay. Das Schwein ist verheiratet?«

Liv schüttelte den Kopf. »Soweit ich weiß nicht. Nein.«

»Hm. Dann verstehe ich dich nicht. Möchtest du nicht mit ihm ausgehen? Komm schon, Oper! Das klingt total romantisch. Und die Rosen erst.« Cats Gesichtsausdruck wurde verträumt.

Liv nahm einen Schluck von ihrem Kaffee. »Ich bin einfach nicht auf der Suche.«

»Liebst du vielleicht einen anderen?«

»Was? Nein, gar nicht. Ich bin glücklicher Single.«

Cat nagte an ihrer Unterlippe und runzelte die Stirn, als ob sie das unmöglich glauben könnte. »Das sagen sie alle. Aber was ist mit den langen, kalten Abenden, wenn du alleine im Bett liegst?«

»Süße, wir haben Mai. Kalt wird es erst wieder im November.«

»Eben, dann solltest du langsam mal anfangen, dich um einen Partner zu kümmern.«

»Gott, du hast aber veraltete Ansichten. So hätte ich dich gar nicht eingeschätzt.«

»Na schön«, meinte Cat und stand auf. »Dann bleib doch glücklich alleine. Irgendwie kann ich dich auch verstehen. Mit Mann hat man Frust, ohne auch. Ja, dann lass ihn noch ein bisschen zappeln, Herzchen. So, ich würde gerne noch weiter mit dir plaudern, aber ich muss zum Sport.«

»Du musst?«

»Josh mag durchtrainierte Frauen.«

»Und du?«

»Wie, und ich?«

»Wie magst du dich?«

Cat sah sie an, als wäre sie ein Alien. »Ich verstehe die Frage nicht.«

Liv winkte ab. »Schon gut. Ich bin wohl noch nicht ganz wach.« Es ging sie wirklich nichts an. Wenn Cat für ihren Freund hübsch sein wollte, dann sollte sie zum Sport gehen. Ihre Mutter hatte sie jedoch so erzogen, dass sie sich in erster Linie in ihrem Körper wohlfühlen sollte und sich nicht für andere verbiegen musste. Liv fand, dass ihr Leben damit deutlich entspannter war.

Cat wirkte immer irgendwie gehetzt, auch wenn sie sich noch nicht so oft begegnet waren. Vielleicht lag es daran, dass dieser Josh im Grunde ein Arsch war. Immerhin waren sie seit Jahren zusammen, und Cat tat immer noch so, als hätten sie sich eben erst kennengelernt. Es war seltsam in ihren Augen. Nach so einer langen Zeit sollte man sich doch so vertraut sein, dass man ... ach, was ging es sie an. Gar nichts. Sie konnte da auch nicht mitreden, vielleicht lag ja in ihrer mangelnden Erfahrung das Problem.

»Ciao Cat, viel Spaß.«

»Ja, ja. Werde ich haben. Und du, überleg es dir noch mal mit der Oper. Das würde ich mir nicht entgehen lassen.«

Liv winkte ihr hinterher, dann trank sie in Ruhe ihren Kaffee aus.

Eine halbe Stunde später signalisierte ihr Telefon einen eingehenden Anruf. Eine unbekannte Nummer. Sie ging nicht ran, weil sie dachte, dass es Nate sein könnte.

Gott, ich führe mich wie eine Zwölfjährige auf.

Liv duschte und machte dann einen Spaziergang, ehe sie sich mit der Architektin traf.

Gegen zehn machte sie sich etwas zum Abendessen und schaltete den Fernseher ein. Das Treffen war super gewesen, die Architektin kompetent und mit vielen guten Ideen. Zuerst hatte Liv sich gefragt, ob Nate sie vielleicht auch schon einmal in die Oper eingeladen hatte, den Gedanken aber sofort verdrängt. Eifersucht hatte an der Stelle nichts zu suchen. Und die Architektin war so offen und sympathisch gewesen, dass sie ihr nicht mal eine vergangene Affäre mit Nate hätte vorwerfen können, zudem war sie von der ersten Sekunde an professionell gewesen. Sie hatte Livs Vorschlag, einen Wanddurchbruch im Erdgeschoss zu machen, um mehr Platz für einen großzügigen Aufenthaltsraum zu schaffen, sofort mit aufgenommen. Liv war glücklich, dass es schon so bald mit den Arbeiten losgehen konnte. Nachdem sie ihre Nudeln vertilgt hatte, lehnte sie sich mit vollem Bauch zurück und ihr Blick fiel auf die Rosen in der Küche.

Vielleicht sollte sie Nate doch antworten, sich wenigstens bedanken.

Ja, klar, nur damit sie dann doch zusagte. Nein, sie würde es einfach ignorieren, das war am sichersten.

Die Klingel erschreckte sie so sehr, dass sie beinahe vom Sofa gefallen wäre. Das konnte unmöglich schon wieder Cat sein, außer natürlich sie hatte ihren Schlüssel vergessen und sich ausgesperrt. Liv ging zur Gegensprechanlage. »Ja?«

»Miss Fields, es ist sehr unhöflich, nicht auf Post zu antworten.«

Der tadelnde, aber doch irgendwie amüsierte Tonfall kam ihr bekannt vor.

Nate.

Liv blieb die Luft weg. Er war hier und stand unten vor der Haustür.

Hastig warf sie einen Blick auf ihr Outfit. Sie war barfuß, trug eine Jeans und ein dunkelblaues T-Shirt. Nicht außergewöhnlich oder sexy, aber besser als Jogginghose oder Pyjama.

»Nate, was machst du hier?«

»Hast du meine Blumen bekommen?«

»Ja, danke.«

»Darf ich vielleicht reinkommen?«

Sie legte sich eine Hand an die Stirn. Natürlich könnte sie ihn wegschicken, aber irgendwie fand sie das auch nicht fair. Bislang hatte er sich tadellos verhalten – okay, bis auf den Kuss vielleicht, aber den hatte sie ja auch erwidert. Die unterschiedlichsten Gedanken schwirrten ihr durch den Kopf, sie musste antworten, er wartete schließlich. »Ja, na gut. Komm rauf. Wohnung sieben im zweiten Stock«, hörte sie sich sagen. Bei jedem anderen Mann, der ungefragt vor ihrer Tür aufgetaucht wäre, hätte sie sich aufgeregt. Seltsamerweise war das Gefühl, das Nates Besuch in ihr hervorrief, ein ganz anderes. Liv betätigte den Türsummer, gleichzeitig schaute sie sich panisch um. Wie sah es hier eigentlich aus? Was würde er über ihre Wohnung denken, er war sicher Besseres gewohnt.

Halt!, rief sie sich innerlich zur Raison. Wenn ihm ihre Bleibe nicht passte, konnte er gleich wieder verschwinden. Vermutlich war es ihm egal. Schade, sonst hätte sie einen Grund gehabt, ihn nicht mehr zu mögen.

Sie war bescheuert.

Kurz darauf klopfte er an die Tür. Liv hörte das Blut in ihren Ohren rauschen, ihr Herz hämmerte hart gegen ihren Brustkorb. Mit klammen Händen öffnete sie. Warum, verflucht, war sie nur so aufgeregt?

Nate sah, wie nicht anders zu erwarten war, verdammt gut aus. Offenbar war er mit dem Motorrad gekommen, er trug Turnschuhe, Jeans und Lederjacke. »Hi«, sagte er mit dieser verführerischen, tiefen Stimme, die sie leicht erschaudern ließ.

»Hallo Nate«, gab sie zurück. »Ich war nicht auf Besuch vorbereitet, also …«

»Kein Problem. Ich bin wegen dir hier, nicht, weil ich verköstigt werden möchte. Hätte ich Hunger, wäre ich in ein Restaurant gefahren.« Sein Lächeln ließ ihre Knie weich werden.

»Dann komm rein.«

»Moment«, sagte er und beugte sich zu ihr. »Lass mich dir erst einmal richtig Hallo sagen.«

Himmel hilf!

Er legte eine Hand auf ihre Schulter und gab ihr einen zarten Kuss auf die Wange. Sie konnte seine rauen Bartstoppeln fühlen, und sogleich stieg ihr sein typischer Duft in die Nase. Ab sofort würde sie Sandelholz immer mit ihm in Verbindung bringen.

»Besser«, raunte er in ihr Ohr und ließ dann von ihr ab.

Sie unterdrückte ein Seufzen und bedeutete ihm, einzutreten. Nate ging in den Flur, und Liv rührte sich nicht. Die Versuchung, sich gegen das kühle Holz zu lehnen und ihre Augen für einen Moment zu schließen, um sich sammeln zu können, war groß. Stattdessen warf sie die Tür ins Schloss und bat ihn ins Wohnzimmer.

Dort stand noch der Teller mit Resten der Tomatensoße auf dem Couchtisch, im Fernseher lief irgendeine dämliche Realityshow. Hastig schnappte sie sich die Fernbedienung und schaltete ab.

Ihr entging nicht, dass Nate sich interessiert umschaute. Das machte sie noch nervöser. »Möchtest du was trinken? Setz dich doch.«

Nate drehte sich wieder zu ihr. »Wenn du hast, nehme ich ein Bier. Ansonsten gerne ein Glas Wasser.«

»Gut, ich sehe mal, was ich machen kann.« Auf wackeligen Beinen ging sie in die Küche und schaute in den Kühlschrank. Natürlich hatte sie kein Bier, weil sie keins mochte. Sie starrte noch ein wenig länger in die Untiefen ihres Eisfachs, so konnte sie ein wenig Zeit gewinnen, um hoffentlich wieder einigermaßen klar denken zu können.

Mit zitternden Händen füllte sie kurz darauf zwei Gläser mit Wasser und ging zurück ins Wohnzimmer. Sie stellte sie auf dem Tisch ab. »Bitte schön.«

»Danke, Liv.«

Sie liebte es, wie er ihren Namen sagte. Weich und ein wenig lang gezogen. Gleichzeitig fragte sie sich, ob es unhöflich war, sich nicht neben ihn zu setzen. Das Sofa war klein, und für Sessel oder Stühle war in dem winzigen Wohnzimmerbereich kein Platz.

Männerbesuch hatte sie selten. Eher nie. Sie hatte keine Ahnung, wie sie sich verhalten sollte.

»Willst du dich nicht setzen?«, fragte er und schenkte ihr einen unschuldigen Blick.

Gott, dieser Bastard. Er wusste genau, was er bei ihr anrichtete. Konnte der Mann auch noch Gedanken lesen?

Sie spürte, wie Hitze in ihre Wangen aufstieg. »Sicher.«

Endlose Sekunden schienen zu verstreichen, in denen sie abwägte, ob sie neben ihm Platz nehmen oder doch lieber den Sicherheitsabstand mit dem Couchtisch zwischen ihnen einhalten und mit dem Boden vorliebnehmen sollte.

Nate neigte seinen Kopf und schaute sie erwartungsvoll an. »Liv?«

»Äh, ja, sorry.« Sie ließ sich auf die Knie sinken und setzte sich auf ihre Fersen.

Die Frage, was er hier wollte, lag ihr auf den Lippen, aber es schien ihr zu unverschämt, sie so direkt zu stellen. Gleichzeitig brachte sie sein durchdringender Blick immer weiter aus der Fassung – sofern das überhaupt noch möglich war. Sie war ein einziges Nervenbündel, so kannte sie sich nicht, und es irritierte sie zutiefst.

Liv straffte sich. »So, Nate. Was, äh, führt dich heute zu mir?«

Er grinste.

Der Kerl grinste!

»Dreimal darfst du raten.«

Gott, am liebsten würde sie sich ein Kissen schnappen und ihm damit das süffisante Lächeln aus dem Gesicht wischen. »Ich mag keine Spielchen.«

»Oh, Liv. Das hier ist alles andere als ein Spiel.«

Sie schluckte. »Ach ja? Was ist es dann?«

»Ich fand es ein bisschen schade, dass du dich gar nicht auf meine Einladung gemeldet hast. Wieso nicht?«

»Sag bloß. Du bist so ein Kerl, der mit Zurückweisung nicht gut klarkommt?«

In aller Seelenruhe griff er nach seinem Glas, führte es zu seinem Mund und trank ganz langsam einen Schluck. Sie vergaß zu atmen und konnte den Blick nicht von seinen Lippen lösen.

Das war unfair!

»Ich wollte dir eine Freude machen«, sagte er irgendwann.

»Was ist, wenn ich kein Opernfan bin?«

»Das wäre äußerst bedauerlich.«

»Wieso?«

»Weil ich glaube, dass du eine sehr sinnliche Person bist, die es genießen würde.«

»Was hat das eine mit dem anderen zu tun?«

»Komm mit. Dann zeige ich es dir.«

»Netter Versuch, Mr. West.«

Er zwinkerte. »Überzeugt?«

Liv nagte an der Innenseite ihrer Wange. »Ich weiß nicht. Ich halte das für keine gute Idee.«

»Wieso nicht? Es ist ein Opernbesuch, mehr nicht.«

»Ich möchte mich nicht kaufen lassen.«

»Das habe ich ganz und gar nicht vor, Liv. Ich mag deine Gesellschaft. Zu sehr vielleicht.«

Oh, verdammt. Was sagte er da?

Schmetterlinge flatterten in ihrem Bauch, dazu der Blick aus seinen wundervollen graublauen Augen. Ihr war schwindelig, zum Glück saß sie bereits. Spätestens jetzt hätten ihre Knie ihr den Dienst versagt.

»Was ist, wenn ich noch ein paar Fragen an dich habe? Du könntest mir erzählen, wie es mit der Architektin gelaufen ist. Ihr hattet doch einen Termin, oder? Und ihr wolltet euch morgen noch einmal treffen, wegen der Materialien?«

»Bist du nicht dabei?«

Seine Augen funkelten. »Wirst du mich vermissen?«

Liv presste ihre Lippen aufeinander. »Nein.«

Er lachte. »Wie schade. Das heißt, dass ich noch ein bisschen an meinem Charme arbeiten muss.«

»Ich habe für einen Opernbesuch nichts anzuziehen, also kann ich unmöglich mitkommen, ich möchte dich ja nicht blamieren – und mich auch nicht«, wagte sie einen letzten Versuch. »Ich möchte dich nicht blamieren.«

Nate schwieg einen Moment. »Warum habe ich geahnt, dass du mit diesem Argument kommen würdest?«

Er stand auf.

Liv legte ihre Stirn in Falten, sagte aber nichts. Würde er jetzt einfach gehen?

Seltsamerweise missfiel ihr diese Vorstellung mehr als der Gedanke, mit ihm auszugehen.

Wortlos ging er zur Haustür und öffnete sie, dabei schaute er kein einziges Mal zurück.

Was für ein Arschloch!

Liv wollte gerade etwas sagen, als er sich bückte und dann wieder in die Wohnung zurückkam. Er trug eine Tüte in den Händen.

Ihr Mund klappte auf. Er hatte doch nicht ... Er würde doch nicht etwa ...

»Hier«, sagte er und stellte sie vor ihr auf den Tisch. »Ich hoffe, es passt.«

»Was ist das?«, fragte sie misstrauisch.

»Schau doch einfach nach.«

Sie atmete hörbar aus, während Neugier und Zurückhaltung in ihr kämpften.

Die Neugier siegte letztendlich. Ihr entging sein zufriedenes Lächeln nicht, als er sich wieder aufs Sofa setzte.

Liv griff die Tüte und schaute hinein. Sie entdeckte nur Zellophanpapier.

»Du musst es schon rausnehmen.«

»Ich lasse mich nicht kaufen.«

Er seufzte resigniert. »Das sagtest du bereits. Heißt das, dass ich dir nichts schenken darf?«

Sie verdrehte die Augen, musste aber lächeln. »Ich weiß nicht.«

»Vielleicht magst du es ja gar nicht.«

Davor hatte sie keine Angst, aber sie fürchtete sich, dass er Unsummen für ein Kleid ausgegeben hatte. Sie war es nicht gewohnt, teure Geschenke zu bekommen, und fühlte sich nicht wohl damit. Sie war nicht so eine Frau, die man damit beeindrucken konnte. Und doch freute sie sich, dass er an sie gedacht hatte, dass er so sehr wollte, dass sie mit ihm den Abend verbrachte, dass er sogar einkaufen gewesen war.

Moment mal. Sie ließ ihre Hand sinken.

»Hast du es selbst ausgesucht?«

Nate schüttelte beleidigt den Kopf. »Natürlich. Warum denkst du eigentlich so schlecht von mir?«

»Okay, entschuldige.« Sie zog es heraus und faltete das Papier auseinander. Was sie dann sah, ließ sie nach Luft schnappen.

Sie zog das lange schwarze Kleid an den Trägern noch oben und stand auf. Es war schlicht und doch sehr edel, da es mit Pailletten besetzt war.

»Magst du es?«

»Ob ich es mag?«, hauchte sie. »O mein Gott, es ist wunderschön. Ich weiß gar nicht, was ich sagen soll.«

»Nichts. Glaub mir, es ist mir Freude genug, wenn ich deinen Geschmack getroffen habe.«

Und dann ließ sie es hastig wieder sinken. »Nein, nein. Ich kann das nicht annehmen. Das muss ein Vermögen gekostet haben. Gucci! Ach du Schande. Das ist viel zu teuer. Ich, nein, das geht nicht!«

»Liv«, sagte er ganz ruhig, als würde er mit einer Dreijährigen sprechen. »Ohne dass es arrogant klingen soll, aber das Kleid wird mich nicht in den Ruin stürzen. Ehrlich, die größte Freude würdest du mir machen, wenn du einfach Ja sagst und mitkommst.«

»Ach, Nate.« Sie seufzte leise.

»Bitte.« In seinen Augen las sie, dass er es ernst meinte. Jeglicher Spott oder Schalk war verschwunden, er wirkte beinahe verletzlich auf sie.

Zu ihrer eigenen Überraschung hörte sie sich selbst sagen: »Okay. Oper, sonst nichts.«

Nates Mundwinkel bogen sich nach oben. »Du weißt gar nicht, wie glücklich du mich damit machst.«

Sie wollte »Übertreib mal nicht« erwidern, aber er stand schon wieder auf und marschierte los.

Was hatte er nun schon wieder vor? Wollte er sie etwa küssen?

Dann würde sie ihm aber was erzählen!

Und dann ging er an ihr vorbei zur Haustür. Was noch?

Sie kniff die Augen zusammen und stöhnte, als er mit einer zweiten Tüte zurückkehrte. »Die passenden Schuhe solltest du auch haben.«

»Nate!«

Er setzte einen herzerweichenden Hundeblick auf. »Bitte.«

»Du bist unmöglich.«

»Ich weiß. Magst du trotzdem mal schauen?« Er wackelte mit dem zweiten Präsent vor ihrem Gesicht.

Liv schnaubte, griff aber doch danach und spitzte hinein. Sie atmete zischend ein. »Du bist verrückt! Nein, die nehme ich nicht. Ich trage keine Schuhe für achthundert Dollar.«

»Für eine Frau, die sich nichts aus Mode macht, kennst du dich aber verdammt gut damit aus«, scherzte er und verschränkte die Arme vor seiner breiten Brust.

»Ich bitte dich, jeder hat *Sex and the City* gesehen. Die sprechen fast nur über Manolo Blahnik.«

»Du hast zugesagt, schon vergessen?«

Sie verdrehte die Augen. »Nervensäge.«

»Los, schau in den Karton.«

»Irgendwie habe ich das Gefühl, dass dir das hier sehr viel Spaß macht.«

Nate wackelte mit den Augenbrauen. »Du hast recht. Das tut es.«

Liv nahm die Pappschachtel aus der Tüte und hob den Deckel ab. Vorsichtig nahm sie ein Paar schwarze Slingpumps mit hohen Absätzen heraus. »Woher wusstest du, dass ich neununddreißig brauche?«

»Einfach nur gut geraten. Haben nicht die meisten Frauen neununddreißig?«

Liv fragte sich, wie häufig er shoppen ging, dass ein Blick genügte, um die passende Größe für seine Begleitung zu wählen. Irgendwie missfiel ihr dieser Gedanke.

»Hey, was ist los? Gefallen sie dir nicht?«

»Doch, das tun sie.«

Obwohl sie es nicht sollte, freute sie sich darauf, mit ihm auszugehen und dieses Kleid für ihn zu tragen. Es war absurd. Himmlisch. Beängstigend.

Er legte eine Hand an ihre Wange und strich sanft darüber. Sie erschauderte kaum merklich. Gott, was richtete er nur bei ihr an. Eine Berührung und sie wurde zu einem geistlosen Hormonmonster.

»Dann hör auf, so viel zu denken«, murmelte er. »Ich wollte dir eine Freude machen, damit du mit mir ausgehst. Okay? Ich mag dich, Liv. Ich mag dich sehr.«

Seine Worte klangen so offen und ehrlich, dass sie sich ein wenig beruhigte. Sie genoss seine Nähe, sie mochte die Stärke, die von ihm ausging. Er gab ihr auf eine seltsame Art und Weise Sicherheit, wenn er sie so berührte wie jetzt. »In Ordnung.« Sie befeuchtete ihre trockenen Lippen.

Was kommt jetzt?, dachte sie. *Wird er mich wieder küssen?*

Vorfreude machte sich in ihrem verräterischen Körper breit. Sie sehnte sich nach seinen Lippen, nach seinem heißen Atem auf ihrer Haut. Es tat ihr beinahe leid, als er seine Hand zurückzog und sich räusperte, als ob er auch daran gedacht hätte, im letzten Moment aber begriffen hatte, dass es sich nicht gehörte. Dass er ihr versprochen hatte, sie in die Oper auszuführen, mehr nicht.

»Ja, dann werde ich mal wieder«, sagte er. Seine Stimme klang belegt. »Ich hole dich um sieben ab. Bis morgen, Liv. Träum süß.«

Er küsste sie zum Abschied federleicht. Der Kuss war so schnell vorbei, wie er begonnen hatte, und ließ Liv mit einem Kribbeln im Bauch zurück. Nate zog die Tür sanft ins Schloss, dann war er fort, aber sie konnte noch immer einen Hauch von Sandelholz in der Luft wahrnehmen. Sie schloss die Augen und fragte sich, was das eben gewesen war. Eine Fata Morgana konnte es nicht sein, denn Kleid und Schuhe waren immer noch da.

Liv stand noch mitten im Raum, als jemand an ihre Balkonscheibe klopfte.

»Oh Gott«, rief sie, ließ die Schuhe fallen und drehte sich um.

»Nun mach schon auf!« Cat stand winkend hinter der Scheibe. Es war längst dunkel draußen, und die Szene wirkte damit noch surrealer als ohnehin schon.

»Cat! Was machst du da?«, rief Liv, während sie ihre Nachbarin hereinließ.

»Ich hab mitgekriegt, dass *er* hier war.«

Liv seufzte. »Liegst du da drüben auf der Lauer? Wieso nimmst du nicht die Haustür?«

Sie kicherte und spielte mit einer Haarsträhne. »Weiß nicht. Als ich vorhin zurückgekommen bin, habe ich die Tüten vor deiner Wohnung gesehen, und da mir klar war, dass du nicht in Designer-Shops einkaufst und das Zeug dann vor deiner Bude stehen lässt, wollte ich mal die Lage checken.«

»Miss Marple ist ja nichts gegen dich.«

»Ich weiß.« Sie wackelte mit den perfekt gezupften Augenbrauen. »Und?«

»Was, und?«

»Na, was hat er hier gemacht?«

»Er hat mich zur Oper eingeladen.«

Sie guckte enttäuscht. »Das ist nichts Neues. Hattet ihr Sex?«

»Cat!«

»Was denn, man wird doch noch mal fragen dürfen. Also?«

»Nein, hatten wir nicht. Er war nur hier, weil er wissen wollte, ob ich mitkomme.«

»Genau, und er hat dir gleich noch das passende Outfit besorgt, Cinderella.«

»Ja.«

»Das ist so romantisch«, schwärmte sie und drehte sich mit wehenden Haaren durchs Zimmer, bis sie mit ihrem Knie gegen den Couchtisch stieß. »Aua!«

»Okay, beruhige dich. Es ist nur ein Opernbesuch. Mehr nicht.«

»Ja, klar. Und mein Name ist Hase. Schau doch mal, wie deine Augen funkeln, und du hast ganz rosige Wangen. Habt ihr euch geküsst?«

Liv hielt sich die Hände vors Gesicht, ja tatsächlich. Sie glühte noch immer. »Er hat mich hier nicht geküsst. Dass ich speckig aussehe, hat gar nichts zu sagen, es ist einfach schrecklich heiß hier drin.« Oh Gott. Hoffentlich bemerkte

Cat nicht, dass sie log. Sie wusste selbst nicht, warum es ihr so peinlich war.

»Warum kannst du nicht zugeben, dass du dich freust?« Cat runzelte die Stirn.

Liv zuckte die Schultern, sie wusste es auch nicht.

»Ich verstehe schon. Du willst nicht verletzt werden«, schlussfolgerte Cat. Vermutlich hatte sie recht, aber Liv war noch nicht so weit, das laut auszusprechen.

»Keine Ahnung. Ich möchte mir einfach keine falschen Hoffnungen machen, und, wie ich dir schon mal gesagt habe, ich bin glücklicher Single.«

»Schon gut, ich will dir ja nicht auf den Keks gehen, ehrlich. Und ab jetzt …« Sie machte eine Handbewegung, als ob sie sich den Mund abschließen wollte. »Halte ich meine Klappe. Kein Wort mehr. Nichts. *Nada. Rien.* Du weißt schon. Außer, du möchtest meinen Rat.« Sie lächelte breit. »So, Süße. Ich muss ins Bett, morgen kann ich nicht noch mal blaumachen. Eigentlich habe ich super viel zu tun. Tschüsschen!«

Beinahe hätte Liv ihr nachgerufen, warum sie nicht wieder über den Balkon verschwand, entschied sich dann aber für ein einfaches »Schlaf gut«.

Als sie wieder alleine war, hob sie das Kleid auf und ging damit in ihr Schlafzimmer. Dort hielt sie es sich vor den Körper und schaute sich im Spiegel an. Sofort erhöhte sich ihr Puls.

Ja, sie war aufgeregt, und ja, sie freute sich sogar ein klitzekleines bisschen. Okay, sie freute sich riesig auf einen Abend mit ihm. Dennoch blieb da dieses Stimmchen im Kopf, das sie davor warnte, mit ihm auszugehen. Konnte es wirklich sein, dass sie einfach Angst hatte, verlassen zu werden? Ihre Mutter hatte ihren Vater geliebt, und sie war sitzen gelassen worden. Aber war sie heute nicht glücklich?

Ja, das war sie, aber bis dahin hatte sie einen langen, einsamen Leidensweg hinter sich bringen müssen. Eines konnte Liv jedenfalls ganz sicher sagen: Sie war aufgeregt.

Kapitel 9

Nate hatte sich lange nicht mehr so auf einen Abend gefreut wie heute. Gut gelaunt hielt er den Wagen vor Livs Haus. Er hatte es vorgezogen, die Ducati in der Garage zu lassen und stattdessen den Range Rover zu nehmen. Leise vor sich hin pfeifend, schlenderte er zur Haustür und klingelte. Zunächst rührte sich nichts, dann ertönte ein Knacken in der Gegensprechanlage.

»Ja?«

»Ihr Wagen ist da, Mylady«, gab er gespielt gekünstelt zurück.

»Nate«, sie stockte. »Ich, äh, ich kann doch nicht mitkommen.«

Er erstarrte. »Wie bitte?«

»Ich habe es mir anders überlegt, ich glaube, es ist keine gute Idee, wenn wir ausgehen. Ich schicke dir die Sachen zurück. Dann kannst du sie umtauschen. Das führt doch zu nichts.«

Aha, sie hatte also wieder angefangen zu grübeln. Mist, beinahe hatte er damit gerechnet.

Das Kleid und die Schuhe waren ihm vollkommen egal. »Liv. Mach dir Tür auf!«

»Ich … nein.«

Nate atmete tief durch und schaute in den Himmel. Was war passiert? Warum hatte sie sich anders entschieden?

Glücklicherweise ging in diesem Moment die Haustür auf, und eine Blondine in Leggins und Tanktop kam mit Stöpseln in den Ohren heraus. *Danke*, dachte er. Er hatte sich noch nie so über jemanden gefreut, der vorhatte joggen zu gehen. Ohne lange zu überlegen, schlüpfte er ins Haus und hastete nach oben. Dort klopfte er energisch an Livs Wohnungstür.

»Nate, geh wieder«, hörte er von drinnen.

»Liv, was ist los? Bitte mach auf.«

Schweigen.

»Komm schon. Wenn was passiert ist ... Du kannst mit mir reden. Ich mache mir Sorgen.«

»Nein, es ist alles okay.«

Erleichtert atmete er aus. Gleichzeitig spürte er einen Knoten im Magen. »Was zur Hölle ist los?«

»Ich kann einfach nicht. Ich möchte nicht, dass ich vielleicht alles kaputt mache. Für das Shelter steht so viel auf dem Spiel.«

»Das eine hat mit dem anderen nichts zu tun. Das schwöre ich dir. Bitte, Liv. Ich werde hier nicht so einfach wieder verschwinden.«

»Hast du mir nicht mal gesagt, dass du ein Nein immer akzeptierst.«

Er lehnte sich mit dem Unterarm gegen die Tür und schaute auf seine Füße. »Das stimmt.«

»Aber?«

»Ich habe mich entschieden, eine Ausnahme zu machen. Ich warte.«

»Ach, Nate.«

Er hörte ihr leises Seufzen durch die Tür. Sie musste dicht davor stehen, und er wünschte sich nichts sehnlicher, als dass sie öffnete. »Bitte, Liv«, wiederholte er noch einmal.

Zu seiner großen Überraschung hörte er, wie sich drinnen

der Knauf drehte, dann schwang die Tür auf. Vor ihm stand Liv – komplett angezogen, geschminkt und frisiert.

Nate konnte nicht anders, als sie anzustarren. Sie sah bezaubernd aus, wenngleich ihr glamouröser Anblick ein wenig ungewohnt war. Er mochte beide Versionen von Liv. Er mochte *jede* Version von ihr. Er schluckte schwer, seine Kehle fühlte sich staubtrocken an, seine Hände waren eiskalt.

Himmel! Das Kleid passte wie angegossen, sie hatte Kurven wie keine andere.

»Wow«, stieß er hervor. »Du siehst toll aus.«

Liv nagte an ihrer Unterlippe. »Es tut mir leid, Nate.«

»Was? Nein.« Er reichte ihr seine Hand. »Bitte, komm mit.«

In ihren Augen schimmerte etwas Unergründliches. Nach einem Moment sagte sie: »Lässt du mich danach in Ruhe?«

Er schaute sie wortlos an und überlegte.

Nein, das würde er nicht können. Niemals. Er hatte keine Ahnung wieso, aber wenn er mit Liv zusammen war, fühlte er sich anders. Er fühlte sich besser.

Er brauchte sie.

»Wieso?«, war alles, was er mit erstickter Stimme hervorbrachte.

»Bitte. Versprich es mir einfach.«

Nate war vieles, aber gewiss kein Lügner. Dennoch nickte er langsam. »Wenn es dein Wunsch ist, werde ich dich in Ruhe lassen, Liv.«

Er konnte es zumindest versuchen, hoffte jedoch, dass sie diesen Satz nicht noch einmal laut aussprechen würde.

Dennoch schien seine Antwort sie halbwegs zufriedenzustellen. »Danke.«

Die Luft zwischen ihnen vibrierte vor Spannung. Jetzt war nicht der richtige Zeitpunkt, um über das »Warum« zu diskutieren. Sie beide brauchten etwas frische Luft, und in der Oper würden sie Zeit haben, sich näher kennenzulernen, aber auch miteinander schweigen können. Es war der perfekte Ort für ein Date. Für Nähe und Distanz.

Ein Date.

Ja, das war es. Üblicherweise endeten diese für ihn nur auf eine Weise: im Bett. Aber heute, das ahnte er, erwartete ihn etwas anderes. Er war ungeduldig. Er freute sich wie ein Wahnsinniger auf die Stunden mit ihr.

»Sollen wir gehen, oder brauchst du noch etwas?« Er wollte so bald wie möglich aufbrechen, nicht, dass sie es sich doch noch anders überlegte.

Liv schielte nervös auf die Wanduhr. »Wir sind zu spät, oder?«

Er machte eine wegwerfende Handbewegung. »Das wäre völlig egal, sind wir aber nicht. Es ist alles in Ordnung.«

Sie atmete tief durch und schloss die Augen für einen Moment. Er spürte ihre Unsicherheit, sie rührte an sein Herz. »Komm her«, sagte er und zog sie an seine Brust.

Vorsichtig strich er über ihren Rücken und drückte seine Nase in ihr Haar. »Wir werden einen schönen Abend haben, das verspreche ich dir.«

Endlich entspannte sie sich ein wenig. Er hingegen hatte größte Mühe, seine körperlichen Reaktionen auf ihre Nähe zu kontrollieren. Sie war die Sünde in Unschuld verpackt. Der Gedanke brachte ihn zum Schmunzeln. »So, meine Liebe.« Er löste sich von ihr und griff nach ihrer Hand. »Lass uns gehen.«

Liv schaute aus ihren großen Augen zu ihm auf. »Danke, dass du so geduldig bist.«

Wenig später stiegen sie am Boston Opera House aus seinem Geländewagen. Nate drückte einem Angestellten die Autoschlüssel in die Hand und legte einen Arm um Livs

Schultern. »Ich freue mich wahnsinnig, dass wir diesen Abend gemeinsam verbringen werden.«

»Gehst du häufig in die Oper?«, gab sie zurück und ließ sich von ihm zum Eingang führen. Menschen in Abendgarderobe strömten auf das altehrwürdige Gebäude zu, doch er hatte nur Augen für seine wunderschöne Begleitung.

»Selten, aber manchmal. Wusstest du, dass das Haus in den Zwanzigern als Kino gebaut wurde?«

Sie schüttelte den Kopf. »Nein. Wahnsinn. Es ist einfach unglaublich.«

Er genoss es, ihre funkelnden Augen und vor Begeisterung geröteten Wangen zu sehen. Das Gebäude war eines der Schmuckstücke Bostons. Livs Absätze hallten auf dem glänzenden Marmor, bis sie den weinroten Teppich erreichten, der auch über den breiten Stufen ausgelegt war. An der hohen Decke hingen funkelnde Kronleuchter, das Stimmengemurmel der Besucher füllte die weitläufigen Räumlichkeiten. »Möchtest du noch etwas trinken, ehe wir in unsere Loge gehen?«

»Wir haben eine Loge? Ist das nicht unfassbar …« Die letzten Worte verschluckte sie. »Natürlich, ich vergaß, Geld spielt keine Rolle.« Mit einem schiefen Lächeln verdrehte sie die Augen. »Ja, ich würde gerne noch etwas trinken.«

»Wunderbar, dann komm.«

Nate führte seine Begleitung zur Bar und bestellte zwei Gläser Champagner, die er mit seiner Kreditkarte bezahlte.

»Cheers«, sagte er dann und prostete ihr zu.

»Cheers, und vielen Dank für die Einladung.«

»Das Vergnügen ist ganz meinerseits«, erwiderte er und sah, wie sie das Glas an ihre rot geschminkten Lippen führte. Verlangen strömte durch seine Adern. Es war so stark, dass er an sich halten musste, sie nicht hier vor allen Leuten in seine Arme zu ziehen und sie zu küssen. Weil er wusste, dass Liv es nicht schätzen würde, in aller Öffentlichkeit überrumpelt zu werden, riss er sich zusammen und nahm einen großen Schluck. »Kennst du den Barbier von Sevilla?«, fragte er, um das Thema auf etwas Unverfängliches zu lenken.

Sie hob eine Augenbraue. »Nicht persönlich«, gab sie in spielerischem Tonfall zurück.

»Natürlich nicht.« Er verzog seine Lippen zu einem Grinsen.

»Ich gebe es zu, ich habe mich ein wenig informiert, weil ich davon keine Ahnung habe, und Italienisch kann ich auch nicht.«

»Letzten Endes haben alle Opern doch eines gemeinsam.«

»Ja?«

»Die Liebe.«

Sie blinzelte. »Also steckt ein Romantiker in dir?«

Er hielt ihren Blick gefangen. »Finde es doch einfach heraus.«

Liv räusperte sich und schlug ihre Augen nieder. »Also ich weiß, dass die reiche Rosina jeden Tag ein Ständchen vor ihrem Balkon gesungen bekommt.«

»Glaub mir, du würdest nicht wollen, dass ich vor deinem Balkon stehe und singe.«

»Wieso nicht?«

»Auch, wenn ich es in der Dusche oder im Auto manchmal tue, so ist es doch eher eine Lärmbelästigung als ein Genuss, mir zuzuhören.«

»Na schön. Außerdem bin ich ja auch keine reiche Schönheit, die gleich mehrere Bewerber an ihrer Seite hat.«

»Vermutlich ahnst du nicht mal, wie schön du bist.« Er legte ihr einen Finger unter das Kinn und zwang sie so, ihn anzusehen.

Sie wich ihm nicht aus. »Also, der verliebte Graf und Rosina kommen aber nicht so einfach zusammen.«

Er ließ seine Hand sinken. »Natürlich nicht. In jeder guten Liebesgeschichte gibt es doch Irrungen und Wirrungen und Hindernisse, die die Liebenden überwinden müssen, ehe es das Happy End gibt. Ich vermute, dass du gelesen hast, wie die Oper ausgeht?«

Sie nickte. »Natürlich, das habe ich. Der Graf gibt sein Vermögen für die Liebe seines Lebens auf.«

Nate beobachtete sie. »Geld ist nur wichtig, wenn man keins hat.«

»Tja, mir scheint, du bist ein weiser Mann. Obwohl du noch nicht alt bist. Wie alt bist du eigentlich?«

»Zweiunddreißig.«

Das Ertönen eines lauten Gongs unterbrach ihre Unterhaltung.

»Oh«, machte Liv. »Es fängt gleich an.« Hastig leerte sie ihr Glas.

Nate fand es süß, dass sie so nervös war. Ihm wäre es völlig egal, wenn sie zu spät kämen, solange sie nur bei ihm war. »Nur die Ruhe, wir haben noch genug Zeit. Soll ich uns ein Programm besorgen? Oder hast du alles auswendig gelernt?«

Sie lächelte. »Nein, das wäre schön. Dann hätte ich eine Erinnerung an den Abend.«

Liv konnte noch immer nicht glauben, dass sie mit Nate zu einer Opernaufführung unterwegs war. Es fühlte sich an wie ein Traum. Ein wunderschöner Traum.

Nachdem Nate das Programm besorgt hatte, führte er Liv an seinem Arm in ihre Loge, von der sie einen wunderbaren Blick auf die Bühne und den Orchestergraben hatten. Liv schaute sich staunend um. Auch in diesem Saal hingen Kronleuchter, die Sitze und Wände waren mit rotglänzendem Stoff überzogen, der einen festlichen Kontrast zu den Gold- und Elfenbeintönen der Geländer und Balustraden bildete. Das Murmeln der Stimmen vermischte sich mit dem Warmspielen der Musiker. In der Loge gab es acht Plätze, sie waren die Ersten.

»Bitte, setz dich doch«, sagte Nate und deutete auf einen Stuhl in der vordersten Reihe.

»Danke schön.«

Der Champagner war ihr zu Kopf gestiegen, eine erfrischende Leichtigkeit legte sich wie ein Schleier über ihre Nervosität. Nate nahm neben ihr Platz. Hinter ihnen kamen weitere Gäste in die Loge. Man begrüßte sich mit einem »Guten Abend« und einem höflichen Kopfnicken.

Liv blätterte durch das Programm, immer wieder schaute sie in den Zuschauerraum und den Orchestergraben. Dann ertönte noch einmal der Gong, das Licht wurde heruntergedimmt, und es wurde mucksmäuschenstill im Saal. Es war, als würden sie in eine andere Welt abtauchen.

Zu ihrer Überraschung spürte sie, dass Nate nach ihrer Hand griff und seine Finger mit ihren verschränkte. Sie ließ es zu, denn es fühlte sich wundervoll vertraut an. Seine Haut war warm und trocken und gab ihr ein Gefühl der Sicherheit und Geborgenheit.

Wie ich mich ihn ihm getäuscht habe, schoss es ihr durch den Kopf. Anfangs hatte sie geglaubt, er wäre von Macht und Kompromisslosigkeit geprägt. Dabei steckte so viel mehr in ihm als das, was unter vielen Schichten von scheinbarer Selbstsicherheit und Weltgewandtheit verborgen lag. Sie konnte seine weiche Seite durchschimmern sehen, und sie wünschte sich mehr davon. Zärtlichkeit, Fürsorglichkeit und Humor.

Sie verschmolzen mit der Musik, es war so selbstverständlich mit ihm, als würden sie sich schon lange kennen. Liv lauschte und staunte, gleichzeitig breitete sich eine wohlige Wärme in ihrem Bauch aus. Als Nate begann, ihren

Handrücken mit seinem Daumen zu streicheln, schlug ihr Herz schneller.

Bis zur Pause sprachen sie kaum ein Wort, sie starrte wie gebannt auf das Schauspiel. Dennoch war ihr bewusst, dass Nate ihr immer wieder verstohlene Blicke zuwarf.

In der Pause fühlte sie sich erhitzt und berauscht. Sie fächelte sich mit dem Programm Luft zu.

»Wie wäre es mit einer Erfrischung?«, schlug Nate vor, während sie den anderen Gästen aus der Loge hinaus folgten.

»Sehr gerne.«

Menschenmassen strömten ins Foyer, wo Getränke und Snacks angeboten wurden. Ihr fiel auf, dass Nate immer wieder Bekannte grüßte und ihnen höflich zunickte. Ihr entging ebenfalls nicht, dass die meisten von ihnen sie mit einem abschätzenden Blick bedachten – vor allem die Frauen. Sie versuchte, sich davon nicht irritieren zu lassen, vermutlich tauchte Nate häufig mit wechselnden Begleitungen bei öffentlichen Veranstaltungen auf. Es sollte sie nicht interessieren, ob man sie als eine weitere unbedeutende Eskapade von Nate West abtat, aber es störte sie doch. Sie fühlte sich beurteilt und in eine Schublade gesteckt.

Als sie mit einem weiteren Glas Champagner etwas am Rande des Saals standen, fragte Nate: »Was ist los? Gefällt es dir nicht?«

Sie war einfach eine miserable Schauspielerin. Liv straffte sich und rang sich ein Lächeln ab. »Oh, es tut mir leid. Doch, natürlich. Es ist ganz wundervoll.«

»Was ist es dann? Geht es dir nicht gut?«

Liv schüttelte den Kopf. »Es ist alles bestens.«

»Weißt du, Liv. Wenn ich eines nicht mag, dann angelogen zu werden.« Seine Stimme klang streng, er wirkte sogar ein wenig enttäuscht.

Das hatte er nicht verdient, es war ja nicht seine Schuld. »Entschuldige, es liegt nicht an dir.«

»Was?«

»Dass deine Bekannten mir so komische Blicke zuwerfen.«

Er begriff, und sein Gesichtsausdruck verfinsterte sich. »Erstens, die meisten kenne ich gar nicht wirklich. Und zweitens, diese Leute bewundern einfach deine Schönheit.«

»Selbst wenn das stimmen würde, ich möchte nicht auf meine Erscheinung reduziert werden.«

Nate neigte seinen Kopf zur Seite, seine Züge entspannten sich. »Deswegen bist du etwas ganz Besonderes.«

»Vergiss es einfach. Es war dumm von mir, ich wollte den Abend nicht ruinieren. Tut mir leid, Nate.«

»Du musst dich für gar nichts entschuldigen. Und das hast du nicht. Ganz sicher nicht. Ehrlich gesagt ist es grundsätzlich völlig egal, was andere denken. Ich weiß, wer du bist und was du mir bedeutest.«

Livs Herz schlug schneller. Sie bedeutete ihm etwas? »Ich wünschte, ich wäre so cool wie du.«

Er tippte ihr auf die Nasenspitze. »Ich bin froh, dass du nicht bist wie ich.«

Als der Gong ertönte, wussten sie, dass es an der Zeit war, ihre Plätze einzunehmen. Aber keiner von ihnen rührte sich. Liv klammerte sich an ihrem Glas fest, Nate schien abzuwarten, bis sie so weit war.

»Wo kann ich mir die Hände waschen?«, fragte sie und sah sich um.

»Dort. Ich begleite dich.«

»Das ist nicht nötig, ich schaffe das.« Sie lächelte schwach. Sie brauchte keinen Babysitter, der sie zum Klo führte.

»Das weiß ich, ich komme trotzdem mit.«

Sie lächelte. Er war einfach ein Unikat. »Aber alleine reingehen darf ich schon noch?«, sie warf ihm einen verschmitzten Blick zu.

»Selbstverständlich. Ich warte hier.« Er hob eine Augenbraue und ließ sie nicht aus den Augen. Sie spürte seinen Blick noch ihm Rücken, als sie die Tür längst hinter sich geschlossen hatte.

Liv ließ sich viel Zeit, richtete ihre Haare, nachdem sie ihre Hände gewaschen hatte, und trat dann wieder hinaus ins Foyer. Nate lehnte lässig an der Wand. Als er sie entdeckte, leuchteten seine Augen auf, und er kam auf sie zu. »Darf ich Sie nach oben begleiten?«

Sie nickte. »Sie dürfen.«

»Wunderbar, Mylady. Dann kommen Sie bitte.«

Er bot ihr seinen Arm, den sie mit einem angedeuteten Knicks erwiderte. »Du machst dich gut als Prinzessin.«

»Und du bist der perfekte Edelmann.«

Er lachte. »Das wage ich zu bezweifeln.«

Langsam schritten sie die breite Treppe gemeinsam nach oben. Sie hatte wohl länger gebraucht, als angenommen, außer ihnen war kaum noch jemand in den Fluren unterwegs. Aus dem Saal ertönten bereits die ersten Töne des dritten Aktes. »Oh nein«, stieß sie hervor.

»Das macht gar nichts. Keine Sorge. Wir verpassen nichts Wesentliches.«

Vor der Tür ihrer Loge hielt Nate inne. Er umfasste ihre beiden Hände. »Niemand hat das Recht, dich zu verurteilen, dich in eine Schublade zu stecken, die dir nicht gerecht wird. Und wenn es doch jemand tut, dann ist das deren Problem. Okay?«

Sie schluckte. »Ich brauche wohl einfach ein dickeres Fell.«

Nates eindringlicher Blick brachte die Schmetterlinge in ihrem Bauch in Aufruhr. »Wenn ich eines ganz sicher weiß, dann dass du genau so richtig bist, wie du bist. Verändere dich nicht. Für niemanden. Wer dich nicht so akzeptiert, hat es nicht verdient, in deiner Nähe zu sein.«

Und dann geschah etwas, womit sie nicht gerechnet hatte. Nate senkte seinen Mund auf ihren und küsste sie. Er war nicht zärtlich, seine Lippen waren hungrig und fordernd. Vielleicht auch ein bisschen wütend. Er entfachte damit ein Feuer in ihr, das sie von innen zu versengen drohte. Liv klammerte sich an ihm fest, weil ihre Beine gleich unter ihr nachgeben würden. Sie seufzte leise in seinen Mund, als sie seine Zunge spürte. Es war himmlisch und schrecklich zugleich. Schrecklich, weil sie ab sofort wusste, kein Mann, der nach Nate kam, würde ihm je das Wasser reichen können. Noch nie hatte sie so heftig auf jemanden reagiert wie auf ihn. Er stellte Dinge mit ihr und ihrem Körper an, dabei war es nur ein Kuss. Aber was für einer. Sie seufzte erneut. Wie musste es erst sein, sich ihm ganz hinzugeben?

Die Gedanken in Livs Kopf verschwammen, das Verlangen, das sich durch ihre Nervenbahnen im ganzen Organismus ausbreitete, überlagerte alles andere. Sie wollte ihm nah sein. Sie wollte ihn spüren. Sie wollte mehr, als nur von seinen Lippen kosten.

Nate keuchte in ihren Mund, als sie ihre Hände unter seine Anzugjacke schob und sie an seinem Rücken auf und ab gleiten ließ. Sie konnte seine Erregung deutlich an ihrem Bauch spüren. Hitze sammelte sich in ihrer Mitte, ein sehnendes Brennen raubte ihr den Atem.

Und dann löste er sich ganz plötzlich von ihr. Schwer atmend und sichtlich erschüttert griff er nach ihrer Hand. »Liv«, stieß er atemlos hervor.

Sie schaute zu ihm auf und sah das gleiche Sehnen in seinen Augen, das in ihr schwelte. »Wer bist du, Nate West?«, murmelte sie mit belegter Stimme.

Warum verhielt er sich so widersprüchlich. Warum interessierte es ihn so sehr, dass es ihr gut ging. Und warum war sie mit ihm hier? Warum hatte er aufgehört, sie zu küssen?

Fragen, auf die sie keine Antwort bekommen würde. Zumindest nicht jetzt.

Er schaute sie an wie ein verletztes Tier. »Vermutlich bin ich nicht der Mann, mit dem du ausgehen solltest.« Nate atmete hörbar aus. »Ich weiß nur, dass ich dich will. Ich will dich so sehr, dass es wehtut.«

Liv schluckte. Sie wusste nicht, was sie darauf erwidern sollte. Einerseits gefielen ihr seine Worte, andererseits machten sie ihr auch Angst.

Zu Beginn des Abends hatte sie gesagt, dass sie sich wünschte, dass er sie in Ruhe lassen sollte. Jetzt war sie sich nicht mehr so sicher.

Irgendetwas in ihr wollte, dass er ihr den Hof machte.

Ein Teil von ihr sehnte sich danach, sich ihm hinzugeben, ohne an die Folgen zu denken.

Aber ihr Verstand hielt sie davon ab und warnte sie. Die Alarmglocken hatten in der ersten Sekunde ihres Zusammentreffens laut geschrillt, denn sie hatte unterbewusst wohl damals schon geahnt, dass er der eine war, der ihrem Herz gefährlich werden konnte. Sie war nicht bereit, es zu riskieren, egal wie sehr der weibliche, von Hormonen gesteuerte Teil in ihr danach lechzte.

»Komm, gehen wir rein. Sonst verpassen wir alles«, sagte er ruhiger. Seine Miene war unergründlich, sie hatte keine Ahnung, was in ihm vorging.

Auch wieder so ein seltsames Verhalten von ihm, das sie sich nicht erklären konnte. Der Mann war wie ein Buch mit sieben Siegeln.

Sie protestierte nicht, als er sie auf ihren Platz führte. Mit einem gemurmelten »Entschuldigung« bahnten sie sich ihren Weg nach vorne zu ihren Sitzen.

Er hielt wieder ihre Hand, es war, als hätte es die Szene

vor der Loge eben gar nicht gegeben. Sie lauschte und beobachtete, aber sie konnte es nicht mehr so genießen wie vor der Pause. Immer wieder schweiften ihre Gedanken zu Nate, zu seinen Küssen und wie sie sich in seiner Nähe fühlte. Etwas in ihr sagte ihr, dass sie weglaufen sollte, solange sie dazu noch in der Lage war.

Applaus brandete auf. Nate zog seine Hand zurück und klatschte ebenfalls.

O Gott. Sie hatte das Ende verpasst, so versunken war sie in ihren Gedanken gewesen.

Liv lächelte, sprang auf und stimmte mit ein. Immer wieder verbeugten sich die Künstler, liefen von der Bühne, kamen einzeln oder alle gemeinsam zurück. Der Saal leerte sich langsam.

Nate legte ihr eine Hand auf den unteren Rücken. »Komm«, sagte er. »Hast du Lust, mit mir essen zu gehen?«

Sie verließen die Loge und reihten sich in den Strom der Menschen ein, die nach Hause wollten. »Ich weiß nicht«, sagte sie schließlich.

»Na komm schon, Liv, ich beiße auch nicht.«

Liv sparte sich eine Widerrede, es war ohnehin zwecklos. Wenn er so entschlossen schaute wie jetzt, dann wusste sie, dass er nicht nachgeben würde.

Insgeheim war sie vielleicht auch ein bisschen erleichtert. Das hieß, dass er noch nicht aufgegeben hatte. Oder?

Mist!

Sie tat es schon wieder. Sie machte sich schon wieder Hoffnungen, dass ihre aussichtslose, kleine Romanze sich weiterentwickeln würde. Sie musste damit aufhören. Nur wie?

Wie, verdammt noch mal, sollte sie es sein lassen, wenn es sich so gut anfühlte, von ihm berührt zu werden? Seine Zärtlichkeiten zu spüren?

Sie hatte keine Ahnung. Es war erschreckend, dabei hatte sie sich bisher immer für eine vernünftige junge Frau gehalten. Das war sie auch. Sie bezahlte ihre Rechnungen, sie hatte eine gute Ausbildung, sie schlug beim Feiern nicht über die Stränge, sie war zwar nicht unerfahren, aber sie hatte auch nicht unzählige Männergeschichten vorzuweisen. Immer hatte ihr Kopf gesiegt.

Bis jetzt.

Sie war drauf und dran, die Kontrolle zu verlieren. Das Schlimme war, es fühlte sich nicht falsch an.

Kapitel 10

Nate hielt den Range Rover vor Livs Wohnhaus an und stellte den Motor ab. Sie saßen regungslos in seinem Wagen. Auch Liv schwieg. Ein einfaches »Danke für die schöne Zeit« schien ihm unpassend und falsch nach diesem wunderbaren Abend.

Was er wollte und was er sollte, waren leider zwei verschiedene Paar Schuhe.

Und seit wann, zur Hölle, hatte er eigentlich diese Skrupel?

Er wusste es nicht, aber ihm war klar, dass er Liv nicht in Schwierigkeiten bringen konnte. Und das würde er, wenn er nicht endlich die Finger von ihr ließ. Diese Erkenntnis gab ihm den letzten Anstoß. »Dann sehen wir uns«, sagte er in möglichst unbeschwertem Tonfall.

»Ja, natürlich. Das werden wir.«

»Du hast mir gar nichts vom Termin mit der Architektin erzählt.«

Gott, warum konnte er sie nicht einfach gehen lassen?

»Sie ist eine kompetente Frau.«

»Das hoffe ich. Sie hat auch mein Haus eingerichtet.«

Er spürte Livs Blick auf sich und wandte ihr sein Gesicht zu. »Sonst nichts«, ergänzte er.

Auch wenn es dunkel im Wagen war, so bekam er mit, dass sie verlegen wurde.

»Das meinte ich nicht.«

Aber er wusste, dass sie daran gedacht hatte. Ja, Chloé Kaswell war heiß, aber da Elijah ihm schon zuvorgekommen war, hatte er sich nicht um sie bemüht – was sich am Ende bewährt hatte, denn der Umbau hatte ein halbes Jahr gedauert. So lange hatte er sich noch nie mit ein und derselben Frau getroffen.

»Sie ist kompetent, aber ich war nie mit ihr zusammen«, sagte er dennoch. Warum er Liv das unbedingt erklären wollte, wusste er auch nicht.

»Nate«, fing sie an. »Das ... ich weiß nicht. Ich sollte gehen.«

Sie rührte sich nicht.

Nate griff nach ihrer Hand und küsste jeden einzelnen Finger. Ihre Haut war zart und roch nach ihr. »Schlaf gut, Liv. Der Abend mit dir war wunderschön.«

Sie zog sie zurück und öffnete die Tür. Ein Lufthauch strömte in den Wagen. Die Nacht war kühl. Liv fröstelte.

»Gute Nacht, Nate. Vielen Dank für die Einladung.« Ihre Stimme klang beinahe ein wenig enttäuscht.

Vielleicht irrte er sich auch.

Er öffnete den Mund, um noch etwas zu sagen. Dann besann er sich und schwieg.

Nate schaute ihr hinterher, sie drehte sich nicht noch einmal um.

Gut so. Sie hatte es begriffen. Warum war er dann so enttäuscht?

Er vergrub sein Gesicht zwischen seinen Händen und legte seinen Kopf in den Nacken. Warum war das alles verdammt noch mal so schwer? Er war doch sonst nicht so ein Psycho.

Zumindest nicht im Bereich Frauen.

»Scheiß drauf«, murmelte er und ließ den Motor wieder

an. Er legte einen Gang ein und fuhr eine Weile ziellos durch die Gegend, bis er irgendwann an seinem Haus ankam.

Auf den Stufen zum Eingang saß Elijah. Er trug noch immer einen Anzug, sein weißes Hemd sah ein bisschen ramponiert aus. Nate stieg aus und rief seinem Kumpel zu: »Hey, alles in Ordnung?«

Elijah grinste breit.

Ja, vermutlich hatte er einfach einen sehr befriedigenden Abend, bei dem keine Rücksicht auf den feinen Stoff seines Oberhemdes genommen worden war. »Zur Hölle, ja! Aber deswegen bin ich nicht hier.«

Nate ging an ihm vorbei, entsicherte die Alarmanlage und schloss auf. »Willst du mit reinkommen?«

»Wenn ich einen Drink kriege?«

»Sicher.«

Kurz darauf saßen sie in seinem Wohnzimmer, im Kamin prasselte ein Feuer, Elijah hatte eine Cola und Nate ein Glas mit feinstem Bourbon in der Hand.

Nate schwenkte es, sodass die Eiswürfel ein klirrendes Geräusch verursachten.

»Warum bist du gekommen? Was ist los?«, fragte Nate schließlich.

»Man wird doch wohl mal einen Kumpel besuchen dürfen?«

»Sicher. Weil du so gerne Kindermädchen spielst. Wenn du jemanden betreuen möchtest, schaff dir einen Hund an.«

Elijah grunzte. »Ich werde darüber nachdenken.«

»Wer ist die Dame, die dein Hemd so zugerichtet hat?«

Sein Kumpel grinste arrogant. »Ich dachte, wir würden die Frauen untereinander nicht tauschen?«

»Hatte ich auch nicht vor, Arschloch. Ich wollte höflich Konversation betreiben.«

Elijah prustete los und verschluckte sich an seiner Cola. »Ja, seit wann das? Mich brauchst du nicht verarschen,

Nate. Wir sind beide aus dem gleichen Holz geschnitzt, und kein Anzug der Welt täuscht darüber hinweg, wo wir herkommen und was wir durchgemacht haben, um ganz oben zu landen.«

»Ich weiß.«

»Du siehst aus, als hättest du schon eine Weile nicht mehr so richtig einen gebl…«

»Verschone mich, Elijah.«

»Aber ich hab recht, stimmt's?«

»Und wenn es so wäre?«

»Du bist mein Freund. Lassen wir den Quatsch. Ich merke, dass du den ganzen Tag im Büro grübelst, deswegen wollte ich mal nach dir sehen.«

»Gut, du hast die Lage gecheckt, mir geht's gut.«

»Mir ist klar, dass dich die Sache mit deinem V…«

»Sag das Wort nicht«, warnte Nate ihn. »Bleiben wir einfach bei ›miesem Dreckschwein‹.«

»Von mir aus. Daran soll's nicht liegen. Es nimmt dich mit, aber da ist noch mehr. Was beschäftigt dich? Hast du Probleme?«

Nate leerte sein Glas. »Problem würde ich es nicht unbedingt nennen, aber ja, ich bin besessen von diesem Mädchen.«

»Die Kleine von den Bildern?«

»Erin hat sie dir gezeigt?« Nate machte große Augen.

Elijah hob eine Augenbraue. »Was denkst du denn?«

Nate stöhnte. »Ja. Es ist wegen ihr.«

»Wo liegt das Problem?«

»Sie arbeitet im *Women's Shelter*. Die Einrichtung, für die ich spende.«

»Und? Hast du das alles also nur gemacht, um sie rumzukriegen?«

»Sicher nicht. Ich kaufe doch kein Haus, nur damit eine Frau mit mir ins Bett geht.«

»Manchmal ist mir nicht klar, wie du denkst.«

»Nach all den Jahren nicht?«

»Sieht so aus.«

»Wo drückt denn nun der Schuh?«

»Ich weiß auch nicht. Wir waren heute in der Oper.«

»Oper«, wiederholte Elijah. »Scheiße, machst du jetzt einen auf Kultur?«

»Tu doch nicht so, als ob wir Buschmänner wären. Wir haben beide einen Harvard-Abschluss.«

»Was auch immer. Will sie nicht mit dir ins Bett, oder was?«

Nate rieb sich die Stirn. Er erinnerte sich an ihre leidenschaftliche Reaktion auf seine Küsse. Ihr leises Seufzen, während sie seinen Rücken gestreichelt hatte.

Elijah setzte sich aufrecht hin. »Fick sie und vergiss sie. Wie sonst auch.«

»So eine ist sie nicht.«

»Seit wann interessiert dich das?«

Ja, seit wann eigentlich?

»Das hat sie nicht verdient.«

Ihm entging der entgeisterte Ausdruck seines Kumpels nicht, aber er ging nicht darauf ein.

»Dann lass sie in Ruhe«, sagte Elijah kurz angebunden. »So was bringt dir doch nur noch mehr Ärger ein. Es gibt genug Frauen, die sich freuen, wenn du sie flachlegst. Du musst doch nicht einer Sozialarbeiterin nachlaufen, wenn sie nicht will.«

»Wenn das so einfach wäre«, murmelte Nate und schaute ins Feuer. Er wollte nun mal mit keiner anderen ins Bett. Er wollte Liv. Sie wollte ihn auch, glaubte er zumindest.

Verdammt, wann war sein Leben eigentlich so kompliziert geworden?

Liv saß auf ihrem Balkon und genoss die wärmende Morgensonne. Sie hatte frei, es war Sonntag. Trotzdem war sie irgendwie unzufrieden. Irgendwas fehlte.

Nate, schoss es ihr durch den Kopf.

Nein. Nein. Nein.

Sie musste damit aufhören.

Frustriert stand sie auf und holte Käsekuchen aus dem Kühlschrank. Glücklicherweise hatte sie für Notfälle immer eine Packung zu Hause. Als sie wieder nach draußen kam, stand Cat auf ihrem Balkon. »Hi.«

»Oh, guten Morgen. Wie geht's?«

Sie schirmte mit einer Hand die Augen vor der Sonne ab. »Das wollte ich dich gerade fragen. Hab dich gestern nach Hause kommen gehört. Wie war dein Date?«

Liv zog eine Grimasse.

»Hm. So gut?«, folgerte Cat und schwang sich über die Abtrennung.

Sie schob ihrer Nachbarin den Teller hin. »Möchtest du?«

»Käsekuchen ist also dein Geheimrezept gegen Liebeskummer?«

Mit einem Seufzen lehnte sich Liv zurück. »Ich habe keinen Liebeskummer. Aber was ist deine Geheimwaffe? Das würde mich jetzt doch interessieren.«

Cat nahm die Gabel, stach in den Kuchen und probierte. »Geheimwaffe? Gibt es nicht, leider. Wenn ich miese Laune habe, hilft mir immer Lasagne. Hey, der ist nicht schlecht. Und wo ist eigentlich dein Traumprinz? Wieso warst du so früh zurück?«

Anscheinend sprach sie wirklich immer so viel. Wahnsinn. »Gott, du bist so neugierig, als wärst du meine Mutter.«

Cat lachte. »Tatsächlich, dann ist mir deine Mutter schon jetzt sympathisch. Ich finde, man muss ein bisschen Spaß im Leben haben. Also, wenn man Single ist jedenfalls.«

»Und nur zu deiner Info: Ein Traumprinz ist er sicher nicht. Jedenfalls nicht meiner.«

»Wieso denn nicht?«

»Ein Traumprinz bleibt, wenn er seine Prinzessin gefunden hat. Aber dieser Mann will, wenn überhaupt, nur das eine von mir. Ich habe zu viel gesehen und erlebt, als dass ich am Ende mit gebrochenem Herzen übrig bleiben möchte.«

»Ausreden, Liv. Nichts als Ausreden. Wie war euer Date? Lass dir doch nicht jede Silbe einzeln aus der Nase ziehen.«

»Es war schön.«

»Hm.« Cat legte einen Finger an ihre Lippen. »Aber? Das klang sehr nach einem Aber. Wollte er dir an die Wäsche, ging es dir zu schnell? Oder ist er doch verheiratet? Nun sag schon! Oder, warte. Er ist langweilig. Stimmt's? Oft sind die heißen Kerle ja strohdoof. Oh, Liv, tut mir leid.«

Liv lächelte. »Im Grunde nichts davon.«

»Hä? Was dann?«

»Ich weiß nicht, in der Pause haben wir uns geküsst.«

»O nein«, stieß sie hervor. »Das ist es also. Er ist einer von den Rührmaschinen?«

»Rührmaschinen? Was soll das bedeuten?« Liv kräuselte die Nase.

»Na, du weißt schon. Einer von denen, die beim Küssen die Zunge immer im Kreis bewegen. So in etwa.« Cat streckte ihre Zunge heraus und drehte sie, dann fing sie an zu lachen und wischte sich über den Mund. »Hab ich recht? Du warst von oben bis unten vollgesabbert.«

Liv schloss die Augen und schüttelte lachend den Kopf. »Nein. Überhaupt nicht. Er kann supergut küssen. Und das war noch eine Untertreibung.«

Cat seufzte. »Also hat er doch eine Frau.«

»Nein, ich glaube nicht. Ich bin mir ziemlich sicher, dass er Single ist.«

»Seltsam. Warum bist du dann nicht mit ihm auf einen Kaffee«, sie malte Gänsefüßchen in die Luft, »raufgegangen?«

»Keine Ahnung. Wir saßen im Auto, er hätte nur einen Mucks von sich geben müssen, ich hätte vermutlich nachgegeben.«

»Wusste er das?«

Liv zuckte die Schultern. »Könnte sein, wieso?«

Sie winkte ab. »O je. Das sind die Schlimmsten. Er will mit dir spielen. Bist du bereit dafür?«

Das war sie ganz und gar nicht. Sie hatte keine Lust auf Spielchen, das war genau das, was sie von Anfang an hatte vermeiden wollen, weil es am Ende nur Verlierer gab. Und doch sehnte sie sich nach seinem Geruch. Seiner Wärme. Seinen Küssen.

Sie saß in der Patsche. »Ich möchte niemandes Spielzeug sein.«

»Dann solltest du vermutlich froh sein, dass du ihn nicht mit raufgebeten hast.«

Liv kniff die Augen ein wenig zusammen und musterte Cat genauer. »Wie kommt es eigentlich, dass du so eine Expertin bist?« Danach schnappte sie sich die Gabel und verputzte den Kuchen. Fett und Zucker machten glücklich, vielleicht war das Hochgefühl nur von kurzer Dauer, aber zumindest blieb man nach dem Genuss von Käsekuchen nicht mit einem gebrochenen Herzen zurück.

»Sagen wir es mal so, bevor ich Josh kennengelernt habe, waren meine Freunde ziemliche Griffe ins Klo.«

»Oh.«

»Das kannst du laut sagen. Irgendwie bin ich vor ihm immer an die Falschen geraten.« Sie wedelte mit den Händen vor ihrem Gesicht, sodass ihre blonden Haare flogen. »Flutsch, von einer Beziehungskatastrophe in die nächste.«

»Und mit Josh läuft es besser?«

Sie nickte und ihre Augen nahmen einen verträumten Ausdruck an. »Er hat mich bisher noch nie enttäuscht.«

»Noch nie? Wow, wie lange seid ihr noch mal zusammen?«

»Bald drei Jahre.«

»Und wie alt bist du überhaupt?«

»Neunundzwanzig.«

»Ja, okay, da war vorher genug Raum für Scheißbeziehungen.«

Sie lachten gemeinsam. »Das kannst du laut sagen.«

»Und dein Josh ist also der Richtige. Wo ist der überhaupt heute am Sonntag?«

Ein Schatten huschte über Cats hübsches Gesicht. »Firmenfest. Sie machen so einen Ausflug mit Wanderung und Grillen.«

»Und wieso bist du nicht mit?«

»Er meinte, dass ich mich da nur langweilen würde.«

»Oh, wie schade.«

»Na ja. Ich wollte gleich ein bisschen Sport machen. Kommst du mit?«

Liv zog eine Grimasse. »Ich glaube, du und ich, wir sind da auf einem ganz anderen Level. Ich denke mal, dass ich dir nur im Weg herumstehen würde.«

»Ach was«, sagte sie und fing schon an, den leeren Teller abzuräumen. »Der Käsekuchen muss abtrainiert werden.«

»Ich bin zufrieden mit meiner Figur, danke.«

»So meinte ich das doch gar nicht. Ich wünschte, ich hätte ein bisschen mehr Oberweite, so wie du. Und so einen schönen runden Hintern. Bei mir ist ja alles irgendwie flach. Wenn ich zunehme, dann ist das hier.« Sie zupfte sich in ihr nicht vorhandenes Bauchfett.

Liv atmete hörbar aus. »Na schön. Du hast mich überzeugt, dass ich Sport machen sollte, wenn mein Arsch so fett ist.«

»Hallo? Hast du mir zugehört? Ich habe von rundem Hintern gesprochen.«

»Ja, eben.«

»Es war als Kompliment gemeint, ich freue mich aber natürlich trotzdem, wenn du mitkommst! Sehr sogar.«

Nachdem sie den Teller in der Spüle abgeladen hatte, rief sie noch: »In zehn Minuten unten. Und nimm Wasser mit!«

Liv fragte sich, ob sie sich richtig entschieden hatte. Nach einem Blick auf ihr Handy – auf dem sie null Nachrichten hatte – glaubte sie, dass es gut war, für eine Weile rauszukommen. Dann dachte sie vielleicht nicht die ganze Zeit an einen bestimmten Herrn.

Kapitel 11

Liv konnte sich vor Muskelkater kaum bewegen, als sie sich am Montag zur Arbeit schleppte.

Nie wieder Sport. So viel stand fest. Sie hatte keine Ahnung, wie Cat dieses Fitnessprogramm häufiger durchziehen konnte, sie war jedenfalls nicht dafür geschaffen, und eine Wiederholung würde es nicht geben.

Dennoch hatte es geholfen, dass sie ein bisschen klarer denken konnte, was Nate betraf. Sie musste dankbar sein, dass nach der Oper nicht mehr passiert war. Deswegen hatte sie auch auf seine SMS, die am Sonntagabend bei ihr eingegangen war, nicht geantwortet.

Gute Nacht, denke an dich, Nate, hatte er geschrieben.

Sie würde nicht darauf eingehen; auch wenn sie sich zu ihm hingezogen fühlte, war doch klar, dass Nate ein Womanizer war, der jede haben konnte. Sie wollte nicht eine von vielen sein. Und sie nahm sich vor, das in Zukunft auch bei ihren Begegnungen – sie ahnte, dass sie ihn durch das Projekt noch häufiger sehen würde – zu beherzigen. Es würde kein Geknutsche, Händchenhalten oder sonst etwas geben.

Im Haus wurde sie schnell auf andere Gedanken gebracht. Am Samstag würde das Sommerfest stattfinden, und sie hatten noch eine Menge zu tun. Außer den Hausbewohnern waren auch Helfer eingeladen, die sich, häufig unentgeltlich, mit viel Herzblut in der Einrichtung engagierten. Insgesamt rechneten sie mit ungefähr fünfzig Personen, da kam schon ein bisschen was zusammen.

»Wollen wir dann los?«, fragte Matt, der die Liste in der Hand hielt.

»Klar, lass uns gehen. Je eher wir es erledigt haben, desto besser. Aber das wird ein schönes Geschleppe.«

Er grinste. »Dafür hast du doch mich an deiner Seite.«

Sie sah es an seinem sehnsüchtigen Blick, dass er ihr durch die Blume anbot, immer für sie da zu sein. Sie wusste es längst, aber bei Matt schlug ihr Herz nicht schneller, er löste nicht dieses Kribbeln in ihrer Magengegend aus wie Nate.

Leider.

Er wäre der sichere Partner, der richtige, der sie garantiert niemals verlassen oder betrügen würde.

»Ich bin ja nicht vollkommen hilflos«, scherzte sie, dann fuhren sie zum Großhandel.

Jeder von ihnen schob einen riesigen Einkaufswagen vor sich her, immer wieder nahm Matt Rücksicht und kämpfte darum, die schweren Sachen aufzuladen. Irgendwann gab Liv den Protest auf und ließ ihn machen.

»Bald haben wir alles«, verkündete er und strich mit einem Kugelschreiber eine weitere Position der Einkaufsliste durch.

»Super, das ging ja doch recht fix.«

»Wir sind ein gutes Team«, stellte er mit einem herzlichen Lächeln fest.

Liv wich seinem Blick aus. »Ja, es ist echt toll, so einen Kollegen wie dich zu haben.«

Hoffentlich begriff er damit, dass sich zwischen ihnen nie mehr als das abspielen würde.

Sie mochte ihn, ganz klar, er lebte in derselben Welt wie sie. Aber das reichte nun mal nicht, um sich auf jemanden einzulassen. Ein Stimmchen in ihrem Hinterkopf flüsterte ihr zu, dass sie Nates Aura, die von Erfolg, Macht und Klasse gefüttert wurde, viel interessanter und abenteuerlicher fand. Dass sie es endlich zugeben müsse, aber Liv schüttelte vehement den Kopf und versuchte, an etwas anderes als schon wieder an Nate zu denken.

»Stimmt was nicht?«, fragte Matt und runzelte die Stirn.

»Doch, doch«, stammelte sie. »Alles super, ich habe nur gerade daran gedacht, dass wir vergessen haben, Senf aufzuschreiben. Das wäre was gewesen, wenn wir die Hotdogs ohne servieren müssten.«

»Hä? Schau doch, Senf steht hier.« Er hielt ihr den Zettel vor die Nase.

Sie spürte, dass Hitze in ihre Wangen aufstieg, aber sie beachtete es nicht. »Ich Dummerchen, gut, dass wir die Liste haben. Dann lass uns mal eben noch den Rest besorgen.«

Liv schob den Wagen weiter und wartete gar nicht mehr darauf, was Matt erwiderte. Sie atmete tief durch und versuchte, sich auf ihre Aufgabe zu konzentrieren.

Ein paar Tage liefen die Vorbereitungen auf Hochtouren. Morgen sollte das Fest steigen. Das Wetter hätte nicht besser sein können. Es war ein lauschiger Abend nach einem sonnigen Tag. Weil Brooke krank war, übernahm Liv ihre Nachtschicht. Dabei war sie schon sehr erschöpft, nachdem sie bereits den ganzen Tag den Garten mit Lampions geschmückt und Tische, Bänke und Stühle aufgestellt hatten. Für den Moment genoss sie die abendliche Ruhe und lauschte in die Nacht. Grillen zirpten, ein Hund bellte in der Entfernung. Sie hatte gerade die Tür zur Veranda aufgemacht, um zu lüften, als Nate plötzlich vor ihr stand. Tagelang hatte sie kein Wort von ihm gehört, und auf einmal tauchte er aus dem Nichts auf. Liv entfuhr ein Schreckensschrei. »Nate, was machst du hier?« Ihr Herz schlug Kapriolen.

Leider sah er so attraktiv wie eh und je aus. Er trug ein weißes T-Shirt und eine Shorts. Der perfekte Freizeitlook, es stand ihm ausgezeichnet.

»Ich wollte wissen, wie es dir geht. Du hast nicht auf meine Nachrichten geantwortet.«

Sie bemerkte, dass er Abstand hielt. Sogar das obligatorische Begrüßungsküsschen sparte er sich. Sie wusste nicht, wie sie das finden sollte. Vielleicht war er zu dem Schluss gekommen, dass sie doch nicht so attraktiv war. Bestimmt bereute er den Kuss und hatte sich in der Oper nur wegen der besonderen Atmosphäre dazu hinreißen lassen. Aber warum sollte er dann plötzlich hier auftauchen?

»Es geht mir gut«, sagte sie. Doch da war mehr zwischen den Zeilen, und sein Blick sagte ihr, dass er es begriffen hatte.

Sie wollte, dass er wieder ging. Sie wollte nicht dieses Prickeln spüren, das ihren Körper in Nullkommanichts in höchste Erregung versetzte. Und trotzdem war sie froh, ihn zu sehen.

»Wie war deine Woche?«, fragte er, und seine dunkle Stimme löste eine Gänsehaut bei ihr aus.

»Ach, Nate.« Sie seufzte. »Gut. Wenn du einen Zwischenstand zum Projekt einholen möchtest, brauchst du nur mit Chloé Kaswell zu sprechen. Deine Architektin ist spitze, sie ist schon voll im Thema.«

Tatsächlich waren sie diese Woche weit gekommen, Chloé war absolut kompetent, sie hatte ganz großartige Vorschläge gemacht und sie war eine sehr nette Frau. Die Gewerke waren dabei, Angebote abzugeben, die Materialien hatte sie nach der Bestandsaufnahme bestellt.

»Glaubst du etwa, ich bin deswegen hier?«

Sie zuckte die Schultern und sprach so leise, dass die Mädchen oben nichts davon mitbekamen. »Ich habe keine Ahnung, um ehrlich zu sein.«

»Können wir uns kurz setzen?«

»Das führt doch zu nichts.«

Dennoch ließ sich Nate auf der Schwelle zur Veranda nieder und stellte seine Füße aufs Gras. Liv gab sich geschlagen, er würde sowieso nicht wieder gehen, ehe sie nicht mit ihm gesprochen hatte, also konnten sie es auch gleich hinter sich bringen.

Eine Weile schwiegen sie und lauschten den Grillen in der Nacht. »Ihr habt schon dekoriert?«

»Ja, na klar. Morgen ist doch das Fest. Da werden wir kaum Zeit haben, noch zu schmücken und alles aufzubauen.«

»Stimmt natürlich.«

»Also, was ist der Grund für deinen Besuch?« Ihr war klar, dass es vielleicht unhöflich klang, aber sie wollte zum Punkt kommen.

Zu ihrer großen Überraschung nahm Nate ihre Hand und strich mit dem Daumen über ihren Handrücken. Sie war zu schwach, um sie ihm zu entziehen. Die Geste war zu schön, zu vertraut, als dass sie sich dagegen hätte wehren können oder wollen.

»Du hast auf keine meiner Nachrichten reagiert. Ich wollte einfach wissen, ob alles in Ordnung ist.«

»Ich wusste nicht, was ich schreiben sollte. So dachte ich, es wäre besser, wenn ich gar nichts antworte. Es ist eine Einbahnstraße, in der wir uns befinden. Wir leben in unterschiedlichen Welten, Nate. Das ist dir doch klar.«

Als ob das schon alles wäre. Die Gründe, weshalb sie nichts mit ihm anfangen sollte, hatten sich nicht in Rauch aufgelöst. Beinahe fand sie es schade. Sie schaute in den Himmel. Der Mond leuchtete hell und klar über Boston. Eine wunderbare Nacht, trotzdem fühlte sie, als hätte sie eben etwas verloren. Sie könnte heulen, riss sich aber zusammen. Es so laut und deutlich auszusprechen, war deprimierend.

»Wir können keine Freunde sein«, sagte er.

Liv wusste genau, was er meinte.

»Aber auch keine Liebhaber«, erwiderte sie traurig.

Nach einem langen Moment des Schweigens flüsterte er: »Ich weiß.«

Sie bekam eine Gänsehaut, gleichzeitig zog sich ihr Magen zusammen. Diese zwei Worte gingen ihr durch Mark und Bein. Sie verstand nicht wieso, aber es wühlte sie noch mehr auf. Er wusste es, ihm ging es genauso.

Nate räusperte sich. »Eigentlich bin ich nur hier, weil ich dich fragen wollte, ob es in Ordnung ist, wenn ich morgen hier auftauche. Ich möchte dich nicht in eine unangenehme Situation bringen.«

»Was?« Ihr Kopf schnellte herum. »Natürlich. Du musst kommen!«

Sie sah, dass er schwach lächelte. »Muss ich?«

»Hallo? Du bist der große Spender! Ohne dich könnte unser Zukunftsprojekt nie realisiert werden.«

»Glaubst du, an meiner Absicht ändert ein Sommerfest etwas? Ich brauche keine Aufmerksamkeit, ich möchte nicht, dass sich Leute mit Dankesbezeugungen überschlagen. Deswegen mache ich das alles nicht.«

Nein, natürlich nicht. Sie war so dämlich. Ein Mann wie er legte auf Veranstaltungen wie diese keinen Wert. »Möchtest du denn überhaupt dabei sein?«

»Ja, sehr gerne sogar. Ich würde gerne mehr über die Stimmung bei euch erfahren, sehen, wie die Gemeinschaft zusammenlebt. Aber ich komme nur, wenn es für dich auch in Ordnung ist. Ich möchte, dass du dich wohlfühlst, auch in meiner Gegenwart.«

Oh, sie fühlte sich sehr wohl. Zu wohl vielleicht.

»Immer der perfekte Gentleman, hm?« Sie seufzte kaum hörbar. Es war fies, da traf sie einmal einen Mann, der sie interessierte, und ...

Nein. Sie musste endlich damit aufhören.

Er lachte rau. »Nein, eigentlich nie. Du kehrst offenbar Seiten in mir hervor, von deren Existenz ich bis jetzt nicht mal etwas geahnt habe.«

Livs Herz schmerzte. Das Verlangen, sich in seine Arme zu werfen und da weiterzumachen, wo sie im Gang vor der Opernloge aufgehört hatten, wurde immer größer. Aber sie musste stark bleiben, denn die Angst in ihr wuchs im gleichen Maß wie ihre Sehnsucht.

Nate verhielt sich in ihrer Gegenwart wie der perfekte Mann, als wäre er der Mr. Right, auf den all die Frauen da draußen ihr Leben lang warteten. Aber sie wusste, irgendwo war ein Haken. Es musste einen geben, sie hatte zu viele Geschichten gehört und zu oft miterlebt, dass es immer einen gab. Eine Beziehung – es würde nie gut gehen. Männer wie er suchten sich eine Frau, die neben ihnen auf dem roten Teppich glänzen konnten, nicht Liv, die sich in der oberen Gesellschaft immer fehl am Platz fühlen würde. Männer wie er waren nicht ein Leben lang treu, vielleicht fand er sie jetzt interessant, aber das würde abflauen. Die Frage war nur wann. Möglicherweise war alles nur eine Masche, um sie ins Bett zu bekommen, und er ließ sie danach fallen wie eine heiße Kartoffel.

Aber es sprach nichts dafür, dass er auf der Suche nach einem One-Night-Stand war, denn den konnte er sicher in jeder Bar oder jeder Straßenecke aufgabeln. Und er war ja gekommen, um zu fragen, ob sie ihn morgen bei dem Fest sehen wollte, nicht, ob sie noch einmal mit ihm ausging. Wenn sie endlich etwas an ihm finden würde, das sie störte, wäre es vielleicht einfacher, sich nicht so zu ihm hingezogen zu fühlen.

Es war absurd, das wusste sie. Und doch fürchtete sie sich davor, mehr Nähe zuzulassen.

»Ach was. Du weißt selbst, dass du gut ankommst«, sagte sie matt.

»Es war nie mein Plan, mich zu dir hingezogen zu fühlen.« Seine Stimme klang rau.

Ihr Herz machte einen freudigen Hüpfer. Er fühlte sich zu ihr hingezogen? Das klang nach mehr als einer simplen Bettgeschichte.

»Was war dann der Plan?«, fragte sie. Ihre Stimme war nur ein Hauch. Sie wagte es nicht, ihn anzusehen. Die Luft zwischen ihnen vibrierte, die Spannung war förmlich greifbar.

Er starrte ins Leere. »Ich wollte eurer Einrichtung helfen.«

Sie atmete aus, ihr wurde erst jetzt bewusst, dass sie die Luft angehalten hatte. »Das tust du doch.«

»Auf eine Frau wie dich war ich nicht vorbereitet.« Er wirkte fast schon verzweifelt, als ob es ihn ebenso große Mühe kostete, sich nicht auf sie zu stürzen.

Liv lachte. Es klang viel zu hoch, viel zu künstlich. Sie hatte die Situation auflockern wollen, es war gründlich misslungen. »Wie sich das anhört. Du warst nicht vorbereitet, worauf eigentlich?« Erneut hielt sie die Luft an.

Er räusperte sich. »Ich habe nicht erwartet, dass ich mich jemals auf jemanden einlassen könnte. Dass ich einer Frau begegnen würde, die mich wieder fühlen lässt.«

Sie schwieg, aber ihr Herzschlag dröhnte so laut in ihren Ohren, dass sie kaum mehr klar denken konnte.

»Mit dir ist es anders, du bringst mein Innenleben in Aufruhr, ich möchte alles von dir wissen, ich möchte bei dir sein, ich möchte so vieles«, fuhr er fort. »Aber es geht nicht. Ich kann nicht nachgeben.«

Sie musste sich verhört haben. »Nachgeben?« Sie hatte keine Ahnung, wovon er sprach.

»Es geht nicht, Liv. Ich kann mich nicht in dich verlieben. Ich weiß gar nicht, was Liebe ist.«

Liebe! Er sprach von Liebe.

Die Welt um sie herum begann sich zu drehen. Wer hatte den Sauerstoff abgestellt?

»Es war eine blöde Idee, herzukommen«, murmelte er und zog seine Hand zurück.

Obwohl er noch neben ihr saß, fühlte sie sich, als hätte sie gerade etwas sehr Wertvolles und Wichtiges verloren. Der Moment war ruiniert, die Stimmung verdorben.

»Es tut mir leid, Liv. Ich gehe jetzt besser.«

Dann stand er auf und durchmaß den Garten des *Women's Shelter* mit langen, kraftvollen Schritten.

Nate war weg. Er war gegangen, nachdem er ihr eröffnet hatte, dass er sich nicht in sie verlieben konnte.

Sie begriff überhaupt nichts mehr.

Er hatte gesagt, dass sie ihn wieder fühlen ließ. Wieso wieder? Hatte er einmal geliebt und die Frau verloren?

»Ich fasse es nicht«, keuchte sie und vergrub ihr Gesicht zwischen den Händen.

Was zur Hölle war los? Warum verhielt er sich nur so seltsam? Sie wurde aus dem Mann einfach nicht schlau!

Sie konnte sich nicht rühren, immer wieder ging sie die Unterhaltung mit Nate im Geiste durch. Aber sie kam zu keinem Schluss, auch nicht, was ihre eigenen Empfindungen betraf.

Es war klar, dass etwas zwischen ihnen war. Niemand konnte es länger leugnen. Aber sie konnten sich auch nicht dazu bekennen. Es war verrückt.

Obwohl sie schrecklich aufgedreht und verwirrt war, musste sie irgendwann gähnen. Sie hatte keine Ahnung, wie lange sie hier draußen alleine vor sich hin gegrübelt hatte. Aber nun forderte der anstrengende Tag seinen Tribut.

Sie hoffte, dass die Nachtschicht ruhig verlaufen würde, so bekam sie hoffentlich ein wenig Schlaf und würde morgen auf dem Sommerfest nicht wie ein Zombie aussehen. Sie würde zwar noch Zeit haben, nach Hause zu gehen und ein paar Stunden nachzuholen, aber eben nur ein paar und nicht eine ganze Nacht. Ob Nate nach dem Gespräch eben überhaupt noch erschien?

Sie hoffte es, gleichzeitig wünschte sie, dass er nicht kam.

Als sie mit einem Seufzen hineinging, hörte sie Tiffanys Baby schreien. Na super, das mit der ruhigen Nacht lief ja schon mal wunderbar.

Auf dem Weg zu seinem Haus rief Nate Erin an. Er musste sich ablenken. Es war verrückt! Er hatte nur kurz fragen wollen, ob es Liv störte, wenn er morgen beim Sommerfest auftauchte, und dann hätte er sich beinahe auf sie gestürzt.

Und das, obwohl er ihr versprochen hatte, sie in Ruhe zu lassen. Offenbar konnte er sich mit Liv nicht einmal mehr normal unterhalten. Was hatte er da nur für einen Quatsch gefaselt? Er stöhnte und hielt an einer roten Ampel. Eigentlich hatte er in dem Gespräch mit Liv klarstellen wollen, dass sie weder Freunde noch ein Paar sein könnten. Sie würden lediglich professionell miteinander umgehen, solange sie wegen des Projekts Hope gemeinsam zu tun hätten. Während des Gespräches war ihm dann klar geworden, dass das nicht möglich war. Er wollte sie mit Haut und Haaren. Aber es war zu gefährlich, sich darauf einzulassen. Er konnte nicht riskieren, dass er in einem Gefühlsstrudel unterging. Nicht in seiner jetzigen Situation, wo er mehr denn je einen klaren Kopf brauchte.

Vielleicht sollte er doch nicht zu diesem Sommerfest gehen, denn eins stand fest: Natürlich wollte er nur wegen ihr dabei sein. Es war ihm zwar nicht völlig egal, wie die Mädchen dort lebten oder wie die Stimmung war. Letztlich hatte er sich davon aber schon bei seinen vorigen Besuchen ein Bild machen können.

»Hallo?«, antwortete Erin endlich.

»Oh, gut, dass ich Sie erreiche. Wo stecken Sie?«

»Mr. West. Guten Abend. Na, in Atlanta natürlich.«

Ihr unbeschwerter Tonfall ließ ihn mit den Augen rollen. »Gibt es schon etwas Neues?«

»Ihnen ist schon klar, dass ich hier erst mal die Lage sondieren muss, nicht?«

Nate biss die Zähne zusammen. »Ja, das wird ja wohl nicht mehrere Monate dauern.«

Für einen Moment fürchtete er, dass die Summe deswegen so hoch gewesen war, glücklicherweise lachte Erin am anderen Ende. »Keine Sorge, ich bin hier am liebsten so schnell wie möglich fertig.«

»Gut. Also, was haben Sie für mich.«

»Seine Frau spielt Tennis.«

»Tennis«, wiederholte er wenig begeistert.

»Ich habe mich ebenfalls im Tennisklub angemeldet.«

Er seufzte. »Was soll das bringen? Wenn Sie Sport machen wollen, gehen Sie joggen.«

»Mr. West«, fing sie an und sprach in einem Tonfall mit ihm, als wäre er ein Dreijähriger, dem man erklärte, dass er den Lolli jetzt nicht haben durfte. »Sie wollen Ergebnisse. Was glauben Sie, wer am dichtesten an der Zielperson dran ist?«

Er schwieg.

»Seine Frau«, fuhr sie fort. »Glauben Sie mir. Auch wenn die Ehefrauen meist als schmückendes Beiwerk von Männern wie ihm rüberkommen, meist wissen sie mehr, als sie preisgeben.«

»Und wie wollen Sie sie zum Plaudern animieren?«

»Indem ich ihre Freundin werde.«

»Gott, das wird ja Monate dauern.«

»Sie sind ja ein wahrer Optimist, hm?« Er konnte ihr süffisantes Grinsen förmlich vor sich sehen.

Nate schnitt eine Grimasse. »Na, schön. Dann werden Sie also ihre Freundin.«

»Ja, genau. Sie glauben nicht, wie froh Frauen manchmal sind, wenn sie jemanden haben, dem sie ihr Leid klagen können.«

»Und andere Freundinnen hat diese Frau wohl nicht?«

Erin stieß einen zischenden Laut aus, der signalisierte, dass sie langsam die Geduld mit Nate verlor. Es gefiel ihm, sie war auf Zack. Das war gut.

»Mr. West. Natürlich hat sie die. Aber die sitzen doch meist in der gleichen Scheiße. Vor denen muss sie den Schein wahren. Dort wird sie kaum schmutzige Wäsche waschen.«

»Und wenn Sie nichts aus ihr rauskriegen?«

»Das lassen Sie mal meine Sorge sein. So komme ich jedenfalls garantiert in ihr Haus, ohne das Sicherheitssystem lahmlegen zu müssen.«

»Gut. Dann melden Sie sich, wenn Sie was haben.«

»Natürlich. Wie abgesprochen.«

Sie verabschiedeten sich kurz, dann legte er auf.

Kapitel 12

Die Sonne schien, es war ein warmer, aber nicht zu heißer Tag. Alle im *Women's Shelter* waren in freudiger Erwartung auf das Sommerfest gespannt, als Liv am frühen Nachmittag eintraf. Ihr Kollege Matt stand am Grill und bereitete alles vor. Penelope war damit beschäftigt, die ausgeliehenen Lautsprecher mit ihrem Handy zu verbinden. Für eine Band hatten sie natürlich kein Geld zur Verfügung gehabt, aber das war in Ordnung. Liv ging in die Küche und half Brooke bei den letzten Vorbereitungen.

»Geht es dir wieder besser?«, fragte sie ihre Kollegin, für die sie gestern kurzfristig eingesprungen war.

»Ja, danke. Ich weiß auch nicht, was los war. Ich hatte plötzlich solche Kopfschmerzen, mir war übel und na ja, den Rest erspare ich dir lieber. Ich habe mir dann zwei Schmerztabletten gegönnt und bin ins Bett gegangen, heute habe ich zwar immer noch ein bisschen das Gefühl, als wäre mein Kopf in Watte gepackt, aber zumindest sind die Kopfschmerzen nicht mehr so schlimm.«

»Das klingt nach Migräne. Hast du das öfter?«

»Nein, vielleicht habe ich auch einfach zu wenig getrunken. Ich weiß es nicht.«

»Hm. Oder ein Sonnenstich? Warst du gestern Nachmittag draußen?«

»Ja, aber das macht mir sonst nichts aus.« Sie winkte ab und goss Limonade für die alkoholfreie Bowle in eine Schale. »Jetzt geht's mir wieder gut, das ist doch die Hauptsache. Wie war denn die Nacht, alles okay?«

»Ja, am Anfang war Chris unruhig, nachdem ich ihm noch ein Fläschchen verpasst und ihn ein bisschen herumgetragen habe, ging es wieder. Aber Leslie, meine Güte, die hat wieder eine Show abgezogen. So geht es nicht weiter mit ihr. Penelope hat ja schon mit ihr gesprochen, dass sie sich so nicht benehmen kann.«

»Hab ich mitbekommen.«

»Was meinst du, was es ist?«

»Vorgestern hat sich Miguel hier vor dem Shelter rumgetrieben.«

»Oh, aber der hat doch Hausverbot.«

»Ja, es war in sicherem Abstand, aber es war klar, dass er hier die Lage checkt.«

»Was für eine kranke Beziehung. Hoffentlich sieht Leslie das endlich mal ein und schickt ihn in die Wüste.«

Diesbezüglich hatte Liv wenig Hoffnung. Die Latino-Schönheit stammte selbst leider aus zerrütteten Verhältnissen. Ihr Vater war ein übler Schläger, der die Mutter vor Jahren zu Tode geprügelt und die sieben Kinder zu Halbwaisen gemacht hatte. Nachdem die Geschwister auf verschiedene Pflegefamilien aufgeteilt worden waren, hatte sich der Vater das Leben genommen. »Eine schlimme Geschichte«, murmelte Brooke.

Sie hatte vermutlich auch daran gedacht. Liv seufzte. »Ja, warum suchen sich diese Mädchen bloß immer Typen nach dem gleichen Schema? Es ist so frustrierend.«

Brooke nickte. »Komm, heute soll ein freudiger Tag werden. Wir lösen das Problem jetzt sowieso nicht.«

Eine Stunde später war der Garten voll, die Helfer und Bewohner unterhielten sich. Matt versorgte alle mit Burger und Würstchen. Liv ertappte sich immer wieder dabei, wie sie sich verstohlen umsah. Dabei entdeckte sie Leslie, die an ihren Nägeln kaute und mit Tiffany zankte. Das musste an dem Tag wirklich nicht sein, sie ging zu den beiden und sprach sie an. »Leslie, kannst du dich heute wenigstens ein bisschen zurückhalten?«

Die Latina hob eine Augenbraue und zog eine Grimasse. »War klar, dass ich angemacht werde, und Tiffany kann machen, was sie will.«

»So ist es nicht, Leslie. Also, was war los?«

»Es interessiert dich doch sowieso nicht, ich kann sagen, was ich will, am Ende bin ich sowieso die Blöde.«

Tiffany schaute auf ihre Füße. »Sie hat zu mir gesagt, dass ich fett bin und dass ich noch fetter aussehe, wenn ich was eng Anliegendes trage.«

Liv wollte die Augen verdrehen, was sie natürlich nicht tat. Trotzdem, sie fragte sich, warum Leslie die arme Tiffany ohne Grund provozierte. »Das war nicht nett, Leslie.«

»Ist mir egal.«

»Ich schlage vor, du entschuldigst dich bei Tiffany.«

»Werde ich sicher nicht, schau doch mal, sie sieht wirklich fett aus.«

Tiffany schnappte nach Luft und fing an zu weinen. »Warum ist sie nur so gemein zu mir, ich weiß auch so, dass ich zu dick bin.«

»Du bist ein hübsches Mädchen, Tiffany. Lass dir nichts einreden. Gewicht ist nicht alles.«

Leslie lachte gemein. »Kein Wunder, dass ihr Typ sie sitzen gelassen hat.«

»Schluss jetzt, das reicht. Wenn du dich nicht zusammenreißen kannst, wäre es vielleicht besser, du gehst nach oben und denkst in Ruhe darüber nach.«

»Das mache ich mit Vergnügen, die Party ist sowieso oberscheiße.« Leslie warf ihre schwarzen Haare über die Schulter und ging mit wogenden Schritten hinein ins Haus.

Liv seufzte leise und legte Tiffany eine Hand auf den Arm. »Süße, mach dir nichts draus.«

»Ich versuche es.«

»Geh doch und hol dir erst mal noch eine Limonade, genieß die Zeit, wenn Chris schläft.«

»Ja, das mache ich danke.« Tiffany lächelte schüchtern und ging davon.

Liv gesellte sich zu Penelope, die mit dem Bürgermeister sprach, der sich die Zeit genommen hatte, um persönlich vorbeizukommen. Er hatte ihr zugesichert, dass die Stadt sich weiter auch für die sozialen Einrichtungen für Frauen einsetzen würde.

»Wie wundervoll«, flötete Penelope. »Wir sind überglücklich.«

»Gern geschehen.« Liv ahnte, dass Nate ein gutes Wort eingelegt hatte, um ihn zu überzeugen.

»Können wir Ihnen etwas anbieten, einen Hotdog oder eine Cola vielleicht?«

»Äh, vielen Dank, aber ich muss leider schon wieder los. Ich wollte Ihnen nur persönlich zu den Entwicklungen gratulieren, ganz großartig, ganz großartig.« Er reichte ihr seine Hand, dann ging er davon.

Liv wollte gerade durchatmen, als Penelopes Gesichtsausdruck noch freudiger wurde, sofern das überhaupt möglich war.

»Oh! Halloooo!«, rief ihre Chefin aus, stellte ihr Glas ab und lief an Liv vorbei.

Liv drehte sich um und entdeckte Nate, der in beigen Chinos, Flipflops und weißem Leinenhemd auf sie zukam. Die Haare waren noch feucht.

Herr im Himmel! Ihre Knie drohten, unter ihr nachzugeben. Er sah zum Anbeißen aus.

Er umarmte Penelope, aber sein Blick ruhte auf ihr.

Livs Puls schnellte in ungeahnte Höhen. Hastig trank sie einen Schluck, als ob das die Nervosität vertreiben könnte, und nickte ihm zu. Das Funkeln in seinen Augen sagte ihr, dass er sich freute, sie zu sehen.

Penelope stellte Nate einem nach dem anderen vor. Reverend Michaels, dem Privatlehrer und den anderen freiwilligen Helfern. Einige der Therapeuten waren auch gekommen. Liv versuchte, ihn nicht die ganze Zeit zu beobachten, aber ihr Blick suchte ihn doch immer wieder.

Der Reverend trat an ihre Seite und verwickelte sie in ein Gespräch. Sie hatte Mühe, sich darauf zu konzentrieren, war aber froh, dass sie beschäftigt war.

»Kommen Sie«, sagte sie schließlich. »Sie haben noch gar nichts gegessen, und Matt winkt die ganze Zeit schon, dass die Burger fertig sind.«

»Sehr gerne«, er klopfte sich auf sein Bäuchlein. »Aber ich sollte nicht zu viel essen, mein Cholesterin …«

Liv lachte. »Machen Sie heute mal eine Ausnahme.«

»Leider mache ich viel zu viele Ausnahmen, aber ja, Sie haben recht. An einem so wunderbaren Tag wie heute soll man das Leben genießen.«

Sie gingen zum Grill und ließen sich von Matt zwei Burger geben. »Danke«, sagte sie und drückte Ketchup und Senf auf ihr Patty, ehe sie den Deckel des Brötchens darauflegte.

Leider hatte sie überhaupt keinen Appetit, ihr Magen fühlte sich immer noch an, als hätte jemand Brausepulver darin verteilt.

Reverend Michaels schien davon glücklicherweise nichts mitzubekommen, er biss herzhaft in seinen Burger. »Ausgezeichnet«, lobte er mit vollem Mund.

Als Nate auch nach einer Weile nicht bei ihr auftauchte, um mit ihr zu reden, war ihr klar, dass er ihr aus dem Weg ging.

Sie sollte sich darüber freuen, aber das tat sie nicht. Im Gegenteil, sie war eifersüchtig auf die anderen, mit denen er Zeit verbrachte. Er hatte ihr noch nicht einmal Hallo gesagt. Immer wieder ertönte sein raues Lachen, wenn er sich mit jemandem unterhielt.

Sie atmete tief durch und holte sich ein Glas Bowle. Der Nachmittag verging, und am frühen Abend schalteten sie die Lampions an. Die Musik wurde leiser gedreht, einige der Helfer hatten sich bereits verabschiedet. Aber Nate war noch da, er saß mit Penelope an einem der Tische und unterhielt sich angeregt über etwas, das Liv nicht hören konnte.

Sie sehnte sich nach ihm, ihr wurde schlagartig bewusst, dass sie drauf und dran war, sich in ihn zu verlieben. Just in diesem Moment drehte er sich zu ihr um und lächelte.

Ihr Atem stockte.

Es war zu spät.

Sie hatte sich längst verliebt.

Wann war das passiert?

Liv rieb sich die Stirn, stellte ihr Glas ab und rannte ins Haus. Dort suchte sie eines der Badezimmer auf, schloss die Tür hinter sich und setzte sich auf den geschlossenen Toilettendeckel.

»Scheiße, Scheiße, Scheiße«, murmelte sie und stöhnte.

Nach ein paar Minuten hatte sie sich so weit gefangen, dass sie bereit war, das Bad wieder zu verlassen. Sie würde ihm nichts sagen, und in ein paar Tagen hätten sich diese seltsamen Gefühle aufgelöst wie die Wolken über der Stadt. Sie ließ sich noch etwas kühles Wasser über die Handgelenke laufen und spritzte sich etwas davon ins Gesicht, während sie überlegte, was sie jetzt tun sollte. Sie trat aus dem Badezimmer und zögerte. Ja, sie würde einfach nach Hause gehen, als wäre nichts passiert. Ja, das war das Beste. Niemand wusste, wie es in ihr drin aussah, und das sollte auch so bleiben. Es war nur natürlich, dass sie nach einer Nachtschicht früher nach Hause gehen wollte, keiner würde Verdacht schöpfen.

Und zukünftig würde sie ihm aus dem Weg gehen, sie würde sich entlieben. Ja, genau. Wie bei einer Grippe. Sie musste sich nur ein paar Tage auskurieren, dann wäre es ausgestanden. Nate war kein Typ, der langfristig mit den Aufgaben im Shelter zu tun haben würde. Geld konnte man überweisen, und weitere Feste wie diese hatten sie in naher Zukunft auch nicht geplant.

Ja, okay, überlegte sie. *Wahrscheinlich wird es eine Eröffnungsfeier geben, wenn beide Häuser renoviert und umgebaut sind.* Aber das wäre ein Abend, nur ein paar Stunden. Bis dahin hatte sie ihn bestimmt längst vergessen. Und wenn nicht, würde sie ihm auch dabei aus dem Weg gehen.

Wohl kaum.

»Halt die Klappe«, rief sie dieser bescheuerten inneren Stimme zu. Dann merkte sie, was sie da tat, und schlug sich mit der flachen Hand an die Stirn.

»Kann ich dir irgendwie helfen?«, hörte sie eine dunkle Stimme hinter sich.

Nein, nein, nein. Das durfte doch wohl nicht wahr sein! Warum musste er genau in diesem Moment auftauchen? Was machte er überhaupt im Haus? Hatte er nicht eben noch mit Penelope im Garten gesessen?

»Was machst du hier?«, fragte sie ihn barsch.

»Ich, äh, wollte auf Toilette gehen, wenn das erlaubt ist?« Nate schaute sie mit gerunzelter Stirn an und ging auf sie zu.

Nicht näher, wollte sie schreien. Kein Wort kam über ihre Lippen, stattdessen verlor sie sich in seinen graublauen

Augen. In der Dämmerung schimmerten sie wie zwei tiefe, dunkle Seen.

Geheimnisvoll und unergründlich. Gefährlich waren sie, das musste sie endlich mal kapieren. Sie wandte den Blick ab. »Ja, klar. Geh nur.«

Nate hielt sie an den Schultern fest. »Liv, was ist los? Irgendwas stimmt doch nicht.«

Ihr fielen eine ganze Reihe an Dingen ein, die nicht in Ordnung waren.

Sie wollte keine Gefühle für ihn haben.

Sie wollte nicht, dass sie sich mit jeder Faser ihres Körpers nach ihm sehnte.

Sie wollte, dass er sie küsste.

Ihr war nicht mehr zu helfen. Resigniert öffnete sie die Lider.

»Ich werde jetzt gehen, fühle mich nicht ganz wohl. Vermutlich zu viel gegessen, kann schon mal vorkommen«, schwatzte sie, um ihre innere Zerrissenheit zu überspielen.

Nate starrte sie nach wie vor an. Es war klar, dass er sich damit nicht zufriedengab. »Dann bringe ich dich nach Hause«, verkündete er seinen Beschluss.

»Nein. Auf keinen Fall.«

Er lächelte schwach. »Liv. Komm schon. Du sagtest doch, dass es dir nicht gut geht. Ich fahre dich schnell, das macht mir nichts aus.«

»Du wolltest doch ins Badezimmer gehen. Bitte schön, ist frei. Ich komme schon zurecht. Mach dir keine Umstände.«

Sie wollte sich aus seiner Berührung winden, aber er hielt sie fest. »Okay«, sagte er. »Ich habe nach dir Ausschau gehalten. Zufrieden? Ich habe nicht nach dem Badezimmer gesucht.«

Er hatte sie gesucht. Die Erkenntnis ließ ihr verräterisches Herz schneller schlagen. »Wieso?«, hauchte sie.

»Ich weiß nicht, du wirktest irgendwie aufgewühlt.«

Verdammt, warum bekam er einfach alles mit? Sie hatten sich doch noch nicht einmal unterhalten! Es war nicht fair, dass er immer wusste, was in ihr vorging, sie hingegen keine Ahnung hatte, was er dachte.

»Es war ein langer Tag«, gab sie ausweichend zurück. »Und die gestrige Nachtschicht …«

»Eben, deswegen bringe ich dich nach Hause. Du wirst jetzt nicht noch Bus fahren.«

»Ich brauche keinen Chauffeur. Sonst fahre ich auch mit den Öffentlichen.« Sie lächelte, irgendwie gefiel ihr der Gedanke, dass er sie nach Hause fahren wollte, dass er sich um sie sorgte.

»Aber jetzt bin ich da.«

Sie wusste nicht, was sie darauf antworten sollte, ging in die Küche, holte ihre Handtasche und verließ das Shelter. Sie würde, wenn man sie darauf ansprach, einfach sagen, sie hätte die gleichen Probleme wie Brooke am Vortag gehabt. Keiner hatte einen Grund, das anzuzweifeln, sie meldete sich nie krank. Liv war die Pflichtbewusste, sie war immer da, sie kümmerte sich um alles. Aber jetzt brauchte sie Abstand. Von allem. Vor allem von Nate, ehe sie Dummheiten beging.

Es überraschte sie nicht, dass sie Schritte hinter sich hörte. Bereits nach wenigen Metern hatte er sie eingeholt. »Liv, warte. Bitte!«

Sie ließ die Schultern sinken und schaute in den Himmel. »Hat dir schon mal jemand gesagt, dass du hartnäckig bist?«

»O ja. Mehrfach.« Er klang amüsiert.

Sie bemerkte, dass sein Range Rover ein paar Meter weiter blinkte. Offenbar hatte er die Fernbedienung gedrückt und die Verriegelung aufgehoben. Na toll. Das hatte er ja super eingefädelt.

»Ich steige nicht ein«, verkündete sie.

Nate griff ihre Hand und ging neben ihr her.

»Lass mich los.«

Er blieb stehen. »Was ist denn bloß passiert, Liv? Was habe ich falsch gemacht?«

Sie blickte zu ihm auf. »Nichts. Gar nichts. Du bist perfekt.«

Er schaute sie irritiert an. »Nein, das bin ich sicher nicht.«

»Lass mich doch bitte einfach gehen.«

»Ich habe die ganze Zeit versucht, dir nicht zu nahe zu kommen. Und dann passiert das. Wieso?«

Liv nagte an der Innenseite ihrer Wange. »Bezieh doch mal nicht alles immer auf dich.«

Er nickte. »Ja, richtig. Gut, dann sag mir, was los ist.«

Gott, der Kerl war hartnäckig!

»Habe ich dir doch eben schon gesagt, es war ein langer Tag, ich bin müde.«

»Weißt du, ich habe mit zweiunddreißig Jahren genug Lebenserfahrung gesammelt, um zu bemerken, wenn mich jemand anlügt.«

»Es geht dich einfach nichts an, okay? Führ dich nicht auf, als wärst du auf einmal Teil meines Lebens!«

Nate ließ ihre Hand los. »Ah, ja. Stimmt ja. Wir sind wieder an diesem Punkt. Ist klar.«

Liv seufzte. Das hatte er nicht verdient. Er hatte nichts falsch gemacht, und sie behandelte ihn nicht fair. »Tut mir leid.«

Für einen langen Moment sahen sie sich schweigend an. Sofort meldeten sich die Schmetterlinge in ihrem Bauch. Die blöden Verräter!

Nate trat einen Schritt näher, so nah, dass sie sein Aftershave wahrnahm. Verdammt! Niemand durfte so gut riechen wie er.

Sanft zog er sie mit sich bis zu seinem Wagen. Sie ließ es geschehen, sie war zu erschöpft, um länger protestieren zu können. An der Beifahrertür lehnte sie sich mit dem Rücken dagegen, Nate legte seine Hände neben ihren Kopf.

Oh Gott. Er war nah. Viel zu nah. Und doch nicht nah genug.

Sie schloss die Augen. Sie konnte nicht mehr dagegen ankämpfen. Sie war machtlos gegen ihre Gefühle. Sie hatte alles versucht, es zu verhindern, aber es war zu spät.

Mit jeder Sekunde, die verstrich, schlug ihr Herz schneller. Gleich würde er sie küssen.

Ihr verräterischer Körper spannte sich in erregter Vorfreude an. Sie befeuchtete sich die trockenen Lippen und sehnte sich nach seiner Berührung. Sie konnte die Wärme, die von ihm ausging, spüren.

Es tat so gut, bei ihm zu sein.

Das war nicht fair! Nichts davon hatte sie gewollt, aber jetzt würde sie es um nichts in der Welt missen wollen.

»Ich bin kein guter Kerl«, sagte er so dicht an ihren Lippen, dass sie seinen süßen Atem auf ihrer zarten Haut spüren konnte.

Liv schlug die Lider auf. Seine blauen Augen wirkten in der Dämmerung beinahe schwarz. »Doch das bist du.« Ihre Stimme war kaum hörbar.

Nate wollte Liv sagen, warum er kein guter Kerl war. Während er hier mit ihr stand, plante er im Hintergrund ein Komplott, um sich an dem Menschen zu rächen, der vor langer Zeit sein Leben zerstört hatte. Ihm war bewusst, dass Liv eine Frau war, die nach dem Motto Vergeben und Verzeihen lebte. Nate war nicht so jemand, er wollte Rache, und er würde sich an Henry M. Bowers' Elend weiden. Das war der Grund, warum er hin- und hergerissen war. Wenn sie wüsste, was er vorhatte, würde sie ihn mit anderen Augen sehen. Sie würde sich nicht mehr zu ihm hingezogen fühlen. Er wollte nicht die Enttäuschung in ihrem Blick sehen, er wollte, dass sie voller Verlangen zu ihm aufsah. Er wollte sie, um jeden Preis. Liv hatte keine Ahnung, wozu er fähig war und wozu er bereit war, um ans Ziel zu kommen. In dem Punkt hatte sie in der Oper recht gehabt, als sie gefragt hatte: *»Wer bist du, Nate West?«*

Die Antwort war er ihr schuldig geblieben, es war an der Zeit, sie auszusprechen.

»Du kennst mich nicht. Du weißt nichts über mich. Und glaub mir, wenn du es wüsstest, würde das deine Meinung über mich ändern.«

Liv befeuchtete sich die Lippen. Verdammt, wusste sie eigentlich, was sie ihm damit antat? Es kostete ihn größte Mühe, nicht hier und jetzt über sie herzufallen. Viel zu lange hatte sich das Begehren in ihm aufgestaut.

»Kann ich dich kennenlernen?«, flüsterte sie in dieser Sekunde.

Was sagte sie da? Er glaubte, seinen Ohren nicht trauen zu können. »Liv?«

Nervös blinzelte sie. »Ja, was ist? Bist du bereit, dich zu öffnen? Es sieht offenbar so aus, als ob wir die Nähe des anderen nicht aushalten können, ohne übereinander herzufallen, aber sich fernzuhalten, scheint auch nicht zu klappen.«

O Gott! Er war überwältigt. Die verschiedensten Emotionen schwappten über ihn hinweg. Nur eine davon war das drängende Sehnen, sie in seine Arme zu reißen, sie spüren zu lassen, wie sehr er sie wollte. Aber da steckte auch eine Menge Furcht in jeder Faser seines Körpers, die ihn lähmte.

Nate nahm eine Hand vom Wagen und fuhr sich durch die Haare. Er war zwiegespalten, er wollte sie so sehr wie nichts anderes auf der Welt.

Aber dann war da noch dieser kleine Teil in ihm, der ihn warnte. Er würde ihr das Herz brechen, denn er selbst hatte keins. Es war ihm schon als kleinem Jungen herausgerissen worden. Keine Spendenaktion der Welt würde darüber hinwegtäuschen können, dass er es gewohnt war, Menschen zu manipulieren, um ans Ziel zu kommen. Er hatte vor langer Zeit lernen müssen, dass man sich nicht auf andere verlassen konnte. Er würde sich niemals emotional auf sie einlassen können, was er wollte, war Sex.

Nate war sich jedoch im Klaren darüber, dass Liv einen Mann verdiente, der ihr die Sterne vom Himmel holte. Der sie bedingungslos liebte, ihr seinen Namen und irgendwann womöglich Kinder schenkte.

Er wollte keine Familie.

Er wollte vor allem keine Kinder.

Nichts von alledem kam für ihn infrage.

»Nate?« Ihre Stimme klang so hoffnungsvoll, dass er leise stöhnte.

Und dann senkte er seine Lippen auf ihre. Dieser Kuss war nicht zärtlich. Er war besitzergreifend und roh. Wütend auf sich und die Welt. Vielleicht wünschte sich ein Teil von ihm, dass er wieder fähig sein würde, Menschen zu vertrauen. Aber er glaubte nicht, dass das möglich wäre. All diese Verzweiflung legte er in seinen Kuss, sie steigerte sein Verlangen ins Unermessliche. Liv klammerte sich an ihn, keuchte in seinen Mund und drängte sich gegen seinen Körper. Es gefiel ihr, sie wollte es ebenso sehr wie er.

Sein letztes bisschen Zurückhaltung verpuffte, als sie ihre Hände unter sein Shirt schob. Er war so erregt, dass er keinen klaren Gedanken mehr fassen konnte. Es war unglaublich. Unglaublich schön.

»Liv«, murmelte er zwischen zwei Küssen, nur um kurz darauf erneut mit ihrer Zunge zu spielen. Er wünschte, dieser Moment würde ewig andauern. Gleichzeitig verfluchte er den Umstand, dass sie auf der Straße standen. Er wollte sie nackt spüren, sie liebkosen, sie seinen Namen schreien hören. Er wollte sich in ihrer süßen Hitze versenken und alles vergessen, alles außer ihnen beiden. Durch den Nebel seiner Erregung drangen Stimmen. Widerwillig löste er sich von ihr und trat einen Schritt zurück.

Liv atmete ebenso schwer wie er selbst. Ihnen blieben nur wenige Sekunden, sich zu sammeln, dann tauchte Penelope mit dem Reverend und einem der Therapeuten bei ihnen auf.

»Habt ihr Leslie gesehen?«, fragte Penelope.

Sollte sie überrascht sein, dass sie Liv und ihn in der Dunkelheit vor seinem Wagen stehend fand, so ließ sie sich nichts anmerken. Er rechnete es ihr hoch an, dass sie nicht einmal mit einer hochgezogenen Augenbraue reagierte, wo es doch so offensichtlich war.

»N-nein«, stammelte Liv. »Was ist los?«

»Ich hatte sie schon eine Weile nicht gesehen, dachte, dass sie vielleicht reingegangen ist, aber sie ist nirgends.«

Liv strich sich die Haare glatt. »Das ist nicht gut. Vorhin erst haben wir uns in die Haare bekommen. Ich dachte, sie beruhigt sich wieder.«

»Glaubst du, sie ist zu dem Kerl gegangen?«

»Wäre möglich.«

»Aber sie weiß, dass es Folgen hat, wenn sie sich nicht an die Regeln hält.«

Nate beobachtete das Gespräch der beiden, sie wirkten ernsthaft besorgt.

»Ich weiß, wo er wohnt. Ich werde hinfahren«, sagte Liv.

Penelope nickte. »Ich würde gerne hierbleiben, für den Fall, dass sie wieder auftaucht. Ich möchte auch nicht die Pferde scheu machen und noch mehr Aufhebens darum machen. Nate, hätten Sie die Möglichkeit, Liv zu fahren, sonst rufen wir ein Taxi.«

»Nein, auf keinen Fall. Das dauert doch alles zu lange. Mein Auto steht ja gerade hier.«

Liv wollte protestieren, schloss dann aber ihren Mund.

Penelope wirkte erleichtert. »Gut, dann melde dich, Liv. Okay?«

»Natürlich. Ich finde sie.«

Kurz darauf saß Liv auf dem Beifahrersitz und gab Nate die Adresse. »Nicht gerade die beste Wohngegend«, kommentierte er.

»Hattest du auch nicht wirklich erwartet, oder?«

»Nein, hatte ich nicht.«

»Weißt du, ich hätte mir auch Penelopes Wagen leihen können.« Sie knetete ihre Finger im Schoß.

»Ach, du hast also einen Führerschein?«

»Ja, habe ich.«

»Du glaubst doch nicht etwa im Ernst, dass ich dich alleine zu einem gewalttätigen Soziopathen fahren lasse, der seine Freundin schon mehrfach krankenhausreif geschlagen hat?«

Liv liebte es, wenn er den Beschützer rauskehrte. Aber jetzt war keine Zeit für Gefühlsduseleien. »Danke. Woher wusstest du ...?«

»Ich habe vorhin lange mit Penelope über jedes Mädchen im Haus geredet, sie hat mir von diesem Miguel erzählt.«

»Ach, wirklich?«

»Ja.«

»Wieso interessieren dich die Mädchen so?«

Nate schwieg und umklammerte das Lenkrad fester. Schließlich sagte er: »Wer soll sich sonst um sie kümmern?«

Darauf wusste sie keine Antwort. Eine Weile fuhren sie schweigend, Liv spielte gedanklich durch, welche Szenarien sie womöglich erwarten würden. »Vermutlich müssen wir Leslie bei diesem Kerl aus dem Bett zerren.«

»Das überlässt du bitte schön mir.«

»Sie ist ein schwieriger Fall. Sehr sensibel, wenn ihr was nicht passt, macht sie einfach dicht.«

»Ihr habt vorhin von Konsequenzen gesprochen. Welche hat sie zu erwarten?«

Liv seufzte. »Es ist leider so, dass wir ihr Verhalten nicht unbegrenzt dulden können. Wir haben auch Verantwortung für die anderen Mädchen im Haus.«

»Das verstehe ich. Du musst dich nicht vor mir rechtfertigen.«

»Wenn sie sich nicht am Riemen reißt, kann sie nicht mehr länger bei uns leben. Es gibt noch mehr Frauen, die Hilfe brauchen, weißt du?«

Ihre Augen füllten sich mit Tränen. Es sollte ihr nicht so zu Herzen gehen, es war schließlich ihr Job. Aber keins der Schicksale ließ sie je kalt. Nate legte ihr eine Hand auf den Oberschenkel. Auch, wenn es absolut unpassend war, begann ihre Haut zu prickeln. »Du bist eine unglaubliche, sehr einfühlsame Frau. Du machst einen wundervollen Job.«

Sie schniefte. »Danke.«

Nate hielt den Wagen. »Wir sind da.« Er schaute sich um. »Du bleibst im Auto. Die Gegend ist zu gefährlich.«

»Vergiss es.« Sie schnallte sich ab und legte ihre Hand an den Türgriff. »Was ist mit dir? Auch nicht gerade die richtige Gegend für einen feinen Herrn wie dich.«

Er wandte ihr langsam sein Gesicht zu. Der Ausdruck war unergründlich. »Du weißt nicht, was du sagst. Das ist eigentlich ganz gut so, aber du hast keine Ahnung. Nicht die geringste.«

Dann stieg er aus und stapfte davon. Er sah sich kurz um, ehe er durch den schäbigen Vorgarten des Einfamilienhauses ging. Die Fenster standen offen, die Läden waren halb heruntergelassen, Licht schien von innen heraus.

Ein paar Häuser weiter schimpfte eine Frau mit ihrem Kind, ein Hund bellte. Es roch nach Gras und Abfall. Liv hastete hinter Nate her. »Lass mich das machen«, bat sie ihn sanft und legte eine Hand auf seinen Oberarm.

Er nickte und stellte sich neben sie.

Liv klopfte an die Haustür. »Leslie? Ich bin es, Liv.«

Nichts. Sie fing einen Seitenblick von Nate auf, der ihr sagte: Lass es mich auf meine Art erledigen. Liv schüttelte den Kopf. »Noch nicht«, sagte sie nur.

Sie klopfte noch einmal, dieses Mal energischer. »Macht auf.«

Endlich rührte sich etwas. Jemand riss die Tür auf. Vor ihnen stand ein schwarzhaariger Mann mit breiten Schultern, aufgepumpten Muskeln und einem fleckigen, ehemals weißen Tanktop. Seine Beine steckten in einer Bermudashorts. Die Augen wirkten glasig, als ob er etwas geraucht hätte. »Was wollt ihr hier?«

»Ich möchte mit Leslie sprechen.«

Miguel spuckte neben Liv ins Gras. »Die hat keine Lust, mit euch zu reden.«

Nate wollte auf ihn zugehen, aber Liv hielt ihn zurück. »Sie bekommt Schwierigkeiten, wenn sie nicht mitkommt.«

Sie reckte sich ein bisschen und schaute an Miguel vorbei ins Haus. Leslie kauerte auf dem Sofa, sie hatte geweint. Außerdem hielt sie sich einen Eisbeutel an die Wange.

Verdammt. Er hatte es wieder getan.

»Leslie«, rief sie an Miguel vorbei. »Komm her, wir nehmen dich mit.«

»Na, na, na. Nicht so schnell. Ihr macht gar nichts.« Miguel verschränkte seine Arme vor der Brust und kam bedrohlich auf Liv zu. Nate stellte sich vor sie. »Hier ist Schluss, Freundchen.«

»Und wer bist du, Arschloch?«

»Das geht dich einen Scheiß an. Lass deine dreckigen Flossen bei dir.«

Miguel lachte verächtlich. »Ja, so ein feiner Pinkel kriegt schnell mal Angst.«

Nate sagte nichts, seine Kiefer mahlten. »Lass das Mädchen gehen.«

»Sie ist freiwillig hier, ist doch so, Leslie, oder?«

Die Latina nickte.

»Und sie hat dich auch gebeten, sie zu schlagen, ja? Willst du uns das auch weismachen?«

»Die Schlampe hat es verdient.«

»Keine Frau hat es verdient, von einem miesen Drecksack wie dir betatscht zu werden.«

Miguels Augen sprühten Funken. »Die Hure ist schwanger. Was glaubt ihr, von wem das Balg ist, hm? Von dir vielleicht? Bist du deswegen hier?«

Liv atmete zischend ein. Deswegen war sie in letzter Zeit so schlecht drauf gewesen, wenn Tiffanys Baby keine Ruhe gegeben hatte? Ach, Leslie! Wieso hatte sie nichts gesagt? Eine Schwangerschaft war doch kein Weltuntergang.

Und dann ging es plötzlich drunter und drüber.

Miguel holte ohne Vorwarnung aus und schlug Nate ins Gesicht. Dieser reagierte blitzschnell und wich aus. Aber nicht schnell genug, denn Miguels Faust traf ihn am Kinn. Nicht mit voller Wucht, aber dennoch hörte Liv ein Krachen. Hoffentlich war nichts gebrochen.

»Geh zurück«, stieß Nate hervor und stellte sich schützend vor Liv.

Er wurde geschlagen und versuchte, sie abzuschirmen? Sie konnte es nicht fassen, trat aber zur Seite.

Miguel holte erneut aus, aber dieses Mal war Nate vorbereitet. Er fing die Faust ab und schlug mit der anderen zurück. Aber Miguel war im Training, er rammte Nate, sodass er gegen die Hauswand flog.

»Nate!«, keuchte Liv. Sie hatte wahnsinnige Angst, dass er verletzt wurde.

Nate biss die Zähne zusammen, rappelte sich auf und atmete tief durch. »Du bist an den Falschen geraten, Arschloch.«

Er schüttelte sich, dann marschierte er langsam auf den Schläger zu. Dieser stand mit einem süffisanten Grinsen vor ihm. »Na, schon genug, du weiße Null?«

Nate ging nicht darauf ein, sondern packte ihn und drückte ihn gegen die Hauswand. Obwohl Miguel kräftig aussah, hatte er gegen Nate keine Chance. Mit einer raschen Bewegung verdrehte er ihm den Arm und hielt ihn so fest, dass er sich nicht rühren konnte.

»Hol Leslie«, rief er Liv zu, die noch immer in Schockstarre dastand und zusah.

»Das wird die Schlampe bereuen.« Miguel stöhnte.

»Wird sie nicht. Denn die wird jetzt eine Aussage bei der Polizei machen.«

Obwohl Miguel in der deutlich schlechteren Position war, lachte er. »Wird sie nicht. Sie ist zu schwach, zu blöd und jetzt auch noch schwanger. Übermorgen steht sie wieder vor meiner Tür.«

»Dieses Mal nicht. Dafür sorge ich.«

»Wie denn, willst du ihr Balg adoptieren?«

Darauf antwortete Nate nichts. Liv hastete hinein und legte Leslie eine Hand an die unversehrte Wange. »Leslie, warum hast du denn nichts gesagt? Wir sind doch für dich da. Jetzt wird alles gut. Komm mit mir, wir kümmern uns um dich.«

Leslie war blass, sie sagte kein Wort, stand aber auf und ließ sich von ihr nach draußen führen.

Als sie im Range Rover saßen, nickte sie Nate zu. Dieser ließ Miguel los und verpasste ihm noch einen Tritt. »Lass dich nie wieder am Shelter blicken, ist das klar?«

Der Mexikaner sagte kein Wort, sondern starrte ihnen nur finster hinterher.

Nate fuhr geradewegs zur Polizei. »Die junge Frau hier möchte eine Anzeige machen.«

Die diensthabenden Cops hoben ihre Köpfe und schauten gelangweilt. »Und weswegen?«

»Misshandlung.«

»Kann die Dame auch selbst sprechen?«, fragte einer und kaute Kaugummi. Es war klar, was sie über Leslie dachten. Mädchen in Schwierigkeiten mit Migrationshintergrund, in ihren Augen war sie es nicht wert, gehört zu werden.

»Ihr seid auch nichts weiter als White Trash«, murmelte Nate so leise, dass nur Liv es hören konnte. Sie riss überrascht die Augen auf.

»Einer von euch Staatsdienern wird jetzt seinen Arsch bewegen und die Anzeige der jungen Frau aufnehmen. Ist das klar?« Nates Tonfall duldete keinen Widerspruch.

Liv erlebte eine Seite von ihm, die sie noch nie gesehen hatte. Ihr war im Auto klar geworden, dass er wusste, wie man mit Kriminellen umging, dass er sich in deren Milieu genauso bewegen konnte wie in Gesellschaft von Multimillionären.

Sie begriff, dass Nate nicht mit dem sprichwörtlichen goldenen Löffel im Mund geboren war. Er musste viel erlebt haben, vielleicht erklärte das einiges – auch seine Hilfsbereitschaft gegenüber Leslie und dem Shelter.

Widerwillig kam der Cop seinem Job nach, zu Livs Überraschung machte Leslie tatsächlich eine Aussage. »Im Krankenhaus gibt es noch mehr Berichte, gebrochene Rippen, ein gebrochener Arm. Das war alles der Typ«, sagte Liv, als sie am Ende des Protokolls angekommen waren.

Leslie wurde noch blasser, aber sie nickte. »Ja. Das ist korrekt.«

»Und das wollen Sie jetzt alles zur Anzeige bringen, Ma'am?«

»Ja.«

Liv war stolz und blinzelte ein paar Tränen weg. Sie legte ihrem Schützling eine Hand auf die Schulter und drückte sie aufmunternd.

Kapitel 13

Es war spät, als Nate Liv zu Hause absetzte. Zuvor hatten sie Leslie zum Shelter zurückgebracht und in Penelopes Obhut übergeben.

»Möchtest du mit reinkommen?«, fragte sie ihn. »Hast du Durst?«

Er schüttelte den Kopf. »Du brauchst deinen Schlaf.«

Sie verstand, dass das seine Art war, ihr zu sagen, dass er Abstand brauchte. »Wie kommt es, dass du dich so gut verteidigen konntest?«

»Ich bin ein Mann, glaubst du, ich habe mich noch nie geprügelt?«

Das reichte ihr nicht. »Nein, Nate. Das war anders. Du wusstest ganz genau, wie du mit Miguel umgehen musstest.«

»Zufall«, gab er mit einem Schulterzucken zurück.

»Wirklich? Mir kam es eher so vor, als wüsstest du genau, was los war. Du hattest keine Angst.«

»Wer Angst hat, verliert. Das ist die erste Regel.«

»Wovon sprichst du?«

»Menschen sind nicht besser als Tiere, eher schlimmer. Darwin hatte recht, nur der Stärkere überlebt.«

»Woher weißt du das alles?«

»Biologieunterricht?«

»Das ist nicht witzig, Nate. Ich meine es ernst. Wie

kommt es, dass du dich so gut mit all dem auskennst und überhaupt keine Berührungsängste hattest?«

Nate schaute sie mit undurchdringlicher Miene an. »Liv, du bist die Sozialarbeiterin. Sag du es mir. Was ist deine Schlussfolgerung über mich? Und wenn du die Antwort gefunden hast, dann weißt du, warum das mit uns hier keine gute Idee ist.« Er machte eine ausschweifende Handbewegung.

Sie atmete tief ein. »Du willst meine Meinung?«

Er regte sich nicht, aber sie sah, wie seine Kiefermuskeln arbeiteten.

»Gut, du kriegst meine Meinung. Ich glaube, dass du selbst schlimme Dinge erlebt hast. Wer wurde in deiner Familie geschlagen? Deine Mutter? Ja, es sind immer die Frauen, die es abkriegen. Warum gibt es Nate West erst seit der Highschool?«

»Das geht dich nichts an.« Seine Miene war abweisend.

»Ja, jetzt sind wir an der Stelle angekommen, wo du dichtmachst.« Sie war wütend und hielt sich an ihrer Tasche fest, weil sie sonst nicht wusste, wohin mit ihren Händen.

»Lass es gut sein. Es ist spät«, sagte er sanfter.

»Nein, Nate! Ich sehe, dass deine Seele voller Narben ist. Lass mich dir helfen.«

»Erspar mir den Psycho-Scheiß! Wenn ich mit einem Therapeuten reden will, mache ich mir einen Termin.«

»Hast du schon mal mit jemandem über deine Kindheit gesprochen?«

Er lachte bitter. »Du und deine rosarote Welt. Man macht eine Therapie, und dann ist einfach wieder alles gut? Leider nicht, meine Liebe. Leider nicht. Aber es ist gut, dass du das nicht verstehst, das heißt nämlich, dass du nicht kaputt bist. Das heißt, dass du nicht aus eigener Erfahrung nachvollziehen kannst, wie es ist, ein Scheißleben zu haben, alles zu verlieren und mit nichts dazustehen. Alleine.«

Liv sah, dass Nate schwer atmete. Er starrte stur geradeaus, auf einmal war er weit entfernt mit seinen Gedanken.

»Sprich mit mir, Nate«, bat sie ihn sanft.

Er atmete hörbar aus. »Es geht nicht, Liv. Es würde nichts ändern. Geh bitte.«

Enttäuschung machte sich in ihr breit. Er vertraute ihr nicht. Nach allem, was sie erlebt hatten, hatte sie gedacht, dass sie einen Schritt weiter wären. Aber dem war nicht so. Liv war verletzt. Worte konnten manchmal mehr wehtun als alles andere.

»Wie du willst«, sagte sie. Ihre Stimme klang kühl. »Danke, dass du Leslie geholfen hast.«

Er nickte und wich ihrem Blick aus.

Sie legte ihm eine Hand auf den Oberarm. Als sie merkte, wie er sich versteifte, zog sie sie zurück. Wortlos stieg sie aus dem Wagen, schlug die Tür zu und ging, ohne sich umzublicken, zum Haus.

Sie hörte, wie der Range Rover mit durchdrehenden Reifen davonraste.

Ja, davonlaufen. Das kannst du, Nate West.

Was hast du erlebt?

Niedergeschlagen schloss sie auf und ging nach oben in ihre Wohnung. Aus Cats Apartment drangen eindeutige Geräusche. Sie seufzte und öffnete den Kühlschrank, machte ihn aber gleich wieder zu. Sie hatte nicht mal Lust auf Käsekuchen.

Aufgewühlt ging sie ins Bad und stellte die Dusche an. Vielleicht half das warme Wasser ja, die Erinnerungen an diesen verrückten Tag abzuwaschen.

Einige Sekunden lang hörte der kleine Junge gar nichts außer dem leisen Keuchen seiner Mom. Dann krachte es über ihm. Etwas fiel die Stufen hinunter.

Fürchterliche Stille breitete sich über ihm aus wie die Dunkelheit bei einem Gewitter.

Schwere Schritte folgten die Stufen hinunter, polterten über den Dielenboden, bis die Haustür ins Schloss fiel.

»Mom?«, rief Nate leise.

Als er keine Antwort bekam, versuchte er es noch einmal. »Mom? Ist alles in Ordnung?«

Vorsichtig krabbelte der kleine Nate aus seinem Versteck hervor. Er fand seine Mutter mit seltsam verdrehtem Kopf am Fuße der Treppe. »Mommy?«, flüsterte er und kniete sich zu ihr auf den Boden.

Sie bewegte sich nicht, reagierte nicht auf seine Rufe.

Sie musste tot sein.

Er hatte schon einmal eine Tote gesehen. Als seine Granny im vorigen Jahr gestorben war, aber die hatte einfach in ihrem Bett gelegen, sie hatte ausgesehen, als ob sie schlafen würde. Seine Mom schlief aber nicht. Eben hatte sie doch noch mit ihm geredet, ihm eine Geschichte vorgelesen und für ihn gesungen. Und dann war der blöde Mann gekommen. Er war nicht oft hier, aber es gab immer Streit. Er verstand nicht, warum er so gemein zu seiner Mom war. Warum besuchte er sie überhaupt, wenn er sie doch gar nicht mochte?

Und was hatte er getan, dass sie nicht mehr atmete?

Nate begriff, was los war. Er rannte zum Telefon und wählte den Notruf.

Aber es war zu spät.

Eine Sozialarbeiterin würde sich um ihn kümmern, sagte man ihm später und drückte ihm einen Lolli in die Hand. Aber er wollte keinen Lolli. Er wollte seine Mom!

»Ich will keine Süßigkeiten. Mommy sagt, die sind nicht gut für die Zähne. Ich bin doch schon im Schlafanzug.«

Die Frau strich ihm über den Kopf. »Heute ist es in Ordnung, wir putzen die Zähne später noch einmal. Jetzt packen wir ein paar Sachen für dich. Ich bin Suzanne und kümmere mich jetzt erst mal um dich ...«, sie hörte mitten im Satz auf zu sprechen.

»Ich will aber nicht.« Nate stampfte auf und sah sich hilflos um.

Geduldig blickte sie auf ihn nieder. »Komm, ich verspreche dir, dass ich dir auch noch eine Geschichte vorlesen werde.«

Der kleine Junge hob seinen Kopf. »Kannst du auch für mich singen?«

Sie nickte und lächelte. »Natürlich. Ich singe gerne für dich.«

»Okay, dann komme ich mit.«

»Gut.« Noch einmal strich sie über sein Haar. »Du machst das ganz großartig, kleiner Mann.«

Nate schreckte hoch.

Nur ein Traum. Es war nur eine Erinnerung, die ihm den kalten Schweiß aufs Gesicht trieb. Warum musste er diesen schrecklichen Tag immer wieder und wieder erleben? Es war so real. Es tat so weh. Er wollte doch nur eines: endlich vergessen.

Nate setzte sich auf und strich sich die feuchten Haare zurück, dann griff er nach seinem Handy und schaute auf die Uhr. Es war kurz nach sieben.

Er wusste, er würde diese fürchterlichen Erinnerungen erst loswerden, wenn er das Schwein zur Strecke gebracht hatte. Er wollte den Kerl hinter Schloss und Riegel sehen. Deswegen wählte er Erins Nummer.

Es klingelte ein paarmal, dann meldete sich eine verschlafene Frauenstimme. »West? Was ist los?«

»Guten Morgen. Schlafen Sie immer so lange?«

Sie stieß einen verhaltenen Fluch aus. »Ich war gestern bis drei Uhr nachts unterwegs, entschuldigen Sie mal! Diese Sache ist kein Nine-to-five-Job.«

Nate verzog sein Gesicht. »Natürlich. Also, was gibt es Neues?«

»Nicht wirklich viel. Der Kerl ist ein Heiliger. Nach allem, was ich bisher rausgefunden habe, hat er eine blütenreine Weste.«

Er schüttelte den Kopf. »Die hat er nicht, das kann ich Ihnen versichern. Was ist mit seiner Frau?«

»Das ist ein wenig schwieriger als gedacht, sie ist eher misstrauisch.«

»Ach, tatsächlich.«

»Ja, leider. Wir haben uns zwar schon mal getroffen, aber bisher war sie nicht bereit, etwas preiszugeben – falls sie was weiß.«

»So blöd kann niemand sein, glauben Sie mir. Und Männer wie er ändern sich nicht.«

»Wie wäre es denn, wenn Sie mir noch einmal ein wenig auf die Sprünge helfen, wonach ich genau suchen soll? Sie halten sich immer so zurück.«

Nate rieb sich die Stirn. »Aus gutem Grund. Sie sollen nicht in meiner Vergangenheit schnüffeln, sondern was Aktuelles finden.«

»Was, wenn es nichts gibt?«

»Glauben Sie mir, es muss was geben.«

»Ich habe die Zielperson rund um die Uhr beschattet, bisher hat er nicht mal einen Kaugummi aus dem Autofenster geworfen. Es gibt keine Unstimmigkeiten, der Kerl kauft sogar Fair-Trade-Kaffee.«

Nate verdrehte die Augen. »Vergessen Sie den Scheißkaffee. Das kann nicht sein. Aber was ist mit seinen Konten?«

»So weit bin ich noch nicht. Das kann ich nicht selbst, dazu brauche ich Hilfe, und außerdem, das wird vor Gericht nicht gelten.«

»Kommt darauf an. Wenn es illegal ist, was er treibt?«

»Ein Mann wie er hätte in jedem Fall Strohmänner, die die Drecksarbeit erledigen. So kriegen Sie ihn nicht.«

»Was ist mit monatlichen Zahlungen.«

»Woran haben Sie gedacht?«

»Zum Beispiel an eine Frau, die er regelmäßig vögelt. Eine Art Schweigegeld.«

»Verstehe, was Sie meinen. Eine moderne Mätresse.«

Nate lachte. »Gott, sind Sie eine von denen, die ihre Nase zu viel in Regency-Romane steckt?«

Erin schnaubte. »Es ist doch egal, wie ich es ausdrücke. Kommen wir doch zum Punkt. Ich werde hier noch etwas Zeit brauchen.«

»Meine Geduld hat Grenzen.« Er stand auf und lief im Zimmer umher. »Okay. Ich komme nach Atlanta, wir müssen reden.«

Nach einer Pause antwortete sie. »In Ordnung. Ich texte Ihnen, wo ich untergekommen bin.«

»Ich gebe Ihnen Bescheid, wenn ich da bin.«

Nachdem er aufgelegt hatte, schaute er eine Weile aus dem Fenster. Es musste sein, egal ob sich ihm beim Gedanken, den Mörder seiner Mom wiederzusehen, die Nackenhaare aufstellten. Er wollte Ergebnisse und das bald.

Gleichzeitig war es gut, dass er für ein paar Tage aus Boston verschwand. Er brauchte dringend Abstand zu Liv, denn die ganze Geschichte war aus dem Ruder gelaufen. Er hatte die Kontrolle verloren, über sich und seine Gefühle.

Als Nate am Mittag in Atlanta aus dem Flieger stieg, tat er dies mit gemischten Gefühlen. Er versuchte, sie auszublenden, denn es musste getan werden. Er musste endlich mit seiner Vergangenheit abschließen. Deswegen war er hier.

Auf dem Weg zu Erins gemietetem Apartment schaute er aus dem Fenster. Er kannte die Gegend, er hatte hier selbst für eine Weile gelebt. Als er das Schild bei der Hausnummer achtundfünfzig sah, drehte sich ihm der Magen um. Atlanta Orphanage.

Erinnerungen drängten sich an die Oberfläche. Hier hatte er nach dem Tod seiner Mom Schutz gefunden, weil er sonst keine lebenden Verwandten mehr gehabt hatte. Hier hatte man sich um ihn gekümmert, hier hatte er Freunde kennengelernt und sich wohlgefühlt – sofern man das von einem Siebenjährigen, der gerade seine Mutter verloren hatte, überhaupt sagen konnte. Aber dann war der Tag gekommen, der seine kleine Welt erneut bis in die Grundfesten erschüttert hatte.

»Warum kann ich nicht bei Suzanne bleiben?«, rief Nate.

Seit sechs Monaten lebte er nun schon getrennt von seiner Mom, er hatte begriffen, dass sie nicht mehr zurückkommen würde.

Wenigstens musste er den bösen Mann jetzt auch nicht mehr sehen, vor ihm hatte er sich immer gefürchtet. Er hatte so große Angst gehabt, dass er kommen und auch ihn die Treppe hinabstoßen würde. Er hatte der Polizei nichts von ihm erzählt, damit der Mann ihn nicht finden würde, denn er war ja nicht mehr zu Hause. Alle glaubten, dass seine Mommy gefallen sei, niemand kannte das Geheimnis. Bis auf ihn. Er war sicher bei Suzanne, sie würde sich um ihn kümmern, hatte sie gesagt. Niemand tat ihm weh.

»Weil wir eine ganz wunderbare Familie für dich gefunden haben«, sagte Suzanne jetzt und blinzelte ein paar Mal. »Hier bei uns im Waisenhaus wolltest du doch nicht für immer bleiben?«

»Ich mag dich«, flüsterte er und spürte, wie heiße Tränen seine Wangen hinabliefen. Er wollte nicht weg von ihr, Suzanne war doch jetzt seine Ersatz-Mommy.

»Nicht weinen, Kleiner. Bei der neuen Familie wird es dir

sehr gut gehen. Sie haben drei weitere Kinder, sie sind sehr nett.«

»Wirklich?«

»Ja, und sie haben sogar ein Schwimmbad im Garten.«

»Ein Schwimmbad?« Er hob seinen Kopf. Nate war schon immer eine kleine Wasserratte gewesen.

»Die Sommer in Atlanta sind heiß und schwül. Es wird dir Spaß machen, jeden Tag planschen zu können.«

»Bekomme ich auch eine Taucherbrille?«

Suzanne lachte und wischte sich eine Träne weg. »Natürlich, du bekommst sicher auch eine Taucherbrille.«

»Wirst du mich besuchen?«

Sie blinzelte. »Ich versuche es. Versprochen.« Dann drückte sie ihn an ihre füllige Brust. »Hab dich lieb, kleiner Mann. Vergiss das nicht.«

»Wieso kann ich nicht bei dir bleiben? Ich will kein Schwimmbad. Ich bleibe bei dir. Lieber schwitze ich.«

»Das geht leider nicht. Hier sind noch mehr Kinder, die meine Hilfe brauchen.«

»Dann magst du sie lieber als mich?« Etwas in ihm zerbrach. Sie wollte ihn nicht, weil sie nicht seine echte Mommy war. Sie hatte ihn angelogen, als sie gesagt hatte, dass sie sich um ihn kümmern wollte.

»Nein, natürlich nicht. Ich mag alle Kinder gleich gern.«

Nate zog seine kleine Hand zurück. Sie log ihn an. Sie hatte nicht die Wahrheit gesagt, und sie mochte ihn auch nicht. Nicht wirklich jedenfalls. Wieso sonst sollte Suzanne ihn an eine neue Familie abgeben? Jetzt wollte er auch keinen Pool mehr.

Danach hatte er begriffen, dass niemand ihn je wieder so bedingungslos lieben würde, wie seine es Mom getan hatte. Aber die lag auf dem Friedhof, und er war auf sich gestellt gewesen. Das Leben in der Pflegefamilie hatte sich schnell als sehr lebendiger Albtraum entpuppt. Er wurde geschlagen, bekam meist nur Abfälle zum Essen, dafür kassierten die Erwachsenen jeden Monat ein hübsches Sümmchen vom Amt. Drei Jahre hatte er es dort ausgehalten. Mit elf war er zum ersten Mal abgehauen.

Nate schüttelte die erdrückenden Gedanken ab. Er hatte es nur aus einem Grund von der Straße in die Chefetage geschafft: Er wollte das Schwein zu Fall bringen, das seine Mom auf dem Gewissen hatte. Aber der Tod war zu gut für den feinen Herrn Staatsanwalt. Er sollte alles verlieren, was er hatte.

Kapitel 14

Leslies Verhalten hatte sich seit dem Vorfall bei Miguels Haus von Grund auf verändert. Seit bekannt war, dass sie schwanger war und ihre Angst vor der Zukunft die Ursache für ihre Ausbrüche gewesen war, konnten sie im Shelter damit arbeiten. Liv saß mit Leslie im Wartezimmer einer Frauenarztpraxis, die Fälle wie ihre kostenlos übernahmen. Dafür war Liv dankbar, sehr sogar. Sie drückte Leslies Hand. »Es wird alles gut, wir sind für dich da.«

»Danke. Es tut mir so leid, dass ich so mies drauf war.«

Liv lächelte. Mies drauf, das war eine echte Untertreibung, aber das behielt sie für sich. »Du hattest deine Gründe. Ist schon okay. Du weißt ja jetzt, dass es besser gewesen wäre, wenn du gleich mit uns geredet hättest.«

Sie nickte. »Ja. Ich hatte bloß so eine Angst.«

Liv sparte sich die Rede, dass sie mit dem Vater des Kindes keinen Kontakt mehr haben sollte. Vor allem jetzt nicht mehr, da es nicht nur um ihr eigenes Leben ging. Das würden sie später bereden, zunächst einmal mussten sie wissen, dass mit dem Ungeborenen alles in Ordnung war und vor allem, wie weit die Schwangerschaft fortgeschritten war. Sie konnte nicht mehr als ein paar Wochen schwanger sein, da man noch nichts Äußerliches bemerken konnte. Sie hatte eher abgenommen als zugenommen.

Wenig später fanden sie sich in einem Behandlungsraum wieder, Leslie hatte sich auf einer Liege ausgestreckt und ihr Shirt hochgezogen. Die behandelnde Ärztin verteilte etwas Gel auf dem Unterbauch, das für die Ultraschallbehandlung notwendig war.

»Dann wollen wir mal sehen.«

Liv war selbst wahnsinnig gespannt, sie stand neben Leslie und strich ihr über die Haare.

Die Ärztin setzte den Schallkopf auf den Bauch. »So, ah ja. Da haben wir den Herzschlag.« Sie zögerte. »Oh, Moment mal. Ich sehe da einen zweiten Herzschlag.«

Liv machte große Augen, Leslie schnappte nach Luft.

»Zwillinge?«, brach es aus Leslie hervor. »Wie soll ich mich um zwei Kinder kümmern, wenn ich noch nicht mal mit meinem eigenen Leben klarkomme?«

Sie brach in Tränen aus und weinte bitterlich. Liv versuchte, sie zu beruhigen. »Schätzchen, wir schaffen das. Lass die Ärztin erst mal sehen, ob alles in Ordnung ist.«

Doctor Heward wartete geduldig, dann setzte sie den Schallkopf noch einmal an und führte einige Messungen durch. Schließlich druckte sie drei Ultraschallbilder aus. »Bitte schön, Sie sind etwa in der elften Woche. Die Herzschläge sind kräftig. Es sieht alles gut aus. Aber Sie müssen ein paar Dinge beachten.«

Leslie setzte sich auf, sagte noch immer nichts.

»Sie wollen die Kinder doch behalten, oder?«

Liv wartete gespannt auf Leslies Reaktion. Sie zögerte, dann legte sie sich eine Hand auf den Bauch. »Ja. Ja, das will ich.« Ein zaghaftes Lächeln breitete sich auf ihrem blassen Gesicht aus.

»Was sollten wir wissen?«, fragte Liv.

»Alkohol, Zigaretten und Drogen sind natürlich absolut tabu«, sagte die Ärztin.

»Ja. Darauf achten wir sowieso bei uns im Shelter«, sagte Liv.

Doctor Heward stand auf und holte eine Broschüre aus einem Regal. »Nehmen Sie das Informationsblatt gerne mit. Da stehen gute Hinweise, was erlaubt ist und was man meiden sollte. Eigentlich ist es nicht so kompliziert. Sie sind schwanger, nicht krank. Wir sehen uns dann wieder in zwei bis drei Wochen. Ich möchte mir gerne ansehen, wie sich die beiden entwickeln. Zwillingsschwangerschaften gelten immer als ein wenig riskant. Da ist es ganz normal, dass wir engmaschiger überwachen.«

Leslie nickte. »Danke.«

Kurz darauf saßen die beiden im Bus. Leslie schaute immer wieder auf die Ultraschallbilder, als könnte sie es selbst noch nicht fassen, aber sie wirkte nicht unglücklich. Liv war erleichtert, dass der Termin so gut gelaufen war. Als sie am Green Grasshopper Café vorbeifuhren, konnte Liv die Gedanken an Nate nicht mehr länger unterdrücken. Seit Samstag hatte sie weder von ihm gehört noch ihn gesehen. Es überraschte sie nicht, aber es machte sie traurig. Sie vermisste ihn, obwohl sie wusste, dass es besser so war.

»Liv?«, hörte sie Leslie sagen und spürte einen Ellenbogen, der sie leicht anstupste. »Hast du mir überhaupt zugehört?«

»Was? Nein, entschuldige. Was hast du gesagt?«

»Ich meinte, ich würde gerne meine Schwester Candy anrufen. Sie wohnt nicht mehr in Boston, sie ist die Älteste, die Einzige von uns, die es geschafft hat.«

»Wo lebt sie?«

»In Kanada. Ihr Mann und sie haben dort eine kleine Bäckerei.«

»Oh, wieso hast du mir nie von ihr erzählt?«

Leslie zuckte die Schultern. »Na ja. Sie ist gegangen und hat uns im Stich gelassen. Wir sind im Heim gelandet.«

»Das war nicht ihre Schuld.«

»Aber wir hätten zusammenhalten müssen, wir Kinder. Sie hatte einen Freund, war schon ausgezogen. Es wäre richtig gewesen, wenn sie sich um uns gekümmert hätte.«

Liv verstand Leslie, sie konnte aber auch die Beweggründe der großen Schwester nachvollziehen. »Was möchtest du ihr sagen?«

»Ich … ich möchte ihr davon erzählen. Vielleicht kann ich ja dort einen Job finden.«

»Du willst weg aus Boston?«

Leslie legte eine Hand auf ihren Bauch. »Ich muss weg von Miguel. Ich habe es jetzt begriffen. Hier kann ich nicht bleiben.«

»Wir rufen sie an. Aber bitte überstürze nichts, ja?«

Nate war längst zurück in Boston, aber die Tage vergingen, ohne dass er sich bei Liv meldete. Tage, in denen er sich immer wieder zurückhalten musste. Mehrfach schwebten seine Finger über dem Handy, er sehnte sich nach ihr. Aber er wusste, das würde nicht von Dauer sein. Die Menschen in seinem Leben waren nie lange geblieben. Der Gedanke ernüchterte ihn so weit, dass er sein Telefon wieder wegsteckte und sich in seiner Arbeit und seinem Büro vergrub. Aus seinen Gedanken konnte er sie jedoch nie vertreiben.

Erin und er waren gemeinsam unterwegs gewesen, sie hatten sich aufgeteilt und einen Plan geschmiedet, wie sie den Generalstaatsanwalt zu Fall bringen wollten. Gleichzeitig hatte sie einen Hacker aufgetrieben, der Henry Bowers' Konten und seine E-Mails durchging. Nate würde alles, was er hatte, darauf verwetten, dass das Schwein nicht sauber war. Er war nur gut darin, seinen Dreck zu verstecken.

Erin hatte eine Prostituierte gefunden, die bereit war – gegen ein hübsches Sümmchen – ein Sex-Tape aufzunehmen. Sie war eine Edelhure, konnte sich gut artikulieren und war es gewohnt, mit reichen und mächtigen Männern zu verkehren.

Erin hatten Henry Bowers' Gewohnheiten studiert, sie wusste genau, wann er wo auftauchte. Dienstags traf er sich mit Freunden zum Skat, mittwochs ging er zum Sport, und donnerstags arbeitete er meist länger. Die Wochenenden waren nicht so vorhersehbar, da die Familie häufig Besuch hatte oder selbst zu Feiern eingeladen war. Erin war wirklich akribisch in ihren Aufzeichnungen gewesen, das musste man ihr lassen, ihr Actionplan stand fest.

Ein kompromittierendes Video würde vielleicht nicht genügen, ihn zu Fall zu bringen, aber es könnte ihn wenigstens den Job als Generalstaatsanwalt kosten, wenn die Dame die richtigen Techniken anwandte, die die Öffentlichkeit als schmutzig und verwerflich empfand. Da war er sich sicher. Das puritanische Amerika war und blieb spießig, Sex und Ehebruch gehörten immer noch in die Kategorie: nicht gesellschaftsfähig, schon gar nicht für einen so hoch angesehenen Mann.

Und für den Rest hofften sie auf Ergebnisse des Hackers. Nate stieg zwar nicht unbedingt gut gelaunt in den Flieger nach Boston, aber deutlich zuversichtlicher, als er noch vor ein paar Tagen gewesen war. Er hatte Termine, und ewig konnte er nicht abwesend sein. Elijah hatte zwar vollstes Verständnis für seine Belange, aber das Unternehmen leitete sich auch nicht von alleine.

Liv saß mit Cat in Trina's Starlight Lounge, einer angesagten, modern eingerichteten Cocktailbar. Vor ihnen standen zwei Mimosas mit Cranberrys, sehr erfrischend und nicht so stark. Liv vertrug nicht viel und wollte nicht sturzbetrunken enden.

In der kurzen Zeit hatten Liv und Cat sich angefreundet und verbrachten gerne Zeit zusammen. Aus versteckten

Lautsprechern drangen sanfte Pianoklänge an ihre Ohren. Es war gegen elf, als Cat eine Nachricht bekam. Liv ahnte von wem, sagte aber nichts. Es war nicht schön, mit anzusehen, wie abhängig diese hübsche Frau von ihrem Freund war. Sie lechzte nach seiner Aufmerksamkeit, und er warf ihr immer wieder Brotkrumen hin, die sie wie eine Verhungernde aufpickte.

»Oh«, stieß sie hervor, nachdem sie sie gelesen hatte.

Liv seufzte und nahm einen Schluck von ihrem Drink. »Lass mich raten, Josh fragt, was du machst.«

Cat hob eine Augenbraue. »Woher weißt du das?«

Sie lächelte schwach. »Ich bin jedenfalls keine Hellseherin, aber es läuft doch immer so bei euch. Erst heißt es, er hat keine Zeit, weil dies oder jenes, und dann schreibt er, und du springst.«

»So ist es doch gar nicht«, gab sie zurück.

»Okay, dann sag mir, dass du ihm nicht zurückgeschrieben hast, dass du gleich da sein wirst.«

Cat strich sich nervös eine Haarsträhne aus dem Gesicht. »Ich wollte dich zuerst fragen.«

Liv stöhnte. »Siehst du? Das meine ich.«

»Was denn? Ich habe wenigstens einen Freund.« Sie schob ihre Unterlippe vor.

Als sie Livs Reaktion sah, ruderte sie sofort zurück. »Sorry, Süße, nein, so war das nicht gemeint. Überhaupt nicht.«

»Schon gut.« Liv holte einen Zwanziger aus dem Portemonnaie. »Geh du nur. Ich bin sowieso müde.«

»Bitte, nein!« Cat schaute sie mit einem flehenden Blick an. »Ich habe das nicht so gemeint. Ich weiß ja selbst, dass ich immer springe, wenn er ruft. Aber wir sehen uns doch so selten.«

»Hast du dich schon mal gefragt, warum das so ist?«

»Ja, klar. Er hat Angst vor Nähe. Ist doch ganz klar. Er wird sich ändern …«

Liv verzog ihren Mund. Sie wusste, dass Kerle wie Josh sich nie änderten. Aber das sagte sie nicht, das musste Cat ganz alleine herausfinden. »Schon gut. Geh zu ihm. Ich bin wirklich müde.«

»Aber es war doch gerade so nett …«

Sie stand auf und umarmte sie. »Lass mal gut sein. Es ist wirklich okay.«

»Du bist mir nicht böse?«

»Nein.«

»Ich besorge dir zehn Käsekuchen«, versprach sie mit einem bedauernden Lächeln.

Liv gluckste und klopfte sich auf die Hüften. »Lieber nicht.«

»Sehen wir uns morgen?«

»Muss leider arbeiten.«

»Na gut.« Cat umarmte sie und drückte ihr ein Küsschen auf die Wange. »Danke. Du bist eine so tolle Freundin.«

Verlegen erwiderte sie die Umarmung. »Schon gut, Süße. Geh und amüsiere dich.«

Während Cat sich noch auf der Damentoilette frisch machte, schlenderte Liv nach draußen, um sich ein Uber zu rufen. Sie stand auf dem Gehweg vor der Bar und tippte auf ihrem Handy, als jemand ihren Namen rief.

»Liv?«

Sie hob den Kopf und erstarrte. Was machte er denn hier?

Nate war mit zwei Männern, die ungefähr im gleichen Alte waren, unterwegs. »Hallo«, sagte sie unverbindlich und rührte sich nicht.

Ihr Körper verselbstständigte sich leider mal wieder, ihr Herz raste, ihre Knie wurden weich, und ihre Lungen versagten den Dienst.

Es war lächerlich, wie heftig sie auf Nate reagierte. Leider war sie machtlos dagegen.

»Was machst du hier?«, fragte er, während die beiden anderen auf sein Zeichen hin weitergingen.

»Ich rufe mir ein Uber.« Der Rest ging ihn nichts an.

»Soll ich dich nach Hause bringen?«

Sie runzelte die Stirn. »Nicht nötig, du bist doch in Begleitung. Ich komme klar.«

Er zögerte, schließlich straffte er sich. »Wie du willst. Dann ... mach's gut.«

»Ciao, Nate.«

Er ging weiter, und sie versuchte, sich wieder in den Griff zu bekommen. Es dauerte ein paar Minuten, bis sie begriff, dass sie noch immer kein Uber organisiert hatte.

»Das ist ja nicht zu fassen«, murmelte sie und ärgerte sich über ihre mangelnde Schlagfertigkeit.

Wo fährst du hin?, poppte eine Nachricht auf ihrem Smartphone von Nate auf.

Was glaubte er denn? Dass sie jetzt noch alleine zu einer Tour durch die Klubs aufbrach?

Sie reagierte nicht.

Dann traf eine weitere Nachricht ein.

Bist du sauer?

Genervt verdrehte sie die Augen und schrieb zurück.

Nein. Hör auf, mit mir zu spielen.

Sie hatte genug. Definitiv. Entweder er sollte sie in Ruhe lassen – oder ... ja, was oder?

Eine weitere Nachricht erschien auf ihrem Display.

Du gehst mir nicht aus dem Kopf. Bitte, lass mich dich nach Hause bringen.

Wow, der Kerl war wirklich hartnäckig und unberechenbar. Liv starrte auf die Nachricht und sah die tanzenden Pünktchen. Er war noch nicht fertig, er schrieb mehr.

Bitte.

»Hey«, sagte plötzlich jemand neben ihr, und sie schreckte auf.

»Himmel! Schleich dich doch nicht so an. Ich habe einen halben Herzinfarkt bekommen.«

Er grinste spitzbübisch. »Es gibt keine halben Herzinfarkte.«

»Klugscheißer.«

Nate legte seinen Kopf schief. »Bist du noch sauer?«

Sie zuckte die Schultern. »Wieso sollte ich?«

»Du weißt schon.«

»Was weiß ich? Ich weiß gar nichts.«

»Komm, ich bringe dich nach Hause.«

»Verdammt, Nate. Ich brauche keinen Chauffeur!«

Er erwiderte nichts, sondern führte sie, mit der Hand auf ihrem unteren Rücken, stattdessen zu seinem Wagen um die Ecke. Sie protestierte nicht, es hatte ja ohnehin keinen Zweck.

Weil du es auch willst.

Wortlos nahm sie auf dem Beifahrersitz Platz. Die Fahrt verlief schweigend, es war ein unangenehmes Schweigen. Ungesagte Worte hingen wie dicker Nebel zwischen ihnen.

Als er den Range Rover anhielt und den Motor ausstellte, schaute sie ihn zum ersten Mal an. »Was wird das hier, Nate?«

Er seufzte. »Ich weiß es auch nicht. Als ich dich eben gesehen habe, da ist mir etwas klar geworden.«

»Was?«

»Dass ich dich verdammt noch mal einfach nicht aus meinem Kopf bekomme.«

»Ach ja? Und was habe ich davon?«

»Ich verstehe, dass du genervt von mir bist.«

Sie schwieg und verschränkte die Arme vor ihrer Brust. »Ja, und weiter? Was soll das alles?«

»Es tut mir leid, ich gebe hier mein Bestes. Weißt du eigentlich, was du mit mir machst?«

Sie lachte humorlos. »Nein, was denn? Willst du mir

vielleicht so einen komischen Deal anbieten, für eine Nacht, oder wie?«

Er gluckste. »Einen Deal? Du schaust zu viele Kinofilme.«

Nate nahm ihre Hand, sie zog sie nicht weg.

Es war zu schön, seine Haut auf ihrer zu spüren, das Prickeln zu fühlen, das sich auf ihrem Körper ausbreitete. Sie verhielt sich wie ein Junkie auf Entzug, der eine Dosis von seiner Lieblingsdroge angeboten bekam. Sie wusste, dass sie der Versuchung nachgeben würde.

Sie war schwach. Aber es war einfach zu vertraut mit ihm. Sie konnte nicht Nein sagen.

Sie wollte es auch gar nicht. Sie wollte ihn.

»Ich sehne mich nach dir, Liv. Jede Sekunde, die ich nicht bei dir bin, träume ich davon, in deiner Nähe zu sein.«

Sie vergaß zu atmen.

»Ich will dich küssen. Ich will dich fühlen, für dich da sein.«

»Aber?« Es war nur ein Hauch, aber er musste es gehört haben, denn er versteifte sich ein wenig.

»Ich will dich wie nichts anderes auf der Welt. Aber ich möchte keine Beziehung.«

Liv blinzelte und atmete tief durch. Damit hatte sie gerechnet, man musste kein Hellseher sein, um das zu begreifen. Er war kein Typ für immer. Selbst das schreckte sie nicht mehr ab.

Eigentlich kam ihr das sogar gelegen, denn sie wollte doch auch keine Beziehung. Wie die im Allgemeinen endeten, war hinlänglich bekannt. Warum also erst etwas anfangen, das ohnehin zum Scheitern verurteilt war? Gar nicht so dumm von ihm.

Warum also nicht etwas Spaß mitnehmen?

Weil du es nicht trennen kannst.

Sie haderte mit sich, verfluchte diese blöde innere Stimme.

»Liv?«

Sie nickte. Ja, sie war enttäuscht. Natürlich. Sie war eine Frau, sie hatte Gefühle, ganz tief in ihr drin wünschte vielleicht sogar sie sich jemanden, der ihr die ewige Liebe versprach und es auch so meinte. Dass Nate nicht dieser eine Mann war, hatte sie von Anfang an gewusst.

»Ich ... ich weiß nicht, was ich sagen soll.«

Nate legte ihr einen Finger unters Kinn und hob es an. »Ich kann dich nicht in Ruhe lassen.«

Die Endgültigkeit dieser Aussage versetzte ihr Innerstes in Aufruhr. In ihrem Bauch kribbelte es, ihr Herz schlug wild. Die sexuelle Spannung zwischen ihnen hatte sich ins Unendliche gesteigert.

Scheiß drauf, dachte sie. »Okay«, hörte sie sich sagen.

»Was meinst du?«

»Du kannst mit reinkommen.«

»Du weißt, dass ich nicht nur Kaffee mit dir trinken werde, wenn du mich reinbittest, oder?« Der angespannte Unterton in seiner Stimme ließ sie schmunzeln. Sie hatte bisher noch nie daran gedacht, wie es für ihn sein musste. Er war ein Mann, sie hatte seine Erektion schon mehrfach durch den Stoff gespürt. Vermutlich hatte er jetzt auch ...

Sie schnappte nach Luft. »Ja, das weiß ich.«

Er stieß einen heiseren Laut aus, dann stieg er aus dem Wagen und öffnete die Beifahrertür für sie. »Dann komm.«

Liv legte ihre Hand in seine und ließ sich aufhelfen. Es fühlte sich richtig an.

Sie sprachen kein Wort. Nachdem sie die Wohnungstür hinter sich geschlossen hatten, legte sie ihre Tasche ab und zog die Schuhe aus. Sie wagte nicht, ihn anzusehen. Sie war schrecklich aufgeregt.

Was, wenn sie doch einen Fehler beging? Er war sicherlich sehr erfahren, sie hingegen nicht besonders.

»Liv.« Er legte eine Hand auf ihre Schulter.

Sie drehte sich zu ihm um. »Ja?«

»Hast du Zweifel? Du kannst es sagen, ich werde gehen, wenn du es willst. Das weißt du, oder?«

Für eine lange Sekunde schauten sie sich tief in die Augen. Das Verlangen in seinem Blick raubte ihr den Atem. Sie schüttelte den Kopf. »Geh nicht.«

Er stieß zischend die Luft aus, dann zog er sie an seine Brust und hielt sie fest. Livs Ohr lag auf seinem Oberkörper, sie konnte seinen rasenden Herzschlag hören.

»Du machst das mit mir«, flüsterte er. »Du allein. Du hast mein Herz in der Hand.«

Und dann suchte er ihren Mund und küsste sie vorsichtig, als wolle er jede Sekunde genießen. Wahrscheinlich tat er das auch, so wie sie.

Nates Zunge erforschte ihren Mund, seine Hände glitten über ihren Rücken bis hinab zu ihrem runden Hintern. Er drückte sie an sich, und sie konnte seine Erregung spüren. Hitze sammelte sich zwischen ihren Beinen, sie keuchte auf und klammerte sich an ihm fest.

Vergessen waren ihre Zweifel, ob sie erfahren genug war. Seine leidenschaftliche Reaktion zeigte ihr, dass sie genau das war, wonach er sich sehnte. Das genügte, um alle Bedenken auszulöschen.

Kleider flogen durch die Luft, irgendwie schafften sie es zum Bett, auf das er sie sanft ablegte. Als sie endlich nackt beieinanderlagen, nahm sich Nate einen Augenblick, um sie zu betrachten. »Du bist so wunderschön, Liv.« Sacht strich er mit seinen Fingerknöcheln über ihre Wange, ließ seine Finger über ihren Hals hinab zu ihren Brüsten und tiefer gleiten. Sie stöhnte und schloss die Augen. Als er auch noch anfing, ihre Haut mit Küssen zu bedecken, glaubte sie, innerlich zu verglühen. Ungeduldig reckte sie ihm ihre Hüften entgegen.

Als Nates Zunge ihren intimsten Punkt fand, schrie sie auf. »Nate!«

Er antwortete mit einem Knurren, umfasste ihre Pobacken und hielt sie so an Ort und Stelle, genau da, wo er sie haben wollte.

Gerade als sie glaubte, es nicht mehr aushalten zu können, ließ er von ihr ab. Er schob sich nach oben. »Hast du Kondome?«, fragte er mit belegter Stimme.

»Kondome, Kondome, ja, natürlich!«

»Natürlich?« Er kniff die Augen zusammen. »Wieso gefällt mir das nicht.«

Liv lächelte. »Für alle Fälle, man weiß ja nie. Ich hoffe, die sind noch haltbar.« Sie lehnte sich zu ihrem Nachttisch, öffnete die Schublade und holte ein Päckchen hervor.

»Hier«, sagte sie und reichte es ihm.

Nate riss es auf und streifte es über. Ehrfürchtig beobachtete sie ihn dabei. Er war ein wunderschöner Mann, kräftig gebaut, aber nicht künstlich aufgepumpt. Seine Brust war unbehaart, unter dem Bauchnabel verlief ein dünner Streifen dunkler Haare bis ...

»Liv?«

»Ja?«

Er legte eine Hand an ihre Wange und stützte sich auf den anderen Ellenbogen, während er sich neben sie legte. »Du bist wundervoll.«

Für eine Antwort blieb keine Zeit, er küsste sie und schob sich zwischen ihre Oberschenkel. Sie spreizte ihre Beine und nahm ihn tief in sich auf. Nate warf den Kopf in den Nacken und stieß einen zischenden Laut aus. Er sammelte sich einen Moment, eher er begann, sich langsam in ihr zu bewegen. Immer wieder küssten sie sich, während Livs Hände über seinen muskulösen Rücken glitten.

Es war unglaublich, die Hitze in ihrer Mitte wurde immer unerträglicher. Sie atmete schwer, während sie Nate mit jedem Stoß ein wenig mehr entgegenkam.

Immer wieder sagte er ihren Namen und trieb sie beide unerbittlich auf ihren ersten gemeinsamen Höhepunkt zu. Eben glaubte sie noch, es nicht mehr aushalten zu können, als der Orgasmus auch schon mit einer urgewaltigen Kraft über sie hereinbrach.

Sie schrie auf, krallte ihre Nägel in seinen Rücken und gab sich ganz den Empfindungen hin, die sie überwältigten. Sie nahm nur noch am Rande wahr, dass auch er sich gehen ließ und sich über ihr versteifte. Nate legte sein Gesicht an ihren Hals und erbebte immer wieder.

Irgendwann, als sie beide etwas zu Atem gekommen waren, rollte er sich neben Liv, nahm das Kondom ab, verknotete es und warf es auf den Boden und zog sie zu sich heran. Nate drückte ihr einen Kuss auf den Scheitel und breitete die Decke über ihnen aus. Sie schwiegen in einträchtiger Stille, dieses Mal war es angenehm und vertraut, nicht wie im Auto kurz zuvor.

Als Nate die Augen das nächste Mal aufschlug, spürte er Panik in sich aufsteigen.

Verdammt, wo war er? Was hatte er getan? Sonnenstrahlen schienen durch den zugezogenen Vorhang, Livs Kopf ruhte noch immer an seiner Schulter, sie schlief friedlich.

Nein! Verflucht! Er hatte nicht bei ihr übernachten wollen. Dass er nach dem Sex einschlief und erst am folgenden Morgen wieder aufwachte, war ihm noch nie passiert.

Er starrte an die Decke.

Okay. Es *war* passiert. Zum allerersten Mal in seinem Leben.

Er hatte Liv gesagt, dass er keine Beziehung wollte, und sie hatte eingewilligt. Aber ihm war klar, dass es nicht fair ihr gegenüber war. Trotzdem hatte er nach dem Sex aufstehen und gehen wollen, so machte sie sich vielleicht doch Hoffnungen. Nun war es zu spät.

Sie regte sich in seinen Armen und seufzte leise. Ihre Hand lag auf seinem Bauch.

»Nate?«, murmelte sie verschlafen.

Gott, sie war so schön. So verflucht sexy.

Und jetzt küsste sie seine Brust.

Er war auch nur ein Mann, und seine aktuelle Denkzentrale fand den Gedanken, es noch einmal mit Liv zu tun, mehr als anregend.

Als sie ihre Finger federleicht über seine Haut immer tiefer gleiten ließ, schloss er die Augen und atmete scharf ein.

»Magst du das?«, fragte sie unschuldig.

Ob er das mochte? Himmel!

»O ja, mach weiter«, brummte er und schob seine Finger in ihre Mähne.

Liv setzte ihre Entdeckungsreise fort und brachte ihn zum Schwitzen. Als er ihre zarten Lippen auf seinem Geschlecht spürte, stöhnte er auf und krallte sich mit der freien Hand im Laken fest. »Verdammt! Wo hast du das gelernt?«, knurrte er und kämpfte um Beherrschung.

Sie spielte mit ihm, ließ ihre Zunge um seine Eichel kreisen und löschte das letzte bisschen Zurückhaltung vollends aus.

Ungeduldig reckte er ihr sein Becken entgegen und genoss die Lust, die sie ihm bereitete. Aber sie war eine Teufelin, sie kostete es aus, ihn leiden zu lassen. Immer wieder erhöhte sie ihr Tempo, um dann von ihm abzulassen, wenn er kurz davor war zu kommen, nur um ihn dann wieder in ihrem süßen Mund aufzunehmen.

»Liv!«, stieß er warnend hervor. »Hör auf! Ich … Oh Gott, Liv. Ich halte das nicht mehr aus.«

Er spürte bereits, wie sich die Spannung rasend schnell in ihm aufbaute.

Plötzlich zog sie sich zurück.

»Verdammt!«, fluchte er und atmete schwer.

Sie lächelte, ihre Wangen waren gerötet, während sie sich auf die Schenkel zurücksetzte. Nate umfasste ihre Brüste und knetete sie sanft. Liv seufzte und schloss die Augen, dann entsann sie sich offenbar, was sie vorgehabt hatte, und fischte nach einem weiteren Kondom. Oh Jesus, er hoffte, sie hatte noch einen großen Vorrat von den Dingern, denn er war jetzt schon süchtig nach dem Sex mit ihr.

Dieses Mal übernahm sie die Führung, was er herrlich fand. Sie riss die Packung auf und streifte ihm das Präservativ über. Mit einem erwartungsvollen Lächeln beobachtete er, wie sie sich auf ihn setzte und ihn in ihre feuchte Hitze gleiten ließ.

»Shit«, stieß er hervor und presste die Zähne aufeinander. Das würde nicht lange dauern!

Nate legte seine Hände auf ihre vollkommen gerundeten Hüften, als sie anfing, sich auf ihm auf und ab zu bewegen. Sie genoss es, ihm Lust zu spenden, gleichzeitig merkte er, wie erregt sie selbst war.

Er hielt seine Augen offen und beobachtete sie, er musste sehen, wie sie kam. Nate legte seine Finger auf ihre Klitoris und begann, sie sanft zu massieren. Es dauerte nicht lange, bis sie immer wieder leise Schreie ausstieß. Sie warf den Kopf in den Nacken und ritt ihn schneller.

»Ja, Baby, ja«, raunte er und gab sich ihr hin.

Liv kam mit einem lauten Schrei, beugte sich nach vorne und war ihm dabei so nah wie noch niemand zuvor. Sie wurden eins, während er einen explosiven Höhepunkt erlebte, der ihn alles um ihn herum vergessen ließ außer der Frau, die über ihm lag. Sie war sein Traum. Sie war sein. Er würde sie nie wieder in Ruhe lassen.

Nate schloss die Augen. Er hatte die Kontrolle verloren.

Und es fühlte sich gut an.

So gut.

Nach einer Weile hob Liv ihren Kopf und küsste ihn. »Guten Morgen.«

»Oh, und was für ein Morgen«, antwortete er.

»Ich muss leider gleich zur Arbeit.«

»Was für ein Jammer.«

»Möchtest du Frühstück?«, fragte sie und löste sich von ihm.

Sie wirkte auf einmal verlegen. Als sie aus dem Bett klettern wollte, hielt er ihr Handgelenk fest. »Was ist los?«

»Ich, äh, nichts.«

»Diese Nichts-Diskussion hatten wir doch schon.«

Sie drehte sich zu ihm und Unsicherheit schimmerte in ihren samtbraunen Augen. »Ich habe einfach keine Ahnung, wie man mit so einem One-Night-Stand umgeht.«

Er hob eine Augenbraue. »Du meinst, ich verschwinde jetzt wieder?«

Sie schaute ihn an. »Ich weiß es nicht. Sag du es mir.«

Nate legte ihr eine Hand an die Wange. »Ein Kaffee wäre nett.«

Kapitel 15

Jedes Mal, wenn Liv an die letzte Nacht und den Morgen zurückdachte, breitete sich ein wohliges Ziehen in ihrer Mitte aus. Außerdem konnte sie die Nachwirkungen bei jedem Schritt spüren. Sie war wund.

Und es tat ihr kein bisschen leid.

Sie lächelte selig und legte sich die Hände auf ihre Wangen, um die Hitze darin zu vertreiben.

Gleichzeitig spürte sie eine neue Unsicherheit in sich aufkeimen. War es jetzt vorbei, da er bekommen hatte, was er wollte?

Das schnelle Frühstück war angenehm gewesen, immer wieder hatte er sie berührt, gescherzt oder sie geküsst. Aber als er gegangen war, hatte er nicht davon gesprochen, wann sie sich wiedersehen würden.

Natürlich nicht.

Sie verzog das Gesicht. Wie blöd war sie eigentlich?

Verdrossen stapfte sie zur Baustelle, ihre Schicht war beendet, und sie wollte nur noch einmal kurz dort nach dem Rechten sehen. Seit zwei Tagen waren die Handwerker zugange, vor dem Gebäude stand ein Container, in den sie wahllos alles hineinwarfen, was abgerissen und entfernt werden musste, ehe die neuen Materialien und Bodenbeläge angebracht werden würden.

»Hey, Lady! Was machen Sie da?«, sprach sie ein Bauarbeiter an. »Das hier ist eine Baustelle und kein Spielplatz.«

Liv winkte ab. »Schon gut, ich gehöre dazu.«

Er brummte etwas Unverständliches, aber ließ sie in Ruhe.

Als Liv sich umdrehte, stieß sie beinahe mit etwas zusammen. Nicht mit etwas. Mit jemandem.

»Nate!« Sie atmete aus. »Musst du mich immer so erschrecken?«

Er grinste. »Sorry. Dafür habe ich Käsekuchen mitgebracht.«

Sie musterte ihn argwöhnisch. »Zeig.«

»Ist im Auto.« Er wackelte anzüglich mit den Augenbrauen.

»Selbst gebacken?«

»Glaub mir, das willst du nicht.«

»Hm.« Sie legte sich einen Finger an die Lippen.

»Hast du nicht bald Feierabend?«

Liv nickte. »Ja, habe ich. Und du?«

»Es ist Freitag, ich bin mein eigener Boss. Ja, ich habe Schluss«, er beugte sich etwas zu ihr herunter. »Damit ich Zeit mit dir verbringen kann.«

Ihr Herz machte einen Hüpfer. »Wirklich?«

»Nein, ich mache Witze. Tschüss.« Er schüttelte lachend den Kopf. »Natürlich! Also, Lust auf Kuchen?«

»Klar«, gab sie so lässig wie möglich zurück. »Bei Käsekuchen sage ich nie Nein.«

»Dann komm.« Er zwinkerte ihr zu und sie verließen die Baustelle. »Wie geht es voran?«

»Läuft gut. Der Zeitplan ist ja auch eng und wir können uns keine Patzer erlauben.«

»In der Tat.«

Eine halbe Stunde später saßen sie auf einer Bank am Ufer des Charles Rivers. Nate klappte den Deckel der Kuchenbox auf und holte zwei Stücke und zwei Plastikgabeln heraus. »Bitte.«

Vögel zwitscherten, Jogger und Hundebesitzer kamen an ihnen vorbei. Auf dem Wasser tuckerten ein paar Boote vorüber. Es war herrlich warm. Fast zu schön, um wahr zu sein.

Liv nahm sich vor, nicht zu viel zu denken, sondern einfach den Moment zu genießen.

»Der Käsekuchen ist köstlich.«

»Schade, dass ich mir die Lorbeeren nicht anstecken kann.«

»Immerhin hast du ihn gekauft.«

»Stimmt.« Er schob sich eine Gabel voll in den Mund.

Sie unterhielten sich über das Bauprojekt, plauderten über Gott und die Welt, dabei schien es, als ob beide vermieden, das Thema auf etwas ganz Bestimmtes zu bringen. Irgendwann klappte Nate den Deckel des Kartons zu. »Möchtest du mit zu mir kommen?«

Sie runzelte die Stirn. »Wieso?«

»Ich weiß nicht. Vielleicht können wir einen Film ansehen, was essen?«

Sie formte ein lautloses »Oh« mit ihren Lippen.

»Liv?«

»Was? Äh, ja. Also ich habe nichts vor, wenn du das meinst.«

Er nahm ihre Hand, es war das erste Mal, dass er sie berührte. Sie hatte es vermisst. Es war schön. »Es würde mich freuen. Ich habe heute an dich gedacht.«

Auch wenn es nur ein kleines Zugeständnis war, so freute sie sich doch. »Ich gar nicht«, gab sie zurück.

Er stupste sie in die Seite und zog sie auf die Beine. »Das werde ich ändern.«

Auf der Fahrt zu seiner Wohnung machte sich ein flaues Gefühl in ihrem Magen breit. Wie es wohl bei ihm zu

Hause aussah? Wie viele Frauen hatte er schon mit zu sich genommen? War das sein Standardprogramm?

Nein, Liv, lass das, sagte sie sich und schaute aus dem Fenster. Sie musste damit aufhören.

Als ob er ihre Unsicherheit spürte, legte er ihr eine Hand auf den Oberschenkel und tätschelte sie aufmunternd. »Ich freue mich«, sagte er, und ihre Zweifel verpufften.

»Also«, sagte Nate, nachdem er die Haustür hinter ihnen geschlossen hatte. »Worauf hast du Lust?«

Obwohl ihn Elijah eindringlich davor gewarnt hatte, sich noch einmal mit Liv zu treffen, war er wie ein Idiot zur Bäckerei gefahren und hatte Kuchen gekauft. Sein Kumpel hatte ihm zu Bedenken gegeben, dass Männer wie sie niemals ein unbeschwertes Leben führen könnten, wie Liv es verdiente. Zu viele hatten ihr Vertrauen gebrochen, und am Ende hatten sie immer alleine dagestanden. Er glaubte nicht mehr an die Liebe. Frauen warfen sich ihm reihenweise an den Hals, aber sie wollten nicht ihn, sie wollten sein Ansehen, sein Geld, das Leben an seiner Seite. Liv war nicht wie die anderen, aber irgendwann würde auch sie zu dem Punkt kommen, an dem sie begriff, dass etwas in ihm vor langer Zeit zerbrochen war, das sie nicht wieder zusammenfügen konnte. Nate würde nie eine normale Beziehung führen, letzten Endes siegten die Zweifel, weil sie bisher immer bestätigt worden waren. Er konnte kein Vertrauen geschweige denn Liebe für eine Person empfinden, die sich jederzeit gegen ihn entscheiden konnte. Nate wusste, auch Liv würde irgendwann begreifen, dass er nicht der harte Geschäftsmann war, dass in ihm immer noch der kleine Junge steckte, der verloren und einsam war. Keine Frau würde das attraktiv finden, selbst Liv nicht. Aber er hatte keine Lust mehr, gegen sein Verlangen anzukämpfen. Nach der letzten Nacht fühlte er sich mehr denn je zu ihr hingezogen, und das würde er verdammt noch mal nicht mehr leugnen. Egal wie es ausging. Er wollte es genießen, so lange es andauerte. Der Tag würde kommen, an dem sie begriff, dass er ein anderer war, und dann würde sie weglaufen. Bis dahin würde er nehmen, was er kriegen konnte.

Livs Wangen färbten sich zartrosa. Gott, sie war niedlich, wenn sie verlegen war.

Er zog sie in seine Arme. »Okay, ja, daran hatte ich auch schon gedacht.«

Dann küsste er sie. Sie wurde Wachs unter seinen Berührungen, er genoss jede einzelne Sekunde davon. Doch löste er sich von ihr und führte sie ins Wohnzimmer, wo sie sich mit großen Augen umsah. Der Kamin war ein echter Blickfang, obwohl er nicht überdimensioniert oder besonders auffällig war. Er passte sich wunderbar in das Gefüge ein, die helle Wohnlandschaft war darauf ausgerichtet, dass man von jeder Position ins Feuer sehen konnte. Auf zwei Beistelltischen standen Orchideengestecke mit unzähligen Blüten. Nate hatte keinen grünen Daumen, seine Haushälterin kümmerte sich darum. Im ganzen Haus lag Parkett, die Wände waren in einem warmen Cremeton gestrichen, er fühlte sich wohl hier.

»Schick«, kommentierte sie.

Nate hielt sie in seiner Umarmung fest und tippte mit dem Zeigefinger auf ihre Nasenspitze. »Gib mir ein bisschen Zeit, okay?«

Mehr sagte er nicht, aber ihm war klar, dass die Sache mit Liv nicht so einfach war, wie er es sich vorgestellt hatte.

Sein ursprünglicher Plan, mit ihr ins Bett zu gehen und sie dann zu vergessen, würde nicht funktionieren, das war ihm ziemlich früh klar geworden. Dass eine Beziehung für ihn dennoch nicht infrage kam, würde sie vermutlich nicht verstehen. Aber er konnte ihr momentan nicht mehr anbieten. Vielleicht sollten sie doch einfach nur einen Film ansehen, danach würde er sie nach Hause fahren. Einen Fernseher hatte er im Wohnzimmer nicht, dafür hatte er eine Art Home-Cinema, ohne Fenster, dafür mit riesigem Bildschirm und sehr bequemen Sesseln.

»Hey«, murmelte er dicht an ihren vollen Lippen. »Du bist hier. Ich bin hier. Machen wir es nicht zu kompliziert.«

Sie nickte. »Will ich ja gar nicht.«

»Gut. Was willst du? Champagner? Rotwein? Pizza? Einen Film?«

»Was ist das denn für eine Kombination?«

»Ich mag es unkonventionell. Schon vergessen?«

Sie lächelte, und sein Herz öffnete sich einen Spalt. »Du bist wunderschön, wenn du lachst«, murmelte er an ihren Lippen.

»Du bist leider immer verdammt attraktiv.«

»Was ist denn daran schlimm?«

»Nichts. Gar nichts.« Während sie das sagte, zupfte sie an seinem Hemd.

»Oh, ich verstehe«, kommentierte er und begann, seine Weste aufzuknöpfen.

»Ja, genau. Fangen wir damit an.«

Vergessen war der Film. Vergessen waren die Zweifel. Jetzt gab es nur noch sie und ihre Lust. »Ich habe dich vermisst«, raunte er zwischen zwei Küssen an ihrem Ohr. Dann ließ er seine Hände unter ihr Shirt gleiten und zog es sanft über ihren Kopf. »Deine Haut ist so seidig, ich kann einfach nicht genug davon bekommen.« Seine Lippen hinterließen eine heiße Spur auf ihrem Hals. Liv legte ihren Kopf in den Nacken und genoss seine Berührungen sichtlich.

Nach und nach fielen immer mehr Kleidungsstücke auf den Boden, bis sie nackt auf dem Sofa lagen. Immer ungeduldiger reckte sie ihm ihre Hüften entgegen und trieb ihn damit förmlich in den Wahnsinn.

»Endlich«, brummte sie, als er ein Kondom holte und es überstreifte.

Mit einem Lächeln legte er sich zu ihr. »Jetzt bin ich ja wieder da.«

»Komm her«, bat sie ihn und legte ihre Schenkel um ihn.

Nate drang in sie ein und begann, sich langsam in ihr zu bewegen.

»Mehr«, forderte sie.

»Du machst mich wahnsinnig«, knurrte er und trieb sie beide mit harten Stößen unerbittlich auf den Gipfel zu. Als Liv sich an ihm festklammerte und seinen Namen schrie, ließ auch er sich fallen. Es war unglaublich mit ihr, er wollte mehr. Viel mehr.

Irgendwann waren sie beide wieder in der Lage zu sprechen. Liv hatte ihren Kopf auf seine Brust gebettet, er hatte seinen Arm um sie gelegt. »Ich hätte den Kamin anmachen sollen«, murmelte er träge.

»Wie romantisch.« Sie lachte leise. »Kannst du ja immer noch tun.«

»Ja, wenn ich mich wieder bewegen kann.«

Liv zwickte ihn in das nicht vorhandene Bauchfett. »Ich werde dich schon antreiben.«

Nate grinste. »Schon gut, ich habe es verstanden. Dann mache ich es uns mal schön und bestelle auch gleich die Pizza. Dann kann ich mich wieder ausgiebig um dich kümmern.«

»Oh, ja. Das klingt wunderbar.« Sie schenkte ihm einen lasziven Augenaufschlag, der eindeutige Impulse in tiefere Regionen sandte.

»Pass auf, Liv, sonst falle ich gleich wieder über dich her«, warnte er sie mit einem Augenzwinkern.

Sie stützte sich auf die Unterarme und rekelte sich.

»Du scheinst das echt zu genießen«, sagte er und kniete

sich vor den Kamin und schichtete Holzscheite auf. »Eigentlich ist es ja nicht kalt, aber es ist so viel gemütlicher damit.«

»Ich finde es wunderbar, mach ruhig.« Er spürte, dass sie ihn beobachtete. Er mochte das, es befriedigte irgendwelche primitiven Instinkte in ihm, auch wenn er anstatt das Wild zu jagen, nur eine Pizza bestellen würde. Nate grinste in sich hinein.

Gott, so weit war es schon mit ihm gekommen.

»Was ist so lustig?«, fragte sie.

»Gar nichts.«

»M-mh«, machte sie, wenig davon überzeugt.

»Okay, also ich sage es dir. Ich genieße es sehr, dich hier bei mir zu haben. Vor allem, wenn du nackt auf meinem Sofa liegst. Zufrieden?«

Sie wackelte mit den Augenbrauen. »O ja.«

»Gut, dann kümmere ich mich um den Rest.«

»Es ist echt ... ungewohnt, bedient zu werden.«

»Genieß es einfach.«

»Ich versuche es.«

Nackt ging er in die Küche, öffnete eine Flasche Rotwein und bestellte die Pizza. Als er zurückkehrte, saß Liv mit einer leichten Decke auf dem Sofa und schaute geistesabwesend ins Feuer. »Bitte«, sagte er, drückte ihr das Glas in die Hand und schlüpfte zu ihr.

Sie roch daran. »Hm. Schön vollmundig.«

»Wie du.«

»Du bist unmöglich.«

»Unersättlich wolltest du wohl eher sagen.«

»Ja, das auch.«

Nate lachte. »So magst du mich doch.«

»Da ist was dran.«

Ein Feuerscheit knackte und Funken stoben auf. »Ich könnte stundenlang einfach zusehen«, murmelte sie.

Nate legte ihr einen Arm um die Schultern. »Dann machen wir das doch.«

Die Türklingel ließ sie auseinanderfahren. »Später ... Ich gehe schon.« Er stellte sein Glas ab, schlüpfte in seine Anzughose und Hemd.

»Ohne Shorts?«, fragte sie überrascht.

»Ich habe nicht vor, die Klamotten lange anzulassen.«

Ihr Gesichtsausdruck war zum Schießen, anstatt ihn auszukosten, hastete er nach unten und öffnete die Tür, drückte dem Lieferanten Bargeld in die Hand und nahm die Bestellung entgegen.

Es duftete verführerisch, er hatte einen Riesenhunger. Mit knurrendem Magen eilte er nach oben und stellte die Kartons auf den Tisch. Dann zog er sich wieder aus.

»Ja, besser«, kommentierte sie. »Machst du das häufiger?«

Sofort biss sie sich auf die Unterlippe, offenbar war es ihr unangenehm, dass sie ausgesprochen hatte, was sie dachte. Aber Nate störte es nicht.

»Um ehrlich zu sein? Ich habe noch nie nackt Pizza vor dem Kamin gegessen.«

Sie atmete hörbar aus. »Puh, irgendwie beruhigt mich das.«

»Und du?«

Sie lachte. »Ich auch nicht.«

»Komm, fang an, sonst wird sie kalt.«

Nate hob die Deckel und reichte ihr ein Stück. Dann lief er in die Küche und holte ein paar Servietten.

Liv stöhnte genüsslich und kaute. »Oh, superlecker.«

Er beobachtete sie und freute sich, dass sie sich so natürlich und ungekünstelt verhielt. Sie war anders als alle Frauen, die er bisher kennengelernt hatte.

»Was?«, fragte sie und wischte sich über den Mund. »Ich habe da was hängen, oder?«

»Nein.« Er drückte ihr einen Kuss auf die Lippen und setzte sich neben sie. »Du bist perfekt, wie du bist.«

Sie bedachte ihn mit einem zweifelnden Blick, kommentierte es aber nicht.

In dieser Nacht liebten sie sich ausdauernd und zärtlich. Dann wieder hastig und leidenschaftlich. Mit ihr gab es jedes Mal etwas Neues zu entdecken. Liv war so eine vielschichtige Person, und er hatte das Gefühl, er war erst an der Oberfläche angekommen. Er wollte alles über sie wissen. Alles.

Das machte ihm Angst. Gleichzeitig machte es ihn auf eine seltsame Art glücklich, wie er es noch nie erlebt hatte.

Den Samstag hatten sie damit verbracht, spazieren zu gehen, Eis zu essen und sich zu lieben. Liv hatte keine Ahnung gehabt, wie oft man Sex haben konnte. Ihre bisherigen Affären waren nie derartig explosiv und schon gar nicht dermaßen befriedigend gewesen. Sie konnte gar nicht genug bekommen.

Nate anscheinend auch nicht.

Sie lächelte, während sie sich noch einmal ausstreckte und nach ihm tastete.

Seine Bettseite war leer, aber noch warm.

Verschlafen öffnete sie die Augen und schaute sich um, dann hörte sie ihn reden.

Mit wem sprach er?

Nein, korrigierte sie sich. Er telefonierte und schien dabei näher zu kommen.

»In Ordnung. Das ist gut. Es hat also geklappt? Perfekt, dann hätten wir das Video zumindest schon mal in der Tasche. Ansehen? ... Nein, auf keinen Fall ... So was Widerliches sollen sich andere anschauen, möglichst viele sogar, aber ich möchte das nicht. Nein.« Er lachte bitter.

Liv fröstelte. Er klang so kalt und unerbittlich. Das war nicht der liebevolle, lustige Nate, den sie in den letzten sechsunddreißig Stunden besser kennengelernt hatte.

»Ah, noch besser«, hörte sie ihn jetzt sagen. »... hat also Unstimmigkeiten auf den Konten entdeckt ... Tortola ... so, so. Na, das wird die braven Steuerzahler sicher interessieren ...«

Dann entfernte sich seine Stimme wieder, weil er beim Telefonieren von Raum zu Raum ging.

Sie ließ sich zurücksinken und schaute an die Decke. Ja, klar. Es musste geschäftlich sein, aber es klang dennoch irgendwie – hart.

Sie wusste nicht, wie sie diese Seite an ihm finden sollte.

Doch, sie wusste es. Liv mochte es nicht. In ihrem Bauch breitete sich ein mulmiges Gefühl aus. Etwas stimmte nicht. Sie konnte nicht benennen, was es war, dafür hatte sie zu wenig gehört. Aber die rosa Wolke hatte ein wenig von ihrer Unbeschwertheit eingebüßt, der Boden der Realität war näher gekommen. Viel zu früh.

»Oh, hey, du bist wach«, hörte sie seine Stimme plötzlich. Sie öffnete die Augen und sah ihn am Türrahmen lehnen, er lächelte und kam auf sie zu, dann setzte er sich auf die Bettkante und beugte sich zu ihrem Gesicht. »Guten Morgen.« Er drückte ihr einen Kuss auf die Stirn. »Hast du Hunger? Ich habe Kaffee gemacht.«

»Seit wann kann man Kaffee essen?« Sie spürte, wie sich ein Lächeln ausbreitete. Es war sicher nichts gewesen, sie hatte etwas falsch verstanden.

»Kann man nicht, aber ... ich bin ein miserabler Koch, das dürftest du ja schon mitbekommen haben. Bei mir verbrennt sogar Toast.«

»Ist das deine Art, mir zu sagen, dass ich meinen Arsch aus dem Bett schwingen soll, um eine Mahlzeit auf den Tisch zu bringen?«

Seine Mundwinkel zuckten verräterisch. »Äh, na ja ... Nein. Ich kenne ein sehr nettes Café ...«

»Das Grasshopper, ich weiß.« Sie schlug die Decke zurück und war im Begriff aufzustehen.

»Das kannst du nicht mit mir machen.«

»Was?«

»So nackt hier vor mir ... das ist Folter.«

Liv versetzte ihm einen spielerischen Klaps. »So schlimm kann es nicht sein.«

»Meinst du?« Er deutete auf seine Jeans.

»Der muss warten.«

Nate gab einen Laut des Missfallens von sich, lachte dann aber. »Aye, Chefin. Dann also erst Frühstück.«

»So sieht es aus.«

Im Laufe des Tages vergaß sie das Telefonat, was nicht schwer war, denn sie machten einen Ausflug nach Castle Island und wanderten auf den Spuren der ersten Siedler. Obwohl sie schon ein paar Jahre in Boston lebte, hatte sie den Weg noch nie dorthin gefunden. Umso mehr genoss sie es, mit Nate über die sattgrünen Wiesen zu spazieren und Selfies vor den Mauern der alten Festung zu knipsen. Es war wundervoll, sie hatte noch nie so viel Spaß mit jemandem gehabt wie mit ihm. Dennoch war sie ein wenig wehmütig, denn sie wusste, dass es nicht für immer so mit ihm sein würde. Verlieb dich nicht in ihn, sagte sie sich immer wieder, dabei wusste sie nicht, ob es nicht längst zu spät dafür war.

Kapitel 16

Liv wachte auf, weil Nate sich im Schlaf immer wieder hin und her wälzte, dabei murmelte er unverständliche Worte. Er schwitzte. Seine Muskeln zuckten unkontrolliert. Es musste bereits Morgen sein, Sonnenstrahlen fielen durch einen Spalt in den Vorhängen ins Zimmer.

Sanft rüttelte sie ihn an der Schulter. »Nate«, rief sie. »Wach auf!«

Es dauerte lange, bis er endlich zu sich kam. Er blinzelte, sein Blick war verhangen. »Was ist los? Liv?«

»Du hast schlecht geträumt. Geht es dir gut?«

Er rieb sich über das Gesicht. »Shit.« Wie von der Tarantel gestochen, sprang er aus dem Bett und verschwand im Badezimmer.

»Nate!«, rief sie ihm hinterher.

Dann hörte sie ein Würgen, gefolgt von einem Stöhnen.

Was war nur los mit ihm? Besorgt folgte sie ihm und klopfte an die Tür. »Darf ich reinkommen?«

Keine Antwort. Sie klopfte noch einmal. »Nate?«

»Geh bitte.«

»Was?«

»Geh nach Hause. Ich ... brauche etwas Zeit.«

Sie schaute auf ihre nackten Füße. Es war nicht schwer zu begreifen, dass er Albträume hatte, die ihm zusetzten.

Womöglich war es dieses Trauma, das ihn daran hinderte, sich zu öffnen. Dennoch verletzte es sie, dass er nach diesem wundervollen Wochenende so barsch mit ihr umging.

Die Klospülung rauschte. Dann stellte er die Dusche an.

»Nate?«, versuchte sie es noch einmal, aber entweder hörte er sie nicht oder wollte nicht mit ihr reden.

Sie vermutete Letzteres. Wenn sie eins gelernt hatte, dann dass man Menschen nicht zum Sprechen zwingen konnte. Sie begriff, dass es für ihn nicht der passende Moment war, so kurz nach einem heftigen Albtraum. Also schob sie ihr verletztes Ego zur Seite und zog sich zurück. Sie kramte nach ihrem Handy und entdeckte drei verpasste Anrufe vom Shelter. Und eine SMS von Penelope, dass Leslie ins Boston Memorial eingeliefert worden war. Miguel hatte Leslie zusammengeschlagen, er hatte ihr aufgelauert und sie überrascht. Die Nachricht war vor einer Stunde geschickt worden, also um kurz nach sieben.

Sie fluchte verhalten, dann zog sie sich eilig ihre Klamotten über und sprang in ein Taxi zum Krankenhaus.

Nach einem schrecklich langen Tag kehrte Liv erschöpft und niedergeschlagen nach Hause zurück. *Wieso*, dachte sie immer wieder. Es war nicht fair.

»Hey«, hörte sie eine weibliche Stimme hinter sich, als sie gerade vor ihrer Wohnung stand und aufschloss.

»Oh, hi Cat. Wie geht's?«, fragte sie der Höflichkeit halber. Ihre Nachbarin trug Sportklamotten und hielt einen grünen Smoothie in der Hand.

»Gut, gut. Aber was ist mit dir los? Hab dich seit Tagen nicht gesehen. Du siehst ... müde aus. Bist du krank?«

Liv seufzte. »Nein, war nur ein langer Tag. Ach, es ist kompliziert.«

»Willst du drüber reden?«

»Nein. Eins unserer Mädchen ist brutal misshandelt worden, sie ist jetzt im Krankenhaus. Sie ist schwanger, wir machen uns natürlich große Sorgen um sie.«

»O nein!« Cat nahm Liv in den Arm.

Das war zu viel für sie. Sie brach in Tränen aus.

»Schon gut. Lass es nur raus. Danach geht's dir besser.«

Irgendwann versiegte der Strom. Liv schniefte. »Tut mir leid.«

»Hey, dir muss gar nichts leidtun. Dafür sind Freunde doch da. Soll ich dir einen Tee kochen?«

»Nein. Ich möchte nichts.«

Liv öffnete ihre Tür. »Ich glaube, ich gehe einfach duschen und ins Bett.«

»Du weißt, ich bin nur ein paar Meter weiter. Komm jederzeit, wenn du mich brauchst.«

»Das ist lieb und gut zu wissen.«

»Aber erwarte nicht von mir, dass ich koche. Außer Lasagne kann ich nämlich nichts. Und Zutaten habe ich keine da.«

»Ach. Das ist ja interessant. Nicht mal Rührei?«

Sie lächelte schief. »Verrate es nicht weiter, okay?«

Liv wusste, dass sie scherzte, aber es tat gut nach diesem nervenaufreibenden Tag. Leslie war mit einem schwierigen Knochenbruch eingeliefert worden, der unter Vollnarkose gerichtet werden musste. Wie es danach mit der Schwangerschaft aussah, konnte noch niemand sagen. Das Mädchen hatte große Angst gehabt, zu Recht. Die OP war gut verlaufen, den Rest musste man abwarten.

Liv ließ ihre Tasche fallen und schleppte sich ins Bad. Obwohl sie nicht an Nate denken wollte, tat sie es doch. Heute hätte sie seine Hilfe gebraucht, aber er hatte sich nicht gemeldet, nachdem sie ihm eine SMS geschrieben hatte.

Im *Women's Shelter* war die Stimmung getrübt, seit Tagen ging es dramatisch zu. Leslie hatte die Kinder verloren, sie war unendlich traurig und Liv mit ihr. Sie hatten gemeinsam geweint, da war es nur ein schwacher Trost, dass Miguel in Untersuchungshaft saß. Sie hoffte, dass der miese Kerl endlich für seine Taten büßen musste. Jetzt hatte er auch noch zwei Leben auf dem Gewissen. Es war nicht fair. Sie hasste diese Machtlosigkeit. Die Tage waren verstrichen, ohne dass sie ein Wort von Nate gehört hatte. Sie hatte es ein paar Mal bei ihm versucht, aber er hatte nie geantwortet.

»Geh nach Hause«, sagte Penelope und legte ihr eine Hand auf die Schulter.

»Aber meine Schicht …«

»Vergiss die eine blöde Stunde bis zum Feierabend. Es ist ruhig, ich komme klar. Du hast so viele Überstunden gesammelt, ruh dich einfach mal aus.«

»Ach, Penelope. Es ist so traurig.« Die Frauen umarmten sich.

»Das ist es immer. Jedes verdammte einzelne Mal, wenn so etwas passiert.«

Liv schniefte, aber hielt die Tränen zurück. »An diesen Tagen weiß ich, warum ich den Job mache. Weil wir etwas bewirken können.«

»So ist es. Und dank Nates großzügiger Spende werden wir bald noch viel mehr Mädchen helfen können.«

»Ja.« Mehr brachte sie nicht hervor. An Nate zu denken, versetzte ihr einen schmerzhaften Stich. Obwohl er sie gewarnt hatte, tat es dennoch weh. Sie hatte gewusst, dass er keine Beziehung wollte. Aber es hatte sich so angefühlt, als ob er ihre Nähe genoss. Dass er sie mochte. Ein bisschen mehr vielleicht sogar.

Sie hatte geglaubt, er würde ihr vertrauen.

Sie hatte sich getäuscht.

»Dann gehe ich jetzt. Heute Abend ist ja auch noch Matts Geburtstagsfeier.«

Beinahe hätte sie die vergessen, wenn Brooke sie nicht erinnert hätte. Sie hatte in den letzten Wochen so mit sich, dem Projekt – und Nate – zu tun gehabt, dass sie einige Menschen in ihrem näheren Umfeld kaum beachtet hatte, einer davon war Matt. Das hatte er nicht verdient, auch wenn sie nichts von ihm wollte, so war er doch ein sehr angenehmer Mensch und Kollege.

»Es wird dir guttun, nach dieser schlimmen Woche ein bisschen abzuschalten. Euch allen.«

»Kommst du wirklich alleine zurecht?«

»Aber klar. Außerdem wollte der Reverend nachher noch kurz vorbeischauen. Ich habe also Unterstützung.«

Nach einer kurzen Verabschiedung machte sich Liv auf den Nachhauseweg. Den weißen Range Rover sah sie schon aus der Entfernung. Es nieselte leicht, der Himmel war grau und unfreundlich. Trotz allem war es nicht kalt, sodass sie ohne Jacke unterwegs war.

So oft sie auch an ihn gedacht hatte, so wenig wollte sie jetzt mit ihm reden. Sie wollte vergessen. Sie wollte einfach nur abschalten, ihre Ruhe haben und heute Abend ein bisschen feiern, sich betrinken und alles ausblenden.

»Hallo Liv«, sagte er.

Nate lehnte lässig an der Seite seines Wagens. Er trug ein weißes T-Shirt und eine Jeans. Der Stoff war feucht und klebte ihm am Oberkörper. Sie sah nicht hin.

»Nicht jetzt, Nate.«

Er kam auf sie zu und versperrte ihr den Weg. »Es tut mir leid, Liv.«

Wut schnürte ihr den Magen zusammen. »Was genau meinst du?«

»Ich habe mich nicht gemeldet und das tut mir leid.«

»Ach, das«, zischte sie und machte eine wegwerfende

Handbewegung. »Du kannst das nicht mit mir machen, Nate. Das habe ich nicht verdient und akzeptiere es auch nicht. Ich bin nicht dein Fußabtreter.«

»Ich weiß und es war nie meine Absicht, dir dieses Gefühl zu vermitteln. Ich wollte dich einfach nicht mit meinem Scheiß belasten. An dem Tag bin ich einfach ... Ich musste alleine sein.«

Sie seufzte. Normalerweise würde sie einfühlsam und verständnisvoll reagieren. Aber heute hatte sie nicht mehr die Kraft dazu. Die Woche war einfach zu aufreibend gewesen. Sie hätte ihn gebraucht, aber er hatte dichtgemacht. »Scheiß drauf, Nate. Du kannst mich mal.«

Sie rempelte ihn mit der Schulter an und ging weiter.

»Bitte, lass uns reden.«

»Nicht heute. Ich habe was vor.« Sie drehte sich nicht noch einmal zu ihm um, sondern hastete weiter.

»Ich verstehe dich, Liv. An deiner Stelle wäre ich auch sauer. Es tut mir wirklich leid.«

Sie atmete tief durch, schloss auf und ging ohne ein weiteres Wort ins Haus.

Aus ihrer Wohnung sah sie Nates Wagen. Auch als sie aus der Dusche kam, stand er immer noch unten und wartete.

Sein Pech.

Als sie eine Stunde später hinunterging, um mit dem Bus zu der Bar zu fahren, in der Matt seinen Geburtstag feierte, war Nate verschwunden.

Hat ja nicht lange durchgehalten.

Sie war nicht überrascht, andererseits hatte sie ihm ausdrücklich gesagt, dass es keinen Sinn hatte. Und dass er nicht die ganze Nacht vor ihrer Tür campierte, war auch verständlich.

Gott, jetzt nahm sie ihn schon in Schutz. Sie war ja kein Stück besser als die Mädchen, die in schlechten Beziehungen festhingen. Nein, so würde sie nicht enden. Liv redete sich ein, dass es ihr egal war, und bestellte sich einen Tequila, nachdem sie Matt sein Geschenk gegeben und ihn beglückwünscht hatte.

Bei einem blieb es nicht. Mit jedem Schnaps spülte sie etwas mehr von ihrer Enttäuschung herunter. Sie wusste, es war nur eine kurzfristige Erleichterung, aber die brauchte sie heute. Sie tanzte, lachte sogar ab und an über einen Witz und hörte auf, ständig an Leslie und Nate zu denken.

Irgendwann musste sie zur Toilette. Benommen schlängelte sie sich durch die Menge, verrichtete ihr Geschäft und wusch sich Hände und das erhitzte Gesicht.

Vermutlich sollte sie nicht mehr trinken, sie war Hochprozentiges nicht gewöhnt. *Egal*, sagte sie sich. *Alles egal.*

Sie schleuderte ihrem Spiegelbild ein ironisches Lächeln entgegen. Dann ging sie zurück.

Im Gang vor den Toiletten war es düster. War es vorhin schon so dunkel gewesen?

Plötzlich legte sich eine Hand auf ihre Schulter.

Jemand riss sie herum.

Sie wollte protestieren, aber sie verschluckte sich, als sie sah, wen sie vor sich hatte.

Das Blut gefror in ihren Adern.

Miguel.

Wann war er aus der U-Haft entlassen worden? Was wollte er hier?

»Ah, da guckst du Schlampe, was?«

»Lass mich los«, murmelte sie. Die Worte kamen nur schwer über ihre Lippen.

»Das kannst du haben.« Er lachte höhnisch.

Sie hatte zu viel getrunken, verdammt. Nun war sie ihm ausgeliefert.

Miguel schubste sie gegen die Wand. Der Schmerz in ihrer Schulter ließ sie Sternchen sehen. Sie konnte sich nicht auf den Beinen halten und sank zu Boden.

Er baute sich vor ihr auf, sie konnte nur auf seine schwarzen Stiefel schauen, die bedrohlich nah vor ihrem Gesicht auftauchten.

Er würde ihr damit gleich das Jochbein zertrümmern, mindestens die Nase, da war sie sich sicher. Überlebte man einen Schädelbasisbruch?

Sie wollte nicht sterben. Sie hätte ihre Mutter öfter in Springfield besuchen müssen. Sie hätte Nate sagen sollen, dass sie verliebt in ihn war. Die verschiedensten, wirren Gedanken schossen durch ihr vom Alkohol benebeltes Gehirn.

Liv schloss die Augen und wartete auf den Schmerz und die Dunkelheit. Aber da kam nichts.

Stattdessen hörte sie, wie jemand stöhnte, etwas krachte. Ein Knochen vielleicht? Sie wusste es nicht. Blinzelnd öffnete sie die Lider.

»Fass sie noch einmal an, und ich bringe dich um. Hast du meine Warnung vergessen, Arschloch?«

Nate!

Er war hier.

Woher wusste er, wo sie sich aufhielt?

War er ihr gefolgt?

Hoffnung regte sich in ihr, der Ärger war mit dem Tequila fortgespült worden. Vielleicht bedeutete sie ihm doch etwas.

Sie rappelte sich auf. Verflucht, ihre Schulter tat weh. Vorsichtig bewegte sie den Arm. Schien nichts gebrochen zu sein. Gleichzeitig bekam sie mit, wie Nate Miguel fertigmachte. Der Mexikaner hatte keine Chance gegen ihn. Er war unerbittlich, und Gott mochte Liv dafür bestrafen, sie bejubelte ihn innerlich. Miguel hatte es verdient, vermöbelt zu werden, wenn schon nicht einmal die Polizei ihn länger als für ein paar Tage festhalten konnte.

Jetzt lag Miguel auf dem Boden, Nate kniete über ihm

und würgte ihn. Sie sah, wie er knallrot anlief, röchelte und sich zu wehren versuchte. Er würde ihn umbringen. Mein Gott!

Sie konnte das nicht zulassen, er ruinierte sein Leben damit. Auch wenn Miguel es verdient hätte.

»Nate«, rief sie und torkelte auf ihn zu. »Nicht! Tu das nicht. Du bist kein Mörder.«

Nate zögerte, dann lockerte sich sein Griff. Genug, dass Miguel wieder Luft bekam.

Nate stand auf und trat erneut kräftig in seine Eier. »Hau ab, bevor ich mich vergesse. Komm noch einmal in ihre Nähe, und du bist ein toter Mann. Ist das klar?«

Miguel blieb liegen. Nate zückte sein Telefon und rief einen Krankenwagen und die Polizei.

In dem Moment sackte Liv in sich zusammen. Nate fing sie auf. »Bist du verletzt?«

»I-ich glaube nicht«, stammelte sie.

»Ich bring dich nach Hause.«

»Scheint zur Gewohnheit zu werden«, nuschelte sie und ließ sich von seiner Wärme und seinem Duft einlullen. Sie war so froh, dass er gekommen war. Das war alles, was zählte, und dann wurde es dunkel um sie.

Nate saß in seinem Schlafzimmer und starrte vor sich hin. Das hatte er die ganze Nacht getan, an Schlaf war nicht zu denken gewesen. Er hatte eine Heidenangst gehabt und hatte rotgesehen. Wenn Liv ihn nicht aufgehalten hätte, hätte er den Kerl umgebracht.

Um das Arschloch tat es ihm nicht leid, aber dass er bereit gewesen war, seine Hände mit Blut zu besudeln, machte ihm Angst. War er doch wie sein Vater?

Liv murmelte etwas im Schlaf, dann drehte sie sich auf die andere Seite. Es war beruhigend, sie bei sich zu haben. Er hatte sie nicht alleine lassen wollen, und da sie im Auto sofort eingeschlafen war, hatte er sie einfach mit zu sich genommen.

Er hatte eine Höllenangst, die Liste wurde immer länger. Liv zu verlieren, wäre jedoch das Schlimmste gewesen, was ihm passieren könnte.

Um Miguel brauchten sie sich keine Sorgen mehr machen. Er hatte einige Kontakte spielen lassen, die würden sich darum kümmern, dass der Typ das Land verlassen musste und nie wieder einreisen konnte. Das war die mildeste Strafe, die er bekommen konnte. Nach seinem Kontrollverlust in der Bar hatte Nate eingesehen, dass es das Beste war, das Schwein wegzuschaffen, ehe er sich doch noch umentschied, um dem Bastard eine Kugel durch den Kopf zu jagen.

Die Versuchung war groß, aber er war kein Mörder. Aber er hatte ernst zu nehmende Probleme. Er musste mit seiner Vergangenheit abschließen, erst dann konnte er anfangen zu leben. Und für Liv würde er es versuchen. Wenn sie ihn noch wollte.

Ihm war klar geworden, dass er sich verändern musste, und er war bereit, etwas dafür zu tun.

Irgendwann schlug Liv die Augen auf, er hatte sich gerade eine Tasse Kaffee geholt.

»O Gott«, stöhnte sie. »Wo bin ich?«

»Alles gut, Liv. Du bist bei mir. Auf dem Nachttisch steht ein Glas Wasser, und eine Schmerztablette liegt da auch.«

Noch einmal stieß sie einen Seufzer aus, dann trank sie gierig. »Gott ist mir schlecht. Au.« Sie setzte sich auf und rieb sich die Schulter.

»Lass mich mal sehen.« Er stellte seine Tasse ab und kam zu ihr auf die Bettkante.

»Hast du mich ausgezogen?«

»Ich wollte nicht, dass du in den dreckigen Sachen schläfst. Es ist nichts zwischen uns passiert.«

Sie schloss die Augen und legte sich eine Hand an die Stirn. »Mir ist so schlecht.«

»Es wird gleich besser.« Vorsichtig begutachtete er die Schulter. Sie war von einem riesigen Bluterguss überzogen, es schien aber nichts gebrochen zu sein. »Sieht übel aus.«

»Ich fühle mich schrecklich.«

»Daran ist wohl zu einem großen Teil der Tequila schuld.«

»Wie bist du in die Bar gekommen?«

»Auto«, schlug er vor.

»Du weißt, was ich meine.« Erschöpft sank sie in die Kissen zurück.

»Okay, ja. Ich gebe es zu. Ich habe dich gestalkt. Ich wollte wissen, mit wem du dich triffst.«

Ein zaghaftes Lächeln breitete sich auf ihren blassen Zügen aus. »Hast du?«

»O ja. Habe ich. Ich war ziemlich eifersüchtig.«

»Tatsächlich?«

»Ja, tatsächlich. Glaub mir, das ist kein schönes Gefühl.«

»Hast du das öfter?«

»Dafür, dass du so einen Riesen-Kater hast, quatschst du schon wieder ganz schön viel!« Er lächelte und strich ihr eine Strähne aus dem Gesicht.

Sie schaute ihn an. »Warum bin ich hier?«

»Ich wollte nicht, dass du nach diesem Erlebnis alleine bist. Du warst sturzbetrunken. Vielleicht weiß der Kerl ja auch, wo du wohnst.«

Sie schluckte. »Ach so. Mitleid.«

»Nein. Das nicht. Beschützerinstinkt, ja. Sorge, ja. Es war auch nicht ganz uneigennützig.«

»Nicht?«

»Nein. Ich mag es, wenn du bei mir bist.«

Er wusste, dass sie jetzt auf ein Terrain kamen, das zu ernst war, um es lapidar zu besprechen. »Reden wir nachher darüber. Wach erst mal auf, okay? Ich versuche mich in der Zeit am Frühstück.«

Liv seufze. »Ich fürchte, Kaffee verträgt mein Magen heute Morgen nicht.«

Seine Mundwinkel zuckten. »Ich meinte, echtes Frühstück. Essen. Toast, Bacon und Eier.«

»Du willst für mich kochen?«

»Wenn du mich weiter so anschaust, als wäre ich ein unfähiger Nichtsnutz, dann nicht mehr. Ich habe gesagt *versuchen*, nicht, dass ich es kann.«

Er schlenderte aus dem Schlafzimmer und spürte ihren Blick im Rücken, und er genoss jede Sekunde davon.

Wenn sie jetzt überrascht ist, dann wird sie nachher noch viel größere Augen machen. Ich hoffe, dass sie mir verzeihen kann und dass sie bereit ist, meine Geschichte zu hören.

Kapitel 17

Obwohl sie schon einmal ein Wochenende bei ihm gewesen war, hatte sie sich noch immer nicht ganz an die Dimensionen seines Hauses gewöhnt. Es war weitläufig, großzügig und modern eingerichtet, ohne dabei den Charakter des alten Backsteinhauses verloren zu haben. Sie fühlte sich wohl, auch wenn es anders war als in ihren eigenen vier Wänden.

Es roch verbrannt, als sie zu Nate in die Küche kam. Sie hatte geduscht, Haare gewaschen und sich ein Hemd von Nate ausgeliehen, unter dem ihre nackten Beine hervorschauten. Ihre Jeans hatte gestern ein Loch abbekommen, die Bluse war zerrissen. Sie hatte sich einfach nicht überwinden können, die alten Sachen noch einmal zu tragen. Ihre noch feuchten Haare hingen ihr lose über die Schultern.

»Oh, das riecht ja verführerisch«, scherzte sie, um auf sich aufmerksam zu machen.

Nate stand in T-Shirt und Shorts vor dem Herd und schwitzte sichtlich. »Schon fertig?«

Er hob seinen Blick und fuhr sich durch die Haare.

»Ich kann auch noch mal verschwinden ...«, bot sie an und zeigte mit dem Daumen nach hinten.

»Nein, Quatsch. Kaffee?«

»Immer noch nicht. Ich glaube, ich bleibe heute besser bei Wasser.«

»Komm, setz dich doch. Tee habe ich leider nicht, Orangensaft könnte ich dir sonst anbieten, oder Wein.«

»Örks. Nein, echt nicht.«

»War auch nur ein Witz.«

»Ja, das habe ich mir schon gedacht.« Liv kletterte auf einen der vier Barhocker in der geräumigen Küche. Hier lag, wie im ganzen Haus auch, geöltes Parkett. Die Einrichtung war hell und freundlich. In der Mitte des Raumes befand sich eine L-förmige Arbeitsfläche mit Waschbecken. Dahinter stand ein runder Esstisch, an dem vier Personen Platz hatten. Sie fand es gemütlich, und obwohl es selbstverständlich ein riesiges Esszimmer gab, würde sie den kleinen Tisch hier immer vorziehen. Vor dem Fenster gab es noch eine Art Schreibtisch. Darauf standen sein Laptop und ein Hocker ohne Lehne davor.

»Also«, er grinste schief. »Ich bin mir nicht sicher, ob man das hier genießen kann. Ich habe mein Bestes gegeben. Ehrlich.«

»Klar, der Wille zählt. Gib nur her.«

Nate nahm zwei Teller aus dem Schrank und richtete alles an. Liv kletterte vom Hocker und setzte sich an den Tisch.

Sie begutachtete das, was Nate als Frühstück bezeichnete, und unterdrückte ein Kichern. Das Rührei war so trocken, dass es beinahe staubte, aber immerhin war es nicht verbrannt. Was man vom Speck nicht sagen konnte. Der war schwarz, ebenso wie die Toastscheiben.

»Ähm«, meinte sie und wagte sich an das Rührei.

Nate biss in einen Bacon-Streifen, den er sofort wieder ausspuckte. »O Gott, entschuldige, aber das geht gar nicht.« Er stand auf, sprang zum Waschbecken, spülte sich den Mund aus. Dann ging er zu ihr und riss ihr den Teller weg.

»Hey«, protestierte sie.

»Ich möchte dich nicht umbringen!«

Liv kniff ein Auge zusammen. »Na gut. Kann ich irgendwie helfen?«

Nate setzte sich auf den Stuhl neben ihr und nahm ihre Hände in seine. »Bist du sehr hungrig? Ansonsten würde ich gerne mit dir reden. Es ist wirklich wichtig.«

»In Ordnung.«

»Hör mich einfach an, ehe du etwas dazu sagst, okay?«

Sie nickte.

Nate schaute auf seine Hände. »Es ist nicht leicht für mich. Außer Elijah und Brandon kennt niemand meine Geschichte.«

»Ich verurteile dich nicht. Egal, was es ist.«

»Du hast mich mal gefragt, ganz am Anfang, wer Nate West sei. Erinnerst du dich?«

Liv nickte. »Ja. Ich weiß es immer noch nicht.«

»Nate West gibt es erst seit der Highschool. Davor hieß ich Nathaniel Redgrave.«

Sie legte ihre Stirn in Falten. »Ich verstehe nicht ganz. Dann ist West nicht dein richtiger Name?«

»Sozusagen. Nein.«

»Oh.«

»Ich wollte meine Vergangenheit abstreifen. Ich hatte meine Gründe.«

»Wie geht das so einfach? Du warst doch noch minderjährig. Was ist das, so eine Art Künstlername?«

Er lachte bitter. »So in der Art.«

»Nate!«

»Okay, entschuldige. Also, ich fange am besten von vorne an. Minderjährig hast du gesagt. Ja, das stimmt, dabei war meine Kindheit eigentlich vorbei, als ich sieben Jahre alt war. Da ist meine Mutter gestorben.«

»Das tut mir sehr leid.«

»Ja. Mir auch. Sie war eine wunderbare Frau.« Er räusperte sich. »Jedenfalls bin ich dann in ein Kinderheim gekommen, da ich sonst keine lebenden Verwandten in den Staaten hatte.«

Sie hatte gewusst, dass er Schlimmes erlebt hatte. »Und dein Vater?«

»Ich hatte nie einen Vater.«

»Was?« Eigentlich hatte sie mit einer ähnlichen Geschichte wie Leslies gerechnet. »Redgrave war der Mädchenname. Wir haben alleine gewohnt.« Seine Kiefer mahlten. »Jedenfalls war ich danach sechs Monate im Kinderheim, dann wurde ich bei einer Pflegefamilie untergebracht.«

»Waren sie nett?«

»Nein. Sie waren Abschaum. Außer mir gab es noch drei andere Pflegekinder. Wir waren nur da, damit sie kassieren konnten.«

Schrecklich, dachte sie. Sagte aber nichts.

»Mit elf bin ich abgehauen.«

»Wohin?«

»Einfach weg. Natürlich hat man mich gefunden. Dann bin ich in eine andere Familie gekommen. Da lief es so ähnlich ab. Irgendwann hatte ich genug, habe mir Geld verdient und bin richtig untergetaucht. Weit weg. Zwischen den Familienwechseln war ich immer wieder im Heim gewesen, dort habe ich Elijah kennengelernt. Wir haben gemeinsame Sache gemacht und sind aus Atlanta nach Boston geflohen.«

»Atlanta? Zwei Jungs ganz alleine?« Sie hatte immer gedacht, er stamme von hier.

»Wir waren damals sechzehn. Aber ja.«

»Wo habt ihr gelebt?«

»Zuerst auf der Straße, du findest immer was. Leer stehende Häuser, was auch immer. Man wird erfinderisch, und wir waren zu zweit.«

Liv wurde übel. Sie stellte sich Nate als Jungen vor. Kein Wunder, dass er Albträume hatte. »Wie habt ihr euch ernährt? Was habt ihr gemacht, wenn ihr krank wart?«

»Man schlägt sich durch. Gelegenheitsjobs. Wir haben eine robuste Gesundheit.«

Gott, sie wollte sich gar nicht ausmalen, was die beiden durchlebt hatten.

»Und die Schule?«

»Elijah und ich haben schnell kapiert, dass wir nur aus dem Dreck rauskommen, wenn wir einen vernünftigen Abschluss haben.«

»Aber ihr habt in Harvard studiert!«

Nate lächelte schwach. »Ja. Zu der Zeit hatten wir unsere erste Million schon gemacht.«

»Wie?«

»Aktien.«

»Und wie seid ihr an das Geld gekommen?«

»Wir haben keinen umgebracht und haben auch nicht mit Drogen gedealt, wenn das deine Sorge ist.«

»Aber illegal war es trotzdem?«

»Glaub mir, wir haben es nicht von Leuten genommen, die es nicht verdient hätten.«

»Verstehe. Will ich darüber mehr wissen?«

»Nein. Und das ist auch Schnee von gestern.«

Liv atmete tief durch. »Das ist alles so unfassbar!«

»Ich weiß.«

»Kein Wunder, dass du niemandem vertraust.«

Er hielt ihre Hände fester. »Dir vertraue ich.«

Sie schauten sich tief in die Augen, ihr wurde warm ums Herz. »Danke. Das bedeutet mir viel.«

»Es tut mir leid, dass ich immer davongelaufen bin. Ich wusste einfach nicht, wie ich damit umgehen sollte.«

»Womit?«

»Mit den Gefühlen für dich. Ich weiß immer noch nicht, wovor ich mehr Angst haben soll. Dich wiederzusehen oder dich nie mehr zu sehen.« Er schaut ihr tief in die Augen. »Letzte Nacht ist mir aber einiges klar geworden.«

»Ja?«

»Ich hatte so große Angst, dass das Schwein dir etwas antut. Ich bin fast durchgedreht.«

»Das habe ich gesehen. Du warst außer dir.«

»Ja. Das war ich. Ich möchte dich nicht verlieren.« Er stockte. »Du weißt jetzt, wer ich bin. Wenn du bereit bist, mich besser kennenzulernen, wäre ich der glücklichste Mensch. Glaube ich jedenfalls.« Er lächelte schief. »Ich habe keine Ahnung von Glück. Aber seit ich dich kenne, kann ich zumindest Vermutungen anstellen, was es sein könnte. Mit dir. Mit uns.«

Liv legte ihm eine Hand an die unrasierte Wange. »Ich möchte dich sehr gerne besser kennenlernen, Nate West. Bleiben wir einfach bei dem Namen.«

»Wäre mir lieber, ja. Dafür habe ich eine Menge hingeblättert«, scherzte er halbherzig.

»Und was ist, wenn du morgen wieder kalte Füße bekommst?«

»Das werde ich nicht. Aber hab bitte Geduld mit mir, Liv. Ich bin nicht perfekt.«

»Meine Mutter ist auch verlassen worden. Ich möchte nicht, dass mir das Gleiche passiert. Sie war einige Jahre alleine, hat sich nie mehr auf jemanden eingelassen. Erst nach einer ganzen Weile hat sie sich neu verliebt.«

»Ich verstehe dich. Mir macht das alles auch eine Heidenangst, aber ich kann einfach nicht ohne dich sein.«

Hoffnung, dachte sie. *Sie ist stärker als die Furcht.* Zum ersten Mal in ihrem Leben empfand sie das. Sie nickte zaghaft, als ob sie sich selbst Mut zusprechen wollte. »Bewältigen wir unsere Ängste gemeinsam.« Dann küsste sie ihn.

Nate war wahnsinnig erleichtert und glücklich. Er hatte beinah vergessen, wie es sein konnte, wenn nicht immer nur das Dunkel am Horizont lauerte.

Ihm war bewusst, dass er den Tod seiner Mutter bei der Erzählung ausgelassen hatte, aber er war einfach noch nicht so weit, über den schlimmsten Augenblick seines Lebens zu reden. Nicht, solange das Schwein noch fröhlich und unbehelligt herumlief. Livs Lippen vertrieben die düsteren Gedanken und brachten ihn gleichzeitig ganz schön ins Schwitzen. »Ich liebe es, wenn du das tust«, raunte er zwischen zwei Küssen. Seine Hände wanderten unter die dünnen Schichten ihrer Kleidung, Liv seufzte leise und begann ihrerseits, ihn auszuziehen. »Noch nicht«, murmelte er und hob sie in seine Arme. Sie wollte protestieren, aber er brachte sie mit einem langen Kuss zum Schweigen. Dann trug er sie ins Schlafzimmer, legte sie sanft ab und kletterte zu ihr ins Bett. »Das Zimmer entwickelt sich gerade zu meinem neuen Lieblingsort im Haus«, raunte er und knabberte an ihrem Ohrläppchen.

»Tatsächlich?« Sie gluckste und ließ ihre Hände über seinen Rücken gleiten.

»Aber so was von.«

»Sehr gut, meiner nämlich auch.«

Nate presste seine Lippen auf ihre und gab ihr einen langen Kuss, der schnell drängender und intensiver wurde. Er löste sich von ihr und bedeckte erst ihren Hals, dann ihr Dekolleté und ihren Bauch mit vielen weiteren, bis sie sich unter ihm wand und leise seufzte. »Du bist einfach wundervoll«, sagte er und hob seinen Kopf, dann ließ er seinen Mund tiefer wandern, bis Liv ihm Einhalt gebot und ihn zurückschob.

»Ich will dich spüren«, bat sie keuchend.

Nachdem er ein Kondom geholt und übergestreift hatte, legte er sich zwischen ihre Schenkel und glitt in ihre Hitze.

»Nate«, stöhnte sie und schlang ihre Beine um seine Hüften.

Es war eine süße Folter, die er gerne auf sich nahm, dennoch fiel es ihm schwer, sich zu beherrschen. Livs leidenschaftliche Reaktionen auf seine Zärtlichkeiten brachten ihn um den Verstand. Erst als er spürte, dass sie kurz davor war, ließ auch er sich gehen. Gemeinsam erreichten sie den Höhepunkt, sie küssten sich und wurden eins.

Kapitel 18

Am darauffolgenden Montag saß Nate mit Elijah in seinem Büro, eigentlich hatten sie sich über eine geplante Investition abstimmen wollen, aber irgendwie war das Gespräch auf sein Privatleben abgedriftet. Nate bereute jetzt schon, dass er überhaupt darauf eingegangen war. »Du glaubst vielleicht jetzt, dass sie deine Rettung ist. Deine gute Fee. Aber das wird nicht von Dauer sein. Du weißt das.«

Nate begriff, warum Elijah das sagte, nicht nur Nate hatte in seiner Vergangenheit viel Schlimmes durchmachen müssen. Er hatte gute Gründe, warum er niemandem vertraute und sich daher auch auf niemanden einließ. Bis vor Kurzem war es Nate ähnlich ergangen, aber Liv hatte etwas in ihm berührt, das ihm den Mut verlieh, sich auf sie einzulassen.

»Hör auf«, bat er deswegen nur.

»Ich will dir nur Leid ersparen, Nate. Die Seifenblase wird platzen. Ich mache mir Sorgen um dich.«

»Du hast doch gar keine Ahnung. Du kennst sie nicht mal.«

»Das muss ich auch nicht. Du und ich, wir haben genug erlebt, um zu wissen, dass man am Ende alleine dasteht. Was will sie? Dein Geld?«

»Spinnst du? Liv interessiert es einen Scheiß, wie viel ich auf dem Konto habe.«

»Was ist es dann?«

»Kannst du dir nicht vorstellen, dass ein Mensch auf der Welt wirklich Interesse an mir haben könnte?« Nate war gekränkt, ja, vielleicht auch ein wenig verletzt. Er hatte gehofft, dass Elijah ihn verstehen und unterstützen würde.

»Glaub mir, niemand wünscht sich mehr als ich, dass dir dieses Glück zuteilwird, aber im Ernst: Geht das nicht ein bisschen schnell?«

»Was willst du, Elijah? Soll ich sie in den Wind schießen?«

»Nein, ich möchte, dass du nicht verletzt wirst. Du bist mir wichtig, das weißt du. Du bist das, was an Familie am nächsten dran kommt für mich.«

Nate atmete hörbar aus. »Ich weiß.«

Elijah räusperte sich. »Ich warne dich nur. Mehr nicht. Gib ihr noch nicht alles von dir, das ist alles, worum ich dich bitte. Du und ich, wir wissen gut genug, wenn uns jemand noch ein Stück Herz aus dem Leib reißt, ist nichts mehr übrig.«

Nate spürte Elijahs Sorge, gleichzeitig ärgerte er sich aber darüber, dass er Liv verurteilte, obwohl er sie nicht mal kannte. »Liv ist nicht so.«

Elijah stand auf und fuhr sich durch die Haare. »Letzten Endes geht es mich nichts an, aber sag hinterher nicht, ich hätte dich nicht gewarnt.«

»Das klingt fast so, als würdest du dir wünschen, dass es schiefgeht.«

Elijahs Züge verhärteten sich. »Du weißt nicht, was du da redest.«

Nate wollte gerade etwas sagen, als Whitney an den Türrahmen klopfte und sich räusperte. »Die Herren für den Elf-Uhr-Termin sind da. Soll ich sagen, es dauert noch einen Moment?«

»Nein, schon gut. Wir waren gerade sowieso fertig«, meinte Elijah und warf Nate einen finsteren Blick zu.

Nate nickte, mehr hatte er dem nicht hinzuzufügen. Er würde Elijah schon beweisen, dass er unrecht hatte, bis dahin würde er das Thema vermeiden. Letzten Endes war sein Privatleben nämlich genau das: privat.

Liv hatte gerade ihre Schicht beendet und machte sich auf den Weg zu Nate. Er hatte ihr angeboten, sie abzuholen, aber sie hatte abgelehnt. Außerdem fand sie es jetzt gut, dass sie ein wenig Zeit zum Nachdenken hatte. Sie hatte gerade ein Gespräch mit Penelope geführt, in dem sie ihr mitgeteilt hatte, dass Miguel aus dem Krankenhaus direkt aus den Staaten ausgewiesen worden war. »Seine Papiere waren nicht in Ordnung«, hatte sie mit einem Schulterzucken erklärt.

»Hätten sie das bei früheren Vernehmungen nicht längst bemerken müssen?«, hatte Liv gefragt, und Penelope hatte nur die Augenbrauen gehoben. »Das kann sein, letzten Endes ist es sicher das Beste so. Freuen wir uns doch einfach.«

Liv hatte auch jetzt noch ein ungutes Gefühl. Die Erlösung, dass Miguel so plötzlich ausgewiesen wurde, kam doch sehr überraschend. Warum war er auf einmal jetzt aufgeflogen, lag es nur daran, dass er im Krankenhaus gelandet war und gegen ihn Anzeige erhoben wurde?

Als sie vor Nates Haus stand, war sie noch immer zu keinem Schluss gekommen, ihr war auch klar, dass sie nur durch Grübeln keine Antworten darauf erhalten würde. Jetzt wollte sie aber an etwas Schönes denken und schob das Thema Miguel beiseite, als sie klingelte. Es dauerte nur ein paar Sekunden, da riss Nate auch schon die Tür auf.

»Hallo, wie schön, dich zu sehen.« Er zog sie in seine Arme und küsste sie, dann gingen sie nach oben in die Küche. »Du willst kochen?«, fragte sie, als sie ein Kochbuch sah und einige Zutaten. Außerdem stand vor ihm sein iPad, er erweckte es zum Leben und Liv staunte nicht schlecht, als sie begriff, dass er eben dabei gewesen war, ein Tutorial anzusehen, wie man Nudeln mit einer selbst gekochten Tomatensoße a la Arrabiata zubereitete. Sie fand es sehr niedlich, ihm dabei zuzusehen, deswegen sagte sie nichts. Außerdem wollte sie ihn nicht kränken oder gar beleidigen.

»Möchtest du vielleicht ein Glas Wein?«, fragte er sie, ohne den Blick zu heben.

»Was, willst du mich etwa betäuben, damit ich vom Essen nichts mehr mitkriege?«

Mist, den Witz hatte sie sich nicht verkneifen können. Er nahm es ihr wohl nicht übel, aber er schnitt eine Grimasse und lachte. »Eigentlich nicht, aber jetzt, wo du es sagst. Gute Idee. Weiß oder rot?«

»Rot.«

Obwohl es ihr in den Fingern juckte, ihm zur Hand zu gehen, setzte sie sich auf die Arbeitsfläche und ließ sich von ihm bedienen. Nate entkorkte die Flasche, goss Wein in zwei Gläser und reichte ihr eins. Dann gab er ihr einen Kuss. »Du schmeckst am besten.«

Sie stießen an, dann versuchte er sich weiter am Abendessen.

Liv strich immer wieder mit ihrem Finger über den Glasrand.

»Was hast du? Und jetzt sag nicht wieder nichts.« Er zwinkerte ihr zu.

Wow, sie hatte gar nicht gedacht, dass er das mitbekam. Sonst hieß es doch immer, dass Männer nicht multitaskingfähig wären.

»Okay.« Sie trank einen Schluck. »Penelope hat mir erzählt, dass Miguel ausgewiesen wurde.«

Nate gab sich gelassen. Er zuckte nicht einmal mit der Wimper. »Oh, das sind doch mal gute Neuigkeiten.«

Sie nahm es ihm nicht ab, er reagierte zu wenig überrascht.

»Hast du etwas damit zu tun?«, fragte sie plötzlich misstrauisch.

Nate lehnte sich an den Kühlschrank und schaute sie an. »Er ist weg. Reicht das nicht? Eine Sorge weniger.«

»Nate. So will ich das nicht.«

Eine steile Falte erschien zwischen seinen Augen. »Was denn? Sollte ich warten, bis er dir das nächste Mal auflauert, oder vielleicht, bis er Leslie umbringt?«

»Das hätte er nicht.«

»Du hast keine Ahnung, Liv, wozu diese Jungs fähig sind. Hör auf, so naiv zu sein. Du arbeitest doch lange genug im *Women's Shelter.*«

Liv stellte ihr Glas beiseite und sprang von der Arbeitsfläche. »Ich bin vieles, Nate. Aber nicht naiv.«

Er stieß sich vom Kühlschrank ab und trat auf sie zu. Für einen Augenblick belauerten sie sich wie zwei Boxer im Ring. »Schön. Dann also nicht naiv. Trotzdem. Ich warte nicht darauf, dass das Arschloch noch mal die Gelegenheit bekommt, dir wehzutun.«

»Dafür haben wir die Polizei!«, sie schrie beinahe, innerlich bebte sie vor Wut. Wie konnte er sich anmaßen, Miguels Schicksal selbst in die Hand zu nehmen!

»Was die tut, habe ich live miterlebt. Danke schön. Da sorge ich lieber persönlich für deinen Schutz.« Er spuckte die Worte förmlich aus.

»Du kannst nicht einfach Justiz spielen, Nate.«

»Das habe ich nicht getan.«

»Das ist Wortklauberei. Was hast du denn sonst gemacht?«

»Ich habe an den richtigen Stellen nachhelfen lassen. Zufrieden?« Er verschränkte die Arme vor der Brust, unnachgiebig und unversöhnlich. Es erschreckte sie, diese

Seite an ihm zu sehen, von der sie bislang nicht gewusst hatte, dass sie existierte.

»Nein, das bin ich ganz und gar nicht. Das ist einfach nicht korrekt und schon gar nicht in Ordnung. Wofür haben wir Gesetze?« Ihre Augen sprühten Funken.

Er stieß einen abfälligen Laut aus. »Korrekt. Korrekt! Ist dir klar, was du da sagst? Dieses Land lebt von Korruption und Vetternwirtschaft. Jemand hat mir einen Gefallen geschuldet. Und du kannst mir nicht sagen, dass es dir leidtut, dass der Drecksack weg ist.«

»Nate«, sagte sie ruhiger. »Leslie zieht zu ihrer Schwester nach Kanada. Sie hat die Kinder verloren, es ist sowieso zu spät. Es nützt rein gar nichts, dass Miguel weg ist. Er ist nur einer von vielen.«

»Und was ist mit dir? Er könnte sich an dir rächen wollen. Er hat es ja sogar schon versucht. Soll ich vielleicht untätig danebensitzen und zuschauen, wie er dich kurz und klein schlägt, oder Schlimmeres?«

»Ich kann auf mich selbst aufpassen.«

»Hörst du eigentlich, was du da sagst?« Nate schüttelte den Kopf, dann kam er auf sie zu.

Er nahm ihre Hand, aber sie zog sie zurück. »Nicht jetzt. Ich kann das gerade nicht.«

»Was willst du von mir, Liv? Soll ich mich entschuldigen? Ist es das, was du von mir hören willst? Entschuldige, dass ich mich um deine Sicherheit sorge?«

Sie schüttelte den Kopf. Er wollte nicht begreifen, dass man sich nicht über das Gesetz stellen durfte. »Das würde es nicht ändern, denn es tut dir ja nicht leid.«

Nate nahm den Topf und goss die Nudeln so energisch ins Sieb ab, dass Wasser umher spritzte und er sich verbrannte. Er gab keinen Laut von sich, er zuckte nicht einmal zurück.

Wow, dachte sie und beobachtete die Szene mit einem Stirnrunzeln.

»Nein, verdammt«, fluchte er und stellte den Topf so energisch zurück auf den Herd, dass es laut schepperte. »Nein, es tut mir nicht leid, und ich werde nicht Entschuldigung dafür sagen, dass wir ein kriminelles Schwein weniger im Land haben, das weitere Straftaten begeht und Menschen verletzt.«

Liv war plötzlich ganz ruhig. Sie sah so viel von dem jungen Nate in ihm, dass ihr Herz schwer wurde. So viel Schmerz, so viel Leid und Ungerechtigkeit. Sie verstand, dass er sie schützen wollte. Seine Fürsorge sah anders aus als bei den meisten Männern, dennoch hätte er ihr nicht einfacher sagen können, dass sie ihm etwas bedeutete. Viel bedeutete. Sie konnte ihm daraus nicht wirklich einen Vorwurf machen, auch wenn sie natürlich nicht mit seiner Vorgehensweise einverstanden war.

Liv streckte ihre Hand nach ihm aus. »Komm her«, murmelte sie und sah ihm direkt in die Augen.

Nate rührte sich nicht, seine Züge waren angespannt.

»Bitte, Nate.«

Sie sah, wie er die Schultern sinken ließ. Dann trat er vor sie. Liv schmiegte sich an seine Brust. »Es tut mir leid«, sagte sie. »Ich verstehe, warum du es getan hast.«

Zögerlich legte er seine Arme um sie. Sie begriff, dass er ein wenig Zeit brauchte, um aus seiner Verteidigungshaltung zu kommen. Sie war bereit, sie ihm zu geben.

»Du verstehst?«, flüsterte er.

Liv nickte. »Ja. Das tue ich. Und ich bin dir dankbar, dass du dich um mich sorgst, aber ich finde es trotzdem nicht in Ordnung.«

Sie hob ihren Kopf und verlor sich in seinen graublauen Augen, die Verwirrung und zugleich Sehnsucht ausdrückten.

Liv stellte sich auf die Zehenspitzen, legte ihre Arme um seinen Nacken und küsste ihn. Zärtlich ließ sie ihre

Zunge über seine Lippen gleiten. Er öffnete seinen Mund bereitwillig. Der Kuss wurde intensiver. Die angestauten Emotionen suchten sich ihren Weg. Nate drängte Liv gegen den Kühlschrank, seine Hände wanderten unter ihre Bluse und raubten ihr den Atem.

Zwischen zwei Küssen keuchte er an ihrem Ohr. »Willst du das Abendessen ausfallen lassen?«

»Kein Essen«, gab sie atemlos zurück.

Schritt für Schritt, Kuss für Kuss arbeiteten sie sich ins Schlafzimmer vor. Auf dem Weg rissen sie sich die Kleider vom Leib. Der Sex war schnell und heftig. Die Spannung, die sich bei ihrem Streitgespräch in der Küche aufgebaut hatte, entlud sich in sexueller Energie. Liv schrie seinen Namen, Nate stöhnte laut, während er immer wieder in sie stieß und sie unerbittlich auf ihren Höhepunkt zutrieb. Sie kamen gemeinsam, ihre Körper verstanden sich ohne Worte. Sie brauchten keine.

Nate war viel mehr als nur eine Affäre, und nach dem heutigen Tag wusste sie, dass auch sie ihm mehr bedeutete, sie war keine x-beliebige Frau in seinem Bett, wie sie anfangs befürchtet hatte.

Er konnte es vielleicht noch nicht sprachlich ausdrücken, aber sie spürte, dass sie ihm wichtig war. »Es war schön«, hauchte sie an seiner Brust, nachdem sich ihr Herzschlag langsam beruhigt hatte.

»Schön?«, neckte er sie.

»Befriedigend?«, schlug sie in spielerischem Tonfall vor.

»Ekstatisch würde ich dazu sagen.«

»Ja, oder so.«

Sie schwiegen einen Moment. »Hast du Hunger?«, fragte er irgendwann.

»Ich schätze, die Nudeln können wir vergessen.«

»Wieso? Ich könnte sie aufwärmen.«

»Mein Lieber, du hast sie ungefähr drei Minuten gekocht und dann abgegossen.«

»Ja, und? Brauchen die länger?«

»Ich habe die Packungsbeilage zwar nicht gelesen, aber da es sich um Spaghetti handelte, schätze ich mal mindestens neun bis zehn Minuten.«

»Hm. Kann man sie nicht einfach noch mal ins Wasser werfen?«

Liv lachte. »Versuchen wir es besser mit dem Pizzaservice.«

»Ist mir auch recht.« Er gab ihr einen Kuss. »Dann haben wir noch mehr Zeit bis dahin.«

Liv war gerade auf dem Weg von ihrer Wohnung zu Nate, als sie Cat begegnete.

»Hey, dich sieht man ja nur noch selten hier«, sagte Cat und grinste.

Tatsächlich war einige Zeit verstrichen, in denen sie sich kaum über den Weg gelaufen waren. Der Umbau lief auf Hochtouren, während man bereits die neue Immobilie einrichtete, packten die Bewohner des Shelters alles ein, um umzuziehen. Der Sommer war heiß und trocken, Liv glaubte, dass das Leben nicht mehr schöner werden konnte.

»Mal so, mal so. Wie geht es dir? Wir sollten uns bald mal wieder verabreden.«

»O ja, das müssen wir unbedingt tun. Ach, bei mir gibt es nichts Neues. Und du bist glücklich mit deinem Traumprinzen?«

Ein seliges Lächeln schlich sich auf ihr Gesicht. »Es ist wunderschön, ich hätte ehrlich gesagt nicht geglaubt, dass ich mal so Hals über Kopf verliebt sein könnte. Aber irgendwie ... ja, es klappt gut.«

»Das freut mich sehr für dich. Also hat das mit dem Hin und Her aufgehört?«

»Ja, wir hatten ein klärendes Gespräch.« Mehr wollte sie ihr zwischen Tür und Angel nicht über Nates Vergangenheit sagen. »Er gibt sich wirklich Mühe in allen Lebenslagen. Obwohl er nicht kochen kann, probiert er ständig was aus. Wir unternehmen viel zusammen, ich hätte nicht gedacht, dass es so schön sein kann.«

Cat schlug sich eine Hand vor den Mund. »Oh Gott, ist das süß! Der scheint ja wirklich einen Narren an dir gefressen zu haben. Ich freu mich!«

»Irgendwie hat er das, ja.«

»Ich hoffe, du lädst mich zur Hochzeit ein. Ich liebe Hochzeiten.«

Liv verschluckte sich beinahe. »Na, so weit sind wir aber wirklich noch nicht.«

»*Noch* nicht. Die Betonung liegt auf noch. Wie schön. Wir sollten uns aber wirklich bald mal treffen, okay? Irgendwann muss dein Traumprinz doch auch mal ein Päuschen von dir brauchen. Also Josh hält es nie mehrere Tage am Stück mit mir aus.« Ein Schatten huschte über ihr Gesicht. Liv hatte die Beziehung der beiden noch nie verstanden, und so würde sie selbst nie leben wollen.

»Das ist echt schade«, meinte sie, weil sie nicht wusste, was sie sonst sagen sollte.

»Ach, ist nicht schlimm, man gewöhnt sich an alles. So habe ich genug Zeit für mich.« Sie lächelte, aber Liv spürte, dass es nicht so einfach für sie war.

»Ich würde dir gerne Tipps geben, aber ich fürchte, für mich ist dieses ganze Beziehungs-Ding noch zu neu.«

»Schon gut. Ich will dich auch gar nicht vollquatschen, so schlimm ist es auch echt nicht.«

Liv umarmte Cat. »Ich melde mich, okay? Ab morgen habe ich leider erst mal Nachtschicht, aber danach!«

Sie verabschiedeten sich, dann machte sich Liv auf den Weg zu Nate.

Liv vertraute ihm, sie hatte ihm die Sache mit Miguel verziehen, auch wenn es falsch gewesen war, hatte er es aus den richtigen Gründen getan.

Nate hatte Erin am Telefon, es war auf Lautsprecher gestellt, er saß an seinem Schreibtisch im Arbeitszimmer. Erin hatte ihm eben berichtet, dass sie zwei Frauen aufgetan hatte, die eine Affäre mit Henry Bowers gehabt hatten. Die hatten ausgesagt, dass er aggressiv und unberechenbar war, wenn er getrunken hatte.

Dass das nicht genügte, um ihn zu stürzen, war Nate klar. Aber dann war da noch das Sex-Tape, und die Informationen bezüglich der Schwarzkonten hatte Erin auch gebündelt.

»Wir können die Unterlagen anonym übermitteln«, schlug sie vor.

»Können wir sicher sein, dass sie dann auch an der richtigen Stelle ankommen und es nicht unter den Tisch gekehrt wird?«

»Davon gehe ich aus.«

»Das reicht mir nicht. Stellen Sie sicher, dass es funktioniert.«

»Verstanden.«

»Ich höre von Ihnen.«

»Natürlich.«

»Gutes Gelingen«, sagte er, dann drückte er die Lautsprechertaste und beendete das Gespräch.

Als er sich umdrehte, entdeckte er Liv, die im Türrahmen stand. Ihrem Gesichtsausdruck zu urteilen, hatte sie schon länger dagestanden. Sie war blass, ihre Augen hatte sie weit aufgerissen.

»Du kannst nicht Gesetz spielen, Nate«, war alles, was sie tonlos von sich gab.

»Was hat du gehört?«

»Der Punkt ist doch nicht was, sondern warum, Nate. Ich dachte, wir wären viel weiter.«

Er stand auf und kam auf sie zu, sie hob eine Hand. Er küsste sie nicht, sondern blieb etwa einen Meter vor ihr stehen. »Das ist meine Sache«, gab er zurück und presste die Kiefer aufeinander. »Es ist kompliziert.«

Liv seufzte und blickte kurz zu Boden. Als sie wieder aufsah, sagte sie: »Erklär es mir.«

»Eben habe ich mit einer Privatermittlerin gesprochen. Es geht um meinen Vater.«

»Um deinen Vater? Ich dachte ... du hättest keine Ahnung, wer das ist?«

»Das ist nicht ganz korrekt, und so habe ich es nie formuliert. Er war nie mein Vater und wird es nie sein.«

»Es geht mir hier nicht um die Definition, ich bin einfach enttäuscht, dass du mir davon nicht erzählt hast.«

»Es ist kompliziert.«

»Nein, das ist es nicht. Der Punkt ist doch einfach der, ich bin gut genug fürs Bett, aber im Grunde vertraust du mir nicht.«

»Doch, das tue ich. Hast du nicht einen Schlüssel für mein Haus?«

»Ja, vermutlich ärgerst du dich gerade, dass ich einen habe. Aber das ist es nicht, was ich meine. Du hast mir eine halbe Wahrheit aufgetischt, und zwar mit Absicht. Du wolltest nie, dass ich davon erfahre.«

»So ist es nicht.«

»Was auch immer, Nate. Ich kann nicht mit jemandem zusammen sein, der in der Vergangenheit lebt und Geheimnisse hat.«

»Das habe ich nicht. Ich will mit der Vergangenheit abschließen, darum geht es mir doch.«

Liv machte große Augen, sie zögerte, was er als gutes Zeichen wertete. »Wirklich?«, fragte sie dann.

Er nickte. »Ja, ich habe Erin beauftragt, ein paar Dinge für mich herauszufinden. Das stimmt. Ich habe dir von dem Waisenhaus in Atlanta erzählt, oder?«

»Ja, ich erinnere mich. Was ist damit?«

»Nun, Erin hat für mich herausgefunden, wo die Sozialarbeiterin lebt, die mich an dem Abend mitgenommen hat, an dem meine Mom gestorben ist.«

»Oh.« Liv schaute ihn weiter an. »Warum?«

»Ich ...«, die Lüge kam ihm nicht ganz flüssig über die Lippen, aber irgendwie musste er Liv davon überzeugen, dass sie nicht recht hatte. »Ich wollte sie besuchen, sehen, was aus ihr geworden ist.«

»O Nate.« Sie ging auf ihn zu und legte ihre Arme um seinen Nacken.

Er wollte sie nicht anlügen, aber er hatte keine Wahl. »Es ist nicht leicht für mich.«

»Das weiß ich doch. Es tut mir leid, ich habe da wohl was in den falschen Hals bekommen, aber nach der Sache mit Miguel ...«

»Sch. Schon gut.« Er legte ihr einen Finger auf die Lippen. Wenn er eins nicht ertragen konnte, dann, dass Liv sich bei ihm entschuldigte.

»Kann ich mitkommen?«

»Wohin?«

»Na, wenn du sie besuchst. In Atlanta.«

Nate schluckte. »Natürlich. Ja, natürlich kannst du das.«

Ihre Augen leuchteten auf. »Danke, das bedeutet mir viel. Das weißt du, oder?«

Der Kloß in seinem Hals wurde riesengroß. Er räusperte sich. »Ja, Liv. Das weiß ich.«

Und dann küsste er sie, der Kuss war ein bisschen wütend, ein bisschen sehnsüchtig. Er brauchte Liv, er brauchte sie mehr, als er bislang vor sich selbst zugegeben hatte. Getrieben von seiner Lüge, von seiner Sehnsucht nach ihrer Nähe, schob er sie ins Schlafzimmer. Der Sex war nicht zärtlich, er war roh und gleichzeitig innig. Liv schien es genauso zu gehen, denn sie klammerte sich an ihm fest und trieb ihn mit ihren leisen Schreien in rasendem Tempo auf den Höhepunkt zu. Als er kam, wollte er ihr sagen, wie viel sie ihm bedeutete, aber sein Gewissen brachte ihn zum Schweigen. Nate war klar, dass er falsch gehandelt hatte, aber er hatte es nicht über sich gebracht, Liv erneut zu enttäuschen. Er wollte, dass sie das Gute in ihm sah, auch wenn er wusste, dass er damit einen Schatten heraufbeschworen hatte. Er fürchtete sich vor ihrer Reaktion, wenn sie die Wahrheit erfuhr. Nein, er würde dafür sorgen, dass das nie passierte.

Er hielt sie noch etwas fester in seinen Armen. Liv seufzte leise im Schlaf und sein Herz zog sich schmerzhaft zusammen.

In dieser Nacht fand Nate nur wenig Schlaf, irgendwann stand er auf, denn er wusste jetzt, was er tun musste. Er kontaktierte Erin erneut und beauftragte sie damit, Suzanne Myers aufzusuchen.

»Dachte mir schon, dass Sie mich noch mal anrufen«, sagte sie mit diesem bestimmten Ton in der Stimme, der ihn manchmal an den Rand der Beherrschung trieb.

Nate stand auf dem Balkon und schaute in den dunklen Nachthimmel. Es hatte kaum abgekühlt, die Luft war warm und feucht. »Machen Sie einfach Ihre Arbeit.«

»Natürlich, Sir. Da ich sowieso alle Informationen zu ihr bereits zusammengestellt habe, maile ich Sie Ihnen gleich rüber.«

»Telefonnummer?«

»Was glauben Sie denn? Dass ich eine Amateurin bin?«

Nate biss die Zähne zusammen. »Nein.«

»Gut. Das hätte ich nämlich persönlich genommen.«

»Lassen Sie es gut sein, Erin. Schicken Sie mir die Mail und gehen Sie schlafen.«

»Ich würde immer noch schlafen, wenn Sie mich nicht geweckt hätten.«

Nate verdrehte die Augen. Gott, diese Frau konnte anstrengend sein. »Dann stellen Sie Ihr Telefon das nächste Mal lautlos, wenn Sie keine Anrufe erhalten wollen.«

»Wer sagt denn, dass ich das nicht wollte?«

Er schnaubte. »Alles klar, gute Nacht, Erin.« Nate beendete das Gespräch und blieb noch eine Weile stehen. Er stützte seine Unterarme auf das Geländer und lehnte sich nach vorne. Die Entwicklung gefiel ihm gar nicht, dass Liv ihn nun auch noch nach Atlanta begleiten wollte, noch weniger.

Gleichzeitig spürte er eine freudige Anspannung bei dem Gedanken, Suzanne wiederzusehen. Mittlerweile hatte er begriffen, dass sie damals nicht anders hatte handeln können. Natürlich hatte sie nur das Beste für ihn gewollt, es war nicht ihre Schuld, dass die Pflegefamilie ihn schlecht behandelt hatte. Aber ein Siebenjähriger konnte das nicht begreifen, er hatte sich damals einfach nur an Suzanne geklammert und sich gewünscht, er könnte für immer bei ihr bleiben. Er dachte, sie hätte ihn verraten, dabei war das Gegenteil der Fall gewesen. Vielleicht war es doch nicht so schlecht, dass er dank Liv nun die Gelegenheit bekam, zumindest in einem Punkt Frieden zu schließen. Wieso war er eigentlich nicht längst selbst auf diese Idee gekommen?

Nate ging ins Haus, schloss leise die Balkontür und schlüpfte zu Liv ins Bett.

»Nate«, murmelte sie. »Was ist los?«

Er küsste sie auf den Scheitel. »Nichts, Liebes. Schlaf weiter.« Er zog sie in seine Arme und schloss die Augen. Ja, vielleicht war doch nicht alles verloren. Solange Liv bei ihm war, konnte er alles überstehen.

Kapitel 19

Nur zwei Tage später standen sie vor Suzanne Myers' Haus in Atlanta. Es war heiß und stickig, die Sonne brannte. Die Fassade des Gebäudes hätte einen Anstrich nötig, der Garten wirkte ein wenig vernachlässigt. Liv drückte seine Hand aufmunternd, ehe er klingelte. Nate war übel, gleichzeitig war er schrecklich nervös. Die unterschiedlichsten Empfindungen drohten ihn zu überwältigen.

Nach schier endlosen Sekunden wurde die Haustür geöffnet. Vor ihm stand eine rundliche Frau mit kurzen grauen Haaren. Auf der Nase trug sie eine randlose Brille, sie war ungeschminkt. *Sie ist alt geworden*, dachte er, während das Blut in seinen Ohren rauschte. All die Jahre hatte er so oft an sie gedacht, nun stand er vor ihr.

»Hallo«, sagte er mit rauer Stimme.

»Oh mein Gott, Nate. Ich kann gar nicht glauben, dass du es bist«, rief sie und zog ihn in ihre Arme. Sie erdrückte ihn beinahe, es war seltsam, aber irgendwie auch schön. Sie roch noch wie damals nach Rosenblüten. Sein Hals wurde eng, schließlich gab sie ihn frei.

Nate räusperte sich. »Suzanne, es ist gut, Sie zu sehen.«

»Mein Junge, ich habe mich lange gefragt, was wohl aus dir geworden ist.« Sie trat einen Schritt zurück, dabei ließ sie seine Hände nicht los. »Ich bin so glücklich, dass es dir gut geht. Und bitte, lass das mit dem förmlichen Sie.«

»In Ordnung. Sehr gerne. Darf ich dir Liv vorstellen? Sie hat mich dabei unterstützt, dass ich mich endlich einmal bei dir blicken lasse.«

»Oh«, stieß Suzanne hervor und schenkte Liv ein strahlendes Lächeln. »Wie schön, ich freue mich sehr, Sie kennenzulernen. Es geht mir gleich noch viel besser, jetzt, wo ich weiß, dass aus Nate nicht nur ein Prachtkerl geworden ist, sondern dass er auch noch eine so bezaubernde Frau an seiner Seite hat.«

»Wir, äh, sind nicht …«, fing Liv an.

Suzanne winkte ab. »Ach, so ein Trauschein ist doch nur Formsache.« Sie drückte auch Liv an ihren fülligen Busen. »Kommt doch rein, Kinder.«

Nach der Umarmung winkte Suzanne Liv und ihn ins Haus, es roch nach Putzmitteln und frisch gebackenen Keksen. Liv warf ihm ein aufmunterndes Lächeln zu. Nate wollte sie küssen, sie an sich ziehen, aber er nickte nur. Dann folgten sie Suzanne ins Wohnzimmer.

Auf dem abgetretenen Laminat lag ein verblichener Perser. Darauf stand eine mintgrüne Sitzgruppe, in der Mitte ein lackierter Eichentisch, auf dem sich Kekse, Eistee und Gläser befanden.

»Bitte, setzt euch doch«, forderte Suzanne sie mit geröteten Wangen auf. »Wenn ihr lieber Kaffee möchtet …«

»Nein, Eistee ist wunderbar bei den Temperaturen«, gab Nate zurück und wartete, bis Liv sich gesetzt hatte, dann nahm er neben ihr Platz.

Suzanne füllte die Gläser, dann setzte sie sich ebenfalls. »So, und du lebst jetzt also in Boston«, eröffnete sie das Gespräch.

Nate fühlte sich zwar nicht unbehaglich, aber es war doch äußerst merkwürdig, nach all den Jahren mit Suzanne in ihrem Haus zu sitzen. Er war nie hier gewesen. »Ja, dort fühle ich mich wohl. Ich brauchte … einen Abschluss.«

Suzanne senkte ihren Blick, er spürte, dass sie betroffen war, dass sie sich vermutlich all die Jahre gefragt hatte, wie es ihm ging und was aus ihm geworden war. Erst jetzt begriff er, dass sie wahrscheinlich dachte, dass sie versagt hätte, weil sie ihn den Familien übergeben hatte.

»Ich weiß, dass das System nicht immer fair ist, und ich mache niemandem Vorwürfe.« Das stimmte nicht ganz, denn natürlich hatte Nate den eigentlichen Schuldigen längst ausfindig gemacht. Und der würde bald für seine Taten büßen.

Schweigen breitete sich im Raum aus, schließlich sprang Liv in die Bresche. »Ich arbeite in Boston in einer Einrichtung für Mädchen, die Hilfe benötigen. Nate engagiert sich dort sozial.«

Suzannes Gesicht hellte sich auf. »Wirklich? Ach, so habt ihr euch kennengelernt. Mein Gott, wie mich das freut. Nate war immer so ein guter Junge. Ich bin unfassbar froh, dass ... ach, was rede ich da. Ich wiederhole mich nur. Es ist wunderbar, dass ihr hier seid. Was habt ihr noch vor in Atlanta? Kennst du die Stadt?«

Liv schüttelte den Kopf. »Wir, äh, haben noch nichts geplant.«

»Verstehe«, gab sie zurück. »Ihr solltet unbedingt ins Aquarium gehen, das ist fantastisch.«

Sie plauderten noch eine Weile, dabei vermieden sie schwierige Themen – seine Kindheit. Suzanne stellte keine Fragen, was Nate sich nach und nach entspannen ließ. Suzanne schien wirklich einfach glücklich zu sein, dass es ihm gut ging, dass aus ihm kein krimineller Drogenabhängiger geworden war. Dass er, trotz seines Schicksals, das Beste aus seinem Leben gemacht hatte. Liv horchte kurz auf, als Suzanne etwas über Albträume sagte, aber ehe sie nachhaken konnte, hatte er das Thema gewechselt. Er beobachtete sie, wie sie sich eine kastanienbraune Strähne hinters Ohr schob. Er war unglaublich glücklich, dass er sie kennengelernt hatte. Seit Liv an seiner Seite war, konnte er endlich wieder leben.

Nachdem sie sich von Suzanne verabschiedet hatten, schlug er vor, einen Spaziergang im Grant Park zu machen. Es war ein warmer Tag, aber sie würden sicher irgendwo ein schattiges Plätzchen finden, davon war er überzeugt. Nate war erleichtert, ja, beinahe glücklich.

Oder doch. So musste sich Glück anfühlen. Liv war bei ihm, er hatte sich den Dämonen seiner Vergangenheit gestellt, und es hatte ihn nicht umgeworfen, Suzanne zu begegnen. Im Gegenteil, er fühlte sich nahezu schwerelos. Nate küsste Liv lange und zärtlich.

»Wow, wofür war das?«, fragte sie atemlos.

»Dafür, dass es dich gibt.«

Liv lächelte und küsste ihn noch einmal. »Gleichfalls.«

Kurz darauf schlenderten sie Hand in Hand durch den Park. Irgendwann fragte Liv: »Neulich, als du mit Erin, so hieß sie doch, telefoniert hast ...«

Sein Herz setzte einen Schlag aus. »Ja?«

»Worüber habt ihr da gesprochen? Worum geht es und wen willst du fertigmachen, Nate?«

»Wie kommst du jetzt darauf?«

»Ich habe versucht, es zu ignorieren. So zu tun, als würde es mir nichts ausmachen, dass da diese dunkle Seite in dir ist, dieses schwarze Loch, das nach dem Tod deiner Mom entstanden ist.«

Er biss die Zähne zusammen.

»Nate, was hast du vor? Warum hasst du diesen Menschen so sehr, dass du ihn zerstören willst?«

Ihm wurde übel, er wusste genau, worauf dieses Gespräch hinsteuerte. Eben noch hatte er gedacht, dass sein Leben nicht besser sein könnte ... »Er ist mein Vater«, würgte er mühsam hervor.

»Das erklärt es nicht für mich.«

»Er hat mich gezeugt, mehr nicht.«

»Was hast du vor, Nate?« Ihre Stimme klang besorgt, auch ein wenig alarmiert.

Nates Kiefer mahlten. »Ich kann ihn nicht ungestraft davonkommen lassen.«

»Nate? Was meinst du?«

»Er hat meine Mom auf dem Gewissen. Er hat sie die Treppe hinuntergestoßen und ist dann abgehauen. Er kann nicht länger ungestraft bleiben.«

»O Gott! Nate!«

»Ich habe vor Kurzem erfahren, dass er zum Generalstaatsanwalt von Georgia ernannt worden ist. Bis jetzt habe ich versucht, die Vergangenheit ruhen zu lassen, aber das geht jetzt nicht mehr. Liv, er ist ein Mörder! Er kann nicht diese Macht innehaben und sein Leben einfach leben, als wäre nichts gewesen. Das kann ich nicht zulassen. Ich habe schon viel zu lange gewartet!«

»Wieso hast du damals nichts gesagt? Nach dem Unfall, meine ich?«

»Ich war ein siebenjähriger Junge, ich stand unter Schock. Ich wusste nicht wirklich, wer er war. Ja, er kam zu Besuch zu meiner Mom, er war gewalttätig. Ich habe vielleicht versucht, mir einzureden, dass ... ach, ich weiß auch nicht. Ich habe die Zusammenhänge erst viel später begriffen.«

»Nate«, sie strich über seine Wange. »Ich verstehe, dass das schrecklich für dich gewesen sein muss. Was für eine Tragödie.«

»Nein. Das war Mord, kein einfaches Unglück.«

»Nate! Du hast selbst gesagt, du standest unter Schock. Was, wenn es nicht so war, wie du es in Erinnerung hast?«

»Glaub mir, ich weiß es. Und er wird dafür bezahlen.«

»Nach all den Jahren?«

Er lachte bitter. »Nein, das ist mir klar. Aber alles, was ich gegen ihn in der Hand habe, werde ich verwenden. Ich nehme ihm das, was ihm immer am wichtigsten war: Macht.«

»Was ist mit seiner Familie?«

»Was soll damit sein?«

»Hat er Kinder? Eine Frau?«

»Liv, was willst du von mir? Auf mich hat damals auch niemand Rücksicht genommen.«

»Du zerstörst doch nicht nur sein Leben.«

»Glaubst du, das interessiert mich?«

»Der Nate, den ich liebe, den interessiert es. Rache macht dich nicht glücklich.«

»Aber zufrieden, Liv. Was ist Glück? Sag mir das!«

Tränen schimmerten in ihren Augen, er wusste, dass er ihr damit das Herz brach. Aber er konnte nicht anders.

»Was ist das mit uns?«, fragte sie.

»Wenn du nicht akzeptieren kannst, wer ich bin ...«

Er sprach den Satz nicht zu Ende.

»Nate ...«

»Liv. Ich muss das tun. Bitte versteh mich«, versuchte er, auf sie einzureden. Aber er sah an ihrem Blick, dass sie sich längst zurückgezogen hatte. Er hatte sie nicht langsam verloren, sondern von einer Sekunde auf die nächste. Er wusste es.

»Ich kann das nicht«, flüsterte sie, ohne ihn anzusehen. Sie rang sichtlich mit sich, ihre Stimme war nur ein Hauch. »Das bist nicht du.«

Sie hob ihr Kinn, eine Träne rollte über ihre Wange. Der Impuls, sie ihr aus dem Gesicht zu küssen, war beinahe übermenschlich, aber er konnte nicht. Er konnte es einfach nicht.

»Doch. Das bin ich. Und du weißt es, Liv. Ich habe dir nie versucht, vorzumachen, dass ich ein guter Kerl wäre.« Der Schmerz drohte, ihn entzweizureißen. Aber es stimmte.

Er und sie, es wäre ohnehin niemals gut gegangen. Einen Wimpernschlag lang hatte er geglaubt, dass sie eine Chance hätten, dass er sich für sie ändern könnte.

Er wusste es besser. Es war zu spät.

Die Chance, der Mann für sie zu sein, den sie verdiente, war zerstört worden, als er sieben Jahre alt gewesen war.

Liv schluckte, ehe sie weitersprach. »Tief in dir drin ist so viel Gutes. Lass nicht die Dunkelheit siegen.«

»Die hat schon vor Jahren gewonnen. Wach endlich auf, Liv«, flehte er. Wenn sie doch nur verstehen könnte!

Sie straffte sich. »Sag das nicht!«

Wortlos starrten sie sich sekundenlang an, die sich wie Stunden anfühlten. Irgendwann brach er das Schweigen. »Es tut mir leid.«

»Dann tu es nicht.«

»Ich muss.«

Sie schüttelte den Kopf und ließ ihre Schultern nach vorne sinken. »Leb wohl, Nate.«

»Liv? Was hast du vor, wo willst du hin?« Er wollte ihre Hand greifen, aber sie zog sie weg.

»Lass das. Ich kann das nicht ertragen. Du bist viel mehr als das, Nate.«

»Du kannst doch nicht …?«

»Ich bin erwachsen und durchaus in der Lage, mir selbst einen Flug zu buchen. Ich brauche keinen Privatjet, um klarzukommen. Das war sowieso das Letzte, was ich wollte, mich von einem Mann abhängig machen.«

»Liv!«

»Wenn es dich glücklich macht, schicke ich dir die Rechnung für mein Linienticket.« Ihre Miene blieb verschlossen.

Er wusste, dass es vorbei war. Es war unausweichlich,

ihm blieb nichts mehr, was er zu seiner Verteidigung vorbringen konnte, weil sie recht hatte. Deshalb schwieg er.

Liv sah ihn noch einmal an, als ob sie noch einen Funken Hoffnung gehabt hätte, dass er seine Meinung vielleicht doch noch änderte. Aber es ging nicht, er musste es tun, auch wenn er ihr – und sich – das Herz damit brechen musste.

Schließlich drehte sie sich um und rannte davon.

Zum ersten Mal seit vielen Jahren spürte Nate, dass seine Augen feucht wurden. Er schloss die Lider und rang um Fassung.

Es war besser so. Sie hatte etwas Besseres verdient als ihn. Das sagte er sich immer wieder, aber das Gefühl der Leere und Kälte in seinem Inneren blieb, egal wie lange er auch ziellos umherwanderte. Irgendwann klingelte sein Handy. »Verdammt«, fluchte er und antwortete. »Ja?«

»Nate Redgrave?«, hörte er eine weibliche Stimme am anderen Ende der Leitung.

Sein Herz setzte einen Schlag aus. »Wer sind Sie?«

»Wir müssen reden. Mein Name ist Adriana Bowers.«

Die Frau seines Vaters? Woher kannte sie ihn, und wusste sie, wer er war?

Vermutlich, sonst wäre sie nicht am Telefon, aber, was zur Hölle wollte sie von ihm? Und woher hatte sie seine Nummer …?

Erin. Vielleicht hatte sie geplaudert? Er würde die Frau umbringen!

»Warum rufen Sie mich an?«

»Ich würde mich gerne mit Ihnen treffen.«

Er war überrascht und wusste nicht, was er davon halten sollte. »In Ordnung. Wann?«, hörte er sich zu seiner eigenen Überraschung sagen.

»Am besten jetzt sofort.«

Sie wusste also, dass er sich in Atlanta aufhielt. Warum war ihr das auf einmal so wichtig? »Haben Sie einen Vorschlag, wo?«

Sie nannte ihm die Adresse eines Restaurants, dann legte sie auf.

Nate rieb sich die Stirn, dann rief er Erin an. »Sie schon wieder. Haben Sie kein Leben?«, sagte sie mit einem Lächeln in der Stimme.

»Hören Sie auf mit dem Scheiß, Erin!«

»Huch? Was ist Ihnen denn für eine Laus über die Leber gelaufen? War das Treffen mit Ihrer Sozialarbeiterin nicht gut?«

Er brummte: »Raten Sie, wer mich eben angerufen hat.«

»Das weiß ich doch nicht. Hören Sie, ich habe keine Lust auf Ratespielchen. Warum sind Sie so angepisst?«

»Ich dachte, Sie könnten mir das vielleicht sagen.«

»Hey, Mann. Hören Sie endlich auf, so kryptisch zu reden. Was zum Teufel ist eigentlich Ihr Problem?«

Nate kniff die Augen zusammen. »Sie wissen es nicht?«

Erin stieß zischend die Luft aus. »Gott. Sind Sie heute schwer von Begriff. Was ist los?«

»Adriana Bowers hat mich eben angerufen.«

Schweigen am anderen Ende der Leitung. »Wie kommt sie auf Sie?«

»Ja, das habe ich mich auch gefragt. Waren Sie schlampig, Erin?«

Ein empörtes Schnauben folgte. »Sicher nicht.«

»Tja, dann frage ich mich ...«

»Passen Sie auf, Nate. Ich bin in Boston, und das ist mein erster freier Tag seit Wochen. Ich möchte nicht unhöflich sein, aber: heute nicht, okay? Von mir hat sie Ihren Namen nicht. Adriana Bowers glaubt, dass ich Mia Walters heiße und auf der Suche nach einer guten Partie bin, nachdem ich eine üble Scheidung hinter mir habe, und ich mich deshalb im Tennisklub rumtreibe.«

»Und was ist, wenn sie sich über Sie erkundigt hat?«

»Dann würde sie genau das rausfinden. Mia Walters gibt es, sie stammt aus Ohio und ist frisch geschieden.«

»Sie haben sich eine Identität geklaut?«

»Geliehen, würde ich sagen.«

Nate atmete scharf ein. »Okay, Sie sind sicher, dass sie nicht über Sie auf mich gekommen ist?«

»Dafür würde ich meinen rechten Knöchel opfern.«

Angesichts ihrer seltsamen Schwüre verdrehte er die Augen. Diese Frau war wirklich speziell. »Na schön. Ich werde dem auf den Grund gehen.«

»Machen Sie keinen Scheiß, Nate.«

»Kümmern Sie sich um Ihren freien Tag und nerven Sie mich nicht.«

Erin seufzte. »Rufen Sie mich an, okay? Freier Tag hin oder her. Ich habe nicht Wochen investiert, damit Sie es am Ende verkacken.«

Zum ersten Mal seit Stunden schlich sich ein Lächeln auf sein Gesicht. »In Ordnung, Erin. Bis dann.«

Er legte auf und winkte sich ein Taxi heran.

Adriana Bowers war eine gestandene Persönlichkeit, die für ihr Alter blendend aussah. Sie trug ihre blonden Haare zu einem kinnlangen Bob frisiert, ihr Make-up war dezent gehalten. Sie war schlank, aber nicht hager. Ihr Gesicht zeigte kaum Spuren ihres wahren Alters, es war faltenfrei und glatt gebügelt wie das von so vielen Society-Damen. Aber sie hatte einen wachen Blick. Mit diesen großen grünen Augen musterte sie ihn jetzt ausgiebig, während sie mit einem Löffel in ihrem Tee rührte.

Nate wurde ungeduldig. »So, nun haben wir ja so nett geplaudert, Mrs. Bowers. Verraten Sie mir noch den eigentlichen Grund unseres Treffens.« Er nippte von seinem Kaffee.

»Ich habe Sie mir ganz anders vorgestellt«, fing sie an. »All die Jahre habe ich mich gefragt, was aus Ihnen geworden ist.«

Nate stockte. Er schaute sie an, sagte aber nichts.

Adriana Bowers nickte kaum merklich. »Ja, ich weiß, was Sie denken. Suzanne hat mich kontaktiert, nachdem Sie erfahren hat, dass es Ihnen gut geht. Ich weiß, dass Sie bei ihr gewesen sind.«

Suzanne? Ihm wurde übel. Die beiden standen in Kontakt? Warum?

»Schauen Sie nicht so, Nathaniel. Glauben Sie, ich wusste nicht, dass mein Mann ein Kind mit einer anderen Frau hat?«

Er hatte seine Fassung wiedergewonnen. »Sagen Sie es mir doch einfach.«

»Ich wusste es, so war er schon immer. Treue erwartete er nur von mir.«

»Klingt nach einer Liebesheirat.«

Adrianas linkes Augenlid zuckte. »Glauben Sie mir, ich weiß sehr gut, was Sie von mir denken müssen.«

»Nein, das wissen Sie nicht. Sie haben keine Ahnung.«

»Vermutlich nicht. Nein. Aber Sie kennen auch meine Geschichte nicht.« Sie blickte ihn direkt an, und er begriff, dass jeder Mensch Gründe für sein Handeln hatte.

»Warum sind Sie bei ihm geblieben?«, wollte er nun wissen. Er konnte sich nicht vorstellen, dass jemand aus freiem Willen mit so einem Schwein lebte.

»Nun, wir hatten zwei kleine Kinder. Sie wissen, dass Henry grausam sein kann. Er hat mir gedroht, dass er mir die Jungs wegnimmt, wenn ich mich scheiden lasse.«

Nates Magen zog sich zusammen. »Kein Gericht der Welt gibt die Kinder an einen gewalttätigen Mann.«

»Glauben Sie mir, Henry hätte Mittel und Wege gefunden, mich fertigzumachen.«

Wahrscheinlich hatte sie recht. Dass er seine Mom die Treppe hinabgestoßen hatte, war der beste Beweis, wozu der Kerl fähig war. Was hatte Adriana wohl über die Jahre durchmachen müssen? »Wie alt sind Ihre Kinder heute?«

»Oh, sie sind aus dem Haus. Gott sei Dank, ich habe zugesehen, dass sie auf gute Internate gehen konnten, die Universitäten der Westküste sind auch ganz hervorragend.«

»Und Sie immer noch verheiratet«, stellte Nate mit einer hochgezogenen Augenbraue fest. Sie hätte ihn längst verlassen können, wenn sie gewollt hätte. Vermutlich suchte Adriana nur Entschuldigungen, warum sie doch lieber ein bequemes Leben führte, auch wenn sie mit einem Arschloch verheiratet war.

Indes huschte ein Schatten über ihr Gesicht. »Ja. Das bin ich.«

»Lieben Sie Ihre gesellschaftliche Stellung so sehr?« Sein Tonfall klang abfällig, er wusste es, aber es war ihm gleichgültig.

»Es ist kompliziert. Ein Rosenkrieg wäre gerade jetzt nicht gut.«

»Sie sind abhängig von ihm. Schlägt er Sie?« Nate nahm kein Blatt vor den Mund, warum auch?

Adriana musste die Frage nicht beantworten, er kannte die Antwort. Gott, der Kerl war so ein Schwein.

»Wieso ertragen Sie das alles?«, hakte er weiter nach.

»Deswegen sind wir nicht hier.« Sie warf ihm einen strengen Blick zu.

»Weshalb dann?« Er wurde ungeduldig, vermutlich war das alles hier doch nur Zeitverschwendung.

»Ich wollte sehen, was für ein Mensch aus Ihnen geworden ist, Nathaniel.«

»Niemand nennt mich so. Sagen Sie Nate. Warum interessiert es Sie überhaupt?«

Sie lächelte schwach. »Nate. Ja, das passt auch viel besser. Ich sehe, dass Sie etwas aus sich gemacht haben. Das freut mich. Ich habe mir über die Jahre viele Vorwürfe gemacht.«

»Sie? Was können Sie denn dafür?«

»Ich wusste, dass meine Jungs einen Halbbruder haben. Ich hätte Sie bei uns aufnehmen müssen, nachdem Ihre Mutter diesen Unfall hatte.«

»Um keinen Preis der Welt wäre ich unter das Dach von Henry Bowers gezogen.«

»Ich habe nie mit meinem Mann darüber geredet, er glaubt bis heute, dass ich keine Ahnung habe. Ich habe das Waisenhaus finanziell unterstützt – ohne dass mein Mann davon wusste.«

»Scheint, als hätte bei Ihnen jeder so seine Geheimnisse.« Nates Tonfall klang sarkastisch. »Ihnen ist klar, dass Ihr Mann ein Mörder ist?«

Sie riss ihre Augen auf. »Wie bitte?«

»Er hat meine Mom von der Treppe gestoßen. Sie hat noch ein Kind erwartet – von ihm.«

Adriana wurde blass, sie umklammerte die Tasse so fest, dass ihre Knöchel weiß hervortraten. »Das … wusste ich nicht.«

»Er hat keine Sekunde gezögert, sondern ist danach einfach davongelaufen. Den Notruf habe ich gewählt, aber da war es längst zu spät. Sie hat den Sturz nicht überlebt.«

Adriana schloss die Augen und schluckte hart. »Es tut mir so unendlich leid.«

Nates Kehle wurde eng. »Sagen Sie mir: Wie können Sie jede Nacht neben einem Mann wie ihm liegen?«

»Glauben Sie mir, die Frage habe ich mir öfter gestellt, als Sterne am Himmel sind.«

»Wieso tun Sie es dann? Warum gehen Sie nicht?«

»Vielleicht ist erst jetzt die Zeit gekommen, gewisse Dinge in Angriff zu nehmen.«

»Er wird Sie umbringen, nicht? Er hat damit gedroht, oder? Wenn Sie ihn verlassen, wird er Sie nicht nur ruinieren, er wird Sie auslöschen. Sind seine Kinder wie er?«

Nate hatte Mitleid mit der Frau. Wenn er all die Jahre gedacht hatte, dass es ihm schlecht ergangen war, dann wurde ihm nun klar, dass sie die eigentliche Verliererin war. Was hatte diese Frau alles ertragen müssen? Und doch wirkte sie stark auf ihn, nicht wie eine hirnlose Puppe, die alles tat, um bei einem machtsüchtigen Schwein zu bleiben. Obwohl er das alles nicht vollständig begriff, entwickelte er eine gewisse Sympathie für sie. Sie tat ihm leid.

In diesem Moment vermisste er Liv schmerzlich, sie wüsste, was zu tun wäre. Sie würde ihm den richtigen Rat geben. Aber er hatte es versaut. Er hatte alles kaputt gemacht.

Er war kein Stück besser als sein Vater.

»Nate?«, hörte er Adrianas Stimme. Ihre Hand legte sich sanft auf seine. »Meine Jungs sind gute Menschen. Aber sie haben gewisse Züge von ihrem Dad, die ich an Ihnen nicht sehe.«

Oh, diese Frau hatte keine Ahnung, wozu er fähig war.

Nate wurde schlecht. Er schmeckte Galle in seinem Mund. »Ich bin mir nicht sicher«, war alles, was er dazu sagte.

»Sie haben das blonde Mädchen auf mich angesetzt?«, wechselte sie plötzlich das Thema.

Adriana war nicht nur leidensfähig, sie war auch klüger, als Nate und Erin gedacht hatten. Er nickte. »Ich wollte mehr über Sie erfahren. Ich hoffe, sie hat Sie nicht belästigt.«

Adriana lachte. »Nein, sie ist nett. Aber ich habe zu viel erlebt, um nicht zu merken, wenn jemand mehr von mir will, als nur nett sein. Was haben Sie herausbekommen, das würde mich doch interessieren?«

»Nur, dass Sie die perfekte Frau sind.«

Sie lächelte traurig. »Ich habe viele Jahre Übung darin zu verbergen, was wirklich in mir vorgeht.«

Er bewunderte sie für ihre Aufrichtigkeit. »Was wissen Sie über seine Machenschaften?«

»Ich tendiere dazu, mich da rauszuhalten.«

»Das ist bequem.« Er verschränkte die Arme vor seiner Brust und lehnte sich zurück.

»Ja, vielleicht. An einem gewissen Punkt musste ich mich entscheiden. Mein Leben und das der Jungs gegen ...«

»Wie können Sie das nur alles ertragen?«

»Alkohol und Pillen sind keine Lösung, auch, wenn die Versuchung manchmal groß war. Mit den Jahren hat sein Interesse an uns sowieso abgenommen, seine Zerstreuungen sucht er sich außer Haus. Schon sehr lange.«

Oh, Nate wusste genau, was sie meinte. Sein Magen rebellierte.

»Ich habe Ihnen die Frage eingangs schon einmal gestellt. Warum sind wir hier?« Er wollte nicht mehr länger über seinen Vater reden, sich noch mehr schreckliche Dinge anhören, erfahren, wie viele Leben das Schwein noch zerstört hatte.

»Ich war erleichtert, als ich von Suzanne einen Anruf erhielt. Und da wollte ich mich persönlich vergewissern, dass Sie es wirklich sind. Ich dachte jahrelang, Sie hätten auf der Straße nicht überlebt. Diese Schuld habe ich auf mich geladen, es war eine Erleichterung, dass dem nicht so ist. Wenn Sie es so wollen, ich wollte mein Gewissen erleichtern.«

»Verstehe. Aber Sie wissen doch sicher auch, dass nichts davon Ihre Schuld war.«

»Die Augen zu verschließen, ist manchmal, als würde man es selbst tun. Ich wusste nicht, dass er Ihre Mutter gestoßen hat, das müssen Sie mir glauben. Ich dachte, es wäre ein Unfall gewesen.«

»Ich hege keinen Groll gegen Sie.«

»Danke.«

»Aber ich habe vor, Ihren Mann bloßzustellen. Ich habe einige Dinge herausgefunden, die genügen, um ihn des Amtes entheben zu lassen.«

Sie blieb regungslos. »Dann gehe ich mit ihm unter.«

»Warum tun Sie das?«

»Für mich ist es zu spät, Nate.«

»Es ist nie zu spät.«

»Ich habe Krebs. Stufe vier. Glauben Sie mir, es ist definitiv zu spät, sich jetzt noch aufzubäumen.«

Schweigen breitete sich zwischen ihnen aus, es dauerte einen Augenblick, bis Nate etwas sagen konnte. »Wollen Sie etwa in seinen Armen sterben?«

Adriana schlug ihre Augen nieder. »Er wird sicher nicht an meinem Bett sitzen. Die Gewissheit habe ich wenigstens.«

»Was für ein Schwein.«

»Warten Sie mit Ihrer Aktion, bis ich gegangen bin.«

»Aber warum? Wollen Sie nicht, dass er für seine Verfehlungen bezahlen muss?«

»Henry Bowers wird in der Hölle schmoren, egal, was auf Erden passiert.«

»Was für ein Gott soll das sein, der das alles zulässt?«

»Mein Leben war nicht nur schlecht, Nate. Was ist mit Ihrem? Ich habe Sie noch gar nicht gefragt. Haben Sie eine Frau? Kinder?«

»Kinder? Ich? Nein. Ich möchte keine Kinder.«

»Dann sind Sie verheiratet?«

»Nein.«

»Wissen Sie. Am Ende sind Sie kein bisschen klüger als ich.«

»Was sagen Sie da?«

Noch einmal legte sie ihre Hand auf seine. »Nate, wenn Sie nicht Ihr Leben leben, hat er gewonnen.«

Nates Kiefer mahlten, als er verstand, dass sie recht hatte.

Seine tiefste Angst drängte sich ans Tageslicht. »Was ist, wenn ich doch so bin wie er?«

Ihre Züge wurden weich. »Ich habe Ihre Mom zwar nicht gekannt, aber ich sehe, dass sie Sie gut erzogen hat.«

»Ich war sieben, als sie gestorben ist.« Nate schluckte.

»Aber sie lebt in Ihnen weiter.«

»Was ist mit ihm? Mit dem Teil von ihm?«

»Kein Mensch wird böse geboren. Es sind andere Menschen, die uns zu dem machen, was wir sind.«

Er dachte einen Augenblick darüber nach. »Ich bin mir nicht sicher, was das bedeutet.«

»Ja, Sie haben seine Augen, sein energisches Kinn. Henry war … ist ein gut aussehender Mann.«

Nate presste die Lippen aufeinander. Sie fuhr fort. »Sie treffen die Entscheidungen für Ihr Leben, Nate. Nicht er. Aber ich kann Ihnen eines sagen: Je mehr Sie sich mit dem Plan befassen, Henry zu vernichten, desto ähnlicher werden Sie ihm.«

»Ich kann ihn nicht ungestraft davonkommen lassen.«

Sie atmete tief ein. »Es ist nicht leicht zu vergeben.«

»Das werde ich nie tun.«

»Vielleicht müssen Sie das auch nicht. Aber Sie haben doch den ersten Schritt schon vor langer Zeit getan, indem Sie Atlanta hier hinter sich gelassen haben.«

So hatte er das noch nie gesehen. Aber es stimmte.

»Wenn Sie jetzt wieder daran anknüpfen, war das alles umsonst. Ich weiß, dass ich kein Recht dazu habe, Ihnen zu sagen, was Sie tun und lassen sollen. Aber als ich heute gehört habe, dass Sie leben und es Ihnen gut geht, war ich so erleichtert, dass ich weinen musste. Leben Sie! Lieben Sie! Geben Sie nicht der Rachsucht in Ihnen nach. Wenn Sie die einmal gewinnen lassen, werden Sie nie darüber hinwegkommen. Es wird Ihre Seele zerstören.«

Sie stand auf. »Entschuldigung, ich wollte mich nicht

einmischen. Vergessen Sie, was ich gesagt habe. Es … steht mir nicht zu.«

»Nein, ist schon in Ordnung. Bleiben Sie bitte.«

Sie schüttelte den Kopf. »Leben Sie wohl, Nate. Ich wünsche Ihnen alles Gute. Sie sind ein guter Mensch, Sie sind nicht wie er.«

Nate erhob sich und wollte etwas sagen, aber sie schüttelte den Kopf. »Belassen wir es dabei. Danke, dass Sie gekommen sind. Ich brauchte diese gute Nachricht. Machen Sie noch mehr aus Ihrem Dasein. Bleiben Sie kein Einsiedler voller Hass.«

Der Kloß in seinem Hals wurde riesengroß. Er wusste nicht, was er ihr wünschen sollte. Ihre Situation war ausweglos, dennoch wirkte sie alles andere als verzweifelt, beinahe so, als ob sie erleichtert wäre, bald alles hinter sich lassen zu können.

So weit war er längst nicht.

Kapitel 20

Nicht einmal mehr Käsekuchen half. Liv saß bei Cat auf dem Sofa und schnäuzte sich in ein Taschentuch.

»Ach, Süße«, sagte Cat und streichelte ihr den Rücken. »Es tut mir so leid.«

»Weißt du, was mich am meisten mitnimmt?«

Ihre Nachbarin schüttelte den Kopf.

»Dass ich ihn an mich herangelassen habe, dass ich mich für ihn geöffnet habe, obwohl ich das nie wollte. Und jetzt, jetzt habe ich den Salat.«

»So schlimm? Ach, was frage ich! Natürlich, wenn du noch nicht mal Kuchen magst.«

Liv seufzte und wischte sich dann über die Augen. »Ich muss ein paar Tage hier raus.«

»Oh, das klingt nach einer sehr guten Idee. Ich würde gerne mit dir wegfahren, aber ich habe eine Deadline. Ich kann leider keinen Urlaub nehmen.«

»Das habe ich doch auch gar nicht erwartet. So, wie ich drauf bin, möchte ich mich auch niemandem zumuten.« Liv verzog ihren Mund. »Außer meiner Mom vielleicht.«

Cat lachte. »So ist es richtig. Wohnt sie weit weg?«

»Es geht, Springfield.«

»Möchtest du mein Auto leihen?«

»Nein, das brauche ich nicht. Ich mag es, mit anderen zu reisen. Irgendwie finde ich es belebend. Außerdem wäre ich da ewig unterwegs.«

Cat runzelte die Stirn. »Sicher?«

Liv nickte. »Absolut sicher.«

Ja, ein Tapetenwechsel würde ihr guttun. Raus aus Boston, raus aus ihrem Alltag. Außerdem hatte ihre Mom sich in den letzten Wochen schon mehrfach beschwert, dass sie gar nichts mehr von ihr hörte.

Elijah blickte nachdenklich in sein Glas, nachdem Nate ihm von seinem Treffen mit Adriana Bowers berichtet hatte. »Sie hat es also die ganze Zeit gewusst«, murmelte er abwesend.

Nate schwenkte die Eiswürfel. »Ich mache ihr keine Vorwürfe. Sie trägt keine Schuld.«

Elijah furchte seine Stirn. »Was hast du jetzt vor?«

Nate wusste es nicht. »Ich bin mir nicht sicher.«

»Wo steckt überhaupt deine Angebetete?« Ihm entging der sarkastische Unterton seines Kumpels nicht.

»Es wird dich freuen zu hören, dass sie mich verlassen hat, ehe es richtig beginnen konnte.«

Elijahs Kopf schnellte herum. »Wieso?«

»Sie hat mitbekommen, was ich vorhabe. Sie ist ein ehrliches Mädchen.«

»Und jetzt?«

Nate wunderte sich, dass er nicht mehr Kommentare von seinem Kumpel zu seiner Liaison mit Liv bekam. Er hatte ihn gewarnt, aber Nate hatte nichts davon wissen wollen. Vielleicht schwieg Elijah deshalb. Auch wenn er recht behalten hatte, dass es nicht funktionieren konnte, so war es doch kein Triumph für ihn.

»Ich weiß es nicht«, sagte Nate.

»Dann ist es also wirklich passiert?«

Nate kniff die Augen zusammen. »Was meinst du?«

»Na, du hast dich verliebt.«

Nate rieb sich über das unrasierte Kinn und blieb seinem Freund eine Antwort schuldig.

»Wie fühlt es sich an?«

Nates Herz zog sich zusammen, die Leere in seinem Inneren ließ ihn frösteln.

»Es tut weh.« Er hob sein Kinn und blicke Elijah in die Augen.

Dieser nickte. »Ja. Es zerreißt dich innerlich, wenn du wieder erfährst, dass Leute dich verlassen und nicht bereit sind, auch die schlechten Zeiten mit dir durchzustehen.«

Nate wusste genau, was er meinte. »Ich kann ihr keinen Vorwurf machen.«

»Aber du lässt sie trotzdem einfach gehen?«

»Was soll ich denn tun? Ihr hinterherlaufen?«

Elijah zuckte die Schultern. »Mögen Frauen das nicht, so im Allgemeinen?«

»Liv ist nicht wie die anderen.«

»Ein Grund mehr, es noch einmal zu versuchen.«

Nate wunderte sich. »Was ist denn mit dir los? Erst warnst du mich, und jetzt rätst du mir, ich soll nicht aufgeben?«

»Vielleicht hat sie recht.«

»Womit?«

»Du und ich, wir wissen, wie kaputt wir innerlich sind. Ich hatte das Gefühl, seitdem du sie kennst, warst du ein bisschen weniger ... abgefuckt.«

Nate atmete hörbar aus. »Sehr witzig.«

»Ist mein Ernst. Wenn du das Ding mit Henry Bowers durchziehst, verlierst du sie für immer.«

»Soll ich *mich* aufgeben, für eine Frau?«

Elijah stellte sein Glas auf den Tisch. »Bist das wirklich du? Der Nate West, den ich kenne, zerstört keine Menschenleben.«

»Er hätte es verdient. Und du warst doch meiner Meinung.«

»Ja. Aber da kannte ich den Rest der Geschichte noch nicht. Er hat es nicht nur vielleicht, sondern ganz sicher verdient. Aber was ist mit Adriana? Den Söhnen? So ein Skandal zieht alle mit runter.«

»Willst du mir jetzt etwa auch noch ins Gewissen reden?«

»Das will ich nicht. Aber ich helfe dir beim Überlegen. Den Rest musst du selbst entscheiden.« Elijah stand auf, klopfte Nate auf die Schulter und ging. »Denk drüber nach. Ruf mich an, wenn du mich brauchst.«

Nate sah ihm noch lange hinterher. Er war hin- und hergerissen, aber eins war klar: Er vermisste Liv. Sie fehlte ihm mehr, als er sich je hätte vorstellen können.

Ein paar Stunden später stellte Nate sein Motorrad vor Livs Wohnhaus ab und klingelte. Es war eine laue Sommernacht und längst dunkel. Niemand öffnete, auch nicht nach dem zweiten Klingeln. Ans Telefon ging sie auch nicht.

Vielleicht war sie nicht zu Hause, aber dann hätte sie doch wohl ihr Handy dabei.

»Ich muss nicht Einstein sein, um zu kapieren, dass sie nicht mit mir sprechen will«, murmelte er und lehnte sich mit der Stirn gegen die Hauswand.

»Hey, was machen Sie denn da?«, fragte eine weibliche Stimme hinter ihm.

Nate richtete sich auf und drehte sich um. Vor ihm stand eine zierliche Blondine, sie kam ihm bekannt vor. »Ich wollte jemanden besuchen. Sie scheint aber nicht da zu sein.«

»Oh. Verstehe. Dann sind Sie also der ominöse Mr. West?«

Nate runzelte die Stirn. »Und wer sind Sie, wenn ich mir diese Gegenfrage erlauben darf?«

»Ich bin Cat, Livs Nachbarin. Und Freundin.« Die letzten beiden Worte hatte sie mit dem gewissen Unterton von sich gegeben, der Nate sagte, dass Cat um Längen mehr über ihn wusste als umgekehrt.

»Können Sie mir sagen, wo sie ist?«

»Wieso sollte ich das tun?« Sie verschränkte die Arme vor ihrer Brust.

»Weil ich mit ihr reden möchte.«

»Hören Sie, Mr. West. Liv wird ihre Gründe haben, warum sie nicht ans Telefon geht.«

Er kniff die Augen zusammen. »Dann ist sie also gar nicht zu Hause?«

»Das habe ich nicht gesagt.« Sie stemmte jetzt ihre Hände in die Hüften.

»Das habe ich auch so begriffen. Wenn sie da wäre, hätten Sie nämlich gesagt: *Liv wird ihre Gründe haben, warum sie nicht die Tür aufmacht.* Immerhin stehe ich vor ihrer Wohnung.«

»Wow«, stieß Cat hervor. »Sie sind anstrengend.«

Nate lächelte schwach. »Sagen Sie mir jetzt, wo sie ist?«

»Sie hat sich wegen Ihnen die Augen aus dem Kopf geheult.«

»Das tut mir leid. Aber ich muss mit ihr reden.«

»Sind Sie sich da ganz sicher?«

»Natürlich«, gab er genervt zurück. »Wäre ich sonst hier?«

»Wissen Sie, ich finde, Sie machen sich das ein bisschen zu einfach.«

»Zu einfach«, wiederholte er lakonisch.

»Ja, genau.«

»Okay, können Sie das vielleicht ein bisschen näher ausführen?«

Sie tippte ihm mit dem Zeigefinger auf die Brust. »Wegen Ihnen hat sie sogar den Käsekuchen stehen gelassen.«

Cat sagte das im Brustton der Überzeugung, als ob damit alles klar sein müsste. Nate begriff nicht.

Sie stöhnte. »Männer!«

»Kommen Sie, Cat. Geben Sie mir eine kleine Hilfe.«

»Anscheinend geht's ja nicht ohne. Ich sage Ihnen das nur, weil Liv wirklich verliebt in Sie ist.«

Sein Herz machte jäh einen kleinen Freudensprung. »Also?«

»Wenn ich Sie wäre«, sie machte eine betonte Pause, »dann würde ich versuchen, ihr auf meine Art zu zeigen, dass sie mir wichtig ist.«

Das konnte nicht ihr Ernst sein, ging es vielleicht noch ein bisschen kryptischer? Welche Drogen nahm das blonde Weibsstück? »Was haben Sie sonst noch für Tipps auf Lager?«

Langsam verlor er die Geduld. »Wo ist Liv?«

»Sie ist bei ihrer Mom.«

»Und wie lange wird sie dort bleiben?«

»Ein paar Tage.«

»Haben Sie die Adresse?«

»Nein.«

Verdammt. Er fluchte unterdrückt.

Nate kam aus dem Fluchen gar nicht mehr heraus. Auch einen Tag später hallte sein Schimpfen immer wieder durchs Haus.

»Warum gehst du nicht einfach in einen Laden und kaufst einen?«, fragte Elijah, der mit seinem Laptop in Nates Küche saß und die Backversuche seines Freundes mit einem spöttischen Grinsen verfolgte.

»Ich habe es dir doch schon mehrfach erklärt.« Nate seufzte.

»Noch einmal. *Baby, do it one more time*«, trällerte Elijah und begab sich damit in Lebensgefahr.

»Gott, du bist so ein Arschloch. Ich will mich bei Liv entschuldigen, ihr sagen, dass sie mir wichtiger ist als alles andere.«

»Und dafür brauchst du einen ungenießbaren Kuchen?«

»Noch einen solchen Spruch, und *du* landest im Ofen.«

»Ich wette einen Tausender, dass du am Ende doch mit 'nem gekauften Törtchen bei ihr aufkreuzt.«

»Die Wette gilt.« Sie schlugen ein.

Fünfzehn Minuten später bereute Nate, dass er darauf eingegangen war. Zum gefühlt fünfzigsten Mal schaute er sich nun schon das Back-Tutorial auf YouTube an, aber er begriff immer noch nicht, wie man diese verdammte Masse so hinbekommen sollte, dass am Ende nicht Zement, sondern fluffiger, cremiger Käsekuchen dabei herauskam. Seine ersten fünf Versuche lagen im Mülleimer, und seine Hoffnung schrumpfte von Minute zu Minute.

»Und sie geht nach wie vor nicht ans Telefon?«

»Nein.«

Nate erlaubte sich den Gedanken nicht, dass es womöglich zu spät war. Dass er seine einzige Chance vergeigt hatte. Vielleicht klammerte er sich deshalb an die bescheuerte Idee, dass ein verfluchter Käsekuchen irgendwas retten könnte.

Seit drei Tagen war Liv bei ihrer Mom in Springfield und hielt das Übermaß an Fürsorge kaum noch aus. Sie lag auf dem Bett und blätterte lustlos durch einen Krimi, den sie sich am Flughafen besorgt hatte. Sie konnte sich einfach nicht auf die Seiten konzentrieren, immer wieder schweiften ihre Gedanken zu Nate. Er rief sie in regelmäßigen Abständen an, aber sie hatte ihr Telefon auf lautlos gestellt. Sie konnte nicht mit ihm sprechen, sie wollte es auch nicht.

Dabei war sie gar nicht mehr sauer auf ihn, mehr auf sich selbst, weil sie es besser hätte wissen müssen, sie hätte sich nicht auf einen Mann wie ihn einlassen dürfen. Andererseits fing sie an zu zweifeln, möglicherweise hätte sie ihm seine Rachepläne auch ausreden können. Vielleicht wäre er zur Vernunft gekommen, wenn sie sich nur mehr Mühe gegeben hätte, ihn besser zu verstehen, um ihn dann mit den richtigen Argumenten überzeugen zu können. Stattdessen war sie einfach davongelaufen, weil sie vor ihren eigenen Gefühlen fliehen wollte.

Sie war nach Springfield gekommen, um wieder einen klaren Kopf zu bekommen, das Gegenteil war jedoch der Fall. Die Gedanken um Nate drehten sich immer mehr im Kreis.

»Liebes«, rief ihre Mutter Penny in dieser Sekunde von unten herauf. »Kommst du mal eben?«

Liv rollte mit den Augen. »Ich lese gerade«, log sie.

Vermutlich wollte ihre Mom ihr den x-ten Eiskaffee mit Keksen anbieten, als ob das alle Probleme lösen würde. Dabei hatte sie ihr nicht mal von Nate und dem Gefühlschaos erzählt, es war alles noch viel zu frisch, als dass sie das mit ihr teilen könnte. *Zu frisch – und vorbei*, korrigierte sie sich stumm.

»Liv!«, schallte es noch einmal durchs Haus. »Komm bitte runter.«

»Gott«, schimpfte sie gerade leise genug, dass ihre Mom nichts davon mitbekam, klappte das Buch zu und stapfte nach unten.

»Was ist?«, fragte sie.

Ihre Mom schloss gerade die Haustür, dann drehte sie sich um. »Hier, ist für dich abgegeben worden.«

Sie reichte ihr ein Paket.

»Für mich? Bist du sicher?«

»Na, der Bote hat jedenfalls deinen Namen gesagt. Wenn du noch andere Liv Fields' in diesem Haus versteckt hast, dann hol sie aus ihren Löchern.«

»Sehr witzig, Mom. Echt.«

Natürlich dachte sie sofort an Nate. Aber er wusste doch nicht, dass sie hier war, oder?

Hm. Möglich wäre es ... Penelope hatte sie nur erzählt, dass sie wegfahren wollte, aber Cat hatte sie gesagt, wo sie hinwollte. Vermutlich war das Päckchen von ihr, zur Aufmunterung.

Ja, natürlich. Cat war so eine süße Maus. Gleichzeitig konnte sie die Enttäuschung kaum verbergen, die sie bei der Erkenntnis empfand.

»Willst du es dir jetzt ansehen, oder nicht? Sonst stell ich das Ding einfach hier ab.« Ihre Mom tippte ungeduldig mit der Fußspitze auf den Boden. »Was ist eigentlich los mit dir? Du bist schon die ganze Zeit so komisch.«

Ihre Mutter musterte sie von oben bis unten. Dann leuchteten ihre Augen auf. »Du hast Liebeskummer.«

»Als ob das ein Grund zur Freude wäre«, brummte Liv und riss ihr die Lieferung aus der Hand.

»Du musst mir alles erzählen!«, flötete Penny.

»Es gibt nichts zu erzählen«, sagte sie und öffnete die Packung. Ihr schlug der Geruch von Käsekuchen entgegen.

Definitiv ein Tröste-Paket von Cat. Aber der Kuchen wirkt ziemlich ramponiert.

»Sieh mal«, rief ihre Mom. »Da ist eine Karte dabei.«

»Ja, Mama.« Liv trennte den Umschlag ab und öffnete ihn. Dann warf sie ihrer Mutter einen strengen Blick zu. »Wäre etwas Privatsphäre hier zu viel verlangt?«

Wenigstens rötete sich ihr Gesicht halbwegs schuldbewusst. »Natürlich. Ich bin in der Küche, wenn du mich brauchst. Ich mache uns mal einen ...«

»Eiskaffee, ich weiß«, beendete Liv den Satz. Der Rest blieb ihr im Hals stecken, als sie die Karte öffnete. Die Handschrift war schnörkellos, kräftig und eindeutig männlich.

Liebe Liv,

ich weiß, ich habe in meinem Leben viele Fehler gemacht. Aber der größte Fehler war, Dich gehen zu lassen. Du fehlst mir so unfassbar, dass ich kaum mehr atmen kann. Ich hätte mir nie erträumt, dass ich jemals so viel für jemanden empfinden könnte.

Bevor ich Dich kannte, fühlte sich alles in mir leer und dunkel an. Dann kamst Du in mein Leben und hast mir gezeigt, dass es auch für mich noch eine Sonne am Horizont zu entdecken gibt.

Seit ich Dich kenne, weiß ich, was es heißt, wirklich zu lieben. Ich liebe Dich. Ja, es ist feige, die drei Worte zu schreiben, weil ich mich nicht getraut habe, sie laut auszusprechen. Meine Vergangenheit ist keine Entschuldigung, ich habe aber auch nie ein Geheimnis daraus gemacht, dass ich von dem, was ich erlebt habe, geprägt wurde. Erst jetzt habe ich begriffen, dass ich meine Geschichte nicht als Ausrede benutzen darf, um anderen Menschen wehzutun. Dir wehzutun. Es tut mir leid, dass ich Dir nicht von Anfang an alles erzählt habe. Zu meiner Verteidigung möchte ich jedoch vorbringen, dass ich noch nie über die Todesumstände meiner Mutter gesprochen habe. Nicht einmal Elijah weiß, was genau an diesem Tag passiert ist.

Ich bitte Dich um Verzeihung, ich hätte Dir nichts verschweigen dürfen. Wenn Du bereit bist, mich anzuhören, möchte ich Dir gerne alles erzählen. Ich erwarte nicht, dass Du mir vergibst, aber hoffe dennoch, dass Du mich anhören wirst.

Für den Fall, dass Du bereit bist, mit mir zu sprechen, komme bitte am Samstag um zwanzig Uhr zum Fan Pier Park am Charles River. Wenn Du nicht auftauchst, weiß ich, dass Du meine Gefühle nicht erwiderst und Dir eine Zukunft mit mir nicht vorstellen kannst. Ich werde Dich, solltest du nicht kommen, nicht mehr belästigen und Deine Entscheidung respektieren, dennoch hoffe ich von ganzem Herzen, Dich am Samstag zu sehen.

Ich liebe Dich.
Nate

PS: Das ist mein zwanzigster Versuch, einen halbwegs genießbaren Käsekuchen zu backen. Ich fürchte, ich habe andere Talente, hoffe aber, dass Du Dich trotzdem darüber freust.

»Und?«, hörte sie die Stimme ihrer Mutter aus der Küche.

Liv konnte nicht sprechen, ihre Knie waren weich, und ihr Herz klopfte wild.

Sie hörte Schritte hinter sich. »Liv, von wem ist die Karte?«

»Ich brauche deinen Rat.«

»Oh, Liebes. Natürlich.« Penny kam zu ihrer Tochter und umarmte sie. »Und jetzt sag nicht, dass du Backtipps von mir möchtest.«

Liv lächelte schief. »Nein, Mom. Es geht nicht um Käsekuchen.«

»Dann bin ich aber beruhigt. Komm erst mal mit, wir setzen uns in Ruhe hin.«

Mutter und Tochter gingen in die Küche, dort begann Liv zu erzählen.

Kapitel 21

Nate schaute zum wiederholten Mal auf seine Uhr. Es war kurz nach neun, die Dämmerung hatte bereits eingesetzt. In der Ferne heulte eine Sirene, ein Hund bellte. Es war eine kühle Nacht, aber er nahm kaum etwas davon wahr. Es war eine Stunde über der von ihm vorgeschlagenen Zeit. »Sie kommt nicht«, murmelte er niedergeschlagen und lief unruhig vor dem Pier auf und ab. »Ich bin ja auch zu blöd, natürlich kommt sie nicht, sie hat ja nicht einmal auf meine Nachricht geantwortet.«

Er fuhr sich mit der Hand über das Gesicht, dann blickte er über den Charles River und atmete tief durch. Liv konnte ihm weder vergeben, noch hatte sie Lust, seine Geschichte zu hören. Er konnte es ihr nicht verdenken, trotzdem zerbrach etwas in ihm.

Niedergeschlagen setzte er sich.

»Nate?«

Sein Kopf fuhr herum, er vergaß zu atmen.

Liv sah wundervoll aus. Sie trug ein bodenlanges, leichtes Sommerkleid, das ihre Schultern freiließ. Ihre Haare hatte sie hochgesteckt. Eine braune Locke wehte in der lauen Abendbrise. »Ich bin zu spät«, sagte sie.

Er sprang auf und ging auf sie zu. Plötzlich unsicher, wie er sich verhalten sollte, blieb er etwa einen Meter vor ihr stehen.

»Du bist hier«, gab er zurück. Seine Stimme bebte.

Er versuchte, in ihrem Gesicht zu erkennen, was in ihr vorging. Aber er hatte keine Ahnung.

»Danke. Für den Kuchen«, sagte sie jetzt.

»Hoffentlich hast du ihn nicht gegessen.« Es war der Versuch zu scherzen, weil er sonst nicht wusste, womit er ein Gespräch eröffnen sollte. Obwohl er sich seit Tagen die passenden Worte immer wieder im Geiste zurechtgelegt hatte, war auf einmal alles weg. Sein Kopf war wie leer gefegt.

Livs Mundwinkel verzogen sich zu einem Lächeln. »Nein. Aber der Wille zählt. Wie bist du nur auf diese verrückte Idee gekommen?«

Er zuckte die Schultern. »Ich weiß auch nicht. Vielleicht hatte ich auf Mitleid gehofft?« Er würde Cats Rolle in diesem Teil seines Eroberungsversuchs später aufklären. »Bist du deswegen hier?«

Sie schüttelte den Kopf. »Nein. Ich bin hier, weil ich selbst ein paar Dinge begriffen habe. Aber zuerst möchte ich gerne hören, was du mir sagen wolltest.«

Nates Magen zog sich nervös zusammen, seine Kehle war staubtrocken. »Ja. Das mache ich gerne.«

»Warum genau hier?«

Er ging einen Schritt auf sie zu und nahm ihre Hand. Oh, wie sehr hatte er sie vermisst. Ihre Haut war seidig und warm. »Ich bin früher oft hier gewesen, wenn ich nachdenken musste.«

»Ja, es ist schön hier.« Sie schaute über den Charles River in der Dunkelheit. Auf dem Wasser spiegelten sich die Lichter der gegenüberliegenden Gebäude.

»Sollen wir ein Stück gehen?«, schlug er vor, als ihn die Nervosität zu überwältigen drohte. »Wie geht es dir?«

Er genoss es, ihre Nähe zu spüren, gleichzeitig unterdrückte er den Impuls, sie in seine Arme zu ziehen und sie zu küssen. Es war verlockend, aber zunächst mussten sie einiges klären. Außerdem hatte er Angst vor ihrer Reaktion, was, wenn sie doch nur gekommen war, um ihm zu sagen, dass aus ihnen nichts würde?

»Seit ich bei dir bin, viel besser«, erwiderte sie in diesem Moment, und es war, als nähme ein Elefant den Fuß von seiner Brust. Sein Herz schlug höher. »Wie war es bei deiner Mom?«

»Schön. Anstrengend.« Liv lachte nervös. »Ich sollte sie öfter besuchen.«

»Ich würde mich freuen, wenn ich sie kennenlernen dürfte.«

»Glaub mir. Sie kann es kaum erwarten.«

Nate riss die Augen auf. »Ihr habt über mich gesprochen?«

»Das war unvermeidlich.«

»Wieso?«

»Sie hat das Paket entgegengenommen.«

»Verstehe. Sie hat nur recht, wenn sie dich vor einem Kerl wie mir warnt.«

Liv gluckste leise. »Du hättest deine helle Freude gehabt. Sie hat mir ganz was anderes gesagt.«

»Hat sie?«

»O ja. Aber erst bist du dran.«

Er atmete tief durch. »Ja. Zuerst bin ich dran.«

»Du musst nicht erzählen, was du Schreckliches erlebt hast, Nate. Ich bin zwar keine Therapeutin, aber ich weiß, dass man, wenn man schlimme Erlebnisse erzählt, re-traumatisiert wird. Ich hoffe, du weißt, dass ich nicht deswegen weggelaufen bin.«

»Ja, das weiß ich. Trotzdem sollst du wissen, was ich erlebt habe.«

Und dann erzählte er ihr von seinen Erinnerungen an den schlimmsten Tag seines Lebens.

Eine Träne rann über Livs Wange. Sie blieb stehen und schmiegte sich an ihn. »Es tut mir unendlich leid, dass du das durchmachen musstest.« Sie spürte seinen heftigen Herzschlag unter ihren Händen. Er war sichtlich aufgewühlt, aber wirkte dennoch gefasst.

»Ich bin nicht alleine.«

»Nein, das bist du nicht.«

Sie blieben stehen, eine kühle Brise strich über sie hinweg. Nate legte seine Hände an ihre Wangen. »Ich liebe dich, Liv.«

Es tat so gut, diese Worte zu hören. Ihre Augen füllten sich erneut mit Tränen. »Ich habe eine wahnsinnige Angst«, gestand sie ihm.

»Wieso?« Seine Stimme klang rau.

»Weil ich dich auch liebe.«

Sie hörte, wie Nate ausatmete. »O Liv.«

Und dann senkte er seinen Mund auf ihren, er küsste sie zaghaft, fast so, als ob er sich davor fürchtete, sie zu berühren. Vorsichtig öffnete sie ihre Lippen und erwiderte seinen Kuss. Nate vergrub seine Hände in ihren Haaren. Dass er damit vermutlich ihre Frisur ruinierte, war ihr völlig egal.

Irgendwann lösten sie sich voneinander. »Du hast mir so gefehlt«, sagte er und lehnte seine Stirn gegen ihre.

»Ich bin fast verrückt geworden«, gestand sie. »Aber ich musste mir auch über ein paar Dinge Gedanken machen.«

»Und zu welchem Schluss bist du gekommen?«

»Dass du jedes Risiko wert bist, Nate.«

Er küsste sie. »Ich bin so froh, dass du das sagst. Ich werde dich nicht enttäuschen.«

Sie hatte Angst zu fragen, aber sie musste es dennoch wissen. »Was wirst du tun?«

»Du meinst wegen der ... Ermittlungen?«

Sie nickte. »Ja.«

»Du hattest recht. Ich habe es jetzt begriffen. Und da gibt es noch mehr, was ich dir erzählen muss.«

Sie machte große Augen. »Was ist es?«

»Keine Angst, Liv. Aber ich habe jemanden kennengelernt.«

»Was?«

»Nicht so. O Gott, das kam jetzt total falsch.« Nervös trat er von einem Fuß auf den anderen. »Du erinnerst dich an Suzanne.«

»Ja, natürlich. Was ist mit ihr?«

»Kurz nachdem du ...«, er räusperte sich. »Nachdem du nach Atlanta zurückgeflogen bist, bekam ich einen Anruf.«

»Von wem?«

»Von Adriana Bowers.«

»Wer ist das?«

»Die Ehefrau meines Vaters.«

Sie schlug sich die Hand vor den Mund. »Was wollte sie?«

»Sie wollte sich mit mir treffen, was wir auch getan haben.«

»Und?«

»Sie wusste es die ganze Zeit.«

»Was wusste sie?«

»Dass ich der Sohn von Henry bin, dass ihre eigenen Kinder noch einen Halbbruder haben.«

»Das ist ja, hm, ich weiß auch nicht, was ich dazu sagen soll.« Liv runzelte die Stirn.

»Sie leidet unter ihm, sie ist ebenso ein Opfer wie meine Mom. Aber sie kann sich nicht von ihm lösen – aus verschiedenen Gründen.«

Liv verstand, auch ohne sie zu kennen, was er meinte. Adriana war in eine Abhängigkeit gerutscht, aus der sie sich nie hatte lösen können. Es passierte bei Arm wie bei

Reich. In diesem einen Punkt waren die sozialen Klassen seltsamerweise nebensächlich.

Nate fuhr fort. »Er hat sie bedroht, vermutlich auch geschlagen, er hätte ihr die Kinder weggenommen – oder sie ebenfalls umgebracht, da bin ich mir sicher.«

»Es gibt Mittel und Wege …«

»Liv«, unterbrach er sie. »Es ist zu spät. Das ist alles lange her. Sie ist nur gekommen, weil sie damals das Waisenhaus unterstützt hat, daher kannte sie Suzanne, und sie … hat sich um mich gesorgt und wollte wissen, was aus mir geworden ist.«

»Sie hat was?«

»Ja, das Waisenhaus bekam finanzielle Hilfe von ihr. Als ich dann verschwunden bin, wusste natürlich auch Adriana nicht, was mit mir passiert war. Sie dachte, dass ich es nicht geschafft hätte, ein Leben auf der Straße … da kann viel passieren.«

Liv wollte nicht an die Schreckensbilder denken, die vor ihrem inneren Auge auftauchten. »Ich bin so froh, dass es dir gut geht, Nate. Dass du heute bei mir bist.«

»Du glaubst nicht, wie sehr ich mich selbst darüber freue.«

»Heißt das, du wirst deine Rachepläne … verwerfen?«

Nate biss die Zähne zusammen. »Ich wünsche mir, dass der Mistkerl für seine Vergehen bezahlt. Aber ja, ich werde mich zurückhalten.«

»Wirst du es irgendwann bereuen und mich dann dafür verantwortlich machen?«

Er zog sie enger an seinen Körper. »Wenn du bei mir bist, werde ich nie bereuen, dass ich mich für das Gute entschieden habe.«

Erleichterung floss durch ihren Körper. Sie hatte so sehr gehofft, dass er sich für sie und gegen seinen Vernichtungsplan entscheiden würde, für die Liebe und gegen den Hass.

Gleichzeitig hoffte sie, dass er es, wie er sagte, nie bereuen würde, sie gewählt zu haben – statt der Rache am Mörder seiner Mutter.

»Ich liebe dich so sehr, Nate. Danke, dass du das für mich tust.«

»Ich liebe dich auch. Und ich tue es für uns, weil ich dich brauche, weil du mich zu einem besseren Menschen machst.«

»Das stimmt nicht, Nate. Du bist ein guter Mensch, du musst es nur endlich glauben.«

»Hilfst du mir dabei?«

»Immer. Lass uns nach Hause gehen. Zu dir oder zu mir. Ich möchte jetzt mit dir alleine sein.« Sie schob ihre Hand unter sein Hemd. Nate sog scharf die Luft ein. »Oh, ja. Ich werde uns so schnell nach Hause bringen, dass ich vermutlich zig Strafzettel kriegen werde.«

Sie hatten sich entschieden, zu ihm zu fahren. Wobei Nate es eigentlich egal war, wo sie hingingen, solange Liv bei ihm war. Aber er hatte zu Hause noch etwas vorbereitet – seine Hoffnung, sie für sich zu gewinnen, hatte ihn angetrieben, Tausende von Rosen, Kerzen und Unmengen an Essen einzukaufen. Sie könnten sich tagelang einschließen – vielleicht würden sie das sogar tun, er hätte nichts dagegen. Nate konnte kaum glauben, dass er sich in ein paar Wochen so sehr verändert hatte, dass der Gedanke, für den Rest des Lebens mit einer Frau zusammen zu sein, keine Panik, sondern pure Glücksgefühle bei ihm auslöste. Er war glücklich, endlich wusste er, wie es sich anfühlte, Liv von ganzem Herzen zu lieben.

Vor seinem Haus wartete jemand. Beim Näherkommen entdeckte er die Silhouette einer rundlichen Frau.

»Suzanne?«, stieß er hervor. Ein ungutes Gefühl machte sich in ihm breit, etwas stimmte nicht.

»Nate. Hallo?« Sie rang sich ein Lächeln ab. »Liv, guten Tag.«

Nate umarmte sie kurz. »Ist alles in Ordnung?«

»Kommt, gehen wir doch erst einmal rein«, schlug Liv vor.

Wenig später saßen sie im Wohnzimmer, Nate hatte Wasser und Gläser geholt.

Suzanne saß mit ineinander verschränkten Händen auf dem Sofa. Ihre Handtasche hatte sie auf dem Boden abgestellt. »Es tut mir leid, dass ich euch so überfalle«, fing sie an, und ein nervöses Zucken im Mundwinkel verriet, wie aufgewühlt sie wirklich war.

»Suzanne, es ist okay. Was ist los?«

»Zuerst wollte ich mich entschuldigen, dass ich letzte Woche nicht erzählt habe, dass Adriana ... das Waisenhaus unterstützt hat, dass sie in den Jahren, in denen wir miteinander zu tun hatten, Bescheid wusste. Ich hätte es dir sagen müssen, nicht damals, aber heute.«

Nate entspannte sich ein wenig. »Es ist in Ordnung, ich mache dir keine Vorwürfe. Ich verstehe sehr gut, dass du den Namen einer Spenderin nicht preisgeben konntest.«

Liv legte ihm ihre Hand auf den Oberschenkel und drückte ihn sanft.

»Das ist leider noch nicht alles«, Suzannes Stimme brach. Sie räusperte sich. »Adriana ist tot.«

Nates Herz setzte einen Schlag aus. »Wie ist das möglich, vor ein paar Tagen ging es ihr doch noch gut.«

»Sie hatte Krebs, Stufe vier.«

Das hatte er gewusst, aber dennoch ... Suzanne fuhr fort. »Aber das war nicht der Grund. Sie hat Suizid begangen. Ich hätte begreifen müssen, dass sie das vorhat. Einen Tag vorher kam sie zu mir, hat mir das hier für dich gegeben.« Sie zog einen braunen, sehr dicken Umschlag aus der Handtasche. »Ich dachte, es sei für später.«

Suzanne wirkte sichtlich mitgenommen. Liv saß stocksteif neben ihm. Nate konnte nicht fassen, was er eben gehört hatte.

Er nahm den Umschlag entgegen. »Was ist darin?«

»Sie hat mir erzählt, worüber ihr gesprochen habt. Mach ihn ruhig auf. Es sind nur Kopien, Nate. Das hat sie mir gesagt.«

»Möchtest du, dass wir dich alleine lassen?«, erkundigte sich Liv.

»Nein, Liebes. Bitte bleib. Du auch, Suzanne.«

Schweigend öffnete er den Umschlag. Was war das? Ein – Manuskript?

Auf der obersten Seite lag ein handgeschriebener Brief.

Lieber ~~Nathaniel~~ Nate,

danke, dass ich Dich kennenlernen durfte. Ich freue mich sehr zu sehen, was für ein wunderbarer Mensch aus Dir geworden ist. Seit unserem Gespräch sind erst ein paar Stunden vergangen, aber ich hatte meinen Entschluss schon lange vorher gefasst. Es hat nichts mit unserer Begegnung zu tun. Warum ich das schreibe? Weil Menschen dazu tendieren, eine mögliche Schuld zuerst bei sich selbst zu suchen.

Der Krebs hat mein Leben in der Hand, aber ich treffe die Entscheidung über die Umstände meines Todes selbst. Ich möchte nicht als klapperdürre, schwache Person aus dem Leben gehen. Schwach war ich ohnehin viel zu lange. Ich möchte im Vollbesitz meiner geistigen Kräfte sein, wenn ich diese Welt verlasse. Da ich nicht weiß, wie lange das noch der Fall sein wird, habe ich Vorkehrungen getroffen.

Anbei erhältst Du ein Manuskript, Kopien von Krankenhausberichten – die Bilder erspare ich Dir – und andere Belege, die ich ebenso an die Polizei weitergegeben habe. Keine Sorge, sie sind an Stellen hinterlegt, die Henry nicht infiltriert hat.

Auch, wenn ich es im Leben nie geschafft habe, mich gegen ihn zu stellen, so möchte ich doch, dass die Welt endlich erfährt, was für ein Mensch er wirklich ist. Ich weiß, dass ich meine Familie damit womöglich in eine tiefe Krise stürze, aber Schweigen hilft niemandem. Leider habe ich das erst jetzt begriffen. Ich hoffe, es ist nicht zu spät.

In diesem Buch habe ich mein Leben beschrieben, es ist eine Art Tagebuch. Ein Memorandum des Leids. Ich habe dieses Tagebuch über Jahre geführt, warum wusste ich selbst nicht, bis ich Dich letzte Woche traf. Dann habe ich verstanden, was mein Unterbewusstsein schon seit Langem ahnte: Diese Geschichte muss erzählt werden, um anderen Frauen zu helfen.

Ich erhoffe mir davon, dass andere Opfer stärker sind als ich und es schaffen, sich gegen ihre Peiniger zu stellen.

Die Beweise seiner Machenschaften habe ich selbst gesammelt, ich hoffe, Du nimmst mir nicht übel, dass ich bei unserer Begegnung nicht darüber mit Dir gesprochen habe. Ich wollte die kurze Zeit nicht damit verderben. Du hast mir den Mut gegeben, zum ersten Mal im Leben für mich einzustehen. Damit Böses nicht ungestraft bleiben darf.

In meinem Abschiedsbrief erfahren meine Kinder und hoffentlich die ganze Welt, wer für meinen Tod verantwortlich ist. Ich bin mir sicher, dass der Krebs sich nie hätte ausbreiten können, wenn ich glücklich gewesen wäre.

Es ist nicht zu ändern, ich gehe mit reinem Gewissen, nachdem ich gesehen habe, was für ein wunderbarer Mensch aus Dir geworden ist.

Ich bin froh, dass ich dieses Leben, in dem ich viel falsch gemacht habe, für immer hinter mir lassen werde. Auch, wenn ich nicht das Recht habe, so wünsche ich Dir Glück, Gesundheit und den Mut, Dein Leben zu leben. Genieße jeden Tag. Bereue nichts. Liebe.

Ich bedauere, dass wir uns nur kurz kennenlernen durften.

In ewiger Verbundenheit
Adriana

Tränen tropften auf das Papier. Nate begriff, dass es seine eigenen waren. Liv legte ihm einen Arm um die Taille.

»Wann?«, fragte er mit belegter Stimme und hob den Kopf.

»Gestern. Sie …«, Suzanne hatte Schwierigkeiten, die Worte auszusprechen. »Sie hat Tabletten geschluckt.«

»Wer hat sie gefunden? Ist ihr Abschiedsbrief … in den richtigen Händen?«

Suzanne nickte. »Ihr Mann war in Washington, auf einem Bankett. Das Hausmädchen fand sie.«

Nate atmete tief ein. »Warum hat sie das getan?« Obwohl er den Brief gelesen hatte, begriff er nicht.

»Sie hat sich befreit«, sagte Suzanne.

Liv wischte sich verstohlen über die Augen. »Es ist unfassbar traurig.«

»Ja, das ist es.« Suzanne schniefte.

»Sie hat es für dich getan, Nate.«

Nate konnte keinen Triumph empfinden. »Vermutlich wird er sich herausreden können.«

»So einfach ist die Sachlage nicht. Adriana hat die Berichte über ihre Verletzungen sehr akribisch geführt, die ärztlichen Gutachten sind eindeutig. Bilder belegen alles. Es ist so, als hätte sie all das über Jahre gesammelt, sich aber nie getraut, wirklich gegen ihn vorzugehen. Erst jetzt hat sie den Mut gefunden. Wenn einem nicht mehr viel Zeit bleibt, sieht man manche Dinge unter einem anderen Aspekt.«

»Liv, ich ...«

»Schon gut, ich weiß, dass du sie nicht dazu gedrängt hast ... Ich mache dir keine Vorwürfe. Es war ihre Entscheidung. Du wusstest nichts davon.«

»Nein, das habe ich wirklich nicht geahnt. Hätte ich nur etwas gewusst, hätte ich versucht, sie davon abzubringen.«

Sie unterhielten sich noch eine Weile, wirklich begreifen konnte niemand von ihnen, was da gerade geschehen war. Auch Tage später kam es Nate so vor, als hätte er all das nur geträumt. Aber dann sah er das Manuskript auf dem Wohnzimmertisch liegen.

Er hatte es noch nicht über sich gebracht, es zu lesen.

Liv legte ihre Arme um seine Hüften. »Du musst es nicht lesen, Nate.«

»Ich weiß, aber irgendwie ... irgendwie habe ich das Bedürfnis, es zu tun, gleichzeitig habe ich wahnsinnige Angst, noch mehr schreckliche Dinge über den Mann zu erfahren, der mich gezeugt hat.«

Nate drehte sich zu ihr um und legte seine Stirn an Livs.

»Ich verstehe dich«, murmelte sie an seinen Lippen. »Egal, wer dein leiblicher Vater ist, Nate. Du triffst die Entscheidungen deines Lebens selbst.«

Er schluckte. »Dann glaubst du also, dass all diese Dinge,

die Eltern in ihren Kindern sehen, nur erlernt und nicht vererbt sind?« Er nahm ein wenig Abstand, um ihr Gesicht besser erforschen zu können. Liv kniff die Augen kaum merklich zusammen, sie überlegte.

»Weißt du, ich habe mich das schon häufiger gefragt, weil ich meinen Vater ja nie getroffen habe. Meine Mom hat nie zu mir gesagt, ach, wenn du das oder das tust, dann siehst du aus wie dein Vater.«

»Ich kann einfach nicht begreifen, warum viele Männer solche Arschlöcher sind. Ich habe Angst, dass ich auch dazugehöre.«

»Das tust du nicht«, versuchte sie, ihn zu beschwichtigen, und legte ihm eine Hand an die unrasierte Wange.

»Woher weißt du das?«

»Ich spüre es.«

»Was, wenn du dich täuschst?«

»Nate.« Mit einem Mal war sie ganz ernst. »Ich weiß, das ist jetzt eine komische Frage, und es steht im Grunde auch nicht zur Diskussion, aber trotzdem muss ich es wissen.«

»Was ist es?«

Ihr Gesicht rötete sich, sie schlug die Augen nieder. »Als ich mit Leslie beim Frauenarzt war und die schlagenden Herzchen gesehen habe ...«

Nates Magen zog sich zusammen. Er ahnte, was jetzt kommen würde.

»Irgendwann, nicht sofort, aber irgendwann möchte ich eine Familie, Kinder, du weißt schon, das volle Programm. Eventuell einen Hund ...« Sie hob ihren Blick, und er sah die Unsicherheit in ihren Augen.

Nates Herz hämmerte hart gegen seinen Brustkorb. »Ich habe solche Angst«, flüsterte er und nahm ihre Hand in seine. »Ich wäre ein fürchterlicher ... Dad.« Er konnte das Wort kaum aussprechen.

Noch vor sehr kurzer Zeit hatte er gesagt, dass er nie

Kinder haben wollte, haben würde. Und nun stellte Liv ihm genau diese Frage. Er war überfordert, Panik machte sich in ihm breit. Wie sollte er für ein kleines Wesen zuständig sein, verantwortlich dafür sein, dass es glücklich war, zu einem guten Erwachsenen wurde?

»Was geht in dir vor?«, fragte sie.

»Ich kann nicht mehr atmen«, gab er ehrlich zu. »Wie soll ich das … o Gott, Liv. Ich glaube nicht, dass ich das kann. Nicht jetzt. Nie!«

Er wollte sie nicht belügen, er würde sie nie belügen. Gleichzeitig hatte er riesige Angst, was sie zu seinem Geständnis sagen würde. Würde sie gleich davonlaufen?

»Ich verstehe genau, wovor du Angst hast, Nate. Aber wenn du dir das verwehrst, wenn du das Leben nicht in seiner ganzen Fülle lebst, dann hätte er gewonnen. Dann hätte er es trotz all deiner Bemühungen so weit gebracht, dass du nicht in der Lage bist, selbst zu entscheiden.«

»Aber das ist eine Entscheidung.«

»Nein, das ist eine Absicherung, ein Fallnetz. Du willst kein Risiko eingehen. Aber schau, wie weit wir gekommen sind.« Zuversicht lag ihn ihrem Blick. »Du und ich, wir sind zusammen, weil wir uns lieben.«

Eine Wärme breitete sich in seinem Magen aus, die ganz langsam die Knoten in seinem Bauch lockerte. »Ja, damit hast du recht.«

»Auch, wenn du es dir jetzt noch nicht vorstellen kannst, Vater zu werden – ich im Übrigen auch nicht, meine Güte, natürlich nicht. Wir sind ja noch ganz am Anfang unserer Beziehung. Aber, irgendwann, in ein paar Jahren, dann weiß ich, dass das einmal Thema werden könnte.«

Er ließ seine Hand sinken. »Erinnerst du dich an unseren Opernbesuch?«

»Ja, was ist damit?«

»Damals haben wir gesagt, dass es in jeder guten Liebesgeschichte Irrungen, Wirrungen und Hindernisse gibt, die die Liebenden überwinden müssen.«

»Ja, stimmt.«

»Beim Barbier von Sevilla gibt der Graf sein Vermögen für die Liebe seines Lebens auf.«

»M-mh.«

»Ich habe meine Rachepläne aufgegeben, aber nicht für dich, sondern für uns.«

»Das hast du schön gesagt.«

»Was ich sagen will, ich weiß, dass wir noch einen weiten Weg vor uns haben, dass wir immer wieder Hindernisse überwinden müssen. Du hast Ängste, ich habe meine Probleme.«

»Das ist es doch, was eine gute Beziehung ausmacht.«

»Liebe ist die Basis, aber sie ist nicht selbstverständlich. Ich habe nichts für dich aufgegeben, durch dich habe ich nur gewonnen. Ich möchte, dass du das weißt, Liv. Die Rache an Henry Bowers hätte mich wirklich nur unglücklicher gemacht, weil meine Mom damit nicht wieder lebendig wird.«

»Ich weiß, Nate. Es tut mir so leid.«

»Ja, aber ich kann damit leben. Ich habe es endlich verstanden. Gleichzeitig möchte ich aber, dass du auch nichts für mich aufgeben musst.«

»Was sollte ich aufgeben? Ich verstehe nicht ganz.«

»Kinder.«

Liv schnappte nach Luft. »W-was meinst du?«

»Du wolltest wissen, ob ich bereit bin, irgendwann Vater zu werden.«

»Ich möchte dich zu nichts drängen.«

»Liv«, sagte er, und ihm wurde eines sehr deutlich klar. »Für dich würde ich alles tun. Alles, was dich glücklich macht, macht mich glücklich. Vater zu werden, stürzt mich allerdings ins Bodenlose.«

»Ich bin nicht schwanger.«

»Das weiß ich. Wir reden über die Theorie, das ist mir klar.«

»Und?«

»Ich … ich muss mich einfach mit dem Gedanken anfreunden. Aber ich schließe es zumindest nicht mehr kategorisch aus.«

Liv blinzelte. Sie wirkte erleichtert. »Das ist der erste Schritt, Nate. Ich freue mich sehr, dass du mit mir über deine Ängste sprichst, die ich wirklich gut nachvollziehen kann. Es wirft aber auch die Frage auf, ob du bereit bist, daran zu arbeiten. Ich brauche kein Ja oder Nein, nur, dass du es versuchen wirst. Ich weiß, dass noch ganz viel in dir steckt, das du unter der Schicht von Coolness verbirgst.«

Nate schnalzte mit der Zunge. »Wow, das war deutlich.«

»Tut mir leid.« Sie trat auf ihn zu und schmiegte sich an ihn. »Ich wollte dich nicht überfahren. Ich weiß auch nicht, was da eben über mich gekommen ist.«

Nate strich über ihre Haare und genoss es, ihren Körper an seinem zu spüren. »Schon in Ordnung, ich möchte, dass du immer das aussprichst, was in dir vorgeht.«

»Ich auch.«

»Aber ich finde, wir haben jetzt erst einmal genug geredet.«

»Was soll das heißen?« Sie hob ihren Blick.

Er zog sie noch enger an seinen Körper. »Auch, wenn wir jetzt noch keine Kinder wollen, könnten wir doch schon mal ein bisschen, äh, üben.« Er grinste anzüglich.

Livs Augen wurden groß. »Du …«, dann lächelte sie. »Ja, wieso nicht.«

Sie wand sich aus seiner Umarmung und rannte davon. »Wenn du mich kriegst«, rief sie über die Schulter.

Nate schüttelte lachend den Kopf. »Das werde ich. Immer.«

Kapitel 22

Nate stand vor dem Fenster im Schlafzimmer und blickte nachdenklich in den Morgenhimmel. Die aufgehende Sonne färbte die Wolken rot und orange. Vögel zwitscherten, ein Auto fuhr auf der Straße vorbei.

»Ich finde, du solltest zur Beerdigung gehen«, hörte er Livs Stimme hinter sich.

»Guten Morgen«, gab er zurück, ging zu ihr und setzte sich auf die Bettkante. »Hast du gut geschlafen?«

Sie lächelte träge. »Sicher besser als du. Soll ich dich begleiten?«

»Ich kann das nicht machen, Liv.«

»Doch, du kannst. Du musst dich ja nicht in die erste Reihe stellen. Und ihm wirst du nicht begegnen, wenn du Angst davor hast.«

Gott, sie kannte ihn schon so gut, dass es nahezu beängstigend war. »Würdest du mich begleiten?«

»Natürlich. Und, Nate?«

»Ja?«

»Ich bin stolz auf dich.« Sie legte ihm eine Hand auf die unrasierte Wange.

»Manchmal bin ich mir nicht sicher, ob ich das Richtige tue, indem ich gar nichts mache.«

»Der Anfang ist getan. Henry Bowers sitzt in Untersuchungshaft, delikate Informationen zu Bestechung und seiner gewalttätigen Ader liegen der Öffentlichkeit vor. Ich bin mir sicher, sie werden den Rest auch ohne dein Zutun ausgraben.« Sie machte eine bedeutungsschwangere Pause. »Aber vielleicht solltest du die echten Beweise doch anonym an die Behörden abgeben.«

Nate riss die Augen auf. »Wiederhole das noch einmal.«

»Ich ... ich habe nachgedacht. Damals erschien mir der Racheakt falsch und durchtrieben. Jetzt habe ich begriffen, dass er bestraft werden muss.«

Nate atmete tief ein. »Ich habe es dir versprochen, dass ich nichts tun werde.«

»Es ist deine Entscheidung – aber, Nate.«

»Ja?«

»Nicht das Fake-Sex-Tape. Okay? Nur die echten Fakten, auch, wenn du sie nicht auf legalem Wege ausfindig gemacht hast.«

Er nickte. »Wirklich? Und, nein, natürlich nicht das Tape.«

Liv schlug die Decke zurück und stand auf. »Ich wollte nur, dass du weißt, wie ich zu all dem stehe. Jetzt gehe ich duschen, dann fliegen wir zur Beerdigung.«

Nate blickte ihr einen Augenblick ungläubig hinterher. »Ich liebe dich, Liv. Ich hoffe, du weißt das.«

Sie warf ihm einen Luftkuss über die Schulter zu. »Ich liebe dich auch.« Und dann zog sie die Tür zu und stellte das Wasser an.

»Das heißt wohl so viel wie: Lass mich in Ruhe duschen.« Mit einem schiefen Lächeln im Gesicht ließ er sich auf das Bett zurückfallen.

Es war ein Sommertag, wie eine luftige Bluse. Sanfte Sonnenstrahlen schienen auf die Trauergemeinde herab, ein Violinist spielte ein Stück, das Nate nicht kannte. Liv war an seiner Seite, sie gab ihm Halt. Sie hielten sich am Rande der Gruppe, immerhin waren sie keine Familienmitglieder und auch keine Freunde – jedenfalls nicht im eigentlichen Sinne. Adriana und ihn hatte dennoch mehr verbunden, als er über all die Jahre geahnt hatte. Er wünschte, er hätte sie wirklich kennenlernen können. Nun war es zu spät, das Leben war nicht immer fair, kaum einer wusste das besser als er.

Adrianas ältester Sohn sprach ein paar Worte am offenen Grab, seine Miene war angespannt, er hielt sich gerade. »… sie war immer für uns da, unsere Stütze, unser Gewissen …«

Nate wusste genau, was er meinte.

»… wir werden sie schmerzlich vermissen, aber immer in unseren Herzen tragen.«

Nate schluckte.

Grant Bowers nahm eine weiße Rose und murmelte ein paar Worte an den Sarg gerichtet und ließ sie dann hineinfallen. Nach und nach gingen alle Gäste nach vorne. Als Nate an der Reihe war, überkam ihn Panik, er wollte sich umdrehen und davonlaufen. Aber Liv drückte seine Hand. »Du schaffst das.« Sie reichte ihm eine Rose.

»Danke«, murmelte er und verabschiedete sich still von Adriana.

Nach der Beerdigung schlenderten sie zum Parkplatz, weder Nate noch Liv hatten das Bedürfnis, das einvernehmliche Schweigen durch Phrasen zu füllen. Er war unendlich froh, dass Liv an seiner Seite war. Ja, er war mehr als erleichtert, dass er gekommen war, um Adriana die letzte Ehre zu erweisen.

Er wollte Liv gerade vorschlagen, dass sie fahren sollten, als er die Söhne Grant und Owen Bowers auf sie zukommen sah.

»Guten Tag«, grüßte Grant Bowers, der auch die Rede

gehalten hatte. »Ich freue mich, dass Sie gekommen sind. Mom hat uns kürzlich von Ihnen erzählt.«

Nate wusste nicht so recht, was er darauf erwidern sollte, also streckte er einfach seine Hand entgegen und sagte: »Guten Tag, eine wunderbare Rede.«

»Danke.«

Sie tauschten ein paar Höflichkeitsfloskeln aus, dann wollte Nate sich verabschieden.

»Warten Sie«, meinte Owen.

»Ja?«

»Unsere Mutter hat uns einen Brief hinterlassen, mit ihrem Manuskript. Ich weiß, es ist in Anbetracht der Umstände seltsam, aber ... wir haben heute nicht nur verloren«, sagte Grant und streckte ihm seine Hand hin. »Wir haben auch einen Bruder dazugewonnen. Danke, dass du gekommen bist.«

Owen nickte. Dann wurde Nate von beiden kurz umarmt.

»Wir werden nicht länger stören. Es ist ein schwieriger Tag, danke, dass wir hier sein durften.«

»Es war anständig von dir herzukommen, Nate. Unsere Mom hatte recht mit dem, was sie über dich gesagt hat. Wir können zwar die verlorenen Jahre nicht mehr gutmachen, aber wir können eine Zukunft aufbauen. Leider gibt es keine erfreulichere Gemeinsamkeit als unseren Vater«, meinte Owen mit einem sarkastischen Lächeln. »Aber davon sollten wir uns nicht aufhalten lassen.«

Nate sah, dass Liv kaum merklich nickte. »Vielen Dank. Ich würde mich freuen, euch besser kennenzulernen.«

Obwohl weder Liv noch Nate großen Hunger verspürten, hatten sie in einem guten Restaurant zu Abend gegessen und auf Adriana angestoßen. Nach dem Dinner waren sie zum Hotel gefahren und standen nun auf der Terrasse ihrer Suite und blickten in den Abendhimmel. Die Wolken und der Horizont waren rosa gefärbt, die Sonne ging im Westen unter und tauchte alles in ein warmes Licht. Nate stand hinter Liv und schmiegte sich an sie. »Danke, dass du bei mir bist«, murmelte er an ihrem Hals.

Liv erschauderte unter seiner Liebkosung. »Ich bin froh, dass ich diesen Moment mit dir teilen durfte. Dass du mir vertraust.«

Sie wandte sich ihm zu und schaute zu ihm auf. Die Liebe, die aus seinen Augen strahlte, ließ die Schmetterlinge in ihrem Bauch tanzen. »Ich liebe dich, Nate.«

»Ich liebe dich mehr.«

Sie lachte. »Das glaube ich nicht.«

Er küsste ihre Nasenspitze. »Doch, auf jeden Fall. Wenn du wüsstest, wie sehr ich dich liebe …«

»Zeig es mir.« Sie schaute ihn unter halb gesenkten Lidern an.

»Das werde ich. Jeden Tag für den Rest unseres Lebens.«

»Es wird nicht immer nur gute Tage geben.«

»Das weiß ich, aber ich glaube daran, dass unsere Liebe stark genug ist, auch die Schwierigkeiten zu meistern, die uns in den Weg gelegt werden.«

Liv legte eine Hand an seine Wange. »Das hast du schön gesagt.«

»In mir steckt wohl doch ein Philosoph?«, scherzte er.

»Philosoph und feuriger Liebhaber, wenn das mal keine spannende Mischung ist.« Liv lächelte.

In Nates Augen blitzte etwas Verräterisches auf. »Ich kann dir gerne zeigen, wie philosophisch ich dich lieben kann … hast du mal einen Blick auf das Kingsize-Bett geworfen?«

»Wie hätte mir das entgehen können!«

Nate legte seine Stirn an ihre, sein heißer Atem streifte ihre Lippen. »Ich werde dich spüren lassen, wie sehr ich dich begehre, bewundere und liebe.«

»Ich kann noch immer nicht glauben, dass das alles wirklich passiert. Ich habe es mir so sehr gewünscht.«

»Glaub es ruhig, mein Herz. Ich bin an deiner Seite und gehe nicht wieder weg.«

»Ist das ein Versprechen?«

»Das ist es.« Und dann küsste er sie lange und zärtlich, ehe er sie in seine Arme hob und ins Schlafzimmer der Suite trug, um seinen Worten Taten folgen zu lassen.

Epilog

Liv umarmte Leslie ein letztes Mal, ehe die hübsche Latina am Flughafen von Boston durch die Sicherheitskontrolle ging. »Pass auf dich auf«, sagte sie und drückte sie noch einmal an sich. »Und ruf an, wenn du etwas brauchst.«

»Danke, Liv. Danke, dass du so geduldig mit mir warst.«

Liv wischte sich verstohlen eine Träne aus dem Augenwinkel. »Das ist doch mein Job.«

Leslie lächelte. »Deswegen lieben dich alle, Liv. Weil du alles von dir gibst. Du bist nicht nur eine einfache Betreuerin für uns, du bist Familie. Ich werde dich vermissen.«

Liv schluckte. »Ich dich auch, Leslie. Ich dich auch. Komm uns besuchen!«

»Ich sehe erst mal, dass ich mein Leben auf die Reihe bekomme. Vielleicht kann ich in Kanada noch mal die Schulbank drücken.«

»Du willst deinen Abschluss machen?«

»Ja, ich ... meine Schwester ist bereit, das Schulgeld zu tragen.«

»Das ist wunderbar. Ich wünsche dir alles Glück der Erde und grüße deine Schwester von mir.«

»Das mache ich. Ich muss jetzt ...«, Leslie nickte Nate zu, Liv tätschelte ihr die Schulter und versuchte, die Tränen zurückzuhalten.

»Tschüss, Kleine«, sagte sie mit erstickter Stimme.

»Tschüss«, gab sie zurück, dann ging sie durch die Bordkartenkontrolle und reihte sich in die Schlange des Sicherheitschecks ein.

Liv schmiegte sich an Nate, er legte einen Arm um ihre Schulter. »Meinst du, sie kommt klar?«

»Das wird sie«, beruhigte er sie.

Liv schniefte. »Gott, ich bin so eine Heulsuse.«

»Du bist keine Heulsuse, du bist ein gefühlsbetonter Mensch.«

»Ist das was Positives?«

»Das ist einer der Gründe, warum ich dich bis zum Umfallen liebe. In deinem Herz ist mehr Platz als auf einem Footballfeld.« Er gab ihr einen Kuss auf den Scheitel.

»Sie ist durch«, stellte Liv mit einem Seufzen fest. »Lass uns gehen.«

»Heute ist doch ein ganz großartiger Tag, warum feiern wir das nicht mit einem guten Stück Käsekuchen?«

Langsam schlenderten sie aus dem Flughafengebäude. »Ja, heute ist wirklich ein guter Tag. Dass wir gerade am Tag von Leslies Abschiedsparty die Nachricht bekamen, dass der Bürgermeister noch etwas von seinem Etat lockergemacht hat, war doch kein Zufall, oder?«

Nate grinste unschuldig. »Ich weiß nicht, was du meinst.«

»Nate!«

»Ja, okay. Ich habe ihn angerufen und höflich gefragt, ob die Stadt nicht doch noch was abzweigen kann für so ein wichtiges Projekt.«

»Damit können wir noch zusätzliche Sozialkräfte einstellen, das ist so großartig. Danke!«

»Dank nicht mir, bedanke dich beim Bürgermeister.«

»Soll ich dir verraten, womit ich mich bei dir bedanken wollte? Du möchtest nicht, dass ich das mit dem Bürgermeister mache.«

Nate atmete scharf ein. »Jesus, wir sind hier in der Öffentlichkeit. Du kannst nicht solche Anspielungen machen, wenn wir draußen sind.«

Liv kicherte, als sie seinen leidenden Gesichtsausdruck sah. Gleichzeitig wurde ihr warm ums Herz, sie liebte es, wie er auf sie reagierte. »Na gut, dann sag ich dir nicht, dass ich …«

Nate legte ihr eine Hand über den Mund. »Liv.«

Sie lachte und nahm sie weg. »Alles gut. Lass uns Käsekuchen essen gehen.«

Er stöhnte. »Wie soll ich mich jetzt auf Kuchen konzentrieren.«

»Ach, du wirst das schon schaffen.« Sie tätschelte seinen Oberarm.

Als sie den Wagen erreichten, klingelte Nates Telefon. Er öffnete die Tür für sie, beantwortete den Anruf und ging ein paar Schritte. Es dauerte nicht lange, dann saß er auf dem Fahrersitz und fädelte den SUV in den dichten Verkehr ein.

»Wer war das?«, fragte Liv.

»Das war Grant.«

»Oh, wie schön! Was wollte er?«

»Wir …«, Nate zögerte, »wir haben uns zu einem Brüder-Wochenende verabredet.«

»Was? Wie wunderbar! Ich finde es großartig, dass ihr euch besser kennenlernen wollt. Adriana wäre stolz auf euch. Sie ist stolz auf euch«, korrigierte sie sich.

»Er hat noch etwas erzählt.«

»Was denn?«

»Henry … unser Vater. Er wird vorerst in Untersuchungshaft bleiben.«

»Das ist doch eine gute Nachricht.«

»Ja, das ist es. Ich bin erleichtert. Er ist ein Scheißkerl, aber er hat die besten Kontakte. Ich hatte befürchtet, dass alles unter den Teppich gekehrt wird.«

»Aber das wird es nicht?«

»So, wie es momentan aussieht, nicht.«

»Gott sei Dank. Das macht Mut.«

»Mut?«

»Dass nicht überall Korruption über dem Gesetz steht.«

Nate parkte den Wagen vor dem Green Grasshopper Café. »Da sind wir. Erinnerst du dich an unser erstes gemeinsames Frühstück hier?«

»Wie könnte ich das vergessen! Obwohl ich es auch cool finde, wenn du den Speck anbrennen lässt oder versuchst, Käsekuchen selbst zu backen.«

Nate runzelte die Stirn. »Willst du mir damit sagen, dass meine Kochkünste nicht so besonders sind?«

Liv lachte und stieg aus. Als er neben ihr stand, sagte sie: »Deine Kochkünste sind besonders.«

»Ha, ha. Sehr witzig. Besonders schlecht, meinst du wohl?«

»Ich finde, du machst große Fortschritte, aber heute bin ich froh, dass wir den Kuchen essen, der hier gebacken wurde.«

Nate zog eine Schnute, dann hielt er sie am Handgelenk fest und gab ihr einen Kuss. »Wie wäre es, wenn du uns einen schönen Platz in der Sonne aussuchst, und ich besorge uns was?«

»Das wäre großartig«, murmelte sie an seinen Lippen.

»Seit ich dich kenne, finde ich, dass Käsekuchen sehr wohl die Lösung für die meisten Probleme darstellt.«

Liv lachte. »Ich liebe dich.«

»Ich liebe dich und Käsekuchen.« Er gab ihr noch einen Kuss, dann ging er mit langen Schritten an den Tresen und bestellte für sie.

Liv setzte sich auf einen Stuhl in die Sonne und schloss die Augen. Es war so einfach, glücklich zu sein, wenn man bereit war, sein Herz zu öffnen. Egal, was kommen würde,

Nate und sie würden alle Hürden gemeinsam meistern, weil Liebe das Einzige war, was wirklich zählte.

– Ende –

Danksagung

Am Ende eines Buches gibt es immer eine ganze Reihe an Leuten, denen ich Danke sagen möchte. Zuerst natürlich meinen Leserinnen und Lesern, ohne euch wäre es gar nicht möglich, dass ich meinen Traum leben kann. Ich freue mich über jede einzelne Rezension, E-Mail oder Nachricht auf Facebook.

Danke auch an Dorothea Kenneweg, die vermutlich nie mitbekommt, dass ich mich bedanke, denn an dieser Stelle ist ihre Arbeit als Lektorin längst beendet. Trotzdem möchte ich es tun, denn ohne ihre Hartnäckigkeit wären meine Texte sicher nur halb so gut. Danke an Britt, die wirklich zu jeder Zeit meine lästigen Anliegen aufnimmt, erledigt und umsetzt. Danke an das Bookrix-Team, ihr seid großartig und auch immer und jederzeit für mich da. Es gibt noch eine Reihe an lieben Menschen, die mir tagtäglich mit Rat und Tat zur Seite stehen, die hier aber nicht namentlich genannt werden wollen, trotzdem möchte ich nicht unerwähnt lassen, dass ich sehr dankbar bin, so gute Freunde zu haben.

Nicht zuletzt möchte ich mich auch bei meinen Testleserinnen bedanken, die akribisch und blitzschnell die letzten Fehler aus dem Text fischen, ehe das Buch an die Öffentlichkeit geht.

Schaut gerne auch auf meiner Facebook-Seite vorbei, hier finden regelmäßig Gewinnspiele statt. Ich freue mich über euer Däumchen.

Wenn ihr sicher sein wollt, dass ihr nichts mehr verpasst, meldet euch einfach zu meinem kostenlosen Newsletter an, über den ich gelegentlich Bonuskapitel zu meinen Büchern versende. Wenn ihr noch mehr über Bücher, Cover, Protagonisten und zukünftige Projekte mit mir plaudern wollt, kommt gerne in meine Facebookgruppe.

Alles Liebe
Karin Lindberg

Livs Cheesecake

Zutaten

	Für den Boden
125 g	Kekse (Graham Crackers, bei meinen Rezepten oder Butterkekse)
50 g	Zucker, weißer
80 g	Butter, zerlassen
	Für die Füllung
6 große	Ei(er)
300 g	Zucker, weißer
900 g	Frischkäse, zimmerwarm
250 ml	Sour Cream, natur oder Schmand
250 ml	Schlagsahne, flüssige
1	Zitrone(n), den Saft davon
1 EL	Vanilleextrakt
2 EL	Mehl (gehäufter EL)

Zubereitung

Die Kekse in eine Plastiktüte geben, die Tüte verschließen und die Kekse mit einem Nudelholz oder einem Topf zerkrümeln. In einer kleinen Schüssel die zerkrümelten Kekse mit der geschmolzenen Butter und dem Zucker vermischen.

Die Mischung in eine 24er-Springform geben und entweder mit den Fingern oder mit einem Löffelrücken gut andrücken. Die Springform für 15 Minuten in den Kühlschrank stellen.

In einer großen Schüssel Eier, Zucker, Frischkäse, Sour Cream, Schlagsahne, Zitronensaft, Vanilleextrakt und Mehl mit einem Handmixer bei mittlerer Geschwindigkeit zu einer glatten Masse verrühren. Wichtig: Nicht zu lange rühren, da die Füllung sonst zu fluffig wird und beim Backen aus der Form läuft.

Den Ofen auf 220 °C (Ober-/Unterhitze) vorheizen.

Die Springform aus dem Kühlschrank nehmen und die Frischkäsemischung über einen Löffelrücken in die Form gießen, damit die Füllung keine Löcher in den Keksboden reißt. Nun alles für 5 oder auch 10 Minuten ruhen lassen.

Danach die Springform in den Ofen stellen und den Kuchen 15 Minuten bei 220 °C backen. Danach die Temperatur auf 135 °C runterstellen und den Kuchen 1 Stunde backen.

Nach der Backzeit den Ofen komplett ausstellen, die Tür aber nicht öffnen, da der Kuchen sonst in sich zusammenfällt! Die Ofentür für 2 Stunden geschlossen halten. Nach den 2 Stunden die Springform aus dem Ofen nehmen und für 8 Stunden im Kühlschrank kalt stellen.

Guten Appetit!